LES DAMES DE TARNHAC

Guillemette de La Borie

LES DAMES DE TARNHAC

Roman

Production Jeannine Balland
Romans Terres de France

PRESSES DE LA CITÉ

ISBN 2-258-06454-6

1

16 juin 1910

La cloche de la chapelle du château de Pech Tarnhac battait l'air tiède, alors que la petite mariée brune sortait au bras de son nouvel époux. Vingt ans, des yeux brillants, la taille d'une enfant, avec sa tournure étroitement prise dans une robe de dentelle blanche à col montant, écrasée encore sous une capeline de fleurs et tulle entremêlés. Le soleil l'éblouit au sortir de la voûte en arc brisé, la solennité de l'instant sans doute aussi, et son sourire se fit misérable. Mondane n'osait pas s'appuyer au bras de ce mari qui venait de lui être donné, et laissait baller sa main dans l'arc de cercle d'une posture convenue, sans que Gaston, guère plus grand qu'elle, et engoncé sous son gibus, le regard perdu au loin, semblât s'en apercevoir.

Derrière se pressait lentement le cortège. Monsieur de Valloux, père de la mariée, donnait le bras avec application à la baronne de Tarnhac, mère de Gaston, dont l'aigrette noire vibrait au rythme de son regard. Le commandant Aubusson du Mayne, maire de Saint-Donat, en sa qualité de vieil ami de la famille, remplaçait le défunt baron au bras de la comtesse douairière de Valloux. Une manière de mettre à l'honneur la tante de la mariée, qui pouvait se vanter d'avoir fait le mariage. Les belles-sœurs de Mondane, épouses de ses deux frères aînés, faisaient office de dames d'honneur. Elles se partageaient entre la traîne de la mariée et le devoir de contenir les débordements des enfants en costume marin. Et puis, dans un ordre moins protocolaire, venaient d'autres couples armés d'ombrelles et de cannes, de parements et de soutaches, d'autres redingotes, châles et réticules, les deux bonnets blancs des sœurs de Sainte-Marthe… La petite chapelle dégorgea ensuite les gens du pays, les hommes d'un côté et les femmes de l'autre, par grappes de grands chapeaux noirs et de mouchoirs de tête colorés, tous clignant des yeux en plongeant dans la lumière de cette matinée d'été. Puis le curé Malaurie, en soutane et barrette à pompon, sortit avec ses servants de messe. Après une si belle cérémonie, et si bien envolutée d'encens, la gratification de la baronne leur était assurée !

— *Té, lo novi !* Longue vie ! récitaient consciencieusement les *drolles* des métairies, étrillés de frais dans leur blouse et leur culotte, tandis que Mondane posait une bottine timide sur la jonchée de pétales de roses frais, mêlés de brindilles de buis odorant, qui recouvrait l'allée menant de la chapelle au château.

— Longue vie à la *novio* !

La veille, on avait coupé les genièvres pour la décoration d'usage : des arbustes maintenant piqués tout droit de part et d'autre du porche de la chapelle, ainsi qu'aux entrées du domaine. Depuis l'annonce du mariage, métayères et servantes occupaient les veillées à confectionner des fleurs et des couronnes de papier, suspendues aujourd'hui dans la chapelle, le vestibule, le porche d'entrée… Seconde, en sa qualité de gouvernante au château, avait usé de son autorité pour que le mariage de Monsieur Gaston surpassât tous les autres. Les femmes avaient donc rivalisé d'ardeur, pour rendre ainsi hommage à Madame.

— Un cent entier, elle en a fait, de fleurs, la Mélie de la Boissière !

Lorsque les mariés et le cortège atteignirent la terrasse du château, le soleil de midi tapait tout droit sur les pierres blondes de l'orgueilleuse tour octogonale, et jusqu'à la vallée, avec en ses fonds la rivière Dordogne comme un long serpent d'argent, les damiers des cultures, les rangées de peupliers bruissants, la silhouette du clocher-mur de Saint-Donat à mi-coteau.

Tout était bien : dans un soupir de soulagement retenu, la baronne posa son vaste menton sur le ruban de velours noir enserrant son cou.

— Si madame veut bien se mettre au centre ?

Sur les indications du photographe venu de Sarlat, on s'assembla sur les marches du perron. L'homme plaçait son monde, dans la lumière crue. Il allait et venait, disparaissait sous la toile noire de son appareil ; puis aussi onctueusement qu'impérieusement, il ordonnait :

— Mon commandant, monsieur le maire... Si le marié voulait bien...

Tant et si bien que Mondane et Gaston, silencieux, disparaissaient peu à peu derrière une masse compacte de poitrines décorées et de chantilly noire.

— Cliché !

Tout le monde se figea quelques longues secondes, le temps que l'homme actionne sa poire en caoutchouc et que résonne le double cliquet métallique. Ensuite, on adjoignit pour une autre photo les parents de la mariée, avec toute leur descendance.

— Suzanne, arrête de sourire !

L'aîné des enfants, Jehan, fort d'une expérience photographique précédente lors de sa communion privée, intimait :

— Il ne faut surtout pas que l'on voie tes dents sur la photo, c'est très laid !

A distance respectueuse, quelques métayers avaient suivi la scène.

— Té, Malvina ! Une bonne chose de faite ! lança une vieille en noir à l'adresse de la très jeune femme, presque encore une enfant, adossée à un arbre et qui buvait la mariée des yeux tout en donnant le sein à un bébé enfoui dans son devantal*.

Elle acquiesça, sans sourire, puis se détourna. Les deux femmes contournèrent le château pour rejoindre, à l'arrière, la métairie. Des tables garnies de cochonnailles avaient été dressées dans la cour, et une barrique, mise en perce. Seconde remuait vigoureusement ses jupes, faisait porter des toupines* et des pichets sur les tables. Les deux chiens bâtards, libérés du chenil à la fin de la cérémonie, se poursuivaient entre les convives, tout émoustillés par cette atmosphère de fête très inhabituelle.

Le château de Tarnhac, planté sur son coteau, s'offrait décidément en beauté ce jour-là, avec sa silhouette massive à deux corps de bâtiment, reliés par une tour Renaissance, au portail à linteau de pierre sculptée, percée d'étroites ouvertures oblongues. La seconde tour, octogonale et plus récente, flanquait l'aile orientale, dominant de ses lauzes* de pierre grise les larges toits inégaux en tuiles rousses. Au siècle précédent, une terrasse ouvrant sur la vallée et le soleil couchant avait été ajoutée, adoucissant de ses balustres l'austère bâtisse primitive. Les invités s'égaillaient.

Madame du Mayne, l'épouse du maire, saisit le bras de Malaurie.

— Quelle belle cérémonie, monsieur l'abbé ! Savez-vous depuis quand la chapelle n'avait pas été ainsi remplie ?

— D'après le registre de la paroisse, mon prédécesseur a baptisé Gaston à Tarnhac il y a juste vingt-sept ans...

Le marié n'était déjà plus là. Personne ou presque ne l'avait vu se glisser en direction de l'écurie, un chien sur les talons, sitôt les photos terminées. Mondane, entourée d'enfants, se prêtait de bonne grâce à leur admiration bruyante. Sa nièce Madeleine, dont elle prenait soin depuis la naissance, caressait tendrement la mousseline de sa manche. Faudrait-il vraiment se séparer d'elle ce soir ? Renoncer à cette enfant pour d'autres à venir ?

Il y avait trois mois à peine que Mondane de Valloux avait entendu pour la première fois évoquer Gaston de Tarnhac. Celui-ci était venu avec sa mère jusqu'à la Géraudie, dans les causses du Lot, pour demander sa main. Les choses avaient été rondement menées. La comtesse de Valloux, sa tante, veuve et sans enfants, régnait sur sa propriété quercynoise comme sur la famille de son beau-frère puîné. Elle n'avait pas failli à sa réputation d'entremetteuse. Depuis la disparition brutale de sa belle-sœur, la douce mère de Mondane, elle s'était occupée d'établir au plus vite ses six neveux et nièces. Car si le comte de Valloux était mort sans procréer, la branche cadette y avait pourvu au-delà du raisonnable !

Ainsi, grâce à la comtesse, les frères aînés de Mondane avaient fait des mariages tout à fait satisfaisants. Hector reprendrait un jour la propriété de la Géraudie, arrondie par la dot de sa femme. Heureusement, car il se trouvait déjà nanti d'une kyrielle d'enfants. Artus, le deuxième, prospérait sous le toit de sa belle-famille. La pauvre Jeanne, la troisième, ayant souffert d'une naissance difficile, serait toujours une bouche inutile à nourrir ; mais elle se contentait de peu, cousant d'admirables courtepointes que les dames alentour lui achetaient pour leurs œuvres. On avait décelé depuis l'enfance chez Quiterie, quatrième de la famille, une vocation religieuse : voilà deux ans qu'elle avait été placée au couvent des Dames de la Visitation, à Cahors, auprès d'une de ses tantes. Quiterie et Jeanne n'avaient pu venir marier leur sœur. Mais Antoinette, dite Toinon, avant-dernière de la famille, était là, remplaçant sa mère pour mener conversation auprès des invités. On l'avait unie au mois de mai précédent à Théodore d'Andlars. Toutes les ressources familiales disponibles avaient été mangées par cette dot, mais Toinon tenait désormais son rang dans la société cadurcienne. Restait donc la benjamine, Mondane, qu'on ne pouvait envisager d'entretenir indéfiniment, ni évidemment de doter. C'est alors que par des cousins de Catus, eux-mêmes lointainement alliés à la famille de Tarnhac, la comtesse douairière de Valloux avait eu vent du souhait de la baronne de marier son fils unique. Par l'entremise du notaire de Cahors, on avait obtenu des renseignements encourageants. La province du Périgord était infiniment plus riche que les terres sèches et caillouteuses du causse, qui peinaient à faire vivre les Valloux. Le vieux lignage de Tarnhac, de bonne noblesse de robe, avait fait la preuve de ses quatre quartiers de noblesse à Périgueux par arrêt de maintenue en 1669 ; la tradition mentionnait même sa présence durant la deuxième croisade. La famille possédait, détailla l'homme de loi, outre un repaire périgourdin de fort belle allure, quatre métairies et des bonnes terres d'un seul tenant, dans un canton où la culture du tabac assurait les revenus. On lui connaissait également des rentes confortables, sans aucune dette ni hypothèque.

Dans ces conditions, il n'avait pas été difficile pour la comtesse de Valloux de convaincre son beau-frère. Le père de Mondane, de constitution faible et très sourd, s'en était depuis toujours remis à son épouse du soin des enfants. Depuis que celle-ci n'était plus, il s'enfermait dans le silence, renonçant à toute prise sur les événements familiaux.

La comtesse avait hurlé au cornet de son beau-frère : « Pourquoi refuserions-nous un gentilhomme qui vit de ses rentes, s'il est prêt à prendre votre fille sans dot ? »

Mondane, avertie de ce projet en même temps qu'une visite était annoncée, avait acquiescé à tout. Elle était confiante en la vie. Et depuis la mort de sa mère, l'année de ses quinze ans, la vie à la Géraudie ne lui semblait plus aussi douce. Même si le rôle de gouvernante qu'on lui avait attribué auprès du ménage de son frère aîné lui convenait, tant les petits lui prodiguaient de tendresse.

« Certes, avait ajouté la comtesse, Mondane manquera auprès des enfants d'Hector, mais il faut bien quelques sacrifices pour son bonheur, n'est-ce pas ? »

Les préliminaires fixés entre les hommes de confiance des deux familles, la baronne de Tarnhac s'était annoncée chez ses cousins de Catus, en compagnie du jeune baron. Sitôt remis des fatigues du voyage, les Périgourdins étaient priés à déjeuner à la Géraudie.

Ce fut un vrai branle-bas de combat : sur les ordres de la douairière, on ratissa les allées, on arrosa la pelouse d'agrément, on chassa impitoyablement des plates-bandes les poules de la métairie attenante.

Au jour dit, la baronne, descendant de voiture, avait eu d'emblée un large sourire à l'adresse de Mondane. La jeune fille s'était inclinée dans une petite révérence pleine de respect. Ainsi, fraîche et naturelle, ses neveux pendus à ses basques, elle offrait un spectacle charmant. Gaston, en retrait, l'air un peu absent, avait répondu aux saluts d'un simple hochement de tête. Il était de petite taille, très noir de poil, avec des gestes brusques, comme désarticulés.

Après les présentations, on se mit à table. Les deux dames d'importance, la comtesse et la baronne, se découvrirent presque contemporaines, avec une multitude de connaissances communes, et liées par des coïncidences étonnantes. Elles en furent enchantées et ne laissèrent la parole à personne.

« Savez-vous que la sainte patronne de notre chère petite Mondane a donné son nom à un village situé près de Sarlat, à quelques lieues du pech de Tarnhac ? interrogea madame de Tarnhac.

— Tout à fait ! répondit la comtesse. Nous connaissons bien cette curieuse légende, que ma nièce peut vous raconter... »

Les yeux se concentrèrent un instant sur la jeune fille ; celle-ci, qui connaissait son histoire sainte sur le bout des doigts, récita aimablement :

« Sainte Mondane était une jeune martyre de l'époque romaine. Parce qu'elle s'était convertie à la foi chrétienne, sa tête fut mise à prix. Née dans la vallée de la Dordogne, elle dut s'enfuir au loin et se réfugier dans les murs de Cahors, avec sa petite fille prénommée Natalène.

— Eh bien, c'est une véritable prédestination ! Vous referez donc le chemin inverse, en venant vous marier à Tarnhac. »

Le père de Mondane fit un effort pour prendre part au conciliabule qui eut lieu dans le bureau de feu le comte de Valloux. Pendant ce temps, on invita les deux jeunes gens à faire le tour du rond de pelouse. Gaston, sans doute par timidité, ne dit pas un mot. Mondane lui sourit pour l'encourager, et rencontra un regard plein de feu qui la troubla. Le fiancé et sa mère se retirèrent très vite, une fois qu'on eut pris date pour la noce.

Et c'est ainsi qu'en ce mois de juin un wagon spécial de première classe avait été retenu pour toute la parentèle de la fiancée, entre Monsempron-Libos et Le Buisson de Cabans, sur la ligne de chemin de fer de la compagnie Paris-Orléans. Dans une agitation joyeuse, la tribu, répartie en trois jardinières lourdement chargées, avait atteint la gare. Là attendaient des employés de chemin de fer pour hisser les enfants, les domestiques, la malle du trousseau, celle des toilettes des dames pour la noce, les cartons à chapeaux, les paniers de provisions de voyage dans le wagon à banquettes de cuir, fanfreluches et pompons. Les dames, éberluées par le bruit, la fumée, les escarbilles et la chaleur écrasante venant de la locomotive à vapeur, se jurèrent qu'elles ne se relanceraient pas de sitôt dans une telle aventure.

Mais, cette épreuve passée, tout alla à merveille. L'accueil avait été parfait, le château de Tarnhac, avec son superbe parc et ses dépendances bien entretenues, apparut aux voyageurs somptueux au-delà de toutes les attentes. L'avoué attendait déjà pour la signature du contrat de mariage. La cérémonie religieuse eut lieu le lendemain, dans l'intimité familiale désirée par les deux parties.

Au départ du cortège, on plaça la petite mariée, que Toinon avait aidée à s'habiller, au bras de son père ; tandis que le promis se faisait admonester par sa mère, armée d'un peigne et d'un mouchoir : « Allons, Gaston, ne fais pas l'homme des bois ! C'est le jour de ton mariage ! »

Elle essuya tendrement la bouche de son fils avant de prendre son bras. Et tout s'était passé pour le mieux, jusqu'aux consentements des époux murmurés devant l'abbé Malaurie.

Enfin on passa à table, alors que déjà les ombres commençaient à s'allonger.

— Maintenant que nous avons bien travaillé au bonheur de ces enfants…

La baronne, rayonnante, plaça ses invités selon le protocole, autour de l'immense ovale nappé de damas blanc. Une escouade de filles du pays tapies dans les profondeurs de la cuisine était menée par Seconde et sa belle-fille Reine, en coiffe et tablier empesé. Le service, dans les larges assiettes blanches armoriées d'or, se déroulait en longueur, du potage de pointes d'asperges jusqu'au parfait meringué aux noix, arrosé de vins de Pécharmant et de côtes-de-monbazillac. La plus grande partie de l'après-midi s'écoula : des rais de lumière obliques, à travers les croisées largement ouvertes, parvenaient déjà jusqu'au fond des pièces, jouant sur les portraits d'ancêtres accrochés aux murs sombres. Le ciel pur tardait à s'obscurcir : la Saint-Jean et le solstice d'été approchaient.

Pendant que l'on présentait des cigares venus de l'île de Cuba, ainsi que du vin de cassis dans de minuscules verres de cristal taillé, chacun s'assoupissait lentement. Des coups de vent légers, très doux, apportaient de l'extérieur des bouffées de musique et de rires. On dansait dans la cour de la métairie, sous l'archet du chabretaire*.

Alors que tombait le jour, par nuées roses et violettes, sur la Dordogne, monsieur du Mayne demanda que l'on attelle.

— Baronne, chère amie, comment vous dire tout le bonheur que nous souhaitons à votre jeune ménage...

Quand Abel, l'époux de Reine, vint annoncer la voiture du commandant, il glissa quelques mots à la baronne. Laquelle agita son aigrette et répondit d'un ton vif :

— Certainement, mon ami ! Mais s'ils veulent offrir le tourin, qu'ils l'apportent donc dès maintenant, sur la terrasse !

Et se tournant vers le père de la mariée, placé à sa droite, elle expliqua :

— Ces braves gens veulent respecter la tradition périgourdine, qui consiste à apporter une soupe aux mariés, dans leur lit. On dit que sa recette encourage leurs ardeurs. N'allons pas imposer à nos enfants cette coutume de mauvais goût, n'est-ce pas ? Je ne veux pas d'une escouade de paysans dans les étages ! Mais il ne faudrait pas froisser mes gens. Nous allons les recevoir dehors, et en quelques minutes la chose sera réglée ! Où sont les mariés ?

Le regard vague, monsieur de Valloux approuva.

Seule Mondane répondit à l'appel. Sa minuscule silhouette blanche s'inscrivit dans l'ombre imposante de sa belle-mère, sur la terrasse. Une soupière fumante apparut. Elle était portée dans un *bouïricou** par quatre hommes, avec, sur une serviette de lin, une louche d'étain et deux bols en terre vernissée.

— Allez, ma fille, buvez en l'honneur de nos gens ! Gaston a sans doute dû aller se reposer un moment, après toutes ces émotions !

La mariée, souriant timidement, s'approcha des quatre garçons, qui avaient pris un air buté.

— Té, et *lou moussur* ?

Le sourire de Mondane se figea. Le front plissé, elle cherchait à comprendre ce qui se disait. Suivit une longue phrase en patois d'Abel, qui suscita des ricanements de la part de ses compagnons. Les invités, derrière les croisées de la salle à manger, semblaient indifférents. Et la jeune femme, tout en reconnaissant bien les intonations occitanes, n'en comprit pas le sens. Au nord du pays d'Oc, on chuintait les sons qu'on « caguait » plutôt au sud.

— *Anen, anen, li cal onâ*[1].

Seconde, qui avait enlevé ses blancheurs empesées et retroussé ses manches pour la vaisselle, surgit de l'office avec un air fâché pour chasser les garçons comme on le ferait de poulets, avec de larges moulinets de bras. Ils rebroussèrent chemin avec elle vers la métairie, maugréant et montrant le tourin intact. Mondane resta coite. Mais déjà la comtesse de Valloux profitait de la diversion pour prendre congé. Elle avançait vers la maîtresse de maison, suivie de toute sa parentèle, et, lui prenant les deux mains :

1. « Allons-nous-en. »

— Il nous reste à vous remercier et à regagner nos appartements. Notre wagon nous attend en gare du Buisson demain matin à l'aube. Avec le chemin de fer, on n'est plus maître de son temps, n'est-ce pas !

On se congratula. Mondane, en retrait, mit à profit le moment pour s'éclipser et aller embrasser les enfants, comme chaque soir depuis leur naissance. Une servante les avait emmenés dormir bien avant les desserts. Demain, ils seraient repartis. Avec ces longues heures de voyage entre eux et elle, qui sait quand ils se reverraient ?

On avait obligeamment attribué aux Valloux toute l'aile nord du château. Mondane s'assit au pied d'un lit, regardant les petits abandonnés dans leur sommeil, Jehan et ses boucles, le visage aigu de Suzanne, et Madeleine... Par la fenêtre entrouverte, la petite mariée perçut, dans la cour de la métairie, des éclats de voix en colère, alors que la musique s'était tue.

Dans ces ténèbres moites, rythmées par les respirations, l'épuisement tomba d'un coup sur elle. La tentation lui vint alors d'aller se glisser de suite dans la belle chambre qui lui avait été offerte lors de son arrivée. Après tout, personne, ni famille ni belle-famille, ne faisait grande attention à elle. Sa mère lui manquait comme jamais, qui l'aurait entourée et guidée tout au long de cette étrange journée. Elle enfila une galerie éclairée par des reflets de lune pour regagner l'aile orientale du château. Ces lieux lui plaisaient. Dire qu'un jour ils lui deviendraient familiers, sa maison pour toujours ! La porte de chêne massif grinça en ouvrant sur sa chambre : de magnifiques proportions, vraiment, avec un plafond à caissons cloisonnés aux délicates peintures passées, deux hautes fenêtres dominant la vallée, une cheminée de pierre ouvragée, un lit à colonnes tendu de velours lie-de-vin. Sans même allumer la lampe Pigeon déposée sur la table de nuit, elle se déshabilla, arrachant délicatement le petit bouquet de fleurs d'oranger cousu à sa ceinture. Un broc de faïence fleurie l'attendait sur le marbre de la table de toilette. Elle se rafraîchit, puis, en chemise et pantalon de fine batiste, s'assit sur le lit. Que convenait-il de faire pour une mariée ? Alors, elle prit conscience que Gaston n'avait pas réapparu depuis la cérémonie. Mondane lutta un moment pour garder les yeux ouverts ; les instants marquants de la journée défilaient dans sa tête, les questions aussi, mêlées de vagues inquiétudes. Puis elle sombra.

2

Novembre approchait. L'angélus du matin venait de sonner au clocher de Saint-Donat, relayé par l'horloge. Alors que le brouillard noyait encore totalement la vallée, Seconde se leva douloureusement, les articulations nouées.

Son lit occupait le fond de la cuisine, à côté de l'ouverture cintrée menant aux caves du château. Du sol fait de pisé, avec les petites pierres inégales ramassées dans le lit de la Dordogne, remontait l'humidité, en auréoles de mousse verdâtre. Chaque automne, malgré la paillasse de fanes de maïs, l'édredon de plumes d'oie et les courtines fermées, elle ressentait plus douloureusement la froidure. Dans le coffre où étaient serrés tous ses vêtements, Seconde prit donc des bas de laine, qu'elle attachait au-dessus du genou avec des lie-chausses, et son jupon d'hiver, pour l'ajouter par-dessus celui de coton. Noir comme il se doit, de même que son mouchoir de tête, qu'elle portait avec une corne sous l'oreille gauche, depuis son veuvage. Au bout des deux années de deuil suivant la mort du père Delteil, elle avait cessé déjà de compter les saisons, et point songé à changer de tenue. De toute façon, quand on avait déjà comme elle accroché le demi-siècle... La laine lui tiendrait chaud jusqu'au printemps prochain, si *lou boun Diou* le voulait ainsi.

Ensuite, la vieille femme versa un peu d'huile de noix

sur le caleil* pour faire monter la flamme, et se dirigea vers le grand fourneau de fonte noire. Celui-ci, avec ses parements de cuivre luisant, était sa gloire et un plaisir chaque jour renouvelé. Dix années auparavant, Madame l'avait fait venir de la maison Chevalier à Paris. Même au château de Hautefort, dans le nord du département, il n'y en avait pas d'aussi perfectionné ! Une femme du pays, dont le frère y travaillait comme jardinier, l'en avait assurée.

Seconde commença par vider le tiroir placé sous le foyer, qui était au matin rempli de cendres, et le renversa dans une seille à la porte de la cuisine. Abel l'emporterait plus tard pour fumer le potager. Puis, saisissant le crochet fixé à la barre brillante, elle souleva les plaques de fonte qui fermaient le foyer, ranima les braises encore chaudes avec le soufflet et ajouta les bûchettes coupées à cet effet par Gaston. En quelques minutes, les flammes ronflèrent en léchant la fonte. Elle versa alors dans la réserve du fourneau un plein broc d'eau à chauffer, que Reine avait tirée du puits la veille. Il y en aurait ainsi toute la journée à disposition, et c'était une commodité bien appréciable. Enfin, elle posa la toupine sur le fourneau, à côté de celle du cochon. Il fallait que la soupe soit bien chaude pour le casse-croûte des hommes, tout à l'heure.

Le maigre jour de la pièce venait du fenestrou, au-dessus de l'évier de pierre. Et à la belle saison, de la porte toujours ouverte, débouchant directement, quelques marches au-dessus, dans la cour de la métairie. Bien que la cuisine soit régulièrement chaulée de blanc, les poutres restaient noircies par la fumée et la poussière.

Quand son fils Abel s'était marié avec Reine Vergniolle, venue de Bigaroque, madame la baronne leur avait abandonné une ancienne resserre, sans feu mais contiguë à l'écurie. Le jeune ménage s'y était installé, avec maintenant le petit Jantou, qui allait sur sa troisième année. La cuisine restait commune, et Reine avait été formée au service du château, en même temps qu'elle tenait la basse-cour. Abel faisait le régisseur et le cocher, tout en cultivant la réserve* et en soignant les bêtes.

Déjà Reine avait ouvert à sa volaille et jeté le grain : « Petit, petit, petit... » On entendait piailler là-haut les canards et les oies. Ensuite, elle irait pousser un à un tous les lourds contrevents du château et prendre les ordres de la journée. Bientôt des sabots raclèrent la cour, accompagnés par les aboiements des chiens. Chiens ou chiennes, il y en avait toujours eu une paire au château, de race indéfinie, qu'on appelait par habitude Clairon et Trompette. Abel cracha sa chique de tabac, dans un long jet de salive noire, et descendit les marches, avec le petit Jantou dans ses jambes. Isidore venait derrière. C'était un vieil homme courbé, à la moustache jaune, le fils d'un grenadier de l'Empire revenu sur le tard s'établir au pays. Aux veillées, il pouvait raconter par le menu les hauts faits de l'enfant du pays, le général Fournier-Sarlovèze. La bravoure de celui-ci avait sauvé des eaux glacées de la Berezina ce qu'il restait de la Grande Armée, en défendant le dernier pont contre l'assaut du Russe. Dans la chaleur du cantou*, on frissonnait en l'écoutant décrire les malheureux grognards pris par le froid.

Comme il avait été un temps métayer à la Boissière et qu'il était veuf sans descendance, on l'avait installé à la Loge, une maisonnette basse qui commandait le porche d'entrée du parc, en contrebas des anciennes douves du château. Isidore, en son temps, avait permis au domaine de Tarnhac d'être reconnu par l'administration des tabacs comme « porte-graines », fournisseur des plantes-mères vigoureuses. Depuis, il soignait le potager et prêtait la main quand il y avait nécessité. Seconde lui faisait sa soupe.

— Oh, la mère !

— Té, *adiou* !

Une goulée d'air humide s'engouffra avec les arrivants, faisant frissonner le feu. Les chiens, restés à l'extérieur, s'aplatirent devant la porte, attendant leur pitance. Les deux hommes quittèrent leurs sabots garnis de solides battes de cuir et, basanes aux pieds, se tassèrent sur le banc, devant la longue table cirée. Déjà, Seconde y avait déposé des écuelles d'étain, avec des verres et une cruche de piquette. Du grand tiroir sous la table, elle tira aussi la tourte de pain, enveloppée dans une toile de lin. Alors, dans sa haute caisse de noyer, l'horloge se mit en branle, en cascades de ronflements et de gémissements mécaniques, pour sonner les dix heures.

— Depuis la pique du jour, déjà presque un journal labouré.

— Avec le vieil araire, on n'aurait pas fait si bien !

— Et puis le brabant enfonce plus profond, ça nettoie le sillon de toutes les larves.

C'était le temps des labours d'automne, où l'on enfouissait dans la terre, pour l'engraisser, les tiges des plants de tabac de l'année précédente.

Debout derrière les deux hommes pour les servir, Seconde tailla dans la tourte de beaux crostets*, pour tremper la soupe. Puis elle aida à manger le petit *drolle* installé sur son *coulaïrou**. Prestement, la mémé accrocha aux solives du plafond le panier de cerneaux énoisés la veille, dans lequel celui-ci avait déjà mis la main.

— Ça donne le mal de ventre aux brigandards qui en mangent trop !

De l'autre escalier, celui menant à l'office et au reste du château, Reine descendait, les bras chargés de grands draps de fil brodés.

Abel, tout en versant la piquette dans son écuelle pour faire chabrol, s'adressa à sa femme :

— Té, rien de nouveau, là-haut ?

— Ça a été charivari, cette nuit encore, on dirait ! Devant la porte de madame Gaston, il y avait encore la table de toilette, avec son dessus de marbre ! Elle a de la force, cette *draoulette* ! Sûr qu'il ne l'a toujours pas eue...

— Il dort dans sa chambre de *galopian* ?

La femme de chambre haussa les épaules.

— Quand il passe pas la nuit à courir dans les bois de Montpeyran...

Abel grogna :

— Il en a toujours après la Malvina, ça se dit.

— Qu'elle a même pas sevré son petit, et qu'il ressemble déjà à feu monsieur le baron comme c'est pas permis !

Seconde desserra les lèvres.

— Vous me carcinez*, vous deux.

Ayant été placée l'année de ses douze ans, elle était entrée en service au château peu après la défaite de Sedan, pour quarante francs par an, nourrie et logée. Une bien meilleure place que de faire la fille de ferme à douze francs ! Elle parlait donc très correctement le français, mais le patois se prêtait mieux à sa pensée. Par principe et par commodité, Seconde se rangeait du côté de sa maîtresse, et des nécessités du service.

Mais Reine était lancée.

— La petite dame du causse, dit-elle en désignant le plafond d'un coup de menton brusque, elle a bien dû voir à quoi s'en tenir, quand il est allé la chercher dans son pays ! Elle a dit oui devant monsieur le curé pour avoir les terres et le *saccou**. Maintenant, qu'elle s'en débrouille, et l'empêche de courir les filles.

Seconde, pour couper court, interpella sa bru :

— Allez, à la bugade* ! La Catissou attend après toi !

Catissou était la femme du métayer de la Séguinie, qui avait travaillé comme servante à Tarnhac jadis, avant son mariage, et continuait à venir en journée au château, quand Seconde le lui demandait. Son Germain était bien malade, et les quelques sous qu'elle rapportait ainsi n'étaient pas de trop.

Isidore, concentré sur sa bouffarde, la bourrait de gros gris. Il semblait n'avoir rien entendu, et, de fait, il était un peu sourd.

Seconde pénétra dans la première cave voûtée qui servait d'arrière-cuisine, et qui était son domaine exclusif. Elle en revint, tirant derrière elle une grande lessiveuse où Reine déchargea son linge. A elle ensuite de la remplir d'eau et de cendres, puis de faire bouillir le linge sur le feu. C'était l'affaire d'une matinée entière ; il faudrait ensuite le plier dans une grande panière d'osier, pour le brouetter jusqu'au lavoir de Saint-Donat, où on le rinçait. Le puits de Tarnhac, qui allait chercher l'eau loin dans les profondeurs calcaires du coteau, n'y suffisait pas.

Jamais madame de Tarnhac ne descendait dans cette cave, dont Seconde referma la porte à clé derrière elle, ni même à la cuisine. Elle n'y aurait pas été bienvenue, et se serait rompu les os dans le petit escalier de service. Mais elle en connaissait pourtant parfaitement le contenu grâce à Seconde. Au fil des années, la gouvernante et la baronne avaient appris à se comprendre sans mots.

Puisque sous ces voûtes épaisses la température restait presque constante, hiver comme été, on y avait aménagé une resserre : les tourtes de pain cuites deux fois par lune dans le fournil étaient posées sur un râtelier. Un garde-manger de bois grillagé pendait à un crochet, pour protéger des souris comme des mouches les tommes et les cabécous de chèvre. Sur les étagères massives, il y avait encore des dames-jeannes de vin et de piquette, des toupines de confit et de salé, une jarre d'huile de noix, avec son bec verseur. Des pommes et des poires étalées sur leurs claies, des pruneaux, un chapelet d'ail.

Les plus belles grappes de raisin avaient été pendues à sécher sur un cerceau d'osier, pour la Noël. A la solive restaient seulement quelques quartiers de lard dans leurs toiles, et une péteyrolle*, emplie de graisse d'oie.

Seconde régnait aussi sur les buffets, où l'on rangeait des seilles, des cruches de terre vernissée, des tourtières, un mortier et son pilon, une poêle percée de trous pour griller les châtaignes, un grand bassin à confiture en cuivre. Elle avait encore la haute main sur la vaisselle fine et l'argenterie, entreposées dans l'office, ainsi que sur les grandes armoires de la lingerie, à l'étage. Reine, sa bru, qui pourtant servait à table sous sa direction, n'en possédait pas les clés.

Les douze coups résonnaient quand s'agita la sonnette de la salle à manger. Un grand panneau occupait la montée d'escalier sombre, avec un plan des principales pièces du château, chacune munie d'un grelot, à l'intention des servantes illettrées. Quand la baronne tirait un cordon dans les étages, l'appel se répercutait ainsi dans la cuisine. Reine s'ébranla, il fallait servir le déjeuner sans attendre. Seconde alla donc au coin de la tour ouest se pendre à la grosse cloche pour l'annoncer.

Presque aussitôt, la courte silhouette de Gaston de Tarnhac se dessina derrière le fenestrou. Il obéissait aux ordres maternels en venant se débarbouiller à la pompe de la cour avant de rejoindre la salle à manger. Au passage, il déposa à la porte de la cuisine un panier de champignons : deux beaux et gros cèpes sur un lit de larges feuilles de châtaigniers, et quelques girolles. C'était son offrande silencieuse à Seconde, qui l'avait élevé. Elle marmonna en les examinant :

— Il est bien brave, quand même, *lo pauvré drolle*...

Mais Gaston déjà se glissait derrière sa chaise, à la droite de sa mère, jetant un regard fuyant vers Mondane. Son visage était carré et plat sous ses cheveux embroussaillés ; il avait l'odeur forte, la peau tannée par l'air des bois, où il passait le plus clair de son temps. Un mince filet de salive coulait de sa bouche entrouverte. Sa femme baissa les yeux sous ce regard. Les repas étaient les moments les plus difficiles de leur cohabitation.

Reine parut, en chaussettes de grosse laine et tablier encore mouillé par la lessive. Dans un silence pesant, elle fit cliqueter les couverts d'argent sur la desserte, puis se pencha derrière la baronne pour présenter un plat de viande de chasse et de fèves, déjà refroidi par son périple depuis la cuisine. Le feu dans la haute cheminée ne suffisait pas à réchauffer ce mois d'octobre gris. Depuis le mariage, quatre mois auparavant, ni les rallonges de la lourde table d'acajou ovale, ni les chaises Henri II à haut dossier sculpté n'avaient bougé. Aussi les trois convives semblaient-ils perdus à un bout : la baronne présidait, tandis que Gaston et Mondanc l'entouraient. Placés ainsi de biais, tous deux s'efforçaient de s'éviter du regard, et la vieille dame entretenait presque seule la conversation. Elle avait comme son fils un solide coup de fourchette, et déplorait que sa belle-fille mangeât si peu, la soupçonnant presque de se laisser aller à la faiblesse.

— Ma fille, voulez-vous vous resservir ?

— Merci bien, ma mère.

— Gaston, cela suffit, tu as mangé assez de pain. Tiens-toi correctement, je te prie, tes coudes sont sur la table ! Les pommes sont décidément excellentes, cette année.

Les rainettes sucrées arrivaient sur la table dans un haut compotier à pied.

— Enfin, mon enfant, essuie ta bouche, s'il te plaît !

Par moment, en effet, Gaston laissait pendre sa lèvre inférieure, et bavait un peu. Il s'exprimait rarement, avec une diction heurtée et rauque, et un vocabulaire élémentaire.

Les premières fois où elle entendit vraiment le son de sa voix, au cours de l'été brûlant qui avait suivi son mariage, cela provoqua l'effroi de Mondane. Ce que voulait exprimer le garçon, seules sa mère et Seconde le comprenaient vraiment.

Mondane redoutait ces repas immobiles, servis par une Reine de méchante humeur. Les tablées bruyantes de la Géraudie, l'unique servante débordée ne l'avaient pas habituée à cela. A Tarnhac, il y avait plus de domestiques qu'il n'en fallait à demeure, et l'on observait un protocole immuable. C'est dans ce silence contraint que, peu à peu, elle avait réalisé l'horreur du piège qui s'était refermé sur elle. On l'avait donnée à un simple d'esprit, avec la complicité plus ou moins consciente des deux familles réunies par un intérêt réciproque. Elle se sentait infiniment abandonnée sous les hauts plafonds de Tarnhac. Jamais sa mère, avec son bon sens serein, son expérience de la vie, sa tendresse, n'aurait laissé faire une chose pareille, se disait-elle. La douleur de son absence s'en trouvait ravivée, mêlée au drame du temps présent.

La baronne n'était sans doute pas une mauvaise femme. Mais une mère blessée, murée dans une solitude hautaine, arc-boutée sur la défense de son fils unique dont elle niait la maladie. Personne sur le coteau n'osait lever la consigne du silence. Si on savait les choses, on ne les disait pas, et encore moins à une étrangère. Madame de Tarnhac avait décidé seule de ce mariage inique, comprenait Mondane, car elle y plaçait l'espoir d'assurer sa descendance, au-delà du pauvre garçon. Il fallait à toute force des héritiers au nom et au domaine de Pech Tarnhac. Tout naturellement, elle entendait mener la vie de son « jeune ménage » comme elle le faisait du domaine et de ses métayers. Gaston n'avait pas voix au chapitre dans la conduite des affaires, mais remplissait avec ardeur les tâches qui lui étaient attribuées. En particulier la charge du bûcher : dès l'automne, il fendait le bois de ses gestes mal coordonnés, charriait les brouettes jusqu'aux différentes entrées du château. Des fagots et des rondins pour les cheminées, des bûchettes courtes pour la cuisinière de Seconde et les poêles de faïence brune. Son rôle s'arrêtait là : interdiction lui était faite de manier les brandons pour allumer les feux, ou même les chaufferettes remplies de braise. Il y avait une raison à cela : Gaston était attiré par les flammes depuis l'enfance, et avait plusieurs fois provoqué des départs d'incendie en tisonnant trop fort.

De même, le jeune homme graissait et fourbissait avec conscience toute la sellerie du château. Milord, un cheval trapu de couleur isabelle, était son meilleur compagnon, avec Clairon, le corniaud de la ferme, qui le suivait partout fidèlement. Ils communiquaient par grognements. C'était son unique forme de liberté : quand on ne lui demandait rien, Gaston disparaissait à cheval dans les bois, le chien à ses trousses. Il revenait avec un rictus de plaisir, qui lui retroussait bizarrement les lèvres.

Qu'y avait-il vraiment dans la tête de son époux ? Que comprenait-il des conversations et des enjeux de la vie à Tarnhac ? Mondane, malgré de longues heures d'observation angoissée, ne le savait pas vraiment. Et évitait de lever les yeux vers Gaston, pour ne pas voir posé sur elle ce regard fou de désir.

Quelque chose l'agitait aujourd'hui, qu'il finit par énoncer avec effort :

— M'man, réparer la selle de Milord, la sangle cassée !

— Vois donc avec Abel s'il peut faire quelque chose, avant d'aller chez le bourrelier.

Mondane prit à son tour la parole :

— Mère, je n'ai pas de nouvelles de ma famille ce mois-ci, j'aimerais envoyer une lettre.

— Très bien, vous me la donnerez, ma petite, je dois aussi répondre à votre tante Valloux. Rassurez-vous, elle m'a aimablement écrit très récemment, et tout semble aller pour le mieux à la Géraudie. Reine, tu me donneras ma tabatière et mes bésicles ?

La baronne ne pouvait se passer de ces deux objets, et les oubliait avec constance partout où elle passait. En répétant volontiers pour s'en excuser : « Voyez-vous, j'obéis à Desgenettes, médecin aux armées, qui déjà conseillait aux pestiférés de Jaffa : "Prisez donc, tas de clampins, ça chasse la maladie et ça distrait !" »

Sa voix grimpait dans les hauteurs en arrivant à la fin de la tirade.

Reine retrouva et apporta la boîte émaillée, ajoutant à sa manière toute dépourvue de rondeur :

— Abel a déjà regardé cette selle, le cuir est usé, faut le remplacer. Le courrier de Madame est sur le plateau d'argent, dans le vestibule. Mais y a rien qui vient du Lot.

Tous les faits et gestes des habitants du château, Mondane le savait désormais, étaient commentés et critiqués à la cuisine, puis répercutés à travers les métairies du pech, dans ce patois sarladais qu'elle comprenait mal. Jamais aucune parole ne lui était directement adressée, à elle qu'on accusait d'avoir accepté ce mariage contre nature. En plus de l'animosité sourde de l'office, elle sentait monter aussi, bien que rien ne soit exprimé, les griefs de la baronne, à mesure que passaient les mois.

C'était là exactement le nœud du drame. Une peur immense, envahissant nuits et jours, s'était abattue sur elle comme une chape noire. Depuis ce soir de ses noces où elle s'était endormie, l'horreur l'avait saisie pour ne plus s'en aller. Après un court moment de sommeil, Mondane avait senti un corps s'affaler sur elle en travers du lit. Elle avait poussé un cri perçant, un seul. L'homme allait à l'abordage comme il avait coutume de faire avec les filles de ferme, en gestes désordonnés. Mais elle se débattit de toutes ses forces, usant de ses poings, de ses dents, de ses ongles. Sans qu'on lui ait rien appris des réalités de la vie, elle avait pourtant assez vécu entourée d'animaux, assez entendu de grivoiseries pour comprendre. Elle s'était assez souvent battue avec ses frères autrefois pour ne pas craindre le corps à corps, et pour savoir prendre l'avantage dans la lutte. Gaston, au contraire, n'avait jamais rencontré de réelle résistance à sa volonté, et son corps maladroit lui obéissait mal. Les malheureuses sur qui il avait jusqu'à présent jeté son dévolu ne se sentaient guère en droit de se défendre. Cette fois-là, l'indignation jointe à la bonne forme physique donnèrent à Mondane le dessus sur cet homme auquel elle n'arrivait pas à l'épaule ; Gaston, brusquement, sans une parole, abandonna la partie et s'en alla, comme il était venu, dans la nuit.

La jeune fille, qui avait reconnu son mari dans l'assaillant, tremblait de tout son corps. Terrorisée, redoutant une nouvelle attaque, elle poussa les trois fauteuils de la pièce contre la porte pour se barricader. Et fit de même les jours suivants, ajoutant encore à sa défense la lourde table de toilette en marbre. Ensuite, tremblante, incapable de s'endormir, elle s'agenouillait pour se confier à la Vierge Marie, égrenant le chapelet offert naguère par sa mère, à l'occasion de sa première communion. La force et la consolation lui venaient. Au cours de l'été, Gaston refit quelques tentatives, à la fois brutales et timides, sans plus de succès. Puis il sembla abandonner la partie quand vint l'automne. Désormais, Mondane habita sans partage la haute chambre d'apparat.

Quant à son époux, il conserva la chambre de son enfance. De là, il entrait et sortait du château à toutes les heures du jour et de la nuit. Comment ou par qui la baronne comprit-elle la situation ? Mondane ne put le deviner. Mais elle fut fixée sur les raisons de sa tranquillité croissante le jour où, lui jetant un œil torve, Reine se plaignit d'avoir bien du mal à trouver des filles pour venir faire des journées au château.

— La Catissou, elle a plus la force, avec l'âge, et Malvina, elle peut pas, avec son petit au sein. Les autres, elles ont peur, à cause de Monsieur Gaston...

Les choses étaient dites : monsieur Gaston, n'étant pas accueilli dans le lit de sa légitime épouse, continuait donc à chercher satisfaction ailleurs, et à terroriser les jeunes filles du pays.

Madame de Tarnhac soupira et regarda longuement Mondane, qui finit par baisser les yeux. Il était clair maintenant pour la belle-mère que la bru ne remplissait pas ses devoirs conjugaux.

En dehors des repas, Gaston disparaissait donc souvent et longtemps. Aussi la jeune épouse était-elle tenue à de longs face-à-face dans le petit salon de la baronne. Celle-ci lui dictait l'emploi de son temps, comme à tous au château.

— Ma fille, vous brodez bien, m'a vanté votre tante Valloux. J'ai là une belle pièce de toile, dont je voudrais tirer des napperons. Voyez-vous, sur le modèle de ceux-là. Puis, avec une aiguillée de coton rouge, vous marquerez votre chiffre au point de croix. Ainsi vos petites-filles, plus tard, garderont-elles la mémoire de votre travail...

— Bien, ma mère...

Mondane supportait mal son inutilité nouvelle et aimait à travailler de ses mains. Mais à Tarnhac, personne n'avait besoin d'elle. Et cet ouvrage-là n'avait rien d'indispensable, elle s'en rendit vite compte dans la lingerie où Seconde entrouvrit devant elle une des armoires. Néanmoins, pour échapper aux regards et aux paroles, elle se penchait chaque après-midi sur son aiguille.

On entrait dans l'hiver, les pierres de Tarnhac viraient au gris, la vallée se noyait sous une pluie tenace, perdait sa splendeur lumineuse. Mondane, quoiqu'elle en eût, avait goûté comme une consolation offerte la beauté mordorée de Tarnhac, avec son horizon coulant vers la rivière, la lumière bleutée si particulière sur la Dordogne, les toits moussus assemblés par grappes, leurs panaches fumants, le pech coiffé de châtaigneraies d'or et de feu.

Elle avait appris à décliner les noms des métairies, étagées sur le pech comme pour faire allégeance au château planté au sommet : la réserve de Tarnhac, contiguë à la Boissière des Vignal, Campredon, petite terre tenue par un sauvageard nommé Célestin Lagrèze, la Séguinie, habitée par les Bouyssou...

Au fil de l'été finissant, elle avait découvert la majesté émeraude des champs de tabac étalés autour de Tarnhac, et humé le parfum flottant autour des séchoirs, après la récolte. A cause de sa peur panique de croiser Gaston dans un chemin creux, elle ne s'éloignait guère pourtant des allées du parc. Les corbeilles de roses remontantes, fanées maintenant, avaient été somptueuses jusqu'à la fin du mois de septembre. En enlevant ici une fleur fanée, là une herbe folle, elle trouvait de l'apaisement dans ces accordailles avec la nature, et une alliance silencieuse avec Isidore le jardinier.

Mais maintenant que le temps devenait si mauvais, que l'humidité et les vents coulis empêchaient même de se tenir près d'une croisée, elle était condamnée à s'asseoir avec sa corbeille à ouvrage dans le petit salon de la baronne, seule pièce où le feu était entretenu en permanence. Les deux femmes passaient ainsi des heures de part et d'autre de la cheminée, travaillant sous la lumière flottante du globe de la lampe.

Dans les lettres convenues adressées à sa famille, Mondane parlait du temps, décrivait avec honnêteté la splendeur des paysages périgourdins, infiniment plus vallonnés et variés que ceux du causse, et demandait des nouvelles de ses neveux. Qu'aurait-elle pu dire d'autre, et à qui ? Par politesse, comme on le lui avait appris, elle confiait ses lettres à sa belle-mère sans les cacheter. De Cahors, Toinon répondait au nom de tous, éblouie encore de l'opulence de Tarnhac, imaginant avec admiration sa petite sœur dans ce cadre enchanteur. Il était vrai qu'au château le temps coulait sans qu'on éprouvât jamais le souci du lendemain. Les resserres étaient pleines, les toits, régulièrement repassés, les métairies, florissantes et le respect du voisinage, acquis. De quoi aurait-elle osé se plaindre, si ce n'est de l'indicible ? Et comment ? La honte lui venait aux joues.

Ce jour-là, une pluie épaisse se déversait sur la vallée, brouillant les contours du parc, et l'interminable déjeuner venait à sa fin. On attendait que Reine apportât la cafetière tiède pour passer au petit salon. Ensuite, la baronne chercherait sa tabatière pour priser, comme à l'accoutumée. Gaston, sans doute, se réfugierait dans l'écurie, en attendant une éclaircie, et Mondane ravalerait ses larmes en brodant. Soudain, un curieux grondement se fit entendre, qui venait du chemin gravissant le coteau, de Saint-Donat à Pech Tarnhac. Les chiens aboyèrent nonchalamment. Reine resta saisie, plateau en main, tandis que le vacarme rebondissait, se modulait, s'amplifiait. Soudain, en quelques secondes, une automobile jaillit devant la terrasse, avec à son bord un homme casqué et chaussé de lunettes. Elle vint se ranger devant le perron, dans une gerbe d'eau jaune. Les fenêtres de la salle à manger donnaient en oblique sur la scène, de façon que seule Mondane, de sa place, pouvait l'apercevoir. Une haute silhouette se déplia de l'habitacle. Ainsi dressé dans la bourrasque, l'homme exhalait la force. Il enleva ses lunettes et leva des yeux clairs vers la façade du château.

— Reine, va donc voir ce qui se passe, au lieu de rester ainsi plantée.

— Oui, Madame.

On savait que le médecin de Beynac avait acquis une de ces machines pour visiter ses malades, mais Tarnhac n'était pas dans ses pratiques, et personne n'était souffrant. Le fils aîné de monsieur du Mayne, également, qui habitait Bordeaux, en possédait une. Mais que ferait-il ici, à cette heure, sans avoir été prié ? Tous trois restaient comme figés par cette intrusion. Il venait si peu de monde à Tarnhac !

Reine revint, cachant mal son excitation.

— C'est monsieur Chassaigne, de Coulerouze, qui voudrait avoir une explication avec madame la baronne, à propos de la source. A ce qu'il dit, quelqu'un l'aurait dérivée vers chez nous, dans le champ de la Cornédie.

Reine, tout naturellement, faisait siennes les terres régies par Abel.

La vieille dame se sangla aussitôt dans sa dignité.

— Dis à ce monsieur Chassaigne que nous sommes à table, qu'on ne fait pas irruption ainsi chez les gens sans s'annoncer. Je le verrai, mettons, demain matin à neuf heures. Et qu'il se présente devant les communs, certainement pas ici.

Gaston n'avait pas semblé suivre la conversation. Mais comme souvent quand survenait quelque chose d'étranger à son monde, le tic qui lui faisait cligner un œil s'accentuait, et il contrôlait moins bien sa lèvre inférieure. Reine repartit vers le vestibule pour transmettre le message. On l'aperçut devant le portail, s'exprimant par mimiques entendues. L'homme n'insista pas, salua la servante de manière trop appuyée pour être dépourvue d'ironie, avant de voir se refermer devant lui la lourde porte cloutée. Après plusieurs tours de manivelle, l'auto ronfla, puis effectua un très large demi-tour inutile devant la terrasse, envoyant des paquets de boue sur les massifs de roses.

Mondane, depuis qu'elle habitait Tarnhac, avait déjà bien souvent entendu parler de cet homme, sans l'avoir jamais rencontré. Aux lundis de sa belle-mère, jour de réception hebdomadaire de la baronne, Chassaigne faisait l'unanimité. C'était un rouge, qui selon les dires de la femme du facteur elle-même recevait dans son courrier le journal maudit, *Le Radical-socialiste de la Dordogne*. On le soupçonnait aussi d'être affilié à la franc-maçonnerie, comme beaucoup de ses amis de Sarlat. Comme Léon Sireyjol, anticlérical patenté, élu au Palais-Bourbon depuis ces funestes élections de 1902, où la « gueuse » avait gagné, et où le département de la Dordogne était passé aux républicains.

Le grand-père de Chassaigne avait fait fortune en fournissant des chevaux de remonte à l'armée impériale. Cela, aucun monarchiste ne pouvait le lui pardonner. Le père, lui aussi bonapartiste enragé, avait, à la fin du siècle précédent, acquis de bonnes terres ensoleillées sur le coteau même de Tarnhac. Des terres qui avaient appartenu à la famille de Tarnhac jusqu'à la fin du XVIIIe siècle. Un ancêtre trop joueur les avait alors perdues. Cette propriété de Coulerouze revêtait une importance extrême, car la source irriguant le pech tout entier y jaillissait, à la limite des deux propriétés désormais séparées. Depuis la nuit des temps, des hommes vivaient là, autour de cette source de vie ; *aqua* avait donné son nom même à Tarnhac. Le propriétaire de la source détenait un terrible pouvoir, dans ce pays aux étés si secs. Il pouvait mettre en péril les récoltes et affamer les métairies, malgré les résurgences et les fontaines parsemant le coteau.

A l'époque de la grande crise du phylloxéra, le père Chassaigne, jouant de ruse, avait proposé le prix fort aux petits vignerons ruinés propriétaires de Coulerouze. Pire encore, il avait ensuite relevé une maison forte, perdue dans les bois sur l'autre versant du Pech Tarnhac, pour s'y installer à demeure, à moins de vingt minutes de marche du château. Hippolyte Chassaigne, le fils, enfin, narguait depuis quelque temps les familles de Tarnhac et du Mayne, en y tenant des réunions politiques hostiles au maire, conservateur et modéré. On ne se saluait plus, alors que demeuraient toujours en cours des litiges entre les deux domaines, dont les parcelles de terre s'imbriquaient de manière inextricable. A propos de l'accès à la source, bien sûr, mais aussi de servitudes de passage, de droit de chasse ou de bordiers mordus par un chien méchant.

La baronne, en même temps que son café, porta une pincée de tabac à ses narines. Sa vaste poitrine se souleva et, saisie d'une inspiration, elle darda son regard sur Mondane.

— Ma fille, demain, c'est vous qui recevrez d'abord ce monsieur. Vous le ferez attendre dans la cour, devant la cuisine. Je prendrai mon temps.

— Bien, ma mère.

Mondane, troublée comme elle ne l'avait jamais été, tira son fauteuil près de la fenêtre du petit salon, pour profiter du faible jour pluvieux. Elle finissait un tricot d'enfant que lui avait demandé madame du Mayne, pour une famille pauvre de la paroisse. Ses longues aiguilles de fer se mirent à cliqueter. Gaston disparut silencieusement, l'après-midi s'étira de nouveau.

3

Les gros orages du 15 août étaient passés au large de la vallée et n'avaient heureusement pas apporté de grêle sur le pech. Le père Vignal espérait beaucoup de cette campagne de tabac de 1911 : la récolte, rentrée depuis le milieu du mois de septembre, s'annonçait belle. La Boissière était une métairie de près de six hectares, dont les terres s'étageaient sur tout le coteau sud, depuis les bois de châtaigniers au sommet jusqu'à la plaine inondable de la Dordogne. Comme partout, une bonne moitié de la surface cultivable devait être consacrée à la nourriture des bêtes et des gens : en plus des deux hectares de pâtures et de bois, il fallait du seigle, du méteil, de la baillarge, et de l'avoine pour les deux grands bœufs, Jules et César, les trois vaches et la basse-cour de la Mélie. Avec encore un carré de luzerne à lapins, quelques rangs de vignes, et le potager, planté de laitues, de choux, de chicorée et de carottes. Restaient deux grands champs d'assolement bien exposés pour le blé, le tabac et les pommes de terre en alternance.

Donc, sur le permis de culture signé par madame la baronne, Vignal s'était engagé à planter dix-huit mille pieds de variété Paraguay, sur un demi-hectare. Ils rendraient plus de six cents kilos. A cent cinquante francs le kilo pour les plus belles feuilles, sans compter la prime de dix francs pour la présentation des tabacs marchands, cela ferait sept à huit mille francs, à partager par moitié avec la propriétaire. Une belle somme, *millodiu*. Et pourtant l'homme du syndicat des planteurs faisait remarquer qu'ainsi l'heure de travail atteignait à peine douze centimes, ce qui ne faisait pas bien lourd.

Bien sûr, c'était compter sans le « petit tabac », si riche en nicotine : une centaine de pieds de contrebande, qu'il cultivait pour son usage personnel, comme tous les métayers qui l'avaient précédé, depuis la nuit des temps. Bien caché dans la combe, au milieu des maïs, pour échapper aux contrôleurs du tabac. Celui-là ne serait pas partagé.

— Té, même s'il arrache fort, il y a toujours des amateurs pour mon tabac !

Vignal était réputé bon planteur. Il regrettait de n'avoir pas de *drolles* à qui passer sa « main », et pensait parfois à ce que seraient devenus les leurs, à la Mélie et à lui, s'ils n'avaient pas été tous deux fauchés par le croup, avant le siècle nouveau.

— A quoi bon rondiner*, quand le travail presse...

Comme tous les matins dès que la lumière du jour donnait assez, il se dirigea vers le haut séchoir à tabac qui fermait la cour de la ferme. Isidore l'avait construit du temps qu'il tenait la métairie, avec une subvention de la « caisse du centime ». Auparavant, la récolte serrée dans le soulier* séchait mal et s'avariait. C'était pendant le siège des uhlans, là-bas à Paris. Et comme disait sa pauvre mère : « Une disette compte plus qu'une bataille là-haut. »

Et elle savait de quoi elle parlait, la pauvre, car il y en avait eu, des années disetteuses, au siècle passé !

Le séchoir était bâti sur le plan réglementaire, de quinze mètres par sept, sur une base de pierrailles jointoyées au mortier. Le secret de la qualité du tabac résidait dans ce nouveau système de ventilation : les larges planches, maintenant grisées par le temps, étaient ponctuées de hautes ouvertures pour laisser passer les courants d'air. Une forte charpente supportait le toit de tuiles plates et brunes, que la mousse verdissait déjà par endroits. A travers les vantaux, on pouvait voir maintenant virer couleur d'or sombre les grandes feuilles souples et charnues, pendues par leur tige, tête en bas, sur plusieurs rangées. Vignal, son chien sur les talons, entra en respirant large sous cette voûte odorante. Ses paumes rugueuses se faisaient délicates, presque tendres, pour palper les plantes duveteuses. Elles traquaient les taches, les déchirures, les feuilles collées entre elles, qui pourraient annoncer la pourriture noire. Une catastrophe.

De la rivière montait une humidité froide. C'est que la Toussaint approchait. Il faudrait bientôt solder les comptes annuels de la métairie avec la maîtresse. Le député de Sarlat, lui avait-on dit chez le charron, qui était du même bord, prétendait que vers Saint-Astier des métayers avaient demandé et obtenu de partager aux deux tiers plutôt qu'à moitié. Mais, vérité ou bravade, on disait tant de choses…

Depuis quinze jours déjà, à cause de cette humidité persistante, il fallait faire brûler des feux sous les plantes. Pour achever la dessiccation, comme disaient les gens de la Régie des tabacs, en roulant le mot technique dans leur bouche. Dix à douze foyers dans le séchoir, à préparer, nourrir, surveiller en permanence, même la nuit. La mère Vignal et lui n'avaient guère dormi ces dernières semaines, et ils se faisaient vieux.

Mais un incendie aurait tôt fait de gagner les feuilles, de courir le long des ficelles à tabac et des charpentes. Récolte et bâtiments perdus, des années de misère pour rattraper cela, comme chez Chapouil, deux ans auparavant. Pas un homme d'ici ne pouvait l'oublier, non plus que le son du tocsin qui les avait appelés à la chaîne d'eau, trop tard.

Vignal utilisait pour ses feux de vieilles souches de chêne, les meilleures, car elles se consumaient lentement, sans éclater comme le châtaignier, ni suinter comme les résineux. Et aussi parce qu'elles dégageaient une chaleur régulière, sans flammes. Toute l'année, en chassant avec son chien dans les bois de Coulerouze, il avait l'œil et dessouchait ce qu'il trouvait. Ensuite, il n'y avait plus qu'à envoyer la Malvina les chercher avec une brouette, par-dessous des châtaignes ou des fagots. Personne ne s'étonnait de la voir en chemin, à mener paître les vaches et les moutons. Ensuite on entreposait tout cela dans un coin du bûcher, avec la sciure de bois qui fait les bonnes braises. La Mélie arriva, ses deux seilles au bout des bras. Tous deux, en silence, alimentèrent les foyers les uns après les autres, puis les recouvrirent soigneusement de balles de blé mouillées. Une fumée épaisse s'en dégageait, qui faisait tousser.

— Ça va geler. Demain, on commence la dépente, grogna Vignal au bout d'une heure de ce travail.

Il s'agissait de décrocher les pieds de tabac séchés avant que le gel ne vienne rendre cassantes les feuilles, pour les trier et les préparer en manoques, puis en balles, en attendant la livraison, au moment de l'année nouvelle, à l'entrepôt du Buisson de Cabans.

— Faudrait bien qu'un garçon entre gendre ici.

Vignal rondinait dans sa moustache, et la *fenno** fit mine de ne rien entendre.

— On demande après Chaparotte ?

Durant toute l'année écoulée, l'homme et la femme n'avaient pensé qu'à cela. A la nécessité, pour continuer à tenir la métairie et y finir leurs jours, de trouver le relais des bras solides d'un homme jeune. Bien des garçons du pays y seraient volontiers entrés. Mais maintenant que la Malvina, la *catzo niou**, la tardillonne unique qui leur restait, était devenue fille mère... Il n'y avait guère que Chaparotte alentour pour accepter de porter ces cornes-là. Le feuillardier serait sans doute encore bien aise de marier une si belle fille.

La Mélie toussota, plus que nécessaire.

— Où qu'elle est donc encore, à geindre au lieu de travailler ?

Ils préparèrent ensuite les barges où serait déposée la récolte, en les isolant bien du sol avec des madriers de bois et en les recouvrant d'une bonne couche de paille. Pendant l'hiver, le travail ne manquerait point.

— Faut que j'apporte une douzaine d'œufs au château ce soir, la mère Delteil les a demandés, puisque les poules donnent bien. En même temps, je fais dire au brassier qu'on attend après lui ?

Cette douzaine-là fermerait le compte de ce qu'elle devait chaque année au château, avant la Saint-Michel de novembre.

Le lendemain matin à la première heure, Chaparotte arriva. Il vivait seul dans une cabane à la lisière du bois, sur le chemin coupant le pech, et fabriquait des feuillards. De ces longues tiges de jeunes châtaigniers, on faisait des cercles de barriques, vendues aux gabarriers de la Dordogne qui acheminaient vers Bergerac et Bordeaux le bois merrain venu de Corrèze. Mais lorsque l'hiver arrivait, la navigation ralentissait, et Chaparotte était prêt à louer ses bras dans les fermes, contre une bonne soupe et une grange chaude où dormir. S'il n'avait pas trouvé femme, c'est que les filles avaient peine à le regarder en face, à cause d'un bec-de-lièvre qui le défigurait et le rendait difficile à comprendre quand il parlait. On disait aussi qu'il levait le coude plus que de raison et pouvait alors devenir brutal.

Le père Vignal avait déjà installé une planche entre deux poutres de la charpente, dans les hauteurs du séchoir. Il fallait un homme alerte pour y grimper, attraper la corde supportant les pieds de tabac et la faire coulisser lentement, à la force des bras. Et encore un second homme pour dépendre, pied après pied, la « guirlande ». C'était là le travail du métayer lui-même, qui, en manipulant chacun avec précaution, pouvait ainsi apprécier la qualité du tabac, et la valeur du travail de l'année.

Ensuite venaient les femmes, pour croiser les plants, bien à plat, sur les barges, en attendant l'effeuillaison et le triage. Mélie et Malvina étaient déjà à l'ouvrage. Elles avaient emmitouflé le petit Cyprien dans des châles, et l'avaient déposé à même la terre battue, dans un large panier fait de lames de châtaigniers. A force de brailler, il se dépliait les poumons, le petit, c'était signe de santé ! Et puis il ne fallait pas laisser un nouveau-né sans surveillance dans la maison, quand venait la froidure dans les bois. Les loups pouvaient toujours rôder.

Chaparotte encadra sa haute silhouette à la porte du hangar et salua :

— *Adiou !*

— Té ! te voilà !

Embrassant la situation d'un seul regard, l'homme prit la place qui lui revenait dans la chaîne du travail, et grimpa dans la charpente.

En trois jours, la dépente était terminée, tandis que les premières gelées blanches apparaissaient sur les herbages, au matin.

Alors, tous les habitants de la Boissière se replièrent dans une ancienne petite étable à moutons, au plafond bas, qui prolongeait la maison, près de la mare aux canards et du fumier. Un poêle y était installé, et l'on pouvait y transporter les barges les unes après les autres pour travailler au chaud. On s'habilla de bons gilets de laine et de mitaines, et la préparation du tabac commença. C'était un long et lent travail, où chacun avait sa part, et qui emplirait toute la mauvaise saison, avec les bêtes à nourrir, le bois à couper et les outils à réparer. Sans que rien fût dit, Chaparotte était resté à la ferme. Il prononçait trois mots à la journée, faisait chabrol avec le père et se chargeait sans barguigner des travaux de force. Une seule fois dans la semaine, le dimanche après la messe à Saint-Donat, il disparaissait pour aller boire au café avec Piquette le sacristain.

Tous les jours ordinaires, dès que la lumière pauvre d'hiver devenait suffisante dans la petite étable, on s'asseyait sur des tabourets à trois pieds, avec le mioche dans son panier, et on s'activait. Il s'agissait d'abord de séparer les feuilles de leurs tiges. Ces dernières serviraient d'engrais pour les terres ou, mises à macérer, de potion nauséabonde pour éloigner les insectes à la belle saison. Puis, sur la table, on triait les feuilles selon leur couleur, leur longueur et leur qualité. Les feuilles de tête d'un côté, les plus corsées en goût ; les médianes, puis enfin les basses, de moindre qualité. Ensuite, on les assemblait par manoques de quarante-neuf, liées par la cinquantième, avec un tour de ficelle par là-dessus. Finis les brins d'osier, ou les ronces utilisées autrefois et qu'il fallait d'abord débarrasser au couteau de leurs épines ! Pour faire un rond parfait à partir de la queue et rouler bien serré comme une rosace, la Mélie n'avait pas sa pareille, et chapaillait de voir sa Malvina traîner sur son travail, et même le mouiller de larmes, quelquefois. Cette petite qui avait juste seize ans, et qui portait tout le malheur du monde !

Se canto, quo canto
canto pas per yo
Canto per ma mio
Quey alpre de yo...

On chantait des berceuses pour amuser le petit. Mélie, qui montait chaque jour ou presque faire un *briou de parladis*★ avec les voisines, métayères ou servantes au château, en rapportait les nouvelles du pays. De temps en temps, on s'arrêtait pour se réchauffer d'une goutte, distillée par le bouilleur de cru à partir du marc de raisin. Même le Cyprien en avait eu droit à une larme sur la langue. De temps en temps, quand il se mettait à pleurer trop fort, la Malvina s'arrêtait pour le nourrir. Elle ouvrait successivement son châle croisé, son caraco, sa chemise de dessous, et faisait jaillir un sein gonflé, laiteux, sur lequel se jetait le nourrisson. Dans ces moments, son visage fermé se faisait plus serein, presque tendre. Chaparotte lançait alors vers cette poitrine généreusement offerte des regards de biais. Et la métayère regardait son mari d'un air entendu.

Au fur et à mesure que les manoques de tabac étaient tournées, on les empilait dans un grand moule en bois, réglé selon leur taille par une planchette coulissante. Cela donnait de belles balles rectangulaires de cent manoques, soit soixante livres, que seul Chaparotte pouvait, d'un coup d'épaule, empiler sur la remorque dans la grange. Tous le regardaient les emporter les unes après les autres, soulagés du travail déjà accompli, priant pour que rien ne vienne avarier, déprécier la marchandise.

Noël approchait et les jours se faisaient courts quand on attaqua les feuilles de tête, celles qui font la fierté du planteur, car la nicotine s'y concentre, qu'elles sont plus longues, plus fines, plus aromatiques, et que la Régie les paye plus cher.

Rien ne pressait plus : l'année serait décidément bonne pour le tabac. On s'était donc mis à ramasser les noix, tout juste délivrées de leur gangue verte. Et ce soir-là, à la Boissière, on s'était retrouvés nombreux pour la veillée, à énoiser. Une fois mise de côté la part du château, les cerneaux se vendraient un bon prix aux moulins de la vallée, pour en faire de l'huile. Et les plus beaux étaient même achetés au poids par un marchand de Belvès, pour être envoyés jusqu'en Amérique.

La grande et profonde cheminée de pierre occupait tout un mur de la pièce commune de la maison, avec sa chaîne, ses hauts landiers de fonte, sa provision de bois rangée près de l'âtre. Sur le manteau, la Mélie avait aligné par ordre d'importance les pots de faïence achetés à la grande foire du Bugue et remplis de sucre, de farine, d'épices. Un petit bénitier, avec son rameau de buis glissé derrière, surmontait le tout, avec le calendrier des Postes qui servait à pointer les lunes.

Pour avoir bien chaud, il fallait se tenir au plus près du foyer, dans le *cantou*, sur les salières, ces coffres de bois lustré au ventre rempli des salaisons préparées pour l'hiver. Les maillets de bois dur ponctuaient la conversation, avec des coups secs sur le billot entre les genoux.

La mère Bouyssou, de la Séguinie, venait veiller avec ses deux grands fils et la petite Eline, car le père était trop malade pour venir jusque-là. Malvina avait préparé des *cambos d'ouilhos**, des merveilles, avec du lait, des œufs et de la farine de froment. Il y avait aussi une pleine oule* de châtaignes blanchies. Les femmes racontaient des *counté* du temps jadis. Comme l'histoire de Jacquou, le croquant de la forêt Barade, dont l'histoire avait même été publiée à Paris par monsieur Eugène Le Roy.

C'était à qui se ferait le plus peur, en parlant de feux follets, de fagilières* et de *léberou**. Mélie assurait avoir aperçu dans son enfance cet étrange être mi-homme, mi-loup, qui hantait la nuit. Le chien, étalé sous la table avec la tête entre les deux pattes de devant, gémissait de plaisir. Et les chaînes des bêtes, dans l'étable voisine, cliquetaient doucement. Dehors, la lune éclairait un ciel froid et constellé d'étoiles.

— Un *cacalou* !

Chaparotte, toujours silencieux, avait lâché cela comme un cri. Avec le temps, les Vignal apprenaient à le comprendre. On se tut pourtant. L'usage voulait que le jeune homme qui trouvait une de ces minuscules noix creuses embrasse la fille de son choix. Et l'on savait bien que, pour assurer sa chance, celui qui voulait se déclarer garnissait ses poches bien avant la veillée.

— Un poutou !

Eline, qui venait d'attraper ses quinze ans, s'y connaissait déjà en ces affaires. Tout le monde rit, et Chaparotte vint coller son bec-de-lièvre sur la joue rose de la Malvina qui baissait les yeux. Elle aurait tant préféré recevoir ce poutou-là de l'un des deux frères Bouyssou, beaux gaillards au visage ouvert !

Mais ils n'étaient plus pour elle, et les Bouyssou s'en étaient retournés chez eux par le chemin de traverse, à la lueur de leur falot. La Mélie recouvrit de cendres les braises de la cheminée, et chacun s'en fut dormir. Chaparotte dans la grange, les métayers dans leur grand lit à langes au fond de la pièce commune, et Malvina, avec son petit, dans une souillarde ouverte sur l'étable, pour profiter de la chaleur des bêtes.

La nuit était avancée quand, d'un coup, on entendit Malvina hurler. Des cris perçants de fille apeurée. Il se faisait en même temps un grand remue-ménage de paille agitée, de chaînes et de sabots dérangés.

— *Diou dou* ciel *!*

Le père Vignal, aussi vite qu'il put malgré ses douleurs, remit ses sabots, décrocha le fusil pendu au mur et sortit en bonnet et chemise, pendant que la mère récitait ses prières. Il ouvrit la porte donnant sur la cour. Mais Chaparotte, venu de la grange à l'autre bout de la cour, avait été plus rapide. Sa grande silhouette en poursuivait une autre plus courte, qui détalait vers l'orée du bois de châtaigniers. Et l'on entendit bientôt un galop de cheval s'éloigner.

— C'est pas le *léberou*, ça, c'est encore monsieur Gaston, *pardiou*, grogna le vieil homme à l'adresse de sa femme en rentrant.

Tout s'apaisa d'un coup dans l'étable. La métairie se rendormit.

Au lendemain matin, Chaparotte sortit de la souillarde où il avait passé le reste de la nuit. La Mélie était déjà dans la cour, à donner aux poules. Elle dit simplement à sa fille, qui venait juste derrière l'homme, avec son petit au sein :

— Les cloches de Saint-Donat ont sonné, c'est dimanche aujourd'hui. A la sortie de la messe, il va vous en falloir aller trouver le curé, maintenant.

Dans le froid, ses paroles dégageaient un halo de givre. Elle grommela encore :

— La Reine Vergniolle a raison. Faudrait voir à partager mieux le tabac. Pour la pitance du *barounet*...

4

Lundi était le jour de Madame. Le rythme de la vie à Pech Tarnhac tournait autour de ce sommet de la semaine. Une parenthèse dans l'atonie des jours écoulés au petit salon, à tirer l'aiguille. Les œufs, le lait, les fruits apportés quotidiennement par les métayers se transformaient pour l'occasion, entre les mains de Seconde, en biscuits de Savoie, brioches, pâtes de coings et autres massepains. Dans l'office, Reine préparait, sur d'immenses plateaux de tôle découpée d'arabesques, théières et chocolatières guillochées, carafes en cristaux de Bohème, service à thé de Limoges. Ces vingt-quatre tasses céladon à filet doré, dans le plus pur style Napoléon III, qui avaient été offertes autrefois à la baronne en cadeau de mariage, avec les assiettes à gâteau assorties et des petites fourchettes en vermeil, gravées au blason des Tarnhac, étaient sa fierté.

Des premiers jours d'automne à la fin des gelées de mars, les fidèles des lundis de Tarnhac se retrouvaient en comité restreint dans le petit salon, pour la conversation, suivie d'un jeu de piquet ou d'écarté. Une cousine éloignée de feu le baron, mademoiselle de Carbon, retirée chez les sœurs de Saint-Donat, montait au château ce jour-là à pied, souvent en compagnie de l'abbé Malaurie. S'y ajoutaient le commandant du Mayne, et son épouse quand sa santé le lui permettait. Celle-ci, depuis la mort de deux filles en bas âge, quelque trente années auparavant, et malgré les quatre beaux garçons qui lui avaient été donnés ensuite, mêlait une éternelle fatigue à une activité débordante et à un flot de paroles. Parfois aussi venait un original, monsieur de Saint-Ours, châtelain des environs ayant fait de mauvaises affaires, qui était heureux de trouver là du feu et de quoi se passer de dîner, sans avoir à prononcer plus de trois mots. On l'appelait dans le pays Mintzopoccanno, « mange pain quand il y en a ». Plus quelques hobereaux voisins, prêts à braver les mauvais chemins. La baronne les accueillait invariablement en citant un député de la Convention : « L'enfer ne peut être plus mauvais que les routes du Périgord ! » Cela n'avait guère changé depuis le temps de la Grande Révolution.

Gaston ne paraissait jamais aux réceptions de sa mère, et personne ne faisait mine de s'en étonner. Tout au plus madame du Mayne, si d'aventure elle le croisait dans le vestibule, lui donnait-elle une petite tape amicale, prononçant des paroles qui n'appelaient pas de réponse. Généralement, ces jours-là, Milord était sellé à peine le café servi.

La baronne, qui sortait peu, savait recevoir, et tenait son « jour » avec aménité. Depuis plus d'un quart de siècle, les lundis de Tarnhac étaient donc devenus le rendez-vous de toute la bonne société du canton, partisane du trône et de l'autel. Le bon Dieu, disait la légende, après avoir parsemé le monde de donjons, palais, manoirs et forteresses, avait secoué les miettes de sa besace au-dessus du Périgord. Couvrant ainsi le pays d'une multitude de minuscules seigneuries, et de hobereaux vivant mal de leur étroit terroir.

La séparation de l'Eglise et de l'Etat, en 1905, était encore dans toutes les mémoires, avec les scandales et les violences qui l'avaient accompagnée. On se racontait encore comment les sœurs de Sainte-Marthe avaient été chassées de l'hospice de Sarlat, malgré tout le bien qu'elles y faisaient. Ou l'affaire des crucifix arrachés des murs de l'école libre, au mépris de la propriété privée. Ou encore celle de cette bonne dame qui s'était mise en travers de la porte de l'église de Mouzens, pour empêcher les enragés de profaner l'autel. Le commandant du Mayne lui-même avait vu sa carrière militaire ruinée parce qu'il persistait à se montrer à la messe le dimanche, dans ses garnisons successives. Chacun le savait, et l'en respectait pour cela. Le lundi, on détaillait aussi volontiers les arbres généalogiques des vieilles familles du pays, scrutant les alliances et mésalliances. Etait vigoureusement montrée du doigt, par exemple, l'attitude d'une jeune étrangère venue de Franche-Comté pour épouser l'un des quatre marquis du département. Elle avait le tort de se plaindre un peu trop haut du manque de finesse de la domesticité périgourdine.

« Figurez-vous qu'elle fait venir du beurre toutes les semaines des Charentes, par un roulier ! Comme si notre bonne graisse d'oie ne faisait pas tout aussi bien dans la cuisine.

— Je n'ose vous dire, ma chère, comment elle prend de haut sa belle-famille, qui était aux croisades et compte un archevêque ! Je le tiens de ma cousine elle-même.

— N'en dites rien, surtout...

— “Noblesse pouilleuse, plus riche de parchemins et de vieilles pierres que d'écus et de culture...”

— C'est indigne ! »

Surtout, la publication toute récente, en 1913, d'un ouvrage de monsieur Charles Maurras, *L'Action française et la religion catholique*, troublait les esprits. Si personne ne l'avait eu entre les mains, la société présente comptait nombre de parents membres de la Ligue d'action française, d'inspiration monarchiste et catholique.

La disgrâce de son auteur auprès du Saint-Siège à Rome remuait les consciences. Monsieur du Mayne, qu'on ne pouvait soupçonner d'infidélité envers l'Eglise, recevait pourtant cette revue sous le manteau. Il la citait volontiers pour appuyer sa pensée, et l'avait même une fois ou l'autre apportée à Tarnhac.

« Quel mauvais exemple vous donnez, mon ami ! » se désolait son épouse. Et elle s'empressait de faire disparaître le libelle, en le prenant du bout des doigts comme si le péché eût pu être contagieux.

Mais le glorieux écho fait à la béatification de sa chère Jeanne d'Arc par le pape Pie X, dans ces mêmes pages, l'empêchait de se fâcher tout à fait. De son côté, la baronne recevait une feuille imprimée à Périgueux, *L'Avenir de la Dordogne*. Pour l'édification de mademoiselle de Carbon, elle soulignait avec un crayon de bois, de plusieurs traits et de hauts points d'exclamation, les articles que celle-ci se devait de lire. Puis elle les découpait soigneusement et les lui remettait en petits paquets bien ficelés : « Tenez, ma chère, cela vous ouvrira l'esprit ! Puis vous les donnerez à l'abbé. »

Celui-ci à son tour mettait des liasses, quelquefois expurgées, à la disposition des religieuses du village, qui en faisaient ensuite de multiples usages. Couvertures de pots de confiture, tapissage de tiroirs, carrés de papier pour les lieux d'aisance...

Dès les premiers soleils de l'année, on fermait à demi les lourds contrevents pour protéger de la lumière tentures, tapisseries et tableaux. Et aux fortes chaleurs d'été, la compagnie se transportait vers le grand salon, moins bien orienté et donc plus frais.

En ce lundi de juillet 1914, toutes les pièces en enfilade donnant sur la terrasse, depuis le bureau rond de la tour, le petit et le grand salon, jusqu'au billard, étaient ouvertes, c'est-à-dire mises à l'ombre, car l'été amenait plus de monde à Pech Tarnhac. Au fil du temps, Mondane avait conquis sa place dans ce petit cercle. Parmi cette société âgée, régie par des codes qu'elle maîtrisait mal, elle avait réussi à se faire des alliés. Ainsi, madame du Mayne, avec sa bonhomie bavarde, l'associait à ses bonnes œuvres. La tante Louise de Carbon ne tarissait pas d'éloges sur elle, bravant avec un plaisir à peine dissimulé les airs pincés de la baronne. L'abbé Malaurie était devenu naturellement son confesseur, comme il était celui de tous. Une fois la semaine, agenouillée dans le confessionnal de la petite église de Saint-Donat, dans l'odeur rassurante du chêne ciré et la pénombre des croisillons sculptés de la grille, elle s'accusait de ses mouvements d'humeur ou de découragement. Le curé, bourru, ne lui posait pas de questions, et grommelait des pénitences bien légères. Surtout, il lui intimait de chercher les secours de la prière, et de faire le bien autour d'elle. Sous son regard placide, Mondane se sentait en sécurité, à l'abri des piques de la baronne.

Donc, ce lundi-là, l'air était brûlant, la lumière écrasait la campagne, et les mouches s'agaçaient autour des sucreries. Ce n'est qu'une fois le plus gros de la chaleur tombé que les voitures avaient gravi, au pas, le coteau. Chevaux et cochers, ayant déposé leurs passagers devant la terrasse, allaient se réfugier à l'ombre des marronniers, dans l'allée de la chapelle. Hubert du Mayne, troisième fils du maire, sous-lieutenant au premier régiment de cuirassiers basé à La Fère, en permission pour quelques jours, avait accompagné ses parents à Tarnhac, en même temps que son jeune frère Jean, pensionnaire durant l'année chez les jésuites de Sarlat.

On commença par commenter les sérieux risques d'orage qu'un temps pareil réservait, alors que les foins étaient loin d'être terminés. Le maire, deux doigts glissés dans son gilet, semblait préoccupé. Lui-même avait une métairie accolée à sa jolie chartreuse de Saint-Donat, qui se trouvait à la sortie du village.

— Nous n'avons pas eu assez de pluies ce printemps. Le blé, l'orge et l'avoine ont mûri en même temps, et les moissons ont pris du retard. Dans la vallée, on a fini ou presque. Mais les coteaux sont plus difficiles à travailler. A Saint-Donat, nous espérions beaucoup du retour de Lespinasse et du fils Cazals, qui sont militaires et avaient obtenu une permission de moisson. Mais, presque sitôt arrivés dans leur famille, ils ont été rappelés.

Monsieur Lajunias, qui venait de Périgueux et passait pour avoir ses entrées à la préfecture, renchérit :

— Partout et pour tout, on manque de bras. Nos campagnes se vident, me disait encore monsieur le préfet il y a peu. Sans parler des hauts-fourneaux contraints de fermer, à Savignac par exemple.

— C'est terrible !

Au milieu des hochements de tête, la baronne reprit la lamentation générale. Si elle ne quittait guère le petit salon, son régisseur lui rendait compte assez fidèlement pour qu'elle soit tenue exactement au fait des travaux agricoles. Chaque jour, elle consignait dans le « livre de raison », un registre relié de toile noire, les événements et les comptes du domaine. S'y alignaient le prix d'achat d'un bœuf, le niveau des crues ou des basses eaux de la Dordogne, l'annonce d'une naissance parmi les métayers, l'évolution de ses rentes, ou les résultats d'élections dans le canton.

— Chez moi aussi, l'aîné des Bouyssou a été rappelé. Il faut bien dire aussi que nos braves paysans ne veulent plus travailler. Cela devient paresseux, mauvais esprit ! Ils veulent tous aller se placer en ville, à Périgueux ou à Bordeaux. On me dit même qu'un garçon du Mouscard est parti pour l'Algérie, à la recherche de la fortune ! Qui donc leur met des idées pareilles dans la tête ? Ici même, je soupçonne ce Chassaigne de décourager les gens de venir s'employer à Tarnhac. Il leur donne des gages démesurés, les persuade qu'ils sont mal traités ici...

A l'évocation de ce nom, Mondane avait senti ses joues s'empourprer, et s'était consacrée avec une application plus grande encore à offrir les carafes d'eau fraîche parfumée de feuilles de menthe.

Madame du Mayne, assise au milieu des dames, voyait la conversation s'enliser comme à l'accoutumée sur ce sujet de Coulerouze. Elle s'exclama :

— Il faut qu'Hubert nous explique. Il se passe des choses terribles dans les empires centraux, semble-t-il. On reparle plus que jamais de la guerre. Hubert ! Viens donc raconter à nos amis ce que tu disais tantôt.

Dès les salutations achevées, Hubert et Jean avaient disparu en direction de la salle de billard. L'on entendait les boules d'ivoire s'entrechoquer avec régularité sur le tapis de feutre vert. Comme il n'y avait pas de billard à la chartreuse, depuis leur enfance les garçons venaient profiter de celui du château. La baronne avait espéré qu'ils y intéresseraient Gaston. En vain.

Le jeune sous-lieutenant, dès la première injonction de sa mère, abandonna sa canne de jeu et vint se placer, stature droite, moustache frémissante, face à l'auditoire rassemblé au grand salon. D'une voix grave, il exposa :

— Il y a quelques semaines à peine, le 28 juin dernier, l'archiduc François-Ferdinand d'Autriche, héritier du trône et propre neveu de l'empereur, était en visite d'inspection à Sarajevo avec son épouse, l'archiduchesse Sophie. Comme vous le savez peut-être, il s'agit de la capitale de la Bosnie-Herzégovine, rattachée depuis 1908 à l'empire austro-hongrois. Des terroristes serbes et bosniaques, qui sévissent depuis des années et dont on n'arrive pas à venir à bout, contestent le pouvoir impérial. Déjouant le service d'ordre, ils ont lancé des grenades dans la foule, et tiré à bout portant sur l'archiduc. Lui et sa femme sont tous deux morts de leurs blessures peu après.

— Pauvres gens, c'est bien triste. Il faut faire dire des messes pour eux, surtout. Si on ne peut punir ces mauvaises gens...

La cousine Louise, qui commentait l'événement, était affectée d'un léger branlement de la tête et des mains. Celui-ci s'accentuait sous le coup de l'émotion.

La baronne s'interposa :

— Enfin, ma chère, je vous ai donné toutes ces nouvelles à lire dans le journal ! Que faites-vous donc entre vos prières ? On ne peut quand même pas se laisser ainsi manquer de respect, et voir assassiner un prince de sang sans réagir ! Voyez où cela nous a menés, en France, avec la Révolution. Nous en payons encore le prix.

— Mademoiselle, c'est aussi que l'empereur François-Joseph a déclaré la guerre à la Serbie, qui est derrière cet horrible attentat. Et ce, avec l'appui du Kaiser, Guillaume II de Prusse, notre ennemi héréditaire. L'on dit à l'état-major que la déclaration de guerre de l'Autriche à la Serbie est imminente, car l'ultimatum lancé est inacceptable pour ces derniers. Dans ce cas, le tsar de Russie se considérerait aussi comme attaqué, en tant que protecteur de la Serbie. Or, il est aussi notre allié, depuis que nous avons signé la Triple-Entente, en 1907. La France ne peut l'abandonner et devrait donc à son tour entrer en guerre.

— En effet, la Russie est une fidèle amie de notre pays, et j'aime beaucoup Nicolas II. Toutes ses petites archiduchesses sont charmantes ! La dernière livraison de *L'Illustration* rendait compte de la visite d'Etat de Poincaré à Saint-Pétersbourg. Quelle classe, ce tsar de toutes les Russies, certes plus que notre président d'une République dévoyée ! D'ailleurs, sur les conseils de mon avoué, j'ai mis toutes mes liquidités dans l'emprunt russe, et je m'en trouve bien aise. L'agriculture, de nos jours, ne rapporte plus rien, et avec ce Chassaigne dans nos parages, de surcroît...

On fit mine d'ignorer le retour de la maîtresse de maison à ses préoccupations domestiques. Le récit du sous-lieutenant du Mayne captivait, à cause des horizons lointains qu'il évoquait. Il continua, lissant lentement ses crocs :

— La guerre est inévitable, et la France y est prête. On vient de publier à Paris, sous le pseudonyme d'Agathon, une étude extrêmement intéressante, que je tiens à votre disposition : elle montre bien qu'une nouvelle génération est en train d'émerger, sous l'impulsion en particulier de monsieur Charles Maurras. Une génération qui fait preuve de courage, de patriotisme, de goût pour l'action, et est toute disposée à en découdre avec les Prussiens, s'il le faut. Avec cette loi de trois ans, votée par le Parlement, nous avons maintenant un service militaire plus long, des conscrits mieux formés, bref, des troupes bien préparées. On en a enfin fini avec le pacifisme décadent de Jaurès et de ses amis ! La guerre achèvera de nettoyer tout cela ! Avec une restauration du véritable esprit de la France, et de la monarchie des Bourbon, peut-être, qui sait ?

Mademoiselle de Carbon s'agita avec conviction.

— Le retour du roi, enfin ! Mon Dieu, grâces vous soient rendues !

En effet, plus de quarante ans auparavant, en 1871, son propre père, le comte de Carbon, avait généreusement pris part à une souscription en faveur du comte de Chambord. Il s'agissait de recueillir des fonds pour permettre au prétendant au trône d'entrer dans Paris en grand arroi, derrière le drapeau blanc. La dot que Louise aurait pu espérer avait été mangée par ce geste glorieux, ruinant pour elle tout espoir de mariage. Et l'aventure royale avait tourné court. Louise espérait toujours pourtant la reconnaissance de la famille d'Orléans.

Hubert, voyant que les personnes d'âge, un instant grisées par le vent des nouvelles venues de Paris, reprenaient le fil de leurs préoccupations habituelles, s'inclina dans un salut militaire impeccable, et revint vers son frère et sa partie de billard.

5

A Saint-Donat, la grand-messe chantée était dite à onze heures précises. L'église accrochée à flanc de coteau formait comme une proue au village. La légende voulait qu'au temps de l'occupation romaine un noble officier appelé Donatien, touché par la grâce divine à cet endroit précis, décida d'y construire une chapelle et d'y finir ses jours, pour pénitence de ses péchés. Mais un archéologue d'une société savante de Bordeaux avait assuré au curé qu'il s'agissait plutôt d'une ancienne étape sur le chemin du Puy à Saint-Jacques-de-Compostelle, où de pieux donats, « donnés à Dieu », accueillaient et soignaient les pèlerins.

D'où sans doute les restes d'une abbaye, dont ne subsistait que la nef, d'un style roman primitif. Elle était surmontée d'un clocher-mur caractéristique du pays, à vocation défensive, sans doute édifié lors de la guerre de Cent Ans, quand Français et Anglais guerroyaient de part et d'autre de la Dordogne. Autour de la petite place de l'église, et du presbytère accolé, il y avait quelques maisons datant du début du siècle précédent, dont l'une faisait office de café. A l'extrémité d'un chemin bordé d'habitations basses qu'on appelait la rue, avec une épicerie et un débit de tabac, s'élevait le bâtiment commun de la mairie et de l'école. Il avait été inauguré en 1883, juste après la grande loi instaurant la gratuité de l'enseignement primaire. Neuve, haute, géométrique, faite de moellons massifs, la construction comportait, outre la salle du conseil et le bureau du secrétaire de mairie, une salle de classe pour les filles, une pour les garçons, ainsi qu'un petit logement pour les instituteurs. Dans l'esprit de la municipalité radicale-socialiste qui en avait décidé, sous le ministère de Gambetta, elle devait préfigurer un nouveau quartier ouvert sur le progrès. Il s'agissait de faire pièce à l'église, à quelques dizaines de mètres de là, à ses fêtes votives et ses rassemblements du dimanche. Mais l'arrivée de monsieur du Mayne à la mairie, avec ses convictions cléricales, avait freiné ce grand élan. Saint-Donat, malgré ses nombreux hameaux, restait un petit village. Depuis qu'un pont neuf et sans péage enjambait la rivière, à la place du bac capricieux, on allait facilement jusqu'à Siorac pour trouver un marché et des artisans. Hormis le dimanche, l'endroit le plus animé du village était toujours le lavoir. Une petite rivière, largement souterraine, qu'on appelait la Coulaure – sans doute provenait-elle de la source de Coulerouze ? – sourdait là tout d'un coup, avant de dévaler le coteau jusqu'à se fondre dans la Dordogne. Elle alimentait un grand lavoir carré, couvert d'une halle de lauzes, aux pierres usées par le frottement du linge. Les femmes des hameaux du coteau, qui manquaient souvent d'eau, s'y retrouvaient avec celles du village. Entre les coups de battoir, les nouvelles s'échangeaient là. Dans le prolongement de son chemin s'élevait la chartreuse de Saint-Donat. Une élégante demeure sans étage, surmontée de gracieux œils-de-bœuf sculptés, et flanquée de communs en forme de fer à cheval. Selon la coutume, un grand mât couronné de fleurs, aux couleurs de la République, s'y dressait en l'honneur du maire. Au-delà encore prenait la route de la vallée.

Les cloches de Saint-Donat, en ce dimanche 2 août 1914, appelaient les fidèles au rassemblement dominical. Le soleil déjà haut dans le ciel laissait encore présager une journée chaude et lourde. Des hameaux alentour s'en venaient des petits groupes de femmes et d'enfants, que leurs hommes rejoindraient plus tard, ou pas du tout. En ces temps de moissons à terminer, il n'y avait pas un instant à perdre, et si ce n'avait pas été la peur de l'enfer, plus d'un aurait pris sa faux et emmené les *drolles* aux champs. Ceux de la Boissière, menés par Chaparotte, arrivèrent en *charretou**, tiré par une mule appelée Pomponette, qui bottait et dont chacun s'écartait au passage. C'est que le père Vignal ne pouvait plus marcher depuis qu'une meule de pierre lui avait roulé dessus, et que la Malvina était déjà lourde de son quatrième petit à naître. Alors que l'aîné allait à peine sur sa cinquième année !

Le maire était accoutumé à se rendre à pied à l'office, depuis l'entrée du village. Son épouse, de son ombrelle, saluait tous et chacun sur le chemin, s'arrêtait pour prendre des nouvelles ou prodiguer de bonnes paroles, se faisant morigéner par le commandant :

— Enfin, mon amie, nous allons finir par être en retard. Ce n'est pas un exemple, tout de même !

Ils finirent par s'installer dans la chapelle latérale qui leur était réservée. Les enfants du catéchisme se bousculaient déjà dans le chœur de l'église. Chacun entrait en esquissant un signe de croix, après avoir trempé la main dans le large bénitier de pierre à l'entrée, et se dirigeait sans hésitation vers la place qui lui était attribuée, selon sa condition. Les femmes emplissant les travées, les hommes, beaucoup moins nombreux, grimpant lourdement à la tribune.

La famille de Tarnhac était déjà agenouillée sur les prie-Dieu gravés de la couronne baronniale, au premier rang de la nef. Mère, fils et belle-fille, le regard aussi vague, semblant perdus dans leurs dévotions. On s'engouffrait encore par le porche grand ouvert, dans le carillonnement des cloches, l'odeur des fleurs et des cierges, la fumée de l'encens que les servants de messe diffusaient en balançant dangereusement haut les deux encensoirs. Un harmonium chuintant, tenu par mademoiselle de Carbon, attaqua l'introït de toutes ses soupapes. Les voix aiguës des trois sœurs de Sainte-Marthe firent contrepoint à la musique. Sous la fraîcheur de la voûte romane, dans cette immobilité obligée, chacun se reposait des fatigues de la semaine.

Au-dessus de toutes les têtes, ce jour-là en particulier, planaient ces menaces de guerre qui allaient grandissant. On avait dit au grand marché du samedi, à Sarlat, que la mobilisation n'était plus qu'une question d'heures. Cependant, un homme politique venu de Cahors était monté sur une caisse pour haranguer la foule : « La mobilisation ne veut pas dire la guerre, Jean Jaurès et les pacifistes veillent ! »

L'abbé Malaurie, tourné vers l'autel, dans sa chasuble verte, à la couleur du temps liturgique ordinaire, récitait son latin avec énergie. Par moments, il lançait des coups de menton impérieux pour susciter les répons des enfants de chœur, en soutane rouge et surplis blanc. Ceux-ci avalaient avec leur accent chantant le Confiteor, le Credo et le Pater. Quand le curé monta dans la chaire de beau chêne chantourné pour prononcer son prêche, chacun se cala un peu mieux pour écouter, dans un concert de sabots et de bancs remués. Le silence se fit enfin à l'intérieur, mais on entendait encore les éclats de voix des hommes attablés au café, sur la place.

Ses deux larges mains ouvertes devant lui entraînant à la fois sa voix et une envolée de manches, le curé commença, sur un ton plus grave qu'à l'accoutumée, mêlant au patois les mots français qui convenaient mieux. A propos des menaces de guerre, il fustigea *lo diablo*, comme de juste, mais parla aussi de devoir d'Etat, d'union sacrée, de sacrifice et de dévouement, et cita pour terminer une lettre de monseigneur l'évêque à ses ouailles :

— « Quand la douleur s'installe au foyer, la religion nous dit : "Espérez, vous êtes immortels... Elle réconforte, console, transfigure. Car il faudra bien souffrir et pleurer..." »

A la fin des paroles de l'abbé Malaurie, un lourd silence s'établit. D'un coup, sans s'attacher aux mots qui les dépassaient, les fidèles avaient pris la mesure de ce qui se préparait, bien au-delà des événements. Ce choc immense entre le bien et le mal, sous la voûte romane. Les enfants même en ressentaient les ondes et se taisaient. Puis, dans un froissement de soutane, surplis et chasuble, le curé s'en revint vers l'autel, pour élever vers le ciel un beau calice de vermeil. Celui-ci avait été offert à la paroisse par une arrière-grand-mère Tarnhac, en remerciement de la naissance d'un héritier. Quelques femmes en mouchoir de tête, à la suite des dames chapeautées et voilées, vinrent s'agenouiller autour du balustre de fer forgé, pour recevoir la communion. Mais la majorité, tête baissée, se réservait de communier pour la fête de Notre-Dame, au 15 août, après une bonne confession qui les laverait de tous leurs péchés. C'était aussi la date de la frairie du village, l'occasion était bonne. Mains jointes, yeux clos, bouche offerte, les femmes attendirent en prières que le curé déposât sur leur langue l'une des fines hosties blanches confectionnées par les bénédictines d'Echourgnac. Un enfant de chœur, fort de son importance, glissait sous le menton de chaque communiante un petit plateau d'argent. Ensuite vinrent les enfants du catéchisme. Depuis le bon pape Pie X, ceux-ci, quand ils avaient atteint l'âge de raison, assez entendu *parlen del boun Diou* et bien appris leurs prières, étaient admis à faire une première communion privée, avant la grande, qui signait la fin du catéchisme et l'entrée dans l'âge adulte.

— *Ite missa est...*

L'abbé Malaurie se retourna vers l'assemblée, la bénit d'un geste large, avant de s'incliner une dernière fois devant l'autel et de rejoindre la sacristie de son pas furieux. Les enfants de chœur le suivirent à fond de train, car ils savaient que la vieille Angéline, au presbytère, avait préparé pour eux sur la table de la cuisine une bonne terrine de grillons avec du lait. Certains, ceux qui venaient des hameaux de Montpeyran, de Font-de-Brague, de Laumède, avaient parcouru plusieurs kilomètres l'estomac vide, pour venir servir la messe basse du matin, sonner les cloches, allumer les cierges. Et il y aurait encore les vêpres de l'après-midi.

Pendant ce temps, sous le porche de l'église et à l'abri des deux platanes de la place, la sortie de messe battait son plein. Des groupes se formaient, se distribuaient des accolades et des avis, commentant le sermon du curé. Les ânes et les mules attachés aux anneaux, le long du mur du presbytère, piaffaient en chassant les mouches.

Les hommes, dont beaucoup avaient quitté l'église dès la communion, s'étaient rassemblés au café pour retrouver les libres-penseurs et boire une goutte.

— Ah, pauvre ! S'il y a la guerre, il te faudra bien rentrer les moissons quand même. Et c'est pas le curé, avec toutes ses gronderies, qui prendra le fléau pour dépiquer.

Déjà, Abel amenait la jardinière. Jamais les Tarnhac ne s'attardaient au village. Mondane redoutait la journée qui s'annonçait longue et triste, sous le soleil vibrant du pech. C'était surtout le dimanche que la nostalgie de son causse natal la prenait, et elle priait de tout son cœur à la messe pour tenter de la combattre. En l'église de Catus, magnifiée avec le temps dans ses souvenirs, de processions en cérémonies, elle se sentait en communion avec les gens du village. Quel contraste avec Saint-Donat, la froideur des relations ! On craignait la baronne, on la saluait. Mais Mondane, malgré ses timides sourires, avait le sentiment d'être tenue à l'écart, en même temps que Gaston et sa mère. En montant dans la voiture, la jeune femme fit un écart involontaire pour ne pas frôler son époux. Pourtant, il avait sans doute désormais autant peur d'elle que le contraire. Et ne lui décochait plus de ses regards affamés qu'en coulisse. La baronne, saisissant cet imperceptible geste de recul, lança un regard noir aux deux époux qui lui faisaient face, et un mutisme plus glacé encore s'installa pendant qu'on franchissait les lacets menant au château.

Le dimanche, les domestiques étaient libres l'après-midi et donc pressés de finir leur service ; le déjeuner dominical s'en ressentait. Au village, on se rassemblait avant vêpres pour le rampeau, qu'un homme installait sous les platanes. C'était une sorte de jeu de boules, glissant dans une longue gouttière de bois vers des quilles à renverser. Reine comme Abel y étaient assidus. Le commandant du Mayne ne dédaignait pas non plus de venir y faire un tour, après sa sieste. Ce jour-là plus qu'un autre encore, à cause des rumeurs venues de Sarlat.

Au château, pour respecter le jour du Seigneur, les deux femmes abandonnaient leurs travaux d'aiguille, et en matière de festivité, on faisait une promenade digestive, en poussant jusqu'au fond du parc. Selon les saisons, on admirait les fleurs, les buis taillés à l'italienne par Isidore, les tapis de feuilles dans les allées. Gaston était sommé par sa mère d'y participer, et de donner le bras à sa femme. Ce moment hebdomadaire de contact physique représentait un supplice pour l'un comme pour l'autre. Mais ce dimanche-là, par bonheur, la baronne déclara que par cette chaleur étouffante elle ne sortirait pas, et se retirerait un moment dans sa chambre. Depuis quelque temps, en effet, un petit somme lui devenait nécessaire pour aller jusqu'au bout de l'après-midi.

— Mais vous êtes jeunes, allez donc vous promener tous les deux !

Gaston ne demanda pas son reste et disparut aussitôt vers l'écurie. L'inactivité pesait à Mondane, et aussi ce silence de plomb contraint. Les évocations patriotiques de l'abbé Malaurie remuaient des émotions inconnues en elle, dans la peur collective. Quand le trot de Milord se fut assez éloigné, elle tenta d'échapper à sa torpeur en décidant de faire seule la promenade. La jeune femme noua le ruban de son chapeau de soleil, pour ne pas risquer un coup de chaleur. Puis, quittant le château par la terrasse, elle traversa rapidement la fournaise de soleil brûlant, et rejoignit le couvert des arbres. En quatre années de mariage, Mondane avait gardé cette silhouette menue, cette attitude retenue de fille bien élevée, opposant à la vie un sourire et un front soumis, avec parfois des émotions affleurant à peine. Pour ne rien demander à sa belle-mère, qui ne le lui aurait sans doute pas refusé, elle continuait à porter les vêtements apportés de Catus dans son trousseau, des guimpes blanches de batiste et de longues jupes sombres l'hiver, plus claires en été, qu'elle entretenait elle-même soigneusement. Elle coiffait toujours ses cheveux bruns en bandeaux retenus en arrière, comme Toinon le lui avait appris à la veille de ses dix-huit ans. Ah ! Toinon ! Les conseils et le rire de sa grande sœur lui manquaient tant ! Chaque jour, ses pensées allaient vers elle en piquant dans sa coiffure les peignes d'écaille blonde reçus en cadeau de noces.

Depuis ce jour-là, le temps lui semblait s'être arrêté. Dans quelle attente, pour quel avenir ? Occupée à se préserver du présent, elle ne savait guère espérer. Et elle offrait sa mélancolie pour que Dieu lui épargne pire encore. Les images de la Géraudie s'estompaient en elle : leur père, écrivait sa sœur, baissait beaucoup. Invariablement, il lui transmettait ses bons baisers, sans plus. La tante restait égale à elle-même, mais perdait la mémoire parfois. D'autres enfants étaient nés, qu'elle ne connaissait pas, les grands étaient désormais au collège à Cahors, des domestiques avaient changé. Les mots des lettres échangées lui semblaient moins chargés de vie ; et les difficultés d'argent familiales, toujours évoquées dans ces nouvelles, l'empêchaient d'émettre la moindre plainte en réponse, elle qui vivait sans soucis de cet ordre.

Au bout de l'allée de la chapelle, les grands arbres des frondaisons, sur ce versant en pente douce jusqu'à la vallée, l'attirèrent irrésistiblement. Elle passa le portillon de l'ancienne courtine et continua. Cette touffeur qui faisait vibrer le paysage ne la dérangeait pas, bien au contraire. Elle était ainsi assurée de ne rencontrer personne en chemin. Il lui arrivait bien rarement de se retrouver ainsi livrée à sa seule volonté, sans message à transmettre à un fournisseur, sans compte rendu à faire au château, à propos de sacs de noix à livrer ou de l'état d'une charpente. En effet, Mondane servait bien volontiers de factotum à sa belle-mère, car les choses du domaine l'intéressaient, même si on la tenait toujours en lisière.

Durant ces années passées comme dans un long sommeil, elle se nourrissait de rêves fous et vagues. Des rêves entièrement dominés par le personnage d'Hippolyte Chassaigne. Depuis la première fois qu'elle avait croisé le regard de ce grand garçon aux yeux gris, à la haute stature et au rire sonore, avec un je-ne-sais-quoi de nonchalant dans sa façon de tirer sur sa pipe, elle ne pouvait détacher ses pensées de lui. Et ne s'y efforçait pas, d'ailleurs, inconsciente de mal faire, heureuse d'accrocher enfin ses songes à du plaisir, si évanescent soit-il. Ils étaient son refuge, sa réserve secrète de bonheur, la compensation nécessaire à sa soumission quotidienne. La voix de cet homme, sa tessiture particulière, résonnait en elle. Avec sa manière d'être toujours en mouvement, de s'enlever pour monter à cheval, de s'extraire de l'habitacle de son automobile. Mondane contemplait souvent, en pensée, cette forte main veinée qu'elle avait vue posée sur sa propre manche, la recouvrant presque, pendant quelques secondes, deux ans auparavant. Et tout ce qu'elle imaginait de sa vie lui était matière à rêveries : on le disait un jour à Coulerouze, l'autre à Sarlat, le troisième à Bordeaux ou même à Paris. On parlait dans le pays à la fois de ses idées politiques, de ses courses automobiles, de ses innovations agricoles, de ses conquêtes féminines, et de ses trouvailles archéologiques aux Eyzies. Tout cela revenait sans cesse, en images précises et troublantes dans son esprit, dès lors qu'elle n'était plus occupée à contrôler son maintien en société.

Leur première rencontre avait eu lieu au lendemain de son apparition tumultueuse, devant les écuries de Tarnhac, alors qu'elle avait pour mission de faire patienter l'importun avant l'arrivée de la baronne. Les cinq minutes de salutations embarrassées de sa part à elle, étonnées et amusées de sa part à lui, face à cette nouvelle petite madame de Tarnhac inattendue, avaient mis en éveil les sens engourdis de la jeune femme. Puis sa belle-mère avait paru, combative, et Mondane s'était vue congédiée sans autre forme. Une étincelle était née, qui ne s'était plus éteinte. Il y avait eu encore trois autres rencontres pour nourrir ses rêves.

Durant l'hiver suivant, Hippolyte était revenu au château, débouchant brusquement au galop d'un cheval, et l'avait interpellée alors qu'elle était seule sur la terrasse, à contempler les lointains engivrés. Malgré un froid vif, le rouge lui était aussitôt monté au front.

« Quand Vignal va-t-il venir dégager mon chemin de ses fagots ? Il attend les ordres, paraît-il. Des semaines que cela dure, ma patience a des limites. »

C'était une boule de flamme et d'élégance, une personnification de l'énergie qui faisait irruption dans sa solitude glacée.

Elle s'était excusée assez gauchement de ne pouvoir répondre pour la baronne, qui était chez son avoué de Sarlat. Sa voix sortait mal de sa gorge.

Sans descendre de cheval, il avait approché sa monture du balustre de pierre, pour se trouver à sa hauteur. Adoucissant sa voix, il avait posé un instant la main sur sa manche, indiquant qu'il s'adresserait donc à qui de droit. L'homme dégageait une odeur de tabac et de cuir, mêlée à un parfum inconnu. Mondane le respirait, le buvait des yeux, bouche entrouverte et regard levé. Peut-être s'en était-il aperçu ? Il avait plaisanté sur son rôle de messagère, et tourné un joli compliment sur la manière dont elle adoucissait les corvées de voisinage.

Et enfin, surtout, lors de leur dernière rencontre, quelques mois auparavant seulement, la Panhard-Levassor de Chassaigne avait croisé la voiture attelée où se trouvaient les Tarnhac, en route pour l'enterrement du père Bouyssou. Hippolyte avait fait ostensiblement, à la seule adresse de la jeune femme, un geste joyeux de salut, presque de connivence, en les dépassant dans une pétarade malodorante. Dieu, qu'il était beau, qu'il respirait la jeunesse et la vie ! Mondane, émue, s'était autorisée à lui répondre d'une inclinaison de tête souriante. Trop souriante sans doute, malgré sa réserve.

« Enfin, ma petite, tenez-vous ! Surtout avec ces gens-là ! Vraiment, ces automobiles empestent. »

L'affaire en était restée là, mais la jeune femme était désormais sur ses gardes, plus attentive que jamais à ne rien laisser paraître.

Ce dimanche-là, plus ou moins volontairement, puisque toutes ses pensées la ramenaient à Hippolyte, elle prit le raccourci menant à Saint-Donat par les bois, qui croisait le chemin de Coulerouze.

Ce fut peu avant de parvenir à la calfourche* que des cloches résonnèrent à ses oreilles. Non pas un son unique, mais celui de plusieurs paroisses alentour se répondant, du clocher d'Audrix à celui de Siorac. Le tocsin ! Quelques minutes plus tard, Saint-Donat, tout proche, prit le relais, et encore d'autres, assourdis et lointains, dans la vallée. Mondane resta figée : sur ce versant commandant plusieurs combes, dans la brûlure immobile du soleil presque encore à son zénith, filtrant par vrilles de feu à travers les taillis de châtaigniers, les sons se faisaient écho, avec une ampleur différente. Dong... dong... dong... sur un seul registre lugubre. Cela prenait à la gorge. Un incendie, un décès n'auraient pas donné lieu à un tel concert. C'était donc la guerre. Toutes les craintes remuées depuis des semaines forgeaient l'évidence. Au-delà de l'émotion de l'oreille, Mondane ne se sentait pas réellement touchée. La guerre ? En quoi cela changerait-il quelque chose ? Comme assoupie par son existence, elle n'imaginait plus d'autre vie, et aspirait seulement à se réfugier, par moments, dans ses rêves, toujours traversés par la stature du beau Chassaigne, baignés de son parfum et de sa voix.

Lorsque, de loin en loin, le tocsin se tut, Mondane perçut autour d'elle des bruits. Les grésillements des insectes s'estompèrent. A ces heures pourtant désertées parvenaient de partout des échos de pas et de voix. A travers les lacis des chemins de futaies, venant des fermes isolées, des bories de berger, des champs où ils travaillaient malgré la chaleur, apparurent à la calfourche des hommes pressés, des femmes inquiètes et des enfants affolés de cette inquiétude. Ils affluaient vers le village, venant aux nouvelles. Mondane suivit le mouvement sans réfléchir, à bonne distance des groupes.

Quand elle déboucha sur la place de l'église, jamais elle n'y avait vu autant de monde. Le rampeau avait été abandonné. A l'ombre de chaque arbre pour se protéger du ciel bleu dur, des attroupements se faisaient, sans éclats de voix, avec seulement des murmures sourds et des têtes baissées. L'arrivée de la jeune femme, seule, dans sa tenue claire, figea encore les mouvements. On la salua du bout du menton. Reine, qui était là au milieu d'autres femmes en mouchoirs colorés, fit semblant de ne pas l'avoir vue. Mais l'émotion était trop forte, l'événement, trop considérable, pour que la gêne durât longtemps. D'autant qu'on vit bientôt passer au galop le tambour de ville de Saint-Cyprien, se dirigeant sans presque ralentir vers la mairie. Il ne s'était pas passé un quart d'heure qu'il ressortit, à pied, suivi du maire. Celui-ci avait rendossé son uniforme de commandant, et accroché ses décorations en barrette. Le curé Malaurie avait lui aussi quitté le presbytère pour se joindre à ses ouailles. A la moitié de la rue, il rejoignit les deux hommes qui s'avançaient sous le soleil de plomb, le temps d'un bref conciliabule. Justin Leyssalle, le jeune instituteur tout juste arrivé de l'Ecole normale de Périgueux pour la rentrée à Saint-Donat, que personne ne connaissait guère encore, avait surgi de son logement, en manches de chemise et les bretelles à peine réajustées. Tiré de sa sieste par le tocsin, il se devait de se mettre à la disposition du maire. Mais le voyant ainsi aller à la rencontre du curé, il ralentit le pas et se tint à bonne distance, pour ne pas apparaître intime avec cette compagnie. Les trois hommes, se frayant un chemin silencieux au milieu des regards implorants, gagnèrent le rebord de la fontaine, d'où l'on pouvait être vu de partout. La rue était en plein soleil, et déjà ils ruisselaient de sueur. Mondane se colla à l'embrasure d'une porte, en retrait.

Sous l'œil de monsieur le maire, le tambour de ville déplia un papier jaune et commença à lire d'une voix forte, détachant bien ses syllabes et laissant planer des silences ombrageux entre chaque phrase.

— « Cet avis sera placardé dès demain dans toutes les mairies de France. Armée de terre et armée de mer. Ordre de mobilisation générale. Par décret du président de la République, la mobilisation des armées de terre et de mer est ordonnée, ainsi que la réquisition des animaux, voitures et harnais nécessaires au complément de ces armées. Tout Français soumis aux obligations militaires doit, sous peine d'être puni avec toute la rigueur des lois, obéir aux prescriptions du fascicule de mobilisation (pages coloriées placées dans son livret). Sont visés par le présent ordre *tous les hommes* non présents sous les drapeaux et appartenant : 1. à l'armée de terre, y compris les troupes coloniales et les hommes des services auxiliaires ; 2. à l'armée de mer, y compris les inscrits maritimes et les armuriers de la marine. Les autorités civiles et militaires sont responsables de l'exécution du présent décret. Signé : le ministre de la Guerre. »

La déclaration fut suivie d'un silence plus profond. Pendant qu'il lisait, un murmure accompagnait chaque phrase, produit par ceux qui, comprenant le mieux le français, traduisaient les paroles en patois au fur et à mesure pour les autres. Mais quand il replia soigneusement son document, tous se turent. Dans chaque esprit cheminaient lentement toutes les implications immédiates de ces mots officiels, pour chaque feu de Saint-Donat, pour chaque homme selon son âge et son état, pour chaque épouse et chaque mère. Monsieur du Mayne improvisa à la suite un petit discours patriotique :

— La France sait qu'elle peut compter sur ses enfants. Dans ces jours d'épreuve, chacun fera son devoir, mettra sa vaillante épée au service de la France meurtrie. Ayons pour la noble armée française des sentiments faits de légitime orgueil, d'admiration, de reconnaissance. N'est-ce pas elle qui a contribué à former le capital des grandeurs morales de la France ? Nous devons accepter délibérément la mort pour que le drapeau flotte plus joyeux au grand soleil de notre pays.

Personne n'y comprit grand-chose, la chaleur était trop forte, et le ton, quelque peu étranglé. Mais chacun savait que le maire avait combattu en son temps contre les uhlans, et était le père de trois fils en âge de partir.

Peu à peu, comme un écheveau qui se défait, les villageois quittaient la place, les groupes s'étiraient, se défaisaient, se rejoignaient. Des larmes coulaient, chez des vieillards et chez des femmes, dont personne ne semblait s'apercevoir, dans l'étrangeté du moment. Quelques vieilles entrèrent directement dans la fraîcheur de l'église, où l'heure des vêpres approchait, tandis que des jeunes gens envahissaient le café et s'encourageaient mutuellement en criant : « A Berlin ! », « Sus aux Pruscos ! » Solitaire, l'homme du rampeau démontait méthodiquement ses montants dc bois.

Sans avoir approché quiconque, si ce n'est par quelques gestes vagues de salutation, Mondane se glissa entre les villageois, évita les notables, et reprit la route empierrée qui montait à Tarnhac. Elle s'étonnait de ne pouvoir prendre part à l'émotion générale, et regrettait presque de ne pas souffrir. Deux heures avaient passé depuis sa fuite du château, un sentiment de faute lui fit hâter le pas malgré la chaleur : on s'inquiéterait sans doute de son absence prolongée. Même si un tel événement pouvait tout justifier, jamais elle n'avait pris tant de liberté depuis son mariage. Perdue dans ses pensées, elle n'entendit pas cahoter derrière elle la jardinière. Abel et Reine, qui avaient pris sur eux, comme souvent, d'atteler la voiture de madame de Tarnhac pour descendre plus vite au village, ne pouvaient faire autrement, dépassant sa bru à pied sur la route, que de la mettre à sa disposition, même à contrecœur. Et Mondane ne pouvait faire autrement que de monter. Comme Reine allait quitter le siège de la voiture pour se serrer à côté du cocher, avec le Jantou sur ses genoux, Mondane la retint. La servante, baignée de larmes, sanglotait encore par hoquets.

— Abel, il va partir. « Tous les hommes », ils ont dit. Té, je vais me trouver seule avec la Seconde. Qu'est-ce qu'on a fait au *boun Diou* pour mériter ça ?

Au milieu de ses lamentations, elle lança à Mondane un regard peu amène.

— Monsieur Gaston, lui, a été exempté de service militaire. Et qui va s'occuper de la moisson, *avé* le service ? Tout ce qu'il y a écrit sur le livret militaire, c'est pas des pauvres gens comme nous qui peuvent comprendre !

Abel, à l'avant sur le siège du cocher, les yeux au loin, ne disait mot.

Mondane répondit simplement :

— On le regardera ensemble, ce livret, si tu veux...

Reine lui lança une œillade oblique, renifla et, comme on arrivait au château, se tut. Effectivement, madame de Tarnhac, sous sa capeline de paille noire, se dressait en vigie sur la terrasse, la main en visière. Abel, comme s'il était en service commandé, fit le plus naturellement du monde effectuer à Brigande une volte impeccable pour déposer la jeune femme devant le perron. Mondane descendit, et se prépara à rendre compte.

— Pourquoi avoir demandé la voiture sans m'en avertir, et un dimanche, jour de repos de nos gens, qui plus est ?

Jetant un œil sur les bottines poussiéreuses de sa belle-fille, la baronne ajouta en maugréant :

— Comment est-il possible de gâter ainsi une bonne paire de souliers ?

La jeune femme s'excusa d'une telle initiative, parla du tocsin, de son désir d'aller aux informations sans déranger le repos de sa belle-mère, et l'affaire s'arrêta là. Il ne fut pas question de la mobilisation.

6

Le lendemain pourtant, un lundi, la guerre grimpa le pech et atteignit le château de Tarnhac, où les choses dévièrent de leur cours ordinaire. Reine vaquait à ses tâches en reniflant, les yeux rougis. Un instant où Mondane se retrouva seule avec elle, la servante exhuma des profondeurs de son devantal le livret militaire d'Abel. Celui-ci était serré dans le buffet de la cuisine depuis son service, accompli juste avant son mariage.

— Le Chaparotte est passé ce matin à la première heure, pour prendre Abel. Les hommes doivent s'en aller de suite à la mairie chercher leur feuille de route. Les premiers partants prendront le train à Siorac avant le souper, qu'il a dit.

— Eh bien, il aurait dû l'apporter avec lui à la mairie, ce livret.

— Et comment qu'il ferait, vu qu'il ne sait même pas bien ses lettres, mon pauvre Abel ? Les chiffres, ça oui ! Je lui ai dit que je vous le montrerais, pour lui expliquer.

— Donne voir.

Le bon sens pratique de Mondane se réveillait, pour une fois qu'on faisait appel à elle.

— De toute façon, il faut que tu lui prépares une musette, avec un casse-croûte pour une journée. Et qu'il soit bien chaussé, il risque de devoir marcher un peu avant d'être incorporé et habillé.

— Il a rien que ses sabots ; et puis ses souliers de mariage, en cuir, qui lui font mal.

— Qu'il prenne les vieux brodequins de monsieur Gaston, sous l'escalier. Je vais aller te les chercher, ce n'est pas la peine d'en parler à madame. Et puis une ceinture de flanelle, du linge, des chaussettes de laine et un bon tricot...

— Par cette chaleur... Ils seront revenus avant les froids, quand même ?

— Oui, bien sûr, mais le règlement militaire ne peut pas prévoir à quelle saison commencent les guerres, ni quand elles se terminent.

Mondane, pour la première fois depuis longtemps, se sentait une prise sur les événements. Les deux femmes se turent en entendant sonner. Du bureau, madame de Tarnhac tirait sur son cordon avec détermination, étonnée qu'elle était de ne pas avoir encore vu Abel venir au rapport, comme à l'accoutumée le matin. Reine renfourna le livret, se précipita pour donner des explications qui déclenchèrent chez elle de nouveaux sanglots.

Les éclats de voix parvinrent jusqu'à Mondane.

— Mais enfin, c'est insensé ! On ne peut pas mobiliser ainsi tous les hommes à la veille de la moisson. Qui va soigner les bêtes, s'occuper des terres ? Pas les femmes, tout de même ? Si Abel n'est pas là, fais atteler par Isidore, que je descende à Saint-Donat prendre des nouvelles.

Reine s'en fut transmettre les ordres, tout en traînant des pieds et en se mouchant dans son devantal. La lumière du matin montait transparente, perçant peu à peu le brouillard de beau temps sur la vallée. Les porcelaines, dans les hautes vitrines de la salle à manger, brillaient doucement. Jamais Tarnhac n'avait été aussi beau, songea Mondane comme à regret, en rassemblant la vaisselle abandonnée sur la desserte, que personne n'avait songé à ranger. Le temps de ces quelques heures extraordinaires, elle reprenait avec beaucoup d'aise des habitudes anciennes d'efficacité. La baronne même prisait sans retenue, ce qui était inhabituel à ces heures matinales.

— Veillez à ce que le déjeuner soit à l'heure, ma fille, et à ce que tout soit prêt pour mon lundi. Cette pauvre Reine m'a l'air d'avoir perdu son bon sens !

Madame de Tarnhac attendait sa voiture dans le vestibule, chapeau enfoncé, mains gantées et ombrelle au bras. Elle engageait déjà sa lutte contre la guerre, pour que rien ne changeât au château. C'était « son jour », et la mobilisation ne devait pas peser plus lourd dans la balance des jours.

— Bien, ma mère.

Lorsque, moins d'une heure plus tard, Isidore la ramena de Saint-Donat, la chaleur pesait. Gaston arrivait justement des bois par le fond du parc, menant au pas par la bride Milord qui boitait bas. Abel n'avait pas reparu, et Reine, n'y tenant plus, l'avait rejoint au village, sur la permission de Mondane. Seconde courait entre la cuisine et l'office, avec le Jantou pleurnichant accroché à son tablier. Quant à Catissou, qui était de journée à Tarnhac comme tous les lundis, on ne l'avait tout simplement pas vue de la matinée, elle qui ne rechignait jamais à la tâche.

— Comprenez-vous, ma mère, Reine devait apporter à Abel son livret militaire, qu'il n'avait pas songé à prendre.

— Vous en parlez bien à votre aise, ma fille ! Comment allons-nous donc faire sans nos femmes ? Nous sommes lundi, tout de même !

Pour la première fois depuis le mariage de Mondane, on déjeuna donc sur le pouce, servis par Seconde qui n'y suffisait pas mais refusait toute aide. Madame de Tarnhac exposa ce qu'elle savait de la situation à la gouvernante, devant son fils et sa bru silencieux :

— Il y a queue devant la mairie, où les hommes doivent recevoir leur feuille de route. Une liste a été affichée, qui comprend tous les hommes de la commune, tous ! De la classe 94 à la classe 14. Abel y est inscrit, mais aussi les deux fils Bouyssou de la Séguinie, Chaparotte à la Boissière, Célestin pour Campredon, qui est pourtant bien vieux et seul à tenir la métairie...

— C'est donc ça, que la Catissou est pas venue !

— Sans doute. Et puis encore les fils de monsieur le maire, le nouveau petit instituteur, et même Gaston, qui a pourtant été exempté de service militaire. Il faut donc attendre pour savoir à quoi s'en tenir. Monsieur du Mayne a fort à faire pour suivre les instructions reçues hier au soir de la préfecture de Périgueux. Mais il a fait promettre qu'il viendrait à Tarnhac dès que possible, puisque nous sommes lundi.

— Abel à la guerre ? questionna Gaston gentiment en voyant la mine soucieuse des deux vieilles femmes.

Il avait donc compris cela, se dit en elle-même Mondane, qui cherchait toujours à déterminer jusqu'à quel point allait l'innocence de Gaston.

— Oui, répondit un peu durement sa mère, après un sursaut d'étonnement.

Elle avait parlé devant lui sans contrôle, et s'en voulait.

— Mais toi, entends-moi bien, tu es trop fragile pour aller à la guerre ! Ne va pas traîner du côté du village en ce moment, ce n'est pas la peine d'attirer l'attention.

On attendit donc au salon, alors que la chaleur montait, dans une atmosphère étrange, où manquaient les bruits des *charretous* sur les chemins et les interpellations dans les champs, mais ponctuée des hurlements à la mort de chiens laissés trop longtemps à la chaîne dans les fermes alentour. Aucune voiture ne grimpa le coteau. Même Louise de

Carbon avait fait dire par un *drolle* du village qu'elle était retenue par l'organisation d'une neuvaine à l'église. Les pâtisseries et les orangeades restèrent à l'ombre de la cave voûtée, recouvertes de torchons pour éviter les guêpes.

Sur la fin de l'après-midi, Abel et Reine revinrent à pied, suant sous le feu du soleil, pour annoncer qu'un train passerait en gare de Siorac et embarquerait le premier contingent de mobilisés. Abel devait repartir aussitôt. Il n'y eut donc pas de grands adieux, seulement un gros poutou au petit Jantou, et des recommandations multiples à propos des salades à arroser, du foin à bien étaler pour éviter la moisissure, et encore d'une roue de charrette non réparée à reprendre néanmoins chez le charron, car celui-ci faisait aussi partie du convoi. Après toute cette agitation, le silence se fit pesant quand on vit disparaître au tournant la jardinière emmenée par Isidore, qui devait encore s'arrêter à la Loge pour embarquer tous les soldats mobilisés du coteau.

Monsieur du Mayne ne monta à Tarnhac que le lendemain matin, à la fraîche, sans s'être fait annoncer, seul dans sa vieille voiture attelée. La gravité de la situation lui avait fait retrouver un port de tête militaire. La baronne l'emmena aussitôt dans le petit salon, sans convier sa bru, présente, à les rejoindre. Celle-ci, de l'office où elle remplaçait Reine débordée par ses tâches nouvelles, entendit pourtant très distinctement leur conversation, car la petite pièce renfoncée ne se trouvait séparée du salon où ils se tenaient que par une simple cloison. C'est ainsi que Mondane comprit enfin comment les domestiques étaient si bien renseignés depuis toujours sur les paroles, faits et gestes des gens du château.

— Mais enfin, c'est invraisemblable ! Vous savez bien pourtant, vous, que Gaston souffre depuis l'enfance d'une anémie cérébrale !

— Ma pauvre amie, je le sais, je le sais... Mais rappelez-vous, c'est en principe à cause d'une angine de poitrine qu'il a été exempté de service militaire. Il s'agissait alors d'éviter de porter préjudice à son avenir. Rien ne figure donc dans son dossier militaire. Gaston doit répondre à l'ordre de mobilisation et aller à Périgueux, comme les autres. Mais rassurez-vous ! Une fois là-bas, il passera en conseil de révision, et sera sans doute renvoyé dans ses foyers. Le temps de gagner la guerre. On me dit, de la préfecture, que l'on tient pour le moment en réserve certains hommes : les plus âgés, au-delà de quarante ans, les pères de famille nombreuse aussi, mais dans nos contrées il n'y en a guère.

La baronne s'exclama encore en soupirant :

— Ah, si seulement Mondane avait donné des enfants à Gaston ! Des enfants légitimes...

A cette phrase inachevée, Mondane, figée en silence dans l'office, comprit que la baronne n'ignorait rien des échappées nocturnes de son fils, et de la fécondité de celles-ci. Pour la première fois, elle se demanda qui parmi les *drolles* du coteau était né du malheureux Gaston.

— Pour chaque cas particulier, il faut demander des ordres par télégraphe à Périgueux. J'ai fait l'impossible pour épargner certains, qui sont soutien de famille. Et puis il faut bien terminer les moissons. Pourtant, beaucoup veulent partir à tout prix, pour défendre leur patrie.

— Ne pourrait-on faire intervenir quelqu'un en haut lieu ? Voyons, nous avons certainement quelqu'un de bien placé dans nos relations. Votre oncle le général Villerrois, de l'état-major, par exemple, qui venait faire des séjours en Périgord, autrefois. Je l'ai reçu à Tarnhac. Sans doute peut-il quelque chose ?

La voix de la baronne se faisait suppliante.

— Ma pauvre amie, voyons, rappelez-vous, il n'était déjà plus en activité au début de ce siècle ! Même lorsque j'ai été relevé de mon commandement en raison de mes convictions religieuses, il ne pouvait rien faire pour moi. Je l'en aurais bien empêché, du reste !

Puis, reprenant un ton plus impératif :

— Soyez raisonnable : Gaston doit absolument répondre à l'appel, au départ de demain soir, en gare de Siorac. Vous ne voudriez quand même pas qu'il soit considéré comme déserteur ? Nous avons à montrer l'exemple à nos gens.

— Mais la situation de Gaston est tout à fait particulière...

— Je le sais bien, et c'est pour cela qu'il n'y a pas d'inquiétude à avoir. Décidément, les mères sont toutes les mêmes ! A Périgueux, on lui posera des questions, on le fera lire... on se rendra compte de son état et il vous sera rendu. Au pire, il recevra un ordre d'affectation spécial. Rien ne lui sera demandé d'autre que ce dont il est capable, et chacun doit faire son devoir.

La baronne se raidit sous l'admonestation.

— Cher ami, je sais bien que vous faites tout ce qui est en votre pouvoir. Soyez-en remercié. Dites-moi ce qu'il advient de vos fils.

— Jacques, à Bordeaux, est mobilisé, et a dû laisser là ses malades pour partir hier au soir. Sa jeune femme est très courageuse, mais elle reste seule avec son petit Amaury, qui a quelques mois à peine. Si la guerre dure plus de quelques semaines, nous lui proposerons de nous rejoindre à Saint-Donat. Joseph partira par le même convoi que Gaston, demain. Hubert, comme vous le savez, est retourné à son régiment après sa dernière permission écourtée. Nous savons hélas pourquoi maintenant. Quant à Jean, il n'a que seize ans et enrage de ne pouvoir s'engager. Il retournera donc au collège en octobre. En attendant, il sera d'une grande aide pour la moisson !

— Mon Dieu ! Cette pauvre Madeleine doit être terriblement affectée ?

— Hélas ! Elle s'attendait au pire depuis qu'Hubert nous avait prévenus de la gravité de la situation. Mais vous la connaissez, elle cherche par tous les moyens à soulager plus malheureux qu'elle, et depuis hier au soir court partout pour remplir les musettes des soldats mobilisés du village.

Le vieil homme prit rapidement congé, sans accepter même un verre d'eau, malgré la chaleur.

Seconde fut donc sommée de préparer aussi le paquetage du soldat de Tarnhac, avec la ceinture en flanelle, les lainages requis, ainsi que des provisions de bouche. On chercha un peu les brodequins, mais de toute façon, comme Gaston quittait rarement ses bottes de cheval aux hautes tiges lacées, mieux valait ne pas changer ses habitudes. La baronne y ajouta un portefeuille bien rempli et un petit crucifix.

— Si seulement Gaston avait des enfants, il serait considéré comme soutien de famille, soupira tout haut la douairière deux fois de suite à table, en lançant des regards sauvages à sa bru.

Celle-ci, qui avait déjà entendu la tirade une fois et savait désormais à quoi s'en tenir, s'en émut moins que prévu.

Les événements semblaient ne pas avoir en eux-mêmes de prise sur Gaston. Mais il se troublait des changements d'habitude, de l'agitation de sa mère, et des ronds furieux que Trompette accomplissait autour des paquets accumulés sur la terrasse. Et le tic qu'il avait à la paupière s'accentuait au fil des heures. Son idée restait fixée sur cette blessure au paturon que s'était faite Milord quelques jours auparavant, et qui cicatrisait mal.

— Isidore, prépare l'onguent pour Milord, répétait-il, têtu.

Le brave Isidore, la bouffarde éteinte, répondait placidement aux injonctions venues de partout. Il fit un emplâtre au cheval, et le frictionna avec une décoction de côtes de tabac, pour éloigner les insectes. Milord fut mis au repos. Le lendemain, il prépara Brigande, l'autre occupante de l'écurie de Tarnhac, pour se rendre de nouveau à Siorac. Madame la baronne lui avait enjoint de sortir la victoria qui servait aux visites, pour souligner la solennité du moment.

Gaston, cloué au château par la blessure de son cheval, se laissait faire sans réagir, tandis que les chiens ahurissaient tout le monde de leurs gémissements. Avec plus de tendresse qu'elle n'en avait jamais montré, la baronne tentait encore, du mieux qu'elle pouvait, de lui faire comprendre la situation.

— Lorsque tu verras des militaires, avec des uniformes, tu montreras cette lettre que je te confie, n'est-ce pas ? Tu diras bien que tu ne sais pas lire ? Surtout, protège tes effets personnels. Redis-moi, comment t'appelles-tu ? Gaston, comte de Tarnhac...

— Gaaaston, m'man.

Au moment du départ, le soleil embrasait d'or la terrasse, nimbant la scène d'irréalité. Seconde pleurait silencieusement, lui caressant la joue, sans doute comme lorsqu'il était enfant. Par pudeur, Mondane se tenait à l'écart de ces tendres embrassades.

— Ma fille, prenez votre ombrelle et montez ! Que diront les gens si vous n'êtes pas là pour saluer votre mari quand il part aux armées ? Nous devons montrer l'exemple à nos gens.

C'est seulement en quittant la route familière de la vallée, pour aller passer le pont sur la Dordogne, que Mondane ressentit la nouveauté de la situation, ainsi qu'une impression de légèreté soudaine. C'était comme si une chape, enserrant étroitement ses épaules depuis des années, se soulevait lentement. Gaston partait ! Gaston ne ferait plus le siège de sa chambre nuitamment, Gaston ne la regarderait plus par en dessous, de ses yeux fous ! Elle n'aurait plus peur, enfin !

Sur l'autre rive, au pied du bourg de Siorac, la victoria rejoignit des carrioles, jardinières, chars à bancs, coupés et phaétons qui montaient à la queue leu leu le raidillon menant à l'église, puis s'enchevêtraient au pas sur le plat, devant la gare de chemin de fer neuve. Il était impossible d'avancer plus, tant il y avait de monde. Isidore arrêta la voiture après l'église, tout au début de la longue et large allée bordée de jeunes platanes maigrelets. Ils avaient été plantés lors de la construction, et ne donnaient encore guère d'ombre. Heureusement, le soleil baissait enfin, gros globe rougeoyant derrière les bois de la Bessède. On descendit dans le tumulte, et Gaston flatta longuement Brigande, comme s'il comprenait bien qu'il était question de départ et de séparation. A quai, un train bondé d'hommes bruyants, sans doute les conscrits embarqués depuis Sarlat, semblait attendre, pendant que les cheminots s'activaient autour de la chaudière crachotante de la locomotive. Derrière, six wagons vides, dont deux avaient les portes grandes ouvertes. Des militaires, dans toutes sortes d'uniformes différents, quadrillaient l'espace. Les capotes bleu horizon et les pantalons garance prédominaient, donnant des couleurs joyeuses inattendues au milieu des chapeaux et des jupes noires. Les soldats contrôlaient les accès aux rails, aboyant des ordres, des noms, cochant des listes, pressant le mouvement. Les autorités civiles, écharpes tricolores en bandoulière, étaient venues assister leurs administrés : il y avait là le maire d'Audrix, celui du Mondiol, de Mouzens, et plusieurs conseillers généraux du canton. Des jeunes filles avaient apporté des bouquets de fleurs patriotiques, coquelicots et bleuets de saison, qu'elles fixaient avec des baisers à la boutonnière des mobilisés, ajoutant à l'excitation. Beaucoup de femmes pleuraient, les enfants tournant autour d'elles, tandis que leurs hommes parlaient et riaient, sans doute un peu trop fort, pour couper à l'émotion. Des couples se retiraient à l'écart des arbres, pour un dernier baiser, une dernière confidence. Mondane, qui avait perdu l'habitude de voir ainsi s'échanger des gestes de tendresse, ne pouvait s'empêcher de les suivre des yeux. La baronne fendait la foule, son ombrelle en avant, distribuant des hochements de menton en guise de salut ou d'excuse ; Mondane et Gaston, tous deux un peu ébahis par le bruit et l'agitation, la suivaient timidement. Ils finirent par venir buter contre un cordon d'hommes à la porte du bâtiment. Un épais sous-officier, assis jambes écartées à une table de bois blanc, le calot fièrement planté sur son crâne, renseignait les arrivants. Alors, les choses se précipitèrent : en quelques minutes, Gaston de Tarnhac, à l'énoncé de son nom par sa mère, fut happé par une sorte de géant aux insignes de maréchal de logis qui faisait deux fois sa taille, et qui l'envoya d'une bourrade sur l'épaule dans la direction de la gare. Après le baiser tremblant de madame de Tarnhac, les époux se séparèrent d'un seul regard retenu. Son paquetage sur le dos, pékin aux épaules basses parmi les militaires affairés, Gaston disparut à l'intérieur. Les deux femmes le suivirent des yeux tant qu'elles le purent, se haussant derrière la barrière. Dans l'enceinte même de la gare, elles aperçurent un groupe d'officiers de réserve, déjà en uniforme, képi vissé par-dessus le regard, qui se tenaient aussi prêts au départ. Parmi eux, Joseph du Mayne devisait avec d'autres hommes tirant sur leur pipe. Mondane eut juste le temps de reconnaître Hippolyte Chassaigne, à côté de l'instituteur Leyssalle, qui lui arrivait à peine à la poitrine. On disait en effet, à Saint-Donat, qu'ils partageaient les mêmes idées avancées. Mais les choses s'accéléraient, des coups de sifflet retentirent, des files d'hommes mis au pas sortirent sur le quai pour prendre d'assaut les wagons vides. Le chef de gare faisait des ronds de bras avec son drapeau, la locomotive lui répondit, et le train s'ébranla, dans une cacophonie de cris d'adieu, en direction du Buisson de Cabans. Mondane, comme sa belle-mère, comme toutes les autres femmes présentes, avait la gorge nouée. Debout côte à côte, elles attendirent longtemps après que le train eut disparu dans un coude de la vallée.

Mondane avait suivi la haute silhouette rieuse d'Hippolyte, et l'avait vu disparaître à son tour dans un des derniers wagons. Comme il semblait à son aise dans cette foule, interpellant l'un et souriant à l'autre ! Il partait au front, serein, et n'attendait aucune exemption, lui.

Les deux femmes, également tristes et songeuses, rejoignirent lentement Isidore, qui avançait la victoria au milieu de la débandade.

— Nous irons en pèlerinage à l'abbaye de Cadouin, ma fille, et devant le saint suaire, nous prierons pour votre époux et pour la France, dit bien haut la baronne.

— Bien, ma mère.

7

Un temps ensoleillé, légèrement voilé et presque tiède, nimbait le château en ce 24 décembre 1914. Un redoux bienvenu après les gelées précoces de cette année-là. Les dernières roses de Noël pâlissaient et se flétrissaient. Bêtes et gens vivaient enfermés dans les maisons, les champs gris étaient abandonnés à l'hiver. Qui aurait cru que la Noël pourrait arriver avant la fin de la guerre ? Non seulement les hommes, qui devaient rentrer aux vendanges, n'étaient toujours pas là, mais par deux fois les permissions avaient été supprimées, et on ne les espérait plus pour la fête. La mairie avait seulement rassemblé les paquets des familles, enserrés dans les ficelles ayant servi à l'accrochage du tabac, pour les confier à la messagerie militaire.

Mondane, dans sa robe de serge grise, traversa la cour d'un pas pressé. Avec l'aide du Jantou tout fiérot, qui s'accrochait de tout son poids aux poignées, elle transportait vers l'écurie une lourde malle d'osier, pour la hisser dans la jardinière. Le bagage exhalait encore un parfum de lavande séchée, car il était rempli à ras bord de draps soustraits à la lingerie du château. La jeune femme avait promis d'en apporter autant que possible à Saint-Cyprien : on y manquait de charpie, de tarlatane, de linge, de tout. Déjà, madame du Mayne avait vidé ses réserves, Angéline, celles du presbytère, la femme du contrôleur des tabacs de Saint-Cyprien aussi, et également toutes les familles du canton qui possédaient un peu de bien. En quelques mois de guerre, les trousseaux de plusieurs générations économes avaient été dévalisés. Il avait donc fallu aller à l'encontre de l'interdiction de la baronne, quelques semaines auparavant.

« Enfin, ma fille, vous n'y pensez pas ! Que feraient-ils de draps de fil, ces pauvres bougres ? Voyez la finesse des jours. De toute façon, nous ne pouvons mettre dans n'importe quelles mains nos armoiries brodées, imaginez cela !

— Ma mère, si vous le permettez, je prendrai néanmoins les six paires de draps de mon trousseau. »

Mondane avait juste murmuré ces mots, mais ils avaient été entendus. Jamais encore elle n'avait ainsi tenu tête à sa belle-mère, et son menton relevé appuyait sa décision.

« Faites comme vous voudrez, ma petite, pour ce qu'ils valent… Au lieu de vous gâter le teint à courir ainsi les chemins, vous devriez plutôt faire filer nos femmes, et tricoter comme moi des passe-montagnes et des chaussettes pour nos pauvres soldats ! Vous y êtes tout à fait habile, et cela vous réussira mieux ! »

Au lendemain de cette conversation orageuse, pourtant tenue dans le huis clos du petit salon, Mondane avait trouvé les clés de la lingerie posées bien en évidence sur sa table de nuit. Reine, comme chaque matin, était venue faire sa chambre. Cette habitude qu'avaient les servantes, à Tarnhac, de rentrer partout sans jamais s'annoncer, sous prétexte de remettre une bûche au feu ou d'apporter de l'eau, représentait pour Mondane une menace et un envahissement permanent. Elle se serait fort bien passée de femme de chambre, et de surveillance permanente. Pourtant, ce geste inédit de complicité silencieuse entre Seconde, qui détenait jalousement ces clés, sa belle-fille, avec qui les relations se détérioraient depuis le départ d'Abel, et elle-même lui avait réchauffé le cœur. Sans qu'un seul mot ni un seul regard ait été échangé, la responsabilité de vider les armoires avait donc été prise de concert. Ce qu'elle accomplissait aujourd'hui, avec le Jantou surgi de la cuisine au moment opportun.

Depuis le désastre de Charleroi, au royaume de Belgique, et le déclenchement de la bataille de la Marne, en octobre, on était abasourdi de mauvaises nouvelles. Encore fallait-il patienter longtemps avant qu'elles arrivent jusqu'à la Dordogne. Le département avait accueilli, dès le mois de septembre, les populations de la région de Lille chassées des champs de bataille. Puis étaient arrivés les blessés légers, devenus trop nombreux dans les hôpitaux civils et militaires du nord. Dans chaque village, les gardes champêtres transmettaient les demandes d'hébergement de la préfecture. Et l'on répondait à l'appel, et l'on proposait des granges aménagées en hâte comme habitations de fortune. Les enfants des écoles écrivaient de belles lettres aux poilus, les jeunes filles tricotaient pour leurs filleuls de guerre, tandis que leurs mémés confectionnaient des colis, sans être toujours bien sûres qu'ils arrivent. Mais maintenant, à mesure que l'hiver avançait et que les réquisitions du gouvernement vidaient les réserves, le fourrage, les confits et le linge commençaient à manquer.

A Saint-Cyprien, un hôpital de campagne avait donc été aménagé dans un vaste bâtiment municipal, nommé la Grange Dîmière, sans doute parce qu'il dépendait naguère de l'abbaye. Il était destiné à accueillir les convois de blessés arrivant de Périgueux par le train, avant de les répartir pour leur convalescence dans les maisons volontaires. Toutes les dames de bonne volonté du bourg et d'alentour, dévouées à la défense de la patrie, servaient d'infirmières. Madame du Mayne y avait intronisé Mondane, passant outre aux réticences de sa belle-mère : « Ce n'est guère la place d'une jeune femme au milieu de tous ces soldats rustres. Et j'ai besoin de ma bru pour remplacer mon régisseur, parti aux armées. »

En même temps que les communiqués de victoire sur la Marne, avaient été annoncés les premiers tués au champ d'honneur. On parlait d'un front continu établi depuis la mer du Nord jusqu'à la Lorraine. Les Boches, semblait-il, s'accrochaient à cette terre, ne reculaient toujours pas. De part et d'autre, les combattants devaient s'enterrer dans des tranchées creusées à même la terre, pour se protéger des obus meurtriers, tandis que le froid du Nord glaçait les soldats périgourdins, peu habitués à ces températures. Au fil des jours, on avait même oublié l'illusion d'une bataille décisive.

A Saint-Cyprien, on vivait dans la tourmente, presque au cœur de la guerre, au rythme de l'arrivée des convois. Tandis qu'à Pech Tarnhac, tout était fait pour que rien ne changeât. La guerre indisposait la baronne, privée de son fils, et déclenchait les larmes de Reine.

Pourtant, il avait bien fallu pallier l'absence des hommes dans les quatre métairies du domaine. Trois jours après le grand départ d'août, quelques hommes étaient revenus de Périgueux, libérés des obligations militaires en raison de leur charge de famille. Dont Chaparotte, parce que son beau-père ne pouvait plus travailler, et que sa femme venait d'accoucher. Et puis aussi Lesboïto, le métayer-régisseur de Coulerouze, à cause de sa patte folle.

Mais Abel, Célestin Lagrèze, les deux fils Bouyssou manquaient lourdement aux travaux agricoles. Hormis Chaparotte, ne restaient à Tarnhac que des vieux, des femmes et des enfants. De nombreuses bouches à nourrir, augmentées de réfugiés originaires des corons de

Roubaix. Une femme, dont le mari était mobilisé, avait été relogée avec ses trois petits enfants dans l'ancienne cabane de Chaparotte, à peine une maison, en lisière du bois. Leur parler était si rude qu'il était difficile de se comprendre, même en français. Et leur nom, Wynckle, semblait imprononçable avec les sonorités du patois. On s'en accommodait pourtant, et les femmes s'avançaient volontiers pour visiter la mère « Vamenc », et s'étonnaient de ses habitudes si différentes des leurs : « Elle passe son temps à racler la peau de ses enfants, elle va finir par les rendre malades, c'est-y besoin d'être si propre ? »

La baronne, sur la suggestion de Mondane, avait aussi fait arranger par Isidore un ancien pigeonnier, sis sur la métairie de la Séguinie. Muni d'un poêle et d'un bat-flanc, il servait d'abri à un jeune Berrichon qui se remettait, sur ses béquilles, d'un éclat d'obus reçu dans la cuisse.

Après la moisson, les tabacs, les vendanges, le pèlerinage à Cadouin, la fête de la Vierge à Notre-Dame de Capelou, la récolte des noix et des châtaignes, le temps des labours était revenu. Toujours sans les hommes.

Chaparotte se multipliait au château et dans les métairies, travaillant comme un forcené, comme pour se faire pardonner silencieusement d'être toujours là. C'est lui qui avait proposé à madame la baronne, par l'intermédiaire conjugué de Mélie et de Seconde, de terminer les récoltes à Campredon, puisque la métairie était désormais vide. Puis de reprendre les terres. Désormais, la Boissière, dont le père Vignal restait métayer en titre, cultivait plus de dix hectares. De son côté, Isidore faisait ce qu'il pouvait pour aider la Catissou à la Séguinie. Les femmes avaient dû apprendre à tenir les mancherons des charrues. Même Reine, obéissant aux injonctions de Seconde, quittait la cuisine douillette pour sarcler les pommes de terre. Léone Vamenc, plus haute et plus forte que les Périgourdines, était seule capable de manier le nouveau brabant, avec son double soc, qui creusait plus profond, et se retournait après chaque sillon. Ainsi avait-elle conquis sa place sur le pech. D'autant qu'elle ne répugnait pas non plus à tirer les *charretous* de fumier ou à transporter les seilles de purin, pour fumer les terres à blé et à tabac.

Quant à Gaston, comme l'avait prévu le maire, il avait reçu une affectation spéciale, à Périgueux même. On l'avait versé comme auxiliaire territorial aux ateliers du Toulon, pour l'entretien du matériel roulant de la compagnie Paris-Orléans, réquisitionné pour le transport des troupes. Les prières conjuguées de la mère et de l'épouse, devant le saint suaire de Cadouin, avaient été exaucées : l'une demandait protection pour son fils, l'autre implorait qu'il restât au loin.

Dès la fin de ce terrible mois d'août, alors qu'aucune nouvelle encore n'arrivait des hommes envoyés au front, monsieur du Mayne était monté à Tarnhac pour rassurer la baronne. En déplacement à la préfecture de Périgueux, il avait pu rendre visite à Gaston. Celui-ci avait pour mission d'entretenir les feux des forges, dans les immenses hangars de réparation des locomotives.

« Il est chargé de couper du bois et de le transporter devant chaque fourneau. C'est un travail qu'il connaît bien et remplit à merveille, m'ont dit ses chefs, qui semblent beaucoup l'apprécier. Il est content et n'a besoin de rien. »

Madame de Tarnhac ne semblait qu'à moitié rassurée par ces bonnes nouvelles.

« Comment Gaston peut-il être heureux si loin, lui qui a tant besoin de calme et de sécurité ? Peut-être devrais-je moi-même lui rendre visite, lui apporter du linge, de la nourriture ?

— N'en faites rien, ma chère ! C'est un voyage terrible, car priorité est donnée aux transports militaires sur les voyageurs. Mon train a mis cinq heures pour franchir quarante kilomètres, avec d'innombrables arrêts en rase campagne. Arrivé à ces ateliers des faubourgs, j'étais moi-même transi et épuisé.

— Comme vous êtes bon, commandant…

— Ce n'est pas tout, ma chère, tenez-vous bien ! J'ai convenu avec un cheminot d'âge, mobilisé aussi sur place, qu'il vous enverrait des nouvelles régulières. Une petite récompense de votre part encouragerait sans doute son zèle, à sa prochaine missive.

— Bien évidemment !

— Va-t-il obtenir bientôt une permission ? s'enquit poliment Mondane.

— Il pourrait y prétendre, paraît-il. Mais son devoir lui tient très à cœur, et il souhaite rester sur place, sans prendre de repos, répondit le vieil homme. Cela fait l'admiration de tous, et donne à ses camarades plus de liberté. Gaston a beaucoup demandé des nouvelles de Milord, et de Trompette. Tous deux lui manquent.

— Eh bien, heureusement, vous avez pu lui en donner de bonnes ! »

Milord en effet avait échappé à la fin du mois d'août à la réquisition, à cause de sa blessure. Mais Brigande, la jument d'attelage, plus jeune et plus robuste, était partie, au grand dam du vieil Isidore, qui l'avait fait naître. Avec la mule de la Boissière, le cheval de trait de la Séguinie et les magnifiques bœufs de Campredon. La ruse du père Vignal avait pourtant sauvé les siens, Jules et César. Au moment d'amener son attelage à la convocation du vétérinaire militaire, sur le foirail, il s'était présenté lui-même, tout bancal dans sa chaise à roulettes montée sur une remorque, menant d'un train de sénateur ses bœufs enjugués à l'envers. Les deux bêtes, ne s'y reconnaissant plus, refusaient d'obéir. Si bien que l'homme, pressé, les avait mises à la réforme.

Depuis, Jules et César allaient de métairie en métairie, sous l'aiguillon de Chaparotte. Et Milord, guéri, tirait la jardinière, bien qu'il n'aimât guère être attelé.

Aussi Mondane, quand elle rejoignait madame du Mayne à l'hôpital de Saint-Cyprien, prit-elle l'habitude de s'y rendre à cheval. A l'écurie, une fort belle selle d'amazone, bien entretenue par Gaston, semblait n'attendre qu'elle. Encore une habitude du temps de la Géraudie que la guerre lui avait permis de reprendre. Autrefois, ses frères aînés l'avaient assez initiée à l'équitation pour qu'elle se remette en selle sans difficulté et sans aide. C'est ainsi qu'en quelques mois elle avait reconquis une liberté nouvelle d'aller et venir, sans crainte de son époux.

Et ce soir de Noël, il lui fallait encore prévenir sa belle-mère : en l'absence de madame du Mayne, souffrante et alitée, elle assurerait la veille à l'hôpital. Il lui fallait aussi livrer sans attendre son butin de linge.

Il était temps de rejoindre la baronne au petit salon. Celle-ci, comme de coutume à la veille de la Nativité, recevait longuement ses métayères : la Mélie et la Malvina, avec Rose, sa *catzo niou*, qu'elle venait présenter, la veuve Catissou, Léone conviée pour la première fois. Toutes, endimanchées dans leurs jupes de cadi et fichus de laine filés à la maison, entraient ainsi au château une seule fois l'an. Elles venaient présenter leurs vœux, en même temps que recevoir les traditionnelles étrennes. Cette année comme les autres, il s'agissait pour chacune d'un coupon de satinette noire agrémentée de fines rayures grises. La satinette se ferait devantal pour les jours de fête, avant de passer à un usage quotidien, quelques années plus tard. Parce que c'était la guerre, il y avait aussi des pipes de terre pour les hommes, à mettre dans les colis, et des sabots pour les enfants. Ainsi qu'un grand parapluie noir pour chaque famille.

Afin de ne rien gâcher du plaisir de ce moment, où la maîtresse des lieux jouissait de sa propre générosité, Mondane attendit dans l'office que toutes fussent descendues à la cuisine. Une soupe les attendait au chaud sur la cuisinière, ainsi que Seconde pour le *parladis**. Ensuite, chacune rentrerait chez elle, pour une triste fête en l'absence des hommes.

Alors la jeune femme pénétra dans le petit salon et se lança aussitôt :

— Ma mère, l'abbé Malaurie doit célébrer la messe pour les blessés de la Grange Dîmière, cette nuit. Il m'a demandé de l'assister auprès d'eux.

Depuis la mobilisation des deux vicaires de Saint-Cyprien, le vieux curé de la haute église ne suffisait plus à la tâche. Et Malaurie, qui, ayant juste franchi le cap des quarante années, avait échappé de justesse au départ, se partageait désormais entre les ouailles du village de Saint-Donat et celles du gros bourg.

— Cela signifie-t-il, ma fille, que nous n'aurons pas de messe de minuit au village ? Et que vous passerez la nuit dehors ? Mon Dieu, la France est tombée bien bas !

— C'est la guerre, ma mère.

— C'est la guerre…

— La grand-messe sera célébrée demain à onze heures, et nous nous y rendrons ensemble comme à l'ordinaire.

Pour répondre au sens profond du soupir de la vieille dame, Mondane enchaîna, emplie de bonne volonté et tellement légère à la perspective de quitter le château :

— Réjouissons-nous que Gaston ne soit pas en danger, et ne souffre pas du froid aux forges de Périgueux. Quand je pense à mes deux pauvres frères, dans la boue des tranchées, là-haut dans l'Est… On raconte tant d'horreurs : les rats attaquent les hommes, le vin gèle dans les quarts, le commandement envoie les soldats à la boucherie...

— N'allez pas croire tout ce qu'on dit, ma fille, dans votre hôpital, ni prêter foi aux mauvais esprits qui veulent démoraliser le pays. Donnez-moi plutôt des nouvelles de Madeleine du Mayne, vous qui avez la chance de l'apercevoir. Cela fait une éternité qu'elle n'est venue à Tarnhac, je me demande bien pourquoi.

— Elle garde la chambre depuis plusieurs jours. Une forte fièvre qui la mine, ajoutée sans doute au souci pour ses fils.

— Comment ? Vous serez donc seule à Saint-Cyprien, sans chaperon, au milieu de tous ces hommes venus d'on ne sait où ? Et me laissant livrée ici aux domestiques ? Est-ce bien là votre devoir, je me le demande.

— Mère, c'est la guerre.

— La guerre a bon dos, maugréa encore la baronne.

Mais elle ne pouvait que capituler.

Mondane le savait et n'insista pas.

Passé la sensation de délivrance ressentie par la jeune femme après le départ de Gaston, leur face-à-face obligé s'était resserré, à mesure que se creusaient les absences. Seconde assurait seule le service au château, et Mondane remplaçait Reine auprès de la baronne. Même en ces jours d'hiver, on ne suffisait pas à la tâche dans les métairies. De l'aube au soir, tous les bras disponibles étaient accaparés pour le manoquage du tabac, qui devait être livré à la fin du mois de janvier. Heureusement, ce travail long et fastidieux ne demandait pas de force physique : tous les enfants avaient été mis à contribution dans les métairies. Jantou déjà savait trier les feuilles, et apprenait aux trois petits Vamenc, Alfred, Marinette et Emile, à bien les compter. Cyprien avait un beau tour de main pour former les manoques, et ses petites sœurs Marcelle et Yvonne s'y essayaient. Puis Chaparotte transportait les lourdes balles jusqu'aux granges. Même ainsi, on serait tout juste prêt pour la livraison.

La baronne devenait plus difficile à vivre, se plaignait de douleurs, de toux, d'aigreurs. A longueur de journée, pinçant son tabac entre pouce et index, elle le portait à sa narine en inspirant bruyamment de toute sa vaste poitrine moulée de noir. Des brins de tabac s'accrochaient au passage à son col, ou à ses manchettes, qu'elle époussetait ensuite, machinalement, soupirant avec une régularité de métronome : « Ah, si seulement Gaston avait des enfants... »

Le lundi, seule Louise de Carbon lui tenait compagnie avec abnégation, tout en tricotant pour les soldats. Elle chuchotait alors à l'oreille de Mondane, avec une sorte de demi-sourire de revanche : « Votre pauvre belle-mère baisse beaucoup ces temps-ci, ne trouvez-vous pas ? »

Avant de s'enfuir, la jeune femme remit deux bûches dans la cheminée, s'assura qu'il restait assez de bois pour la soirée, apporta de la cuisine un plateau garni d'un bouillon de poule fumant et d'une large part de tourte pour marquer ce soir de fête. Elle y ajouta les pilules de charbon de la vieille dame, qui soulageaient ses maux d'estomac, et s'assura que la carafe d'eau de fleur d'oranger était à sa place. Puis elle prononça, repoussant toute mauvaise conscience :

— Je vous souhaite une bonne veillée de Noël, ma mère. Tenez-vous au chaud, car le brouillard monte déjà. Il est temps pour moi d'y aller, si je veux arriver avant la tombée de la nuit.

Dans l'écurie, elle flatta Milord qui la reconnaissait en fourrant son chanfrein dans ses mains ouvertes, et lui annonça :

— Aujourd'hui, nous avons du transport de gros à faire ! Il va vous falloir accepter les brancards, cher ami, quoique vous en ayez, et passer la nuit de Noël au pré !

Puis elle attela elle-même, comme elle le faisait naguère à la Géraudie de la petite charrette à âne des enfants. Sous la capote dépliée, elle dissimula du mieux possible la grosse malle sous des *bouïriques** de pommes piquées, dont on ferait des compotes, assura le tout, et rassembla ses jupes pour grimper sur le siège du cocher. Trompette, qui tournait depuis un moment autour d'elle, vint poser le museau sur sa bottine, les yeux implorants. Depuis le départ de Gaston, les chiens semblaient avoir reporté sur elle leur affection, sans doute simplement parce qu'elle montait Milord et acceptait parfois de se laisser faire un bout de conduite.

— Non, pas ce soir, Trompette. Toi, tu gardes la maison, couché !

Le corniaud s'aplatit pour laisser le cheval avancer. Un sentiment irrépressible de libération habitait la jeune femme à chaque fois qu'elle faisait franchir à Milord, au pas retenu, l'allée de castine crissante pour quitter le domaine. Puis, une fois la Loge dépassée, avec un salut de la main à Isidore, elle le mit au grand trot et se laissa aller à la course, dans la beauté glacée d'un paysage désormais familier. Même la souffrance de tous ceux qu'elle s'apprêtait à rejoindre ne pouvait suffire à éteindre en elle cette griserie joyeuse, dans une campagne offerte à elle. Même la pensée d'Hippolyte Chassaigne, dont personne au village n'avait de nouvelles, ne pouvait rétrécir son bonheur nouveau d'exister. Elle mettait sa confiance dans la belle force vitale qu'il avait toujours manifestée ; et les officiers, se disait-elle, étaient infiniment moins exposés au danger que les malheureux hommes de troupe soignés à l'hôpital de Saint-Cyprien.

Au bout d'une demi-heure, sans avoir rencontré âme qui vive sur le chemin de halage longeant la Dordogne, et après s'être emplie une fois de plus de la munificence de l'hiver sur les berges bleutées de la rivière,

Mondane arriva à Saint-Cyprien. Par la place du foirail, elle conduisit Milord au pas, vers l'arrière de la Grange Dîmière, pour que l'on déchargeât la malle. Angéline, qui passait ses journées là depuis l'installation de l'hôpital, l'accueillit en s'essuyant les mains dans son tablier, le front soucieux.

— Té, c'est un trésor que vous nous amenez là, not' dame. Merci, bonne Vierge ! Un wagon plein est arrivé tantôt : c'est terrible, vous savez, terrible. Ils ont l'horreur dans les yeux, ces pauv' gars. Dire que c'est la Noël, ce soir !

La vieille femme continua à se lamenter doucement, entremêlant les mots et les prières, tout en menant le cheval vers le pré voisin. Mondane entra dans le couloir, pour s'envelopper dans un de ces grands tabliers blancs à pans croisés envoyés par la Croix-Rouge, avec un petit voile court à poser sur ses bandeaux bruns. L'odeur la saisit une fois de plus. Un mélange d'eau de Daquin et de chairs tuméfiées. Se dirigeant vers la salle, elle croisa un brancard qu'on emmenait, avec couchée dessus une longue silhouette recouverte de sa capote, laquelle était barrée de trois galons d'officier. Les traits du visage étaient apaisés par la mort, mais les tempes creusées, le visage gris mangé par la barbe, la saleté et le sang mêlés disaient assez tout ce que l'homme avait vécu avant de rendre l'âme entre deux hôpitaux, cahoté dans un mauvais wagon. L'espace d'un instant, Mondane crut reconnaître Hippolyte Chassaigne. Son cœur se mit à cogner jusqu'au malaise, et sans réfléchir, elle cria aux brancardiers :

— Attendez, attendez !

Et elle s'agenouilla devant le corps. Mais ce n'était pas lui, seulement un homme du Nord blond et fort, plus grand que les Périgourdins. Reprenant ses esprits, elle traça sur le corps un grand signe de croix.

— Au nom du Père, et du Fils, et du Saint-Esprit.

Chaparotte et son acolyte posèrent le brancard et se défirent de leurs chapeaux noirs à large bord pour se signer à leur tour. En effet, dans la presse de l'arrivée du convoi, de l'évacuation de ceux qui n'avaient pas survécu au voyage, on n'avait pas pris le temps de rendre un dernier hommage aux trois morts.

— Elle a bien de la pitié pour le malheur, notre dame ! se dit le métayer.

Les autres brancardiers venant derrière s'arrêtèrent aussi devant Mondane, qui murmura une prière pour chacun, avec d'autant plus de ferveur qu'elle était infiniment soulagée en son for intérieur.

Puis elle prit sa nuit de garde. Comme à l'accoutumée, mais avec une ardeur renouvelée en ce soir de la Nativité, les femmes apportaient à boire, soutenaient des têtes, serraient des mains, écrivaient des lettres sous la dictée... Et pourtant, se répétaient-elles avec effroi entre elles, à voix basse, n'arrivaient jusqu'en Périgord que les blessés les moins atteints. En l'absence de madame du Mayne, qui avait fait partie des dames fondatrices de l'hôpital de campagne, on s'adressait naturellement à Mondane comme à sa représentante. Son esprit pratique trouvait là matière à se déployer, et elle se sentait enfin à sa place, acceptée pour ce qu'elle était, étrangère, certes, mais sans doute moins que les malheureux soldats. La guerre avait changé les points de vue. Comme toutes, ici, elle était l'épouse d'un militaire défendant la France. Au fil des jours et des nuits, des regards s'échangeaient, des liens se tissaient. Une force nouvelle soulevait la jeune femme, lui faisait surmonter la fatigue et communier, enfin, à la souffrance des autres. L'abbé Malaurie arriva tard dans la nuit à la Grange Dîmière. Sourcillant, grondant et encourageant, il distribuait la communion aux blessés, et Mondane l'accompagna de lit en lit, offrant son sourire lumineux. Hors du cadre du château de Tarnhac, leurs relations se simplifiaient, avec quelque chose comme une camaraderie militaire entre eux.

Ensuite, tous ceux qui pouvaient se tenir debout ou assis assistèrent à une messe basse dans la petite salle, célébrée comme au front sur l'autel portatif d'un aumônier parisien blessé. Au milieu d'eux tous, mêlant sa voix aux noëls traditionnels, Mondane se sentait infiniment vivante. Sans s'avouer combien elle ressentait, dans tout son corps, la chaleur du regard de ces jeunes hommes qui l'entouraient.

8

L'hiver finissait, un deuxième hiver de guerre. Le carnaval approchait, la lune était montante. On allait tuer le cochon à Tarnhac ! *Lou moussur*, comme on le désignait volontiers, avec une sorte de respect, était malgré la guerre beau, gras, bien nourri des bacades* préparées par Seconde dans le grand chaudron de fonte. Chaque jour de l'année, en plus des raves et du son, elle y versait l'eau grasse de la vaisselle, agrémentée des restes de la salle à manger. Plus encore cette année que les autres, on espérait du *moussur* des jambons rouge vif, des boudins fondants, une graisse blanche et onctueuse. Jantou tournicotait autour de la marmite, partagé entre l'inquiétude et l'excitation. C'est que, toute son enfance, la mémé lui avait répété : « Si tu n'es pas sage, je le dirai au tueur de cochons ! »

Les enfants Vamenc n'iraient pas non plus à l'école ce jour-là. Depuis qu'il n'y avait plus d'instituteur à Saint-Donat, un vieux maître avait repris du service pendant l'hiver, au Coux. Les enfants devaient donc descendre à travers bois, par tous les temps, dans leurs pèlerines souvent trop minces. Ils emportaient dans leurs poches des châtaignes rôties pour leur casse-croûte, qui brûlaient les doigts au départ, mais évitaient ensuite les engelures. Avant la tombée de la nuit, ils s'en revenaient, sans traîner, ramassant au passage du petit bois pour le feu de la veillée. Car sitôt la soupe avalée, il fallait encore se remettre à l'énoisage, pour gagner quelques sous. Aussi étaient-ils heureux de s'en dispenser pour une fois, et d'être invités, avec la Léone, à manger la *fricasséou** du soir.

Il leur avait suffi de dire au vieil instituteur, du même ton pénétré que les Périgourdins du cru : « Demain, on tue le cochon sur le pech ! » pour que celui-ci leur adresse un sourire compréhensif et leur souhaite bonne chance.

Les petits seraient affectés au grattage et au rinçage des intestins qui serviraient à préparer andouilles, boudins, saucisses et saucissons. Déjà, les mots leur roulaient dans la bouche, car ils recevraient leur part de charcutailles pour la cabane. La mère Vamenc avait avoué n'avoir jamais tué le cochon, là-haut chez elle, dans son coron tant regretté ! Mais n'étant avare ni de boutures de fleurs ni de conseils en tout genre, cette femme qui n'avait plus rien avait su se rendre aimable. Surtout, elle avait le « don », et guérissait les brûlures en imposant ses mains. Mieux, même, parfois que mademoiselle de Carbon, qui connaissait les herbes.

Le tueur de cochons venait d'ordinaire du Bugue pour l'occasion. Mais il était mobilisé au front, et même peut-être mort, d'après ce qu'on avait dit à quelqu'un lors de la foire de décembre à Sarlat. Aussi Chaparotte, qui lui avait servi d'aide quand il était feuillardier, s'était-il proposé : « Je viendrai pour tuer le cochon, quand madame Gaston aura besoin. »

De peur de passer pour un embusqué, il répondait dès qu'on l'appelait : pour déplacer une meule de pierre, aider une vache à vêler, manier une charrue trop lourde, brancarder les blessés à la gare, tandis qu'à la Boissière la Mélie et la Malvina, sans mot dire, charriaient les sacs de noix ou semaient les raves, couraient après les petites *draoulettes*.

« Il a besoin qu'on lui fasse la leçon, au Chaparotte, pour faire des garçons à sa *fenno* ! »

Seconde se moquait volontiers de lui, sans s'apercevoir de l'œil noir de Cyprien posé sur elle.

Dans la cour de la métairie de Tarnhac, on avait installé sur un trépied le grand chaudron, avec du feu par en dessous. L'eau bouillante élevait déjà son nuage de vapeur, à côté de la vieille maie où se ferait le sacrifice. Isidore amena le cochon, aidé de Seconde, de Reine, et même du Jantou, qui le tenait par une oreille. *Lou moussur* poussait des cris aigus, déchirants, presque humains, qui tenaient les enfants cois. Quand la bête fut immobilisée sur la maie, Chaparotte entailla la gorge avec son long couteau pointu, d'un coup décisif, l'enfonçant jusqu'à l'aorte. Un flot de sang jaillit, tandis que Reine se précipitait pour glisser dessous une assiette et recueillir le sang tout bouillonnant, dont on ferait du boudin ; et aussi, mélangé à du vinaigre, de la bonne sanguette. La bête s'agita encore le temps de quelques soubresauts, puis se vida lentement de ses forces. Alors, on plongea sa masse devenue flasque dans l'eau bouillante du peyrol*, pour pouvoir mieux ensuite enlever les soies au grattoir. Les enfants partirent nettoyer la tripaille à la rivière. La carcasse écartelée fut suspendue sur le *cambalou**. Et les femmes se mirent au travail, pour cuire, hacher, transformer jusqu'à la dernière parcelle de l'animal.

Seconde, qui dirigeait les opérations, grommelait en s'activant. Comme tout le monde, elle pensait aux absents. Plus d'un an déjà. Que le temps lui durait depuis le départ d'Abel, de Gaston, de tous les autres !

— *Aquesto onnado, aouren besoun* [1].

Déjà, sur ordre de la préfecture, il avait fallu livrer dix sacs de grain, du bon bois sec, du fourrage, les moutons

1. « Cette année, on aura bien besoin de tout cela. »

abandonnés de Campredon... Dans toutes les métairies, le tabac avait mal donné cette année. Sans doute à cause d'une fin d'été pluvieuse, des taches étaient apparues sur les feuilles durant le séchage. A la livraison, une grande partie de la récolte avait été déclassée en tabac non marchand, à cinquante francs seulement du kilo ; et certaines balles, même, détruites, sur ordre du contrôleur. Une honte pour les planteurs, et pour Isidore en particulier ! Les hommes manquaient décidément cruellement.

Pourtant, depuis la déclaration de guerre, la Régie demandait toujours plus de tabac, pour soutenir le moral des poilus. Le « gros cul » de troupe, fourni avec la solde, faisait partie du paquetage du soldat. Il permettait, disait-on, de résister au sommeil pendant les longues heures de guet, il trompait la lassitude et l'angoisse, et surtout la faim.

En écho à ces pensées noires, au diapason du ciel menaçant de giboulées, Chaparotte demanda poliment, en lavant à la couarde* ses avant-bras encore poisseux du sang de la bête :

— *Qué* nouvelles d'Abel ?

Reine, qui n'attendait que cela pour parler de son homme, alla chercher un mince paquet de lettres. Ce n'était pas Abel qui écrivait, car il avait toujours eu du mal à tracer ses lettres. L'inspiration ne venait pas devant une feuille de papier, disait-il. Du front, de toute façon, n'arrivaient plus que des cartes réglementaires, avec des cases à cocher, frappées du cachet de la censure.

Mais dans sa compagnie il y avait un gars de Souillac qui, ayant perdu ses deux jambes, s'était vu renvoyer dans ses foyers.

— Au retour, cet homme nous a écrit, Abel le lui avait demandé. Je l'ai bien remercié, et il a répondu, en racontant encore. Il se languit au coin de son feu, sans pouvoir plus rien faire. Il s'en remet pas, de ce qui lui est arrivé.

Et puis té, les lettres arrivent mieux que par la messagerie militaire !

— Il raconte quoi, alors ?

Reine s'animait.

— Abel, quand il est parti, on l'a envoyé d'abord à Aurillac, où il a rejoint ce gars-là. Incorporé au 4e régiment du génie. Ils se sont retrouvés avec des mineurs, des ouvriers d'usine, pas des gars de chez nous en tout cas, et pas toujours dans les mêmes idées. Puis ils ont roulé par train jusqu'en forêt d'Aspremont, là-haut à l'est. Abel, il combat pas avec un fusil, il fait des abris pour les poilus. Mais c'est tout comme, en première ligne pour recevoir les obus. Mon pauvre homme...

— C'est comme le charron de Saint-Donat, alors, qui est en Champagne. Il fait qu'étayer des boyaux, et dérouler des kilomètres de fil barbelé. Paraît qu'ils sont tellement près des Boches que, quelquefois, on les entend parler, en chleuh.

— Ce gars de Souillac, il dit que c'est rien que des pauv' bougres comme nous, qui ont pas demandé non plus à quitter leur village.

— Remarque, monsieur Hubert, le fils du maire, avec ses galons, il a fini aussi dans un trou d'obus.

Les enfants revenaient, trempés, les doigts gourds de froid, portant à bout de bras des seilles remplies de tripailles dégoulinantes d'eau. On les installa devant le feu pour les sécher, et peu à peu, devant la mine des femmes, leur excitation joyeuse se mua en une sorte de garde-à-vous silencieux.

— Pan, pan ! fit Alfred, l'aîné des Vamenc, en épaulant un fusil imaginaire, comme mon papa !

Avec son accent du Nord, cela sonnait « pauon ! pauon ! » aux oreilles périgourdines. Et les femmes hochèrent la tête avec respect.

Emporté par l'émotion et l'admiration, Chaparotte récita en français, de sa voix caillouteuse, déformée :

— « La section qu'il commandait venait en première vague. L'assaut s'annonçait dur, il fallait un geste pour entraîner les hommes. Alors le sous-lieutenant du Mayne s'est arrêté, a tiré de sa musette son casoar de Saint-Cyr, et l'a planté sur son képi. Debout, tout en prenant son temps, il a enfilé ses gants blancs, les a boutonnés avec soin, s'est redressé de toute la hauteur de son plumet rouge et blanc, et s'est écrié : "En avant pour la France !" Il est tombé aussitôt, fauché par le feu ennemi. A la fin de la journée, la position était sauvée, et le sous-lieutenant, cité à l'ordre de la division. »

Tous connaissaient l'histoire et la citation dans le texte, car elles avaient été lues solennellement lors de la cérémonie présidée par l'abbé Malaurie, quelques semaines auparavant. On tâchait de se persuader que de tels gestes de bravoure protégeaient le pays. Menée par des chefs de cette trempe, la France ne pouvait être battue, et les hommes reviendraient plus vite. A la mairie, l'avis de décès avait été affiché à côté de ceux des trois autres hommes de Saint-Donat tués lors de la bataille de la Marne : un jeune marié, un père de famille et un garçon engagé volontaire.

Seconde soupira.

— Sa mère ne s'en remettra pas, que dit madame la baronne. Qui donc va encore y passer ? Pauvre royaume.

La vieille femme, pourtant, plus d'un an auparavant, juste après la mobilisation, avait mis en secret ses meilleurs sabots pour aller jusqu'à Fontpeyrine, une petite source cachée dans les bois de la Bessède. Ce lieu enfoui dans des taillis, où le soleil ne filtrait jamais, était marqué d'une vieille pierre taillée. La grand-mère de Seconde lui avait raconté comment, au temps de la Grande Révolution, on avait cherché à déplacer celle-ci pour empêcher les gens de croire à ses dons miraculeux. Dans la nuit, malgré les gardes, la pierre était revenue exactement au même endroit, en entraînant morts et catastrophes pour le parti des révolutionnaires. Si, en revanche, on venait la toucher, ou piquer d'épingles la mousse qui la recouvrait, en récitant tout haut le nom de quelqu'un, celui-ci était protégé de la mort. Seconde avait planté profondément deux épingles, une pour Gaston et une pour Abel. Beaucoup pointaient autour, ce qui prouvait bien que d'autres particuliers étaient passés là avant elle, depuis le départ des hommes, et qu'il ne s'agissait pas que d'une croyance ancienne.

9

En ce mois de mars 1916, sous un ciel bas, les cloches de Saint-Donat sonnaient le glas, lentement. Trois coups renouvelés, comme il sied pour enterrer une chrétienne ayant reçu tous les sacrements et fait régulièrement ses Pâques. On portait en terre madame du Mayne, l'épouse du maire. Le village tout entier, composé surtout de femmes en noir, suivait à pied le cortège, de l'église au cimetière, à une centaine de mètres en contrebas, regardant la Dordogne pour l'éternité. C'étaient de belles obsèques de première classe : le catafalque tiré par le cheval du commandant ouvrait la marche, avec ses pignons de bois argenté, ses draperies de velours noir brodé de grandes larmes d'argent. Derrière le cercueil avançaient au pas cadencé les porteurs du drap : en l'absence de jeunes hommes, et des fils de la défunte en particulier, quatre anciens du village en tenaient les coins. Les enfants de chœur, raclant des sabots sur la boue du chemin, balançaient leurs encensoirs dans des nuages d'encens, comme aux grandes fêtes carillonnées. Suivait un tombereau de fleurs. Pas une famille qui n'ait apporté un bouquet ou une couronne des fleurs précoces du printemps, narcisses, iris des bords de chemins ou même simples coucous cueillis dans les champs déjà reverdis. Chacun, à Saint-Donat, avait un souvenir de la défunte et lui devait quelque chose, surtout depuis le début de la guerre. Et puis la succession des épreuves subies par cette famille forçait la compassion. Le maire venait en tête du cortège, au côté de son dernier fils, Jean, le seul qui lui restât. On avait appris quelques semaines auparavant la disparition de Joseph à Douaumont, pendant la prise du fort par les Allemands. Sans doute ce chagrin, ajouté à ceux de la mort d'Hubert, en 1914, puis de Jacques, tombé en 1915 sur la Somme, avait-il achevé leur mère.

En l'absence des corps, restés aux mains de l'ennemi, c'étaient aussi ces trois deuils successifs que l'on accompagnait, ces douleurs que l'on exprimait, étroitement entrecroisées avec toutes les autres. Celles qui avaient frappé ces temps derniers tous les feux de la commune, depuis le déclenchement de la bataille de Verdun. Et aussi celles que l'on craignait encore, qui se lisaient dans les larmes des visages serrés par l'inquiétude. Simone du Mayne, la jeune veuve de Jacques, n'avait pu venir de Bordeaux, car les déplacements étaient devenus trop difficiles. Aussi Mondane, donnant le bras à sa belle-mère enchâssée dans ses voiles de deuil, venait-elle juste derrière la famille. La baronne semblait profondément atteinte par la disparition de « cette pauvre Jeanne », confite dans ses bonnes œuvres, qu'elle avait bien souvent volontiers écrasée de sa morgue. Plus affectée que Mondane ne l'en aurait crue capable, elle s'essoufflait à suivre le cortège. Et de temps en temps, involontairement, lâchait une sorte de gémissement de tout son être, en s'appuyant plus lourdement sur sa bru. Mondane elle-même éprouvait un sentiment de désespérance face à cette immensité de malheur uniforme. Madame du Mayne, cette petite femme calme et convenue, qui noyait dans un flot de bonnes paroles les discordes et les aigreurs, lui manquait déjà. Ces dernières années de guerre, des liens étroits s'étaient créés entre elle et la vieille dame, à force de chagrins, d'ouvrage et de veillées partagées. Les mêmes sanglots secs montaient en elle que dix ans auparavant, lors de la disparition de sa propre mère. Les douleurs s'additionnaient, se rejoignaient.

Le lent cortège s'approcha enfin du caveau funéraire de la famille Aubusson du Mayne. La giboulée de neige fondue qu'on craignait depuis le lever du jour se déversa d'un coup sur les parapluies noirs, en violentes rigoles. Appuyé à l'un des angles du petit cimetière, le monument dominait ses voisins de sa haute croix de pierre. Un blason de pierre, comme saigné par la gravure fraîche, portait alignés les noms des trois jeunes hommes défunts, Jacques, Hubert, Joseph, dont les corps ne reviendraient sans doute pourtant jamais au caveau familial. Le défilé commença pour la bénédiction, devant le goupillon posé dans une vasque d'eau bénite. Il continua avec celui des condoléances à la famille, tandis que des rafales mouillées s'insinuaient dans les embrassades. On n'en finissait pas de se dire que c'était fini. Même l'abbé Malaurie voûtait son vaste dos dans son surplis battu par le vent. Quand enfin on descendit le cercueil, après les dernières prières, tous les assistants étaient transis. Il n'y eut même pas de repas de funérailles à la chartreuse : personne n'était venu de loin, et le maire ne le souhaitait pas. Sans doute, chez lui comme dans toutes les maisons du village en cette fin d'hiver de guerre, les réserves étaient-elles bien basses. L'absence de retrouvailles, et de paroles pour apprivoiser le deuil, ajouta encore à l'étrangeté de cet enterrement où l'on pleurait des absents.

La baronne, de retour à Tarnhac dans la jardinière menée désormais par Mondane elle-même, à qui Milord obéissait à la voix, se retira aussitôt dans sa chambre, sans même vouloir déjeuner.

— J'ai pris froid ; Reine avait mal rempli ma chaufferette pour l'église. Ma fille, trouvez-moi quand même ma tabatière, c'est le meilleur des médicaments, comme diraient les sauvages d'Amérique !

La jeune femme était encore à l'écurie, à bouchonner le cheval essoré par cette sortie pluvieuse, quand Isidore parut.

Le vieil homme n'était pas descendu jusqu'à Saint-Donat pour l'enterrement. Malgré son estime pour la défunte, il considérait que c'était là affaire de femmes et de dévots. Isidore ne se montrait à l'église que deux fois l'an, pour la Toussaint et les Rameaux. De sa bouche pendait une éternelle bouffarde à l'odeur forte. Cela représentait l'expression silencieuse de ses convictions familiales et impériales. L'empereur avait l'habitude d'offrir une pipe spéciale aux grenadiers de sa garde qui s'étaient distingués au combat : « Un hussard qui ne fume pas est un mauvais soldat », prétendait même un de ses généraux. Le fils du grenadier ne se séparait donc jamais de sa bouffarde, le plus souvent éteinte. Il la retira pourtant de sous sa moustache brûlée pour demander :

— Madame est visible ?

— Je crains que non. Est-ce que je peux quelque chose pour toi ?

Isidore n'attendait que cela. Mondane avait acquis sa confiance, et le savait. Pourtant, tous deux commençaient comme il se doit toute conversation sur les affaires du domaine en faisant référence à la maîtresse légitime des lieux.

— C'est que voilà : va bientôt falloir repiquer le tabac…

Le vieil homme avait repris du service avec la guerre, et restauré sans déplaisir son ancienne autorité bougonne sur les gens du coteau. Une autorité qui tenait à ce que, bien avant le siècle, lorsqu'il était métayer à la Boissière, la charge de « porte-graines » lui avait été confiée, du temps de feu monsieur le baron. Celle-ci était dévolue, année après année, par l'administration des tabacs au propriétaire de Tarnhac, pour ses qualités de planteur. Isidore y avait excellé, grâce autant à son tour de main qu'à la bonne terre et au fumier abondant du domaine. Quand Abel l'avait remplacé, avant-guerre, celui-ci en avait à son tour tiré gloire, et était devenu en même temps l'homme de confiance de la baronne.

Depuis la mobilisation des hommes, la succession de saisons et de batailles sans espoir de retour, Isidore avait repris la haute main sur les semis. Il soignait près d'un hectare de plantes-mères, bien exposé et protégé du vent du nord, qui permettrait d'en repiquer le quadruple, en graines si fines qu'une future récolte tout entière tenait dans un dé à coudre.

La mise en terre avait eu lieu un mois auparavant, à la Saint-Joseph, alors qu'on désespérait déjà de voir madame du Mayne se relever. A la lune jeune, afin que la force se concentre dans les feuilles plutôt qu'aux pieds. Pour obtenir un ensemencement uniforme, il fallait les mélanger avec de la cendre et du sable, puis les protéger des gelées tardives par des paillassons. Le vieil homme veillait sur ses semis comme sur la prunelle de ses yeux. Il passait chaque jour de longs moments, cassé plus encore qu'à l'ordinaire, observant amoureusement les minuscules tiges d'un vert tendre, arrachant les mauvaises herbes ou guettant la proximité d'une taupe ou d'une limace, qui auraient tôt fait de couper à la base les fragiles jeunes pousses.

Ensuite, refermant le portail grinçant sur les profondeurs de la grange, il préparait des potions pour combattre maladies et insectes. Alors, le petit Jantou était appelé à le rejoindre, par des grommellements pressés. Ce n'était certes pas par plaisir qu'il acceptait un *drolle* dans ses jambes dans un moment si délicat, mais « pour la mémoire ». Il fallait que quelqu'un, après lui, sache refaire les mêmes gestes et les mêmes dosages, si Abel venait à disparaître. Un marchand passait une fois l'an de ferme en ferme, remontant la vallée, pour vendre potasse, sulfate de cuivre, lait de chaux. Des achats soigneusement consignés dans le grand livre de Tarnhac : désormais, l'écriture de Mondane remplaçait celle de sa belle-mère, sur les indications de celle-ci.

Pour le reste, c'était le secret d'Isidore. Il lui faudrait encore, lorsque les plants auraient atteint quatre feuilles, « picoter » pour éclaircir les semis. Ensuite viendrait au printemps le repiquage en pleine terre. Que le porte-graines était justement en train d'annoncer à Mondane.

Celle-ci savait, pour l'avoir souvent observé de la terrasse, ou lors de ses courses à travers le domaine, le poids des soins inquiets qu'Isidore, avec tous les planteurs, consacrait au tabac. Elle compatit.

— Eh oui, ça va être bien du travail, mon pauvre, sans tous nos hommes.

Ils manquaient cruellement, ayant emporté dans la boue des tranchées leur tour de main, sans l'avoir jamais beaucoup partagé avec les femmes.

— C'est pas ça. Avec les deux garçons du pigeonnier, on devrait s'en tirer.

Tarnhac abritait en effet maintenant dans l'ancien pigeonnier trois convalescents, des jeunes Normands incorporés dans la même compagnie, et blessés durant les durs combats de l'hiver 1916. Ils étaient arrivés à Saint-Cyprien par un convoi deux mois auparavant. L'un des garçons ne semblait pas encore bien en état, restait prostré et muet des jours entiers, avec parfois des crises de colère terribles. Mais les deux autres, guère pressés qu'ils semblaient de remonter au front, avaient proposé leur aide aux champs.

— C'est Lesboïto, de Coulerouze.

— Il y a encore des problèmes, avec Coulerouze ?

— Té, non, point ! Au contraire...

La mâchoire édentée d'Isidore avalait les mots, en même temps que le tuyau de sa pipe les déformait. Manifestement, il devait se faire violence pour parler. Les choses du tabac se passaient de tant de phrases.

— Alors ?

— Lesboïto et moi, on a notre idée. La Régie a besoin de tabac, avec la guerre. A ce qu'on dit, ils veulent augmenter les permis de culture. A Coulerouze, y a plus de propriétaire pour parler avec eux. Si Lesboïto devenait colon de Tarnhac, on pourrait s'arranger ensemble, se donner la main pour travailler. C'est un bon planteur, je le connais depuis qu'il est né.

Dans l'écurie environnée de pluie battante, Mondane flattait doucement Milord, pour donner à Isidore le temps d'aller jusqu'au bout de sa pensée. Une pensée difficile à discerner, avec cette manière qu'il avait d'utiliser le moins de mots possible, et de suggérer le reste comme une évidence au milieu de ses silences.

— Si on repiquait notre parcelle de Malemort, en même temps que la combe de Rotessac, qui est chez eux... on gagnerait plusieurs rangs de tabac, au centre. Y a pas de chemin sur le cadastre, avec tous les bois autour, personne y passe jamais. Certainement pas les gabelous, pardi ! Et puis les petits Normands, pour dégourdis qu'ils sont, connaissent rien au comptage du tabac.

— Le permis de culture vaut pour un nombre de pieds précis. Tu sais bien comment sont les contrôleurs, ils vérifient tout !

A force de recopier des chiffres et de transmettre des messages entre les métairies et la baronne, Mondane finissait par bien connaître les tatillonnes réglementations en vigueur pour le tabac. Chaque année au mois de novembre, madame de Tarnhac, en tant que chef d'exploitation, signait une demande de permis de culture déposée en mairie. Si le préfet et la commission départementale d'attribution l'acceptaient, un contrat était alors établi entre la Régie et le propriétaire, précisant la localisation, la surface attribuée et le contingent de tabac à livrer. Ensuite, à deux reprises pour éviter toute fraude, les agents de la Régie menaient l'inventaire des plantations comme une véritable inquisition : ils comptaient d'abord en juillet les pieds et les « manquants » qui n'avaient pas germé, marqués par de longs bâtons souples ; puis encore une fois, après le 15 août, ils vérifiaient le nombre de feuilles pour chaque pied. On pouvait alors calculer, par simple multiplication, les « charges » de la livraison : le nombre de feuilles à la récolte, et leur qualité. Le pays avait l'habitude de ces gabelous parcourant la campagne : ils sévissaient depuis l'instauration de l'impôt sur le tabac par le grand ministre Colbert, et les dragonnades contre les croquants.

Ces vérificateurs travaillaient toujours deux par deux, pour se surveiller mutuellement, disaient les mauvaises langues, et éviter toute tentative de corruption. Ils étaient bien entendu tenus de signaler toutes les plantations illicites, et le garde champêtre qui les accompagnait dans leur tournée s'en était fait une spécialité.

— Tout juste.

Le vieil homme n'en lâcha pas plus. Mondane comprit qu'elle n'en saurait pas davantage sur les arrangements occultes des deux compères, et leurs plantations clandestines. C'était pour les colis aux soldats.

En effet, le « petit tabac » artisanal, grossièrement haché, que les familles de planteurs envoyaient à leurs poilus, en plus des rations officielles, était fort apprécié. Il servait de monnaie d'échange dans les tranchées, et permettait ainsi d'échapper à certaines corvées.

— Que dira monsieur Chassaigne, quand il reviendra ?

— Lesboïto en fait son affaire. Il a juste besoin qu'on le déclare comme colon à l'Administration, et qu'on lui prête la main pour le tabac, vu qu'il est tout seul. Ses blessés à lui ne sont pas assez solides pour travailler. Déjà, je lui fais ses semis et ses traitements.

— Ah !

En son for intérieur, Mondane constata, une fois de plus, que personne à Tarnhac, ni la baronne ni même Abel sans doute en son temps, ne pouvait soupçonner l'enchevêtrement d'intérêts et de secrets qui liaient entre eux depuis des générations les gens du pech. Lesboïto était peut-être un peu le fils qu'Isidore n'avait pas eu.

La jeune femme avait déjà eu l'occasion de côtoyer ce métayer boiteux vivant depuis toujours à Coulerouze : il accueillait lui aussi des convalescents et venait à Saint-Cyprien avec son vieux phaéton attelé d'un mulet, pour prendre livraison de ses pensionnaires. L'union sacrée de la guerre permettait désormais de se parler : elle le trouvait brave homme, faisant bonne figure malgré sa sévère claudication.

— Toujours pas de nouvelles de monsieur Chassaigne ?

— Non, pas depuis plus d'un an. On sait seulement qu'il s'est bien battu aux Dardanelles, en 1915. Capitaine, qu'il est devenu, avec deux citations. C'était bien un meneur d'hommes !

L'admiration éprouvée par le vieil homme envers le maître de Coulerouze transparaissait. La jeune femme soupira, et brisa là :

— Ecoute, Isidore, Madame est trop fatiguée, mieux vaut ne lui parler de rien pour le moment. Quand le repiquage commencera, je viendrai avec toi, pour voir la parcelle dont il s'agit, et je lui expliquerai ensuite la chose.

Isidore, qui ne demandait rien d'autre, toucha son chapeau pour saluer, ralluma sa bouffarde, et s'en revint vers le potager en traînant des sabots, malgré la pluie, tandis que Mondane, distraite un moment de son chagrin, frissonnait. Dans la chaleur de l'écurie, elle reculait le moment de rentrer au château. Avant demain, il fallait préparer des pansements pour l'hôpital, et c'était maintenant les piles de torchons usés de l'office que l'on employait. Mais ensuite ? D'un coup, sans la présence chaleureuse de madame du Mayne, tout lui paraissait plus difficile.

Les jours suivants, entre Tarnhac et l'hôpital, elle n'eut guère le temps de ressasser sa tristesse. Le climat restait froid et humide, l'horizon, gris de fer. Dans la brume qui ne se levait pas, on distinguait à peine le clocher-mur de Saint-Donat en contrebas de la vallée, accentuant le sentiment de solitude sur le pech.

La baronne, depuis qu'elle avait pris froid aux funérailles, gardait la chambre, ce qui de mémoire de Seconde n'était jamais arrivé aussi longtemps. C'était donc sur Mondane que reposait la charge de mener la maison et l'exploitation, alors qu'approchait le moment du repiquage. Chaparotte et les deux Normands s'attelèrent aux labours de printemps, avec l'aide des femmes. Il fallait préparer la terre pour l'ameublir et mettre à jour les larves enfouies au creux des sillons. Ensuite, on laisserait les oiseaux se charger de les en débarrasser.

Chaque jour, la jeune femme, respectant toutes les formes de la soumission, se rendait un moment au chevet de sa belle-mère pour détailler l'avancement des travaux agricoles. Malgré le feu qui brûlait en permanence dans cette chambre sombre, encombrée, meublée dans le plus pur style Napoléon III, qui était celui de sa jeunesse, la dame de Tarnhac, en bonnet de nuit et liseuse de laine tricotée, toussait et tremblait sous son édredon de plume.

Ainsi, elle intimidait un peu moins Mondane, mais ne lui inspirait nul élan. Infiniment moins que les blessés de l'hôpital.

La fête des Rameaux se déroula sous une pluie ruisselante, détrempant tout le coteau. L'église était à moitié vide, les enfants du catéchisme balançaient tristement les bouquets de buis confectionnés par Angéline. Le curé les bénit à grands coups de goupillon. Avec plus de ferveur encore qu'à l'accoutumée, on les glissa dès le retour entre les poutres des étables et des cuisines, pour protéger les bêtes et les gens de la ferme. Il manquait bien pourtant ces sucres candis que les mères accrochaient autrefois aux tiges de buis pour les petits. Le peillarot*, qui les vendait d'ordinaire pour quelques sous, ne passait plus depuis deux ans déjà. Etait-il mort ou au fond d'une tranchée ? Personne ne le savait. Dans l'église, les répons de Mondane, entraînant les enfants, résonnaient tristement.

Il fallut pourtant commencer le repiquage. Tout le monde fut convoqué dans la cour des communs de Tarnhac, jusqu'aux enfants ayant dépassé l'âge de raison. Ils étaient sept, le Jantou en tête, qui allait déjà sur ses dix ans, Cyprien le talonnant toujours, ses petites sœurs Marcelle et Renée, Alfred, Emile et Marinette Vamenc, avec les chiens jappant à leurs trousses. Depuis toujours, la Boissière, la métairie la plus proche, désormais augmentée des terres de Campredon, faisait les gros travaux en commun avec la réserve de Tarnhac : il y avait donc Chaparotte, la Mélie et Malvina, de nouveau grosse. Mélie, quand elle rendait visite à Seconde, avait maintes fois glissé en soupirant : « Comment on va faire, avec tous ces *drolles* ? Il pourrait pas laisser ma fille tranquille, un peu, le Chaparotte, c'est pas pour ça qu'on l'a fait venir. »

Léone et Catissou venaient en journée. Depuis que son mari était en terre et ses fils, partis au front, cette dernière ne pouvait plus cultiver seule les terres pentues de la Séguinie, et se louait à Tarnhac. Sa fille Eline l'avait quittée aussi juste avant-guerre pour s'en aller se marier au hameau des Valades.

Pour la première fois, Lesboïto, de Coulerouze, se présenta également, avec ses deux Normands, puisqu'on lui rendrait la pareille ensuite. Un silence entendu les accueillit. Isidore grogna de sa voix éraillée par le tabac, comme si c'était l'habitude :

— Té, Lesboïto, *adiou* !

— *Adiou* ! répondit celui-ci.

Tout était dit.

Dès la pique du jour, Seconde avait préparé des paniers remplis avec de la tourte au pâté, des chanteaux* à frotter d'ail, des noix, qu'on emporterait dans les champs pour le casse-croûte. Elle distribua aussi de vieux sacs de jute, que chacun jetait sur son dos pour se protéger de la pluie. Heureusement, celle-ci se faisait moins drue au fur et à mesure qu'un pâle soleil montait dans le ciel. Le travail commença par les pièces de terre les mieux exposées, qui jouxtaient Coulerouze. Les hommes tracèrent avec leur corde à nœuds les sillons réglementaires, des rangées espacées de cinquante centimètres exactement, pour laisser circuler l'air, et ne pas risquer de casser les feuilles plus tard en travaillant. Puis, avec leurs chevilles en bois, ils montrèrent aux deux jeunes convalescents comment mesurer exactement la distance entre chaque plant, soit une coudée de quarante centimètres. Cela fait, il fallait creuser à intervalles égaux, d'un geste sûr du plantoir, un trou de quelques pieds, pour « chausser » la plante. Aujourd'hui, grâce à la pluie, il était inutile d'arroser, c'était autant de travail évité, sans lourds bidons d'eau à transporter. Ensuite les femmes et les deux garçons refirent les mêmes gestes, penchés sur le sillon, le dos mouillé de pluie autant que de sueur. Les enfants suivaient, traînant au bras des paniers de lames de châtaignier, et déposaient religieusement un plant dans chaque trou. Il ne s'agissait pas de se tromper : les vérificateurs des tabacs viendraient contrôler l'alignement et le nombre des pieds. Une nouvelle prime à la régularité avait même été instituée par la Régie, car le soin du planteur faciliterait leur travail. Tous se savaient sous l'œil d'Isidore, et jamais à l'abri d'un coup de trique ! Les deux *pitiounes* de Malvina, Rose et Lucienne, étaient chargées de transporter les paniers vides d'un bout du champ à l'autre, en prenant bien garde de ne pas fouler les sillons préparés. La Malvina les dirigeait, déplaçant sa lourde silhouette dans la terre grasse et collante. A chaque naissance, elle s'empâtait un peu plus, devenait moins ingambe, plus douloureuse. Le regard de rage et d'envie que Reine, privée d'homme depuis si longtemps, portait sur son ventre distendu la poursuivait à chacune de leurs rencontres. Tout le monde, depuis longtemps, s'amusait à remarquer que Cyprien et le Jantou, comme en écho à la rivalité de leurs mères, et malgré leur différence d'âge, se disputaient âprement le rôle de meneur auprès des enfants du domaine. Au bout de quelques heures, la pluie avait cessé, mais tout le monde était boueux et en nage.

Mondane, revenant de l'hôpital de Saint-Cyprien, rejoignit les travailleurs à l'angélus de midi. Depuis le début de la guerre, elle s'efforçait de venir ainsi en appui aux métayers quand le travail se faisait trop lourd. Sa petite silhouette, apparue au bord du champ, ressemblait à celle de toutes les jeunes paysannes, car elle avait pris l'habitude pour travailler de protéger sa jupe de droguet d'un caraco et d'un tablier. Il n'y avait que le mouchoir de tête qu'elle n'ait adopté : elle restait en cheveux chez elle, mais sortait toujours coiffée de sa petite capeline.

Comme à la Géraudie autrefois, sa simple présence attirait les enfants, et elle aimait les sentir autour d'elle, exerçant son patois périgourdin avec eux. Tous les petits *drolles*, augmentés des chiens, se bousculaient pour être à ses côtés. Les deux jeunes étrangers, ébaubis de partager le travail avec une dame, suivaient aussi volontiers son sillage. Pour l'heure, concentrée, Mondane se mit à compter et recompter les plants mis en terre, notant pour chaque rangée le nombre de pieds officiels. Elle inscrivait le résultat au crayon de bois sur un papier, pour glisser celui-ci ensuite dans la fente d'un bâton planté en bout de rang. Cyprien, suivant la manœuvre avec componction, recouvrait ensuite le document d'un petit chapeau de terre cuite, pour le protéger de la pluie jusqu'à la récolte.

— Vous voyez, les petits, pourquoi il est important d'apprendre ses chiffres, à l'école ! A toi, Cyprien, combien de rangs plantés depuis ce matin ? Et combien de plants dans chaque rangée ? Ce qui nous fait ?

— Je multiplie dix-huit par cinquante-six ?

— Tout juste ! Tu seras un bon planteur ! Et combien de temps nous faudra-t-il pour planter notre hectare ?

En fronçant les sourcils et s'aidant de ses doigts, le petit garçon énonça enfin le résultat :

— Dix jours.

— Dix jours !

Les autres enfants, qui avaient renoncé à venir au bout du calcul, en soupiraient d'avance de lassitude.

Cyprien était toujours décidément le plus rapide et le plus curieux de la petite bande, se dit en elle-même la jeune femme. L'œil affûté sous ses boucles noires, l'épaule soudain redressée, il rosissait de plaisir sous le compliment. C'est que, chez Vignal, il ne devait pas en recevoir tant que cela ! Elle avait plusieurs fois vu Chaparotte flanquer la raclée à son garçon, pour une affaire de mouton échappé ou de fourchées mal amenées. Avec sa silhouette nerveuse, son esprit vif, il était si différent de sa mère et de ses sœurs, tout en rondeurs et en placidité.

Les enfants, tout d'un coup impressionnés par la force de travail que représentaient ces dix jours, continuaient leurs commentaires, tandis qu'Isidore grognait devant ces déluges de paroles inutiles.

— Feraient mieux de travailler pour de bon.

Au bout de dix journées exactement, de l'aube à la tombée de la nuit, d'éclaircies en averses, avec parfois le cadeau d'un arc-en ciel encerclant tout le coteau, le champ était désormais unifié de Coulerouze à Tarnhac. D'un seul tenant, près de quarante mille pieds de Paraguay ponctuaient le paysage d'un vert délicat. Pour trente-six mille déclarés. Mondane les contemplait, éprouvant le vertige de cette communion avec la terre, quand on a le corps cassé d'efforts et l'âme en paix de la tâche accomplie. Elle croisa le regard de Lesboïto et y devina les mêmes sentiments.

Un accord tacite était désormais conclu entre eux, à travers le travail partagé et ce silence entendu. Quand les gabelous du tabac passeraient dans la commune, pour contrôler le nombre de plants déclarés, faire arracher et brûler devant eux les pieds mal venus, Mondane elle-même les accueillerait, avec ses bulletins, ses chiffres, et sa connaissance intime des replis des terres du pech. Elle ferait ce qu'il fallait pour qu'ils repartent contents. De toute façon, depuis la guerre, la Régie en demandait toujours plus. Les terres à tabac d'Alsace et du Nord ravagées, occupées, ne restaient plus que les départements du Sud-Ouest pour fournir ce tabac brun de qualité ordinaire qui faisait les rations de troupes et les fameuses cigarettes gauloises. La révolte grondait, racontait-on, quand elles ne parvenaient pas au front en quantité suffisante. Il fallait donc produire, produire, au détriment des céréales. A la force des bras de femmes, d'enfants, de blessés encore convalescents.

Entre l'hôpital et la conduite de l'exploitation, Mondane se dépensait avec une forme d'euphorie, vivant l'instant pour fuir l'avenir. Depuis septembre 1914, des nouvelles de Gaston arrivaient régulièrement. Les billets maladroits du vieux territorial, échangés contre des mandats postaux, répétaient invariablement que l'auxiliaire de Tarnhac allait pour le mieux, et ne souhaitait rien d'autre que de rester à son poste. Il avait adopté un chien errant pour lui tenir compagnie, et ses « besoins » en ville, dans le quartier des prostituées, justifiaient d'importantes sommes d'argent à envoyer par le même intermédiaire. Il avait reçu un billet de satisfaction pour son ardeur et sa fidélité au travail, dont le texte était joint. La baronne s'était empressée de le faire afficher en mairie de Saint-Donat, à côté des citations des autres soldats décorés.

— Té, il est bien brave, notre *barounet* !

Mais ces bonnes nouvelles épistolaires ne suffisaient pas à la baronne, qui réussit à le faire savoir en haut lieu à Périgueux. Par trois fois, Gaston était donc revenu en permission, mis dans le train pour Siorac sur l'ordre exprès d'un adjudant.

— La maman se languit de toi, à ce qu'il paraît. Tu vas aller voir ta femme, grand veinard !

De fait, le jeune homme avait pris de l'assurance. Ses épaules s'étaient musclées et comme redressées, son regard était moins fuyant. La tenue de travail qu'il ne quittait pas, constituée d'un pantalon garance récupéré des uniformes du début de la guerre et d'une tunique bleue, fit grand effet à Tarnhac. On n'y voyait pas si souvent des militaires, et il représentait aux yeux des femmes, avec sa bonne mine, tous ceux qui étaient partis vers le front. En revanche, son élocution semblait être devenue plus difficile encore, faute d'exercice sans doute. Et il avait manifestement perdu toute habitude de se tenir en société. A chaque permission, les remarques épouvantées de la baronne, à table ou au salon, fusèrent de la même façon qu'autrefois elles rythmaient l'absence de conversation :

— Ne renifle pas ainsi ! Tiens-toi droit ! Porte ta cuiller à ta bouche, et non ta bouche à la cuiller, voyons !

Mais ces remarques ne l'atteignaient plus, ou plus exactement le mettaient maintenant en colère, dans une bouillie de borborygmes effrayante pour tous. Sans doute, avec une vague conscience de son statut de demi-soldat valeureux, se révoltait-il désormais contre une tyrannie oubliée.

Surtout, dès la première permission, Mondane reconnut dans ses regards de biais une certaine lueur qui la glaça d'horreur, semblable à celle des premiers temps de leurs noces. Elle devait alors réprimer son angoisse et imaginait mille manières de fuir sa présence, alors même que Milord n'était plus disponible pour elle, revenu à la propriété exclusive de son maître légitime. Durant ces jours de permission de Gaston, la jeune femme, ne pouvant plus s'enfuir à Saint-Cyprien, désertait le château en courant la propriété, comme pour se mettre sous la protection des paysans en prenant sa part du travail des champs.

— Enfin, ma fille, ce n'est pas votre place ! Vous me secondez de manière remarquable dans la conduite de l'exploitation, et Dieu sait que je vous en sais gré, durant cette terrible guerre. Mais nos gens se débrouilleront bien sans vous, alors que votre mari est là seulement pour quelques jours. Sans compter que vous vous gâtez le teint au soleil !

De manière aussi maladroite que possible, la vieille dame, elle-même tenue en lisière par son fils, essayait de faciliter entre les époux, à la faveur de la transformation de Gaston, une intimité féconde. L'obsession d'un héritier pour Tarnhac grandissait à mesure qu'elle prenait de l'âge, et que les occasions se faisaient rares. De fait, Gaston, peut-être encouragé en sous-main, tenta de nouveau de forcer la chambre conjugale, à plusieurs reprises, durant ces permissions. Mais Mondane était prête à se défendre rudement. Elle se sentait désormais chez elle au château, peut-être plus que son malheureux époux. Elle ne craignait plus le bruit, ni la médisance, ni les domestiques.

Gaston, après des crises de violence terribles devant la porte barricadée, finissait par repartir se coucher. Il ne semblait redevenir plus serein que quand venait le moment de reprendre le train de Périgueux, son sac rempli de victuailles par Seconde.

Alors que le repiquage était à peine terminé, le facteur, un retraité qui avait repris du service, apporta au château une carte officielle en provenance de l'hôpital militaire d'Ypres. Elle concernait le soldat Delteil Abel, qui avait été gazé et hospitalisé. Mais ses jours n'étaient pas en danger, comme l'indiquait la case cochée à cet effet. Il serait renvoyé dans ses foyers par un prochain convoi militaire. Reine tournait ct rctournait la carte déjà largement tachée et écornée, essayant de lire à travers les lignes s'il fallait se réjouir ou se désespérer. Son humeur ne s'en arrangeait pas. Abel allait revenir, mais pourquoi était-il ainsi démobilisé définitivement, alors que partout l'on rappelait au front même les hommes d'âge ? Que voulait dire ce « gaz », assorti dans *L'Avenir de la Dordogne* du terme de « moutarde » ? Personne ne le savait bien, malgré les explications de monsieur le maire, demandé en consultation par la baronne.

— De son vrai nom, on appelle cela l'ypérite. C'est une invention malfaisante des Boches, un gaz qu'ils envoient enfermé dans des obus, à travers les lignes, pour suffoquer nos soldats et les empêcher d'attaquer. On parle de nuages verts, phosphorescents, qui planent au-dessus des tranchées, et qu'il faut dissiper avec de grands feux de bois. Mais maintenant, il y a des masques très perfectionnés pour s'en protéger, que nos poilus ont toujours sur eux, et qu'ils enfilent dès l'alerte donnée. J'en ai vu des photographies, cela leur donne un curieux aspect de monstres marins.

Reine avait hoché la tête sans bien comprendre ce long discours, et repris en traînant son service.

Le vieil homme, après sa matinée en mairie, faisait désormais une visite quasi quotidienne à Tarnhac, autant pour fuir la chartreuse déserte que pour trouver un repas passable et un feu, choses que sa servante avait désormais du mal à assurer. Jean, le dernier de ses fils, tout juste dix-huit ans, parlait déjà, quand il revenait de son collège de Sarlat, de s'engager pour venger ses frères. Et la femme de Jacques, depuis son veuvage, ne donnait guère de nouvelles du petit Amaury, lequel grandissait sans connaître sa parentèle périgourdine. Dans cette vie quotidienne devenue si triste et si lourde, il partageait avec Mondane le souvenir de madame du Mayne. Cette petite étrangère mal mariée savait trouver les mots pour évoquer le temps passé et consoler le veuf. Elle l'entourait infiniment plus que sa belle-fille, se prenait-il parfois à penser avec amertume.

10

— Ma fille, nous sommes ruinés !

En cette fin d'après-midi de juin 1918, une bruine tiède, propice aux cultures, caressait le coteau. Les épaules serrées dans le châle du Cachemire que madame du Mayne lui avait légué, Mondane était revenue à pied de Coulerouze, longeant le champ de tabac par un chemin désormais familier. Elle était sereine, enfin, sur ce chapitre. En lisant attentivement le « Règlement général pour la culture du tabac », de 1898, encadré au mur du bureau de la baronne, Mondane avait compris la solution suggérée à demi-mot par Isidore au problème administratif qu'il avait créé avec son compère Lesboïto. Au mois de novembre précédent, lorsqu'il avait fallu renouveler les permis de culture, elle avait déclaré le métayer de Coulerouze comme colon de Tarnhac, une coutume régionale remontant sans doute à l'Antiquité par laquelle on établissait un contrat oral, comme souvent entre voisins. Il était établi, en l'absence du sieur Chassaigne, légitime propriétaire, que le colon Clovis Salanié, dit Lesboïto, fournirait la terre, l'eau et son travail, tandis que Tarnhac, titulaire du permis de culture, se chargerait des relations avec la Régie, des semis, des outils, d'entretenir les attelages de bœufs nécessaires aux labours et aux livraisons. L'Administration n'y trouvait rien à redire, tant que le colonat était accepté par les deux parties, que les règles de la culture étaient respectées et le contingent de tabac, livré en temps et en quantité. Qui, en dehors de Mondane et des deux anciens, savait ou devinait quoi ? Elle l'ignorait, et tout le monde se taisait comme à l'accoutumée. Après tout, la fraude avait toujours existé : déjà les mousquetaires gascons, racontait volontiers monsieur du Mayne, fumaient du tabac de contrebande sous le nez du ministre Richelieu !

Mondane coupa à travers champs, sans craindre de crotter ses bottines. Déjà en ce printemps avancé, les plants montaient dru, comme des murs d'émeraude mouvante entre lesquels elle se frayait un chemin. Tous les vingt pas, elle s'offrait le plaisir furtif d'empaumer une feuille, en éprouvait la qualité, avec à chaque fois un sentiment de plénitude. Trompette la suivait à distance respectueuse, attendant religieusement son bon vouloir, et elle se surprenait à en être émue. Son regard se porta sur l'onde verte couvrant le pech, à l'infini, et l'inquiétude se mêla au plaisir. Le binage à peine terminé, viendraient bientôt l'écimage, l'épamprage, l'ébourgeonnement. Il fallait en avoir terminé avant la lune d'août, avant que ne s'ouvrent les boutons de fleurs beiges. Soit de nouveau des journées et des journées de rude travail pour tous les habitants de Tarnhac : couper la tête de chaque plant d'un coup de faucille, puis les bourgeons qui ne manqueraient pas de réapparaître plus bas, pour éviter que la plante ne monte en graine. La sève se concentrerait ainsi dans les feuilles, augmentant leur poids et leur surface. Multiplier ce geste simple des milliers et des milliers de fois...

De nouveau, il faudrait réunir toutes les forces disponibles, encourager toujours à l'effort. Heureusement que les enfants grandissaient, et mettaient du cœur à l'ouvrage. Car les Normands, devenus en quelques mois de convalescence des experts autant que de joyeux chefs d'équipe, étaient repartis dans leur régiment. On ne pouvait compter sur les blessés plus atteints qui les avaient remplacés, au pigeonnier comme à Coulerouze.

La jeune femme caressa une feuille duveteuse et soupira en pensant à Abel. Le régisseur était rentré à Tarnhac depuis sept mois déjà, juste au moment des moissons. Mais en réalité, c'était l'ombre de lui-même qui était revenue. La guerre avait transformé cet homme solide de moins de trente ans en un vieillard souffreteux. Au plus fort des chaleurs et du travail, il s'était rencogné dans le *cantou*, réclamant du feu et sa soupe. Depuis, il y passait ses journées, le regard vague, à somnoler et tousser. Parfois, il attrapait dans la réserve des rondins de vergne*, et les travaillait avec son couteau. Mais pour en sortir inlassablement des obus, des fusils, reproduits dans les moindres détails, qu'il alignait sur le manteau de la cheminée, comme des rappels lancinants d'où il venait. Si Reine arrivait à le persuader de sortir, il s'essoufflait dès les marches de la cuisine, se cassait en deux sous l'effet d'une douleur intérieure, produisant une sorte de râle effrayant.

« C'est comme ça toute la nuit, se lamentait sa femme. Il peut pas dormir, il tousse et il faut qu'il s'assoye pour respirer. Vous entendez ce raffut ? Pour se reposer à côté, avec les journées qu'on a... »

« Il a les poumons brûlés par les gaz », avait expliqué l'infirmier militaire qui accompagnait le convoi arrivé en gare de Siorac, où la jardinière conduite par Mondane était venue le chercher.

Le docteur de Saint-Cyprien, lui-même en permission pour peu de temps, l'avait confirmé : « J'en ai vu beaucoup atteints comme lui, à des degrés divers. Rien à faire, évitez-lui l'humidité et la fatigue. »

Abel n'avait jamais manifesté non plus le désir de reprendre ses responsabilités sur le domaine, et même à la cuisine sa présence sifflante créait un malaise. On ne savait que lui dire, puisqu'il ne répondait pas, et on ne pouvait ignorer sa présence, avec cette respiration bruyante qui le précédait. Donc, on avait appris à vivre avec. Seconde, pour l'obliger à se nourrir, devait lui faire avaler de la bouillie comme à un enfant s'étranglant sans cesse. Même son fils, le Jantou, autrefois toujours accroché à ses basques, le fuyait.

De nouveau, en marchant, Mondane ruminait ses soucis. Face aux contrôleurs des tabacs, elle était seule responsable de la production, que l'on revoyait toujours à la hausse malgré l'absence des hommes. La baronne, durant l'hiver où elle avait été si fatiguée, n'avait rien voulu entendre des arrangements de sa bru avec les métayers, trop heureuse de voir Tarnhac prendre barre sur Coulerouze : « Je ne vais pas aller jusqu'à Malemort, tout de même ! Inutile de m'expliquer cela, puisque c'est vous qui verrez les contrôleurs. »

Il fallait livrer le tabac, quoi qu'il arrive, et de la meilleure qualité possible ; même si l'on manquait de bras pour les soigner, même si la grêle risquait de gâcher la récolte, ou encore la maladie, cette pourriture noire qui avait envahi les racines des plants dans la vallée. Même si la jeune femme devinait bien aussi que, dans son dos, Isidore et Lesboïto soignaient leur petite récolte personnelle dans ces recoins de coteau connus d'eux seuls, pour l'écouler à leur seul profit.

Aussi était-elle encore tout entière absorbée dans ses pensées quand, s'étant débarrassée dans le vestibule de ses souliers et de son châle humide, Mondane, avide de se sécher, ouvrit la porte du petit salon où l'on entretenait encore du feu, à cause du mauvais temps et de la toux persistante de la baronne.

Celle-ci s'y trouvait en effet. Muette et blême, elle avait laissé tomber ses bésicles et repoussé son métier à tapisserie. Sur la table bouillotte placée à côté d'elle, parmi les écheveaux de soie, des rouleaux de papier imprimés étaient ouverts, maintenus par des ciseaux à broder. Ce qui n'était guère dans ses habitudes. En règle générale, madame de Tarnhac tenait ses affaires avec un soin méticuleux, et dans le secret du bureau, même si par force sa belle-fille y était de plus en plus associée.

A l'apparition de celle-ci, la baronne releva les yeux.

— Ma fille, nous sommes ruinés !

— Comment se fait-il, ma mère ?

Mondane prenait acte poliment, tendant ses pieds vers les flammes de la cheminée.

— Vous le sauriez, si vous étiez un peu moins personnelle, et un peu plus souvent présente dans cette maison ! Monsieur Renaudie, mon avoué, est venu de Sarlat cet après-midi. Il a eu l'obligeance de me rendre visite. Car comment pourrais-je m'occuper de mes affaires, alors que nous n'avons même plus un bon cheval disponible pour tirer une voiture jusqu'à la ville ?

Mondane ignora l'allusion à Milord, qui de fait était presque réservé à son usage exclusif désormais, la baronne quittant de moins en moins le coin de son feu.

— Reine a pu trouver à lui offrir quelque chose pour se restaurer ?

— Très bien, très bien. Si seulement elle pouvait servir sans maugréer !

— Elle a tellement à faire.

La baronne palpait maintenant nerveusement ses rouleaux.

— Il y a là toute la fortune des Tarnhac, ma fille ! Depuis la naissance de Gaston, je consacre mes bénéfices à constituer des rentes, pour qu'il ne soit jamais en peine. Des valeurs sûres, garanties par l'Etat, sur les chemins de fer russes, sur la ville de Moscou. Pas comme ce Panamá, qui ne valait rien ! Depuis 1910, j'ai réinvesti soigneusement tous les intérêts, et au-delà, pour que mon fils puisse un jour faire vivre dignement sa famille. Et encore en 1914, j'ai échangé mon or contre des obligations, par dévouement. La solidité de l'alliance franco-russe, en créant un front à l'est, devait soulager nos soldats à l'ouest, disait Renaudie. Enfin, c'est tout de même grâce à l'épargne des Français que nous avons gagné la bataille de la Marne !

— Une preuve de patriotisme, ma mère, la France vous en sera reconnaissante.

— Notre pays était devenu le premier créancier de la Russie ! Et cela ne l'a pas empêchée de nous trahir. On vient d'apprendre qu'une paix séparée a été conclue entre ces Russes et le kaiser. Pendant que chez nous cela n'en finit pas…

— Une paix séparée ! Quel événement en effet... Quand donc apprendrons-nous aussi la paix en France ? Mais vous semblez épuisée. Voulez-vous boire un peu de fleur d'oranger ?

— Mais vous ne comprenez donc rien, ma petite ! Je suis ruinée, vous dis-je, et Gaston, et vous aussi, et vos futurs enfants ! Il faut bien que vous m'écoutiez tout de même : désormais, nous n'avons plus rien pour vivre. Sauf la terre, alors même qu'il n'y a plus d'hommes pour la travailler. Grands dieux !

— Avec tout le tabac planté cette année, il y aura de l'argent frais pour l'année prochaine.

— Quelle naïveté d'enfant ! C'est sans comparaison aucune. Croyez-vous donc que nos quelques hectares de coteau suffisent à entretenir Tarnhac, ses toits, son train de maison ? Voyez comment votre famille tirait le diable par la queue à la Géraudie. Décidément, vous ne regardez pas plus loin que le bout de votre nez ! Savez-vous seulement ce que c'est que la révolution russe ? Ces bolcheviks ont pris le pouvoir depuis octobre dernier, ils ont entraîné les moujiks dans des émeutes terribles, le tsar a dû abdiquer, lui et toute sa famille ont disparu, avec toutes ces petites archiduchesses, tellement charmantes ! Ils veulent la démocratie. La démocratie ! quelle comédie, nous voyons bien où cela mène la France, d'ailleurs !

La baronne s'échauffait, parlait toute seule. Mondane résolut de s'installer dans le petit crapaud bas qui lui était dévolu et prit sa corbeille à ouvrage. Des pelotons de laine détricotée, dépareillée, l'attendaient, dont il faudrait tirer des chaussettes, faute de mieux.

— Toujours est-il qu'en janvier, il y a trois mois à peine, ce monsieur Lénine a purement et simplement dénoncé les emprunts étrangers, et nationalisé toutes les entreprises sans indemnité ! Il refuse de verser le moindre intérêt. C'est un drame, un véritable drame que nous vivons, des dizaines de milliers de petits porteurs français sont ruinés. Au Sénat, me dit monsieur Renaudie, des personnes très averties craignent que nous ne revoyions jamais notre fortune, sans parler des intérêts ! Rendez-vous compte, un quart de l'épargne française a été investie dans les titres russes, sur incitation expresse du gouvernement !

Elle saisit un des rouleaux abandonnés.

— Regardez ces obligations de la ville d'Ekaterinoslaw, comme c'est joli, l'écriture cyrillique, avec ce dégradé de bleu et de vert...

La baronne caressait lentement, comme tendrement, du plat de sa main potelée, baguée, les arabesques imprimées sur le papier. Elle continua :

— Je les ai achetées l'année du mariage de Gaston. J'étais pleine d'espoir, alors.

Mondane se pencha un peu plus sur ses aiguilles à tricoter, et commença à monter des mailles. Ce serait pour la petite Marinette Vamenc. Quelques jours auparavant, le maire était venu jusqu'à la cabane de feuillardier, pour apporter la nouvelle de la mort du père. Désormais, cette pauvre femme n'avait plus de mari, plus de maison dans ce Nord envahi et pilonné d'obus. Cela ramena Mondane des titres russes sur lesquels elle avait jeté un œil distrait vers des réalités plus concrètes : il faudrait très vite rassurer la Léone, lui dire que la modeste maison resterait à sa disposition autant qu'elle voudrait y demeurer, et que le travail ne manquerait jamais pour elle à Tarnhac. Cette ruine éventuelle lui semblait bien abstraite. La jeune femme, avec son sens terrien, ne faisait confiance qu'au travail et aux sacs de grains entassés.

— Mère, dit-elle fermement pour attirer l'attention sur ses paroles, demain, je passerai la journée à Saint-Cyprien, à l'hôpital. C'est mon tour de garde. Je prendrai les pommes de terre que la Mélie a apportées de la Boissière, pour faire la soupe de nos pauvres blessés.

— Encore ! je vous le défends bien ! Vous allez nous ruiner à ce compte-là ! D'ailleurs, nous le sommes déjà, grâce à ces bolcheviks.

La vieille femme, ses bajoues reposant sur sa vaste poitrine, roulait et déroulait machinalement ses titres, les yeux dans le vague, ne s'arrêtant que pour priser.

Enfin, elle se leva lourdement et se dirigea vers le bureau pour y serrer ses papiers. Au-delà de la cheminée, la pièce lui sembla glacée et elle frissonna.

— Vous semblez bien fatiguée, ma mère. Voulez-vous que je monte un plateau dans votre chambre ?

— Comme vous voudrez.

De plus en plus souvent, la baronne renonçait au protocole du souper et se contentait le soir, avec son tabac, d'un bouillon et de lait caillé pris dans sa chambre.

Ainsi les tête-à-tête des deux femmes dans la salle à manger étaient-ils réduits d'autant de longues heures. Quant à Mondane, elle avait pris l'habitude de descendre à la cuisine, où il faisait bon, pour avaler la même soupe trempée que les domestiques, avec parfois un chanteau de pain recouvert de terrine, et quelques noix. Ensuite, elle remplissait elle-même son broc d'eau chaude, saluait Abel et les autres, puis montait chez elle. On la tolérait à la cuisine pendant ces courts moments car Seconde le voulait ainsi, mais le silence qui régnait en sa présence ne l'incitait pas à s'éterniser. La plupart du temps, épuisée par les travaux de la ferme ou de l'hôpital, elle se couchait très vite dans sa chambre sans feu. Allons ! la journée de demain à Saint-Cyprien, active et utile, à l'ombre de la présence bienveillante d'Angéline, lui ferait du bien. Et l'été finirait par s'installer tout de bon. Elle avait oublié la révolution russe, les visages des derniers blessés arrivés l'accompagnèrent pendant qu'elle sombrait dans le sommeil.

Quand le jour laiteux se leva, la jeune femme, alertée par des pas lourds dans la galerie, trouva devant sa porte un bol de lait brûlant, coloré de chicorée, et du pain cuit de la veille, avec de l'eau chaude pour sa toilette. C'étaient bien là les manières des domestiques de Tarnhac envers elle : rarement une parole aimable, mais parfois des attentions impromptues. Cela signifiait aussi une fois de plus que les paroles prononcées la veille au petit salon avaient bien été entendues de l'office : Mondane avait annoncé son départ à l'aube pour Saint-Cyprien, et on lui souhaitait ainsi une bonne journée. Elle se demanda comment la visite de l'avoué avait été interprétée à la cuisine.

Le brouillard enveloppait encore le château quand elle déverrouilla le lourd portail et s'en fut seller Milord. Trompette était déjà là, à l'affût de son pas, en travers de l'entrée du chenil. Elle le libéra et se laissa lécher joyeusement les mains. Dans l'écurie, il faisait bon, et tout son corps se dégourdit, tandis que l'animal piaffait doucement, en acceptant le filet dans sa bouche. Enfin, ayant réparti ses provisions de légumes dans les fontes, elle se mit en selle, et prit la route de Saint-Cyprien. L'air était encore piquant, mais le temps semblait se mettre au beau, avec un soleil rouge pointant juste dans la vallée quand elle aborda les rives de la Dordogne. Un petit galop pour détendre Milord, autant que pour le plaisir, et le bourg apparut au loin. Comme à l'accoutumée, elle raccourcit les rênes de Milord pour prendre la traverse principale, et l'emmener se désaltérer à la fontaine publique. La course leur avait fait du bien à tous les deux. Sur la place, plusieurs femmes étaient déjà rassemblées. Beaucoup en noir, portant le deuil d'un promis, d'un mari, d'un fils. Toutes des silhouettes plus ou moins familières, depuis qu'elles se côtoyaient dans les rues et à l'hôpital. Le silence se fit pourtant à l'approche de Mondane. Etonnée, celle-ci interrogea des yeux la mère Fournier, toute en rides sous son mouchoir de tête. Elle, qui était de Saint-Donat, avait dû parcourir la route de bon matin.

Celle-ci, d'un geste doux et timide, vint prendre la bride du cheval et attendit que la jeune femme mît pied à terre. Elle murmura en patois, car son français ne suffisait pas à traduire bien sa pensée :

— Il y a eu un accident à la gare de Périgueux, aux ateliers. On l'a su hier au soir, par le garde champêtre. Monsieur le maire a dit que ce n'était pas la peine de prévenir au château, puisqu'on ne savait rien de plus. Il vous attend ce matin à l'hôpital. On pense à monsieur Gaston, bien sûr.

Mondane hocha la tête et remercia la femme, pendant que Milord éclaboussait tout autour de lui à grands coups de tête satisfaits. Tenant son cheval à la bride, elle repartit à pied par les *carreyrous**, silencieux encore à cette heure, vers la Grange Dîmière, s'étonnant en elle-même de cette ironie du sort. Qu'aurait-il pu arriver à Gaston, si heureux et bien à l'abri dans sa forge ? Il ne se passait pas une semaine sans lettre de son mentor. La menace venait plutôt de ses retours en permission, ou pire, de la fin de la guerre, à laquelle Mondane pensait parfois avec un effroi mêlé de mauvaise conscience. Depuis des mois, en revanche, on était sans nouvelles de ses frères, comme des garçons de la Séguinie, et cela l'inquiétait infiniment plus.

Dès la porte d'entrée de l'hôpital, elle comprit que la mère Fournier n'avait pas tout dit. Les quelques minutes qu'elle s'était données à elle-même en traversant le bourg à pied avaient aussi sans doute servi à un *drolle* pour courir annoncer son arrivée. Car monsieur du Mayne, avec l'abbé Malaurie et Angéline un peu en retrait, l'attendaient. Décidément, tout Saint-Donat était là ce matin !

— Ma pauvre chère petite, dit simplement monsieur du Mayne en lui prenant les mains.

Puis il ajouta, devant l'air interrogateur de la jeune femme :

— Une énorme explosion ! La nouvelle poudrerie de Bergerac envoyait là ses munitions, à charger dans les wagons en partance vers le front. Comment le feu s'est-il propagé, à partir de la forge jusqu'à la poudre ? On ne sait pas encore. Mais l'explosion n'a épargné personne alentour. Lorsque l'incendie a été maîtrisé, on a trouvé les restes des corps de ceux qui travaillaient là, dont celui de Gaston. Cela m'a été confirmé ce matin. C'est terrible. Ce pauvre garçon aura certainement une décoration. Maintenant, il faut porter l'affreuse nouvelle à votre belle-mère. Je vous emmène tout de suite à Tarnhac en voiture, si vous le souhaitez ?

Angéline avait déjà pris la bride des mains de Mondane. Celle-ci chancela. Les mots annonçant l'événement, et ses conséquences, se bousculaient dans sa tête. Elle avait besoin de temps pour comprendre.

— Je dois prendre ma garde ici, monsieur, et les femmes ne sont pas trop nombreuses. Combien d'entre elles ont aussi perdu un mari, un fils...

Un long silence plana.

— Vous avez sans doute raison, vous ne pouvez plus rien pour Gaston, et ces pauvres garçons ont besoin de vous.

Devant l'air abattu du maire, elle s'en voulut un peu de le laisser affronter seul la baronne. Mais elle craignait trop de ne savoir trouver une attitude convenable face à ce malheur réel qui l'attristait si peu. Déjà, elle imaginait assez comment la douleur de sa belle-mère se traduirait envers elle-même en reproches et en aigreur.

Monsieur du Mayne semblait s'être voûté un peu plus encore en montant dans sa voiture déjà attelée. Et l'abbé Malaurie, après avoir un instant enserré les épaules de Mondane, sans condoléances inutiles, se hissa à côté de lui.

Ce fut seulement à la tombée de la nuit que Mondane, le dos noué de fatigue, revint à Tarnhac, au pas presque fringant de Milord qui sentait l'écurie. Une pluie froide leur brossait le dos. L'accident, qu'elle avait presque occulté durant sa journée si chargée, revint de nouveau lentement à son esprit. Passé la surprise, elle chercha à démêler ses sentiments : c'était un immense soulagement, une extraordinaire sensation de liberté, qui sourdait du fond d'elle-même, l'envahissait quoi qu'elle voulût cacher.

En entrant dans le petit salon, sans avoir même dissipé l'odeur de drogues, de laine mouillée et de cheval qui l'accompagnait à ses retours de l'hôpital, elle fut frappée de la décomposition des traits de sa belle-mère, dans le temps de quelques heures à peine. C'était comme si les os de son corps s'étaient rétractés, laissant la chair vide et tremblante, comme si toute vie s'était évanouie en elle. Les tempes sèches et grises, les yeux vagues, mains pendantes de part et d'autre du fauteuil dans une attitude qu'on ne lui avait jamais vue, celle qui avait fait de sa dignité, avec la défense de son fils, un combat de tous les instants, semblait avoir baissé la garde. Seconde était à ses côtés, ruisselante de larmes. Incapable de ne rien faire, elle trouvait toutes les raisons de ne pas quitter le petit salon, déplaçait dix fois des tasses que personne n'avait touchées, des lampes qu'elle ne songeait pas à allumer. Comme si quelque chose pouvait encore arriver et qu'elles ne seraient pas trop de deux pour l'affronter. Aucune des deux vieilles femmes ne dit mot, mais leurs regards conjugués accueillirent Mondane comme une intruse. Au-delà de ce cercle de douleur muette se tenait mademoiselle de Carbon, que l'abbé Malaurie avait sans doute fait prévenir. Depuis la fin de la matinée, la tante Louise restait là, inutile, le nez tremblant dans son mouchoir brodé. Elle assisterait sa malheureuse cousine le temps qu'il faudrait, déclara-t-elle à Mondane, sans même provoquer de répartie aigre de la part de la vieille dame. Elle avait apporté de sa réserve personnelle une décoction de tilleul, qui aiderait certainement la malheureuse mère à se reposer, si seulement celle-ci voulait bien accepter quelque chose à boire. Reine apparaissait de temps à autre, pour avoir quelques nouvelles à rapporter à la cuisine, où le défilé des gens du pech ne cessait pas depuis que l'accident était connu. La jeune veuve, épuisée par sa journée, prit le parti d'aller faire toilette et de se coucher, sans qu'on lui demandât rien. Elle n'avait pas osé non plus se faire servir à dîner.

11

Le jour suivant se passa de la même façon, Reine faisant la navette entre la cuisine et le petit salon, apportant et remportant des plateaux inutiles, proposant en désespoir de cause à sa maîtresse, mais en vain, la tabatière restée depuis deux jours sur un guéridon. La baronne semblait ne voir ni n'entendre personne, immobile dans son fauteuil. Une barrière de silence s'était établie autour du château, où l'on savait que la famille ne recevait pas. Seuls les pépiements des oiseaux réveillés par le printemps y faisaient injure, et l'on aurait voulu pouvoir les chasser. Fidèlement, monsieur du Mayne joua le rôle de messager entre le village et le château. Sa longue expérience du chagrin lui donnait cette familiarité et ce droit. Le surlendemain, il signala doucement, comme en passant, regardant Mondane droit dans les yeux, que les familles des victimes de l'accident étaient priées de venir reconnaître les corps, avant de procéder aux inhumations. Personne ne releva ses propos, parmi toutes les femmes assises en silence.

La jeune veuve s'entendit alors répondre :

— Si vous le permettez, ma mère, j'irai. Vous n'êtes pas en état de faire un voyage pareil.

— Comme vous voudrez, répondit celle-ci dans un souffle, au bout de quelques longues minutes.

Même de cela, elle semblait se désintéresser.

Monsieur du Mayne profita de l'ouverture et prit les choses en main.

— Laissez-moi organiser ce voyage ; le plus tôt sera le mieux. Un train part du Buisson de Cabans pour Périgueux à neuf heures sept, et le retour est assuré dans la journée. Je vous y conduirai et prendrai votre billet de chemin de fer. Langlade s'occupera de vous faciliter les choses. Vous le connaissez, c'est un cheminot dont la mère a travaillé chez moi, madame du Mayne a beaucoup fait pour eux, autrefois.

Il avait prononcé tout cela très vite, comme une chose déjà décidée dans sa tête, et avec une sorte de soulagement.

Elle acquiesça. Jamais Mondane n'avait voyagé seule. Ni connu d'autres lieux que sa maison natale, puis celle de son époux. Les séjours à la Géraudie, longtemps espérés avant-guerre, n'avaient jamais pu se réaliser. Même l'excursion tant promise aux débuts de son mariage pour aller visiter le village de Sainte-Mondane, sa patronne, à trente kilomètres de là, était toujours repoussée. Depuis toutes ces années de solitude sur le pech de Tarnhac, dans le petit cercle fermé du domaine, l'habitude du monde lui manquait. Aussi fut-ce avec un certain effarement qu'elle s'installa à la place qu'on lui avait désignée, unique voyageuse dans le wagon de première classe réservé aux dames seules. Les fanfreluches remarquées sur les banquettes lors de son arrivée, sept années auparavant, n'avaient guère changé. Le contrôleur, mis au courant sans doute par Langlade, l'avait saluée avec un respect entendu. Depuis trois jours, Mondane se répétait à elle-même, comme pour s'en convaincre : « Je suis veuve, veuve de guerre... »

Elle avait entendu chuchoter cette expression à la cuisine, et portait un long voile de deuil, rabattu sur son chapeau sombre, la punissant du soleil frais de ce début d'été. Sans même que quiconque songeât à l'en prier, la couturière de la baronne s'était présentée la veille pour ajuster des tenues à ces dames, à partir des pièces de crêpe noir entreposées dans la lingerie. Autour de Tarnhac, le cérémonial de la mort, si bien rôdé, se mettait en place à son rythme propre.

Mais le paysage qui défilait happa vite son intérêt : quel était ce joli château dépassé à toute allure, laissant seulement une image d'harmonie ? C'était donc la Vézère, cette rivière encaissée avant d'arriver au Bugue ? Que ces falaises étaient impressionnantes, ponctuées de petites maisons troglodytes d'où sortaient des panaches de fumée ! Aux Eyzies, Mondane ne put empêcher sa pensée d'aller vers Hippolyte, qui avait autrefois participé aux fouilles des savants préhistoriens. Le train s'arrêta un peu longuement, et la jeune femme se surprit à écouter les conversations en patois des voyageurs. Sur le quai, on se saluait, on se séparait, on se retrouvait. Quelle vie ! Que d'inconnus ! Il se passait donc tant de choses tous les jours, à quelques lieues à peine de Tarnhac ?

Et le défilé des vallées, des combes, des villages reprit. Partout, les cultures s'épanouissaient, et l'œil avisé de Mondane nota comme malgré elle qu'au nord du Périgord aucun champ de tabac n'était si beau ni si avancé qu'à Tarnhac.

L'on entra en gare de Périgueux à l'heure dite, et le train s'arrêta en soufflant sous l'immense verrière armaturée de fer, qui brisait la forte lumière du jour. La même agitation, dix fois plus grande encore qu'aux Eyzies, l'y attendait, au bout de deux heures à peine de voyage. Cette ville était donc si proche, alors que Gaston lui semblait à chaque fois partir si loin ? Dès la descente de train, un homme en uniforme galonné l'aborda :

— Madame de Tarnhac ? Capitaine Martinet, je suis chargé de l'enquête concernant l'accident des ateliers du Toulon.

Elle ne s'attendait pas à cette réception officielle ; on lui avait parlé d'un fiacre à prendre sur la place, pour se rendre à une adresse notée sur un papier plié dans son réticule. L'homme avait un air sombre, une politesse peu aimable, et la serrait de près. Il la fit sortir par un portillon de côté, sans traverser le hall d'arrivée, et l'entraîna en silence pour rejoindre une voiture attelée de deux chevaux. Un autre militaire vêtu à l'identique, sans les galons, était là, qui fouetta les bêtes dès qu'ils furent installés. Le regard de Mondane ne perdait rien de la foule, des maisons hautes encastrées les unes dans les autres, de l'immense place carrée qu'ils traversèrent en croisant devant un bâtiment monumental, avec des grappes de drapeaux se balançant mollement sur la façade. Elle reconnut au passage les multiples coupoles et clochetons de la cathédrale Saint-Front, dont un tableau ornait le mur du presbytère de Saint-Donat. Ensuite, ce fut un faubourg ouvrier, avec de petites maisons crépies enchevêtrées. Tout de suite après surgirent des ruines noircies, avec de hauts hangars dont il ne restait que les charpentes métalliques tordues, comme des potences. Rien n'ayant encore été déblayé, çà et là des restes informes gisaient, et la voiture soulevait des escarbilles noires dans le paysage désolé. On s'arrêta net devant une grande tente militaire, plantée là au milieu du désastre, dans un silence épais. De petits groupes, composés essentiellement de femmes et de quelques vieillards, se tamponnant les yeux, entraient et sortaient par une toile relevée. Les regards, quand Mondane descendit de voiture, encadrée de près par les deux hommes, convergèrent vers elle et se firent durs pour la dévisager. Elle esquissa un sourire de salut, qui s'effaça vite tant elle ressentit d'animosité immédiate, et baissa les yeux. L'intérieur de la tente était divisé en box de serge bise, on la poussa presque pour cheminer jusqu'au fond. L'air tiède laissait flotter une odeur puissante et nauséabonde, qu'elle comprit vite être celle des chairs calcinées. Tous les arrivants marquaient ainsi un temps d'arrêt, avec un même haut-le-cœur. Après un rideau sommaire, ils passèrent dans un réduit à l'odeur pestilentielle. Une forme enveloppée dans des chiffons sales reposait sur une sorte de châlit. L'infirmier qui les avait rejoints, avec un masque sur le visage, sur un signe de l'homme le plus gradé, découvrit le drap d'un geste brusque. C'était bien le corps de Gaston qui gisait dessous, sans nul doute possible. Mais le visage était un mélange de chair noircies et de plaies boursouflées, un de ses bras désarticulé avait été posé à l'envers, en travers du corps, accentuant l'impression d'étrangeté. Il n'y avait plus qu'une bouillie de chair à la place des jambes. Plus de cheveux, qui avaient été si drus, sur le crâne, ni de regard sous les paupières brûlées, racornies. En revanche, la mort l'avait comme pacifié, en effaçant la tension de son regard traqué. Dans un haricot de fer-blanc était posée la lourde chevalière d'or de Gaston, aux armes des Tarnhac, déformée par la chaleur mais parfaitement reconnaissable. La jeune femme éclata en sanglots, libérant l'horreur qui montait en elle depuis son arrivée dans ces lieux.

— Reconnaissez-vous votre époux ? demanda seulement le capitaine.

Elle hocha de la tête, l'estomac et la gorge noués, puis articula :

— Comment cela a-t-il pu arriver, mon Dieu ?

L'homme continua, impassible :

— Je suis ici, madame, pour le comprendre. Une enquête a été ouverte pour déterminer comment le feu a pu se propager ainsi de la forge jusqu'aux wagons en attente dans la gare de marchandises, tandis que votre mari était de garde, sans qu'aucune alerte ait été donnée.

— Lui seul était de garde ?

— Oui. Sa mission était de surveiller les fourneaux de la forge. Une forge distante de plusieurs centaines de mètres des wagons remplis de poudre. La trompe d'appel fonctionnait parfaitement, nous le savons. N'importe quel homme normalement constitué aurait dû l'utiliser, appeler des secours, en voyant le feu se déclarer. Bien avant qu'il se propage ainsi. Je ne vous cache pas qu'on parle déjà en haut lieu de sabotage délibéré. Plusieurs dizaines d'hommes qui travaillaient dans les hangars sont morts, faute d'avoir été prévenus. Autant de familles en deuil, des pauvres gens qui réclament justice. Et des ouvriers syndiqués qui appellent à une grève dure, tandis que la guerre continue.

Mondane se figea encore d'horreur en écoutant l'homme parler. Ce capitaine venu d'ailleurs ne savait donc rien de l'état de Gaston, et personne ne lui en avait rien dit, sans doute parce que tous les témoins avaient disparu. Comment le malheureux aurait-il pu faire preuve de présence d'esprit et d'anticipation devant le feu, lui qui à Tarnhac était interdit de tison, à cause de sa pyromanie reconnue ? Comment aurait-il pu donner l'alerte, lui qui ne savait plus articuler une phrase ? Pour la première fois, elle réalisait la responsabilité de sa famille dans cette catastrophe annoncée.

« N'importe quel homme aurait donné l'alerte, mais pas lui. »

Elle retint cette phrase sur le bord de ses lèvres. Et demanda d'une petite voix coupable :

— Tout le monde ici pense qu'il a mis le feu exprès ?

— On ne peut pas empêcher des familles désespérées de chercher les fauteurs d'incendie. Le bruit court qu'il tenait à assurer lui-même toutes les gardes ou presque depuis le début de la guerre. Un zèle suspect. Avez-vous des éléments susceptibles de nous éclairer ?

— Non, je ne comprends pas. Mon mari était très bien noté par ses supérieurs.

— Etant donné son âge, c'est pourtant par protection qu'il a été affecté à Périgueux et non envoyé au front. Son dossier me l'a confirmé à la préfecture. Sans doute désirait-il ne pas s'éloigner trop de sa femme, pendant que nos poilus se battaient et mouraient pour la défense de notre pays.

En parlant, l'homme faisait couler sur le corps de la jeune femme un regard de haine et de désir mêlés. Elle se garda de répliquer. Après un instant de silence, il exigea :

— Signez ce document de reconnaissance, je vous prie. Le corps, à la différence des autres, doit rester ici pour les besoins de l'enquête. Pour monsieur de Tarnhac...

Il détachait le nom avec autant de mépris que d'ironie dans la voix.

— ... on statuera et on vous avisera en temps voulu. Nous allons vous raccompagner, madame. Mieux vaut peut-être que vous ne restiez pas ici trop longtemps.

— Je vous remercie.

L'entrevue avait duré dix minutes à peine. Mondane, en se retenant de respirer, refit le chemin inverse vers la voiture, à travers l'immense tente. Les hommes la laissèrent sortir la première, et elle ne put pas ne pas entendre des vociférations sourdes sur son passage. Elle rabattit sur son visage le voile de deuil, honteuse de sa lâcheté. Dans la voiture, elle ne vit rien, n'entendit rien jusqu'à la gare de chemin de fer. Et c'est avec un immense soulagement qu'elle se retrouva seule dans l'enceinte de la gare, le capitaine l'ayant à peine saluée à sa descente de voiture. Dans un hoquet, la jeune femme se précipita vers le rebord des rails pour vomir tout ce que Seconde lui avait préparé le matin avant son départ. Heureusement, aucun train n'étant annoncé, le quai était désert. Accroupie au bord du ballast, misérable, elle se vida, par longs spasmes, de tout l'effroi, de toute la honte retenus en elle, larmes et bile mêlées, longtemps frissonnante de dégoût. Puis, rassemblant ses jupes souillées, Mondane se réfugia dans la salle d'attente réservée aux premières classes. C'est là que le cheminot de Saint-Donat la trouva, encore tremblante, dans l'après-midi, quand il vint la chercher pour l'installer dans le train du retour et le compartiment pour dames. Impressionné par ce visage transfiguré de douleur, il raconta le lendemain à qui voulait l'entendre dans le village et alentour à quel point la petite dame de Tarnhac semblait affectée par la mort de son malheureux époux.

12

Vendredi, jour de grande foire à Saint-Cyprien. Et de plus marché aux bestiaux, comme chaque premier vendredi du mois avant-guerre. C'était le premier depuis l'armistice ! Mondane, Reine et Seconde étaient donc au travail depuis le lever du jour, pour préparer et charger le *charretou*.

Saint-Donat, comme tous les villages de France, avait été saigné à blanc par ces quatre années de conflit : les trois fils du maire, l'instituteur, le charron, les deux jeunes Bouyssou de la Séguinie, le maître de Coulerouze, le peillarot, le cafetier et tant d'autres n'étaient pas revenus. Dans la rue, beaucoup de maisons tombaient à l'abandon, volets fermés et graminées envahissant les cours. Pourtant, déjà la vie se réorganisait. Un ancien combattant amputé d'un avant-bras occupait l'emploi réservé de facteur de la commune. Il transportait en bandoulière sa caisse à courrier par les chemins, l'ouvrant prestement de son crochet, sous les yeux admiratifs des petits *drolles*. Un autre avait obtenu de reprendre le débit de tabac vacant, et l'épicière avait rouvert sa boutique après son deuil. Mais le nouvel instituteur tardait à être nommé, et les sœurs assuraient comme elles pouvaient l'instruction des petits.

Peu à peu, on avait pris l'habitude de se tourner vers Saint-Cyprien. Son grand marché, qui attirait toute la vallée, était devenu un débouché précieux pour les produits de Tarnhac. Le *charretou* était prêt, et c'était le Jantou, habitué à jouer au petit homme, malgré ses douze ans, qui menait l'âne. Un méchant baudet carne acheté au lendemain de l'armistice à une vieille femme, qui n'avait pas vu revenir son fils unique et abandonnait sa terre. Ce n'était pas parce que la guerre était terminée, là-haut en France, que les privations avaient disparu. A Tarnhac, elles étaient même devenues l'ordinaire. Tout ce qui autrefois, venant des métairies, garnissait les étagères de la cave voûtée, et régalait les invités de Tarnhac, était désormais destiné à être vendu. Il fallait à tout prix trouver de l'argent : heureusement, les prix des denrées de subsistance restaient élevés, et la demande, forte. On entassait donc poussins et oisons dans leur cage maillée de fer, les foies des oies engraissées par la Mélie, et mis en bocaux par ses soins, que les grandes maisons de Sarlat achetaient cher, des paires de poulets et de lapins encore vivants attachés par les pattes avec un lien de raphia, plusieurs douzaines des œufs de Reine. Des œufs énormes car, prétendait-elle, elle n'oubliait jamais, au soleil levant, d'en déposer un sur la margelle du puits. Une recette de sa mémé. Et encore quelques truffes d'une ancienne truffière, des sacs de jute remplis de noix, et des cageots de romaines fraîches du potager. Enfin, par-dessus tout cela, la balance romaine avec son crochet et ses poids.

Déjà, le brouillard s'en allait en longs filaments pardessus la vallée, annonçant le beau temps. Après avoir tapoté la main d'Abel, pour lui faire comprendre qu'il restait seul dans le *cantou* avec les chiens, les deux femmes rejoignirent le garçon et prirent la route. Mondane rejoindrait plus tard Seconde à son *plaçou*, avec Milord, pour l'heure des comptes. Elle savait bien qu'elle ne devait pas se mêler des marchandages, ni gêner les conversations des commères par sa présence. Si on se tenait côte à côte dans les champs, solidaires dans la fatigue, si on avalait la même nourriture paysanne à la cuisine, on continuait à garder ses distances en ville, devant la compagnie. Une frontière invisible, qu'elle ne franchissait qu'avec précaution selon les codes établis pendant la guerre, séparait ceux du château des domestiques. Seconde aurait été déshonorée par un manquement aux usages, et aurait considéré cela comme une infidélité à la baronne. Même les chiens semblaient en avoir conscience et respectaient instinctivement les règles. Ils se glissaient à la cuisine malgré les coups de sabots, mais attendaient toujours devant le portail que Mondane sorte pour lui faire fête.

Remontée dans sa chambre après le départ de l'âne, Mondane s'assit devant sa coiffeuse pour faire un brin de toilette. Pensivement, elle piqua les unes après les autres des épingles dans son chignon, qu'elle faisait désormais bouffer haut et rond, à la manière des modèles de *L'Illustration.* Sans que personne ne lui en ait jamais fait compliment, elle savait aux regards posés sur elle que son cou gracile s'en trouvait ainsi mieux dégagé, que sa silhouette prenait de la longueur et de l'élégance.

La jeune femme songeait comme à l'accoutumée au domaine, à cet équilibre si fragile atteint depuis l'armistice. La lumière matinale entrait par la croisée ouverte, en rais de paillettes légères venant se mêler à ses cheveux, dans le tain de la glace un peu piqué. Des rides marquaient déjà le coin de ses yeux, il y avait des fils blancs dans ses cheveux sombres, le grand air et le rude travail de ces années de guerre avaient bruni son visage – « Vous vous gâtez le teint », lui reprochait autrefois sans cesse sa belle-mère, qui elle-même ne sortait jamais sans gants et ombrelle –, marqué ses mains, amaigri sa taille. Elle soupira, sans pourtant se laisser vraiment attrister ni par les souvenirs, ni par le temps qui s'enfuyait ; le soleil oblique venait caresser le parquet et sa jupe sombre, avec une douceur infinie.

Que les matins de printemps étaient beaux sur le pech de Tarnhac ! Depuis la disparition de la vieille dame, la nouvelle baronne de Tarnhac se laissait aller sans réticence à goûter le charme des lieux dont elle était désormais seule maîtresse.

L'année 1918 avait pourtant été terrible. Mondane avait célébré l'anniversaire de ses vingt-huit ans dans un effroi solitaire, sans pouvoir partager avec quiconque l'infamie de la mort de Gaston. Elle était suspendue aux nouvelles venues de Périgueux, anxieuse des rumeurs qui pourraient atteindre Saint-Donat et la baronne. C'est alors que la grippe espagnole avait frappé le pech. Une tornade de malheurs conjugués. En quelques jours, elle avait emporté Isidore, à l'âge de soixante-dix-sept ans, puis la petite Lucienne de la Boissière, puis la baronne de Tarnhac. Celle-ci ne se remettait pas du terrible chagrin de la mort de Gaston, se laissait secouer sans réagir par une toux persistante, et se coucha, tremblante de fièvre, pour ne plus se relever. Même Seconde, qui la soignait, avait été atteinte, et mit bien du temps à retrouver ses forces. Sans son énergie et sa persuasion, Abel, toujours là au coin du *cantou*, devenait plus difficile encore à nourrir.

Mondane avait dû faire face, sans prendre le temps de s'appesantir sur les événements : soigner, consoler, encourager, en même temps que récolter, vendanger, manoquer. Et puis sourire, prendre les décisions, mener les cortèges funéraires successifs. Comme de coutume, l'action lui avait été salutaire.

A tout cela était venu s'ajouter, un mois plus tard, l'annonce de la mort de son père, à la Géraudie. Avec la disparition de monsieur de Valloux, le dernier lien au monde de son enfance rompait, et c'était bien ainsi qu'elle l'avait ressenti, comme une déchirure secrète. Il était hors de question de se rendre à Catus pour l'enterrement, faute de transports pour les civils, et faute d'argent aussi pour engager les frais de chemin de fer. Toinon lui avait écrit une lettre qui avait mis plusieurs semaines à parvenir jusqu'en Dordogne. La tante retombée en enfance, avec la pauvre Jeanne comme garde-malade ; leur frère aîné, revenu des Eparges avec deux jambes arrachées, hurlant sa douleur dans ses membres absents ; le cadet disparu sur le front russe ; les belles-sœurs ne s'entendant pas, aux prises avec des difficultés d'argent encore accrues.

Nous avons dû faire très vite le partage des biens de notre père, sans attendre de tes nouvelles. Naturellement, dans ta position, tu n'as besoin de rien ? Quiterie, derrière la clôture de son couvent, n'a pas réclamé non plus. Et comment Jeanne pourrait-elle gérer des biens ? Hector est son tuteur. En sa qualité d'aîné, il s'est attribué le château de la Géraudie et toutes les terres. Notre belle-sœur, au nom de ce pauvre Artus, en réclame une partie, et l'on attend le jugement du procès qu'elle a intenté à la famille. Quant à moi, j'ai reçu les bijoux de la tante, peu de chose en somme.

Toinon annonçait aussi son départ prochain pour Paris. Son mari, considéré comme invalide de guerre à cause d'une oreille emportée, était affecté dans un emploi réservé du ministère de la Guerre, et assurait que leur ménage s'en sortirait mieux dans la capitale qu'en Quercy.

Comme la vie est injuste ! Nous n'avons d'enfants ni l'une ni l'autre, ni aucune de nos sœurs. Ces maudits cent kilomètres nous ont séparées toutes ces années, et maintenant, je pars si loin... Je veux que tu saches combien Théodore et moi prenons part à tes deuils et prions pour toi. Sois heureuse dans ton joli Tarnhac !

Mondane avait compris, en repliant la lettre tachée de ses larmes, qu'elle ne retournerait plus jamais à la Géraudie, car elle y était devenue une étrangère. Une ombre oubliée parmi toutes celles qui peuplaient la vieille demeure.

Par bonheur, les cloches de l'armistice avaient emporté chagrins et difficultés. 11 novembre 1918 ! Enfin la paix pour conclure cette terrible année !

Un immense mouvement de liesse avait balayé tout le pays. Même si on n'espérait plus le retour de personne sur le pech, même si on portait le deuil de tous les disparus, Célestin, métayer de Campredon, le mari de Léone Vamenc, les fils Bouyssou, on avait communié dans l'euphorie collective.

Mondane, en larmes comme toutes les femmes, avait serré dans ses bras, pour la première fois, Seconde, Reine, la Catissou et Léone. Elle s'était réjouie avec les métayers, avec Lesboïto aussi. Seul Abel était resté impassible. Tout naturellement, avec les autres femmes en deuil, elle avait abandonné les travaux d'automne pour rejoindre tous ceux qui, sur la place de l'église de Saint-Donat, fêtaient la victoire avec des rires et des larmes entremêlés.

Puis, seule, elle était entrée dans l'église pour prier. La lumière tremblante, l'odeur de cire des cierges accumulés en rivière tiède devant l'autel de la Vierge disaient assez les pleurs et les espoirs du village. Elle en ajouta un, le dédiant dans son cœur à Hippolyte Chassaigne, qui avait été porté disparu aux Dardanelles, en 1915. La haute silhouette à la voix sonore nourrissait toujours ses rêveries, comme une nostalgie de jeunesse désormais enfuie. C'est à ce moment qu'elle avait aperçu le commandant du Mayne, tassé sur son prie-Dieu. Rougissante, comme si l'objet de ses regrets pouvait se deviner, elle ajouta encore une rangée de bougies, pour symboliser tous les morts de la famille du vieux monsieur. Ensuite, la jeune femme était allée s'asseoir à côté de lui, prenant son bras dans un geste spontané de sympathie. Un geste réappris au contact de Léone, sur la place en liesse. Le vieil homme lui serra la main en retour.

« Ma pauvre petite, vous n'avez plus que moi au monde. Comptez sur toute ma tendresse paternelle.

— Merci ! »

L'amitié scellée ce jour-là, au nom des morts, allait se révéler précieuse. Sans poser de questions, le maire fit ce qu'il fallait pour que l'enquête sur la mort de Gaston soit oubliée, en même temps que se calmaient les menaces de grève des cheminots de Périgueux. L'armistice avait balayé les rancœurs.

Ayant fini de se coiffer, la jeune femme posa la brosse d'ivoire et passa les mains sur son visage, comme pour en chasser les souvenirs, se rendre disponible à la journée qui commençait.

La guerre était enfin finie, et c'était la « der des ders ». Mondane restait seule, mais le malheur ne l'écrasait pas. Tout naturellement, elle occupait la place qui lui avait été assignée, un jour ensoleillé de juin 1910, pour le meilleur et pour le pire. Le pire était passé. Cette demeure qui avait été sa prison devenait insensiblement son royaume. Depuis qu'elle n'y craignait plus rien, elle s'attachait chaque jour un peu plus aux lieux. Pour ses petits matins incomparables, pour sa lumière au couchant, pour ses arbres somptueux, pour l'équilibre des façades et les décrochements subtils des toits, pour les houles du tabac en sa maturité, pour les enfants qui grandissaient sur le pech, pour tant de choses encore.

Il lui avait fallu d'abord user de toute sa persuasion souriante pour faire renoncer la tante Louise à ses projets.

Celle-ci considérait de son devoir de venir s'installer au château, pour tenir compagnie à la pauvre jeune veuve. Mais Mondane n'avait nul besoin de compagnie, seulement de bras d'hommes pour retourner la terre, récolter ses produits, négocier avec l'administration de la Régie. Elle n'avait guère le loisir d'en demander plus à la vie.

Les herbes folles envahissaient les remparts, on ne prenait plus le temps de tailler les rosiers ni de ramasser les feuilles dans les allées du parc, qui revenait peu à peu à l'état sauvage. Progressivement, au cours de l'année précédente, un nouveau mode de vie s'était instauré à Tarnhac, bien éloigné de l'aisance du temps de la baronne. Car le monde avait changé, et désormais elle était pauvre. L'avoué Renaudie s'était annoncé au lendemain de l'enterrement, pour faire agréer ses condoléances et procéder à l'ouverture du testament de la baronne dans le petit bureau, où il semblait plus familier que Mondane.

La vieille dame n'avait pas même eu le temps, ou la présence d'esprit, de modifier ses dernières volontés après la mort de Gaston. L'héritage revenait donc à celui-ci, et après lui à ses descendants éventuels, écrivait-elle de sa haute écriture griffue. Il n'était pas fait mention de l'épouse, comme il le souligna gravement, laissant planer le silence dans la petite piècc ronde.

« Mais... » ajouta enfin l'homme de loi, avec un soulagement qu'il souhaitait lui faire partager, il existait un autre document. Du fait du contrat de mariage conclu en 1910, Mondane avait été par ailleurs instituée comme l'unique héritière de son mari, au cas où il décéderait le premier. Le domaine de Tarnhac lui revenait donc, avec sa réserve, les métairies de la Boissière, la Séguinie, Campredon et leurs dépendances. Seule une petite rente annuelle de vingt francs or devait être distraite des revenus fonciers pour être servie, outre les gages, « à notre fidèle Seconde, qui restera à Tarnhac jusqu'à la fin de ses jours ». La baronne, à l'encre violette, l'ordonnait à son fils. Renaudie signala qu'en raison du décès de celui-ci, sa veuve était libre de respecter ou non cette dernière volonté.

Suivaient encore quelques dispositions personnelles : la table de jeu de marqueterie, qui avait si souvent servi à leurs parties de jacquet, irait au commandant du Mayne, en souvenir d'elle. Des dentelles du Puy seraient données aux sœurs de Sainte-Marthe, pour orner des nappes d'autel destinées à la paroisse de Saint-Donat. Il y avait aussi, expliqua Renaudie, plusieurs bijoux de valeur, que l'on trouverait dans un tiroir secret du secrétaire de la baronne. Celle-ci souhaitait que ses futures descendantes les portent en souvenir d'elle. En habitué, il se dirigea vers le meuble et fit jouer le mécanisme. Un écrin de velours grenat, frappé d'une couronne d'or, s'y trouvait. Et enfin… L'homme de loi rendit sa voix plus grave encore pour sortir de la cache les rouleaux d'obligations que Mondane avait vus, le temps d'une soirée de l'hiver précédent, entre les mains de la baronne.

Madame de Tarnhac avait recueilli de son propre père une petite fortune, qu'elle avait encore accrue par sa remarquable administration. Elle tenait beaucoup à assurer l'avenir de sa famille.

« Ces obligations s'accumulaient depuis 1881, date où j'ai eu l'honneur de prendre en charge ses intérêts… »

Ménageant ses effets, Renaudie prit une expression qui passa du respect à la désolation la plus totale.

« Comme vous le savez sans doute, elles ont été converties ces dernières années en emprunts russes, dont les intérêts ne sont plus servis depuis 1917.

— Oui, ma belle-mère m'avait tenue informée de cette affaire. Elle en était très affectée.

— J'avais pourtant conseillé à madame la baronne de diversifier son portefeuille, mais elle ne jurait que par le tsar. Elle ne voulait pas entendre parler des mines du Brésil, qui rendent pourtant aujourd'hui fort bien. Tout n'est peut-être pas perdu cependant : un décret de 1918 va enfin être appliqué, qui organise le recensement de tous les porteurs de créances. Et un émissaire du gouvernement français, monsieur Ludovic Nadeau, a été dépêché auprès du gouvernement russe, pour trouver un arrangement. Soyez assurée que je me tiendrai informé du mieux possible de cette affaire, madame.

— Je vous en remercie, monsieur.

— Cependant, nous ne pouvons compter sur ces sommes pour honorer les droits de succession de la propriété de Tarnhac, à percevoir par l'Etat dans les six mois à venir. Sans doute voudrez-vous vendre tout ou partie de vos terres et métairies pour les régler ? Je suis bien entendu à votre disposition, et me targue d'être bien placé pour le faire dans les meilleures conditions. Le domaine a bonne réputation, certains acquéreurs éventuels m'ont déjà fait savoir leur intérêt…

— Non ! »

Mondane avait répondu sans réfléchir. Obéissant à une certitude venue du fond d'elle-même, à une volonté de garder « sa » terre, celle qu'elle gérait et travaillait de ses mains depuis des années. Mais elle s'était effarée en silence du chiffre à payer.

Comment faire ? Pendant la guerre, madame de Tarnhac avait donné à la réquisition du gouvernement tous ses napoléons d'or, en échange de billets de banque dont la valeur n'avait cessé de baisser. Ce gage de patriotisme avait été retenu par le percepteur de Sarlat, sur la demande de Renaudie. On obtint d'étaler le paiement des droits de succession sur trois ans.

Le tiers de cette énorme somme, soit sept cents francs exigibles immédiatement, avait mangé toutes les valeurs négociables, bijoux compris. Mondane « oublia » cependant dans sa cachette le diamant que portait au doigt sa belle-mère, par un respect un peu superstitieux de ses dernières volontés, ou par un reste de soumission posthume.

Mais cela ne faisait que repousser l'échéance. Comment ferait-elle l'année prochaine, et encore celle d'après ? A la pensée des traites encore à venir, le front de la jeune femme se plissait de souci malgré elle.

Depuis qu'elle avait pris cette décision de garder Tarnhac dans son intégrité, la jeune femme était comme enchaînée volontaire au domaine et à ses travaux. Une vie dure, austère. Seconde, en cachette de Reine, lui avait rendu sa rente sitôt versée, pour « payer les tailles », comme elle disait à l'ancienne mode, et permettre à la maisonnée de tenir jusqu'à la livraison suivante de tabac. Mais tant de dépenses attendaient encore : depuis le grand ouragan de 1917, le toit arraché à la grange de la Séguinie n'avait pas été réparé, il faudrait une nouvelle paire de bœufs pour remplacer Jules et César, à qui l'on demandait trop d'efforts, depuis trop longtemps. Milord vieillissait. La métairie de Campredon, vide depuis le départ de Célestin, se ruinait. Hors les recettes du marché, qui couvraient tout juste les frais quotidiens des habitants du château, il n'y aurait pas de rentrée d'argent avant la livraison des tabacs, au mois de février. Si la récolte était bonne, et si les prix se maintenaient au plus haut, ce serait tout juste suffisant pour contenter le percepteur. Mais ensuite, comment tiendrait-on ?

« Allons, à chaque jour suffit sa peine... »

L'abbé Malaurie bougonnait si souvent que la Providence pourvoirait à tout qu'elle était tentée de le croire. Mondane se refusa à envisager le pire, et secoua le joug de ses soucis pour terminer de se préparer.

Tous sur le pech, domestiques, métayers, enfants, s'étaient rangés derrière la nouvelle dame de Tarnhac pour sauver le domaine, qu'ils considéraient comme le leur, et préserver ce qui avait toujours été. Sans que beaucoup de mots soient échangés, leur solidarité l'avait touchée au cœur. Cyprien en particulier s'était comporté comme un véritable petit homme, serrant les dents et emmenant les autres enfants en avant dans les moments difficiles.

Lesboïto aussi prenait plus que sa part du travail commun. Sa boiterie, qui le faisait tenir à l'écart des hommes avant-guerre, apparaissait désormais bien légère à côté de certaines blessures des anciens combattants du village, et son autorité s'en était accrue. Depuis la mort du père Isidore, c'est lui qui avait repris de fait la charge de porte-graines incombant à Tarnhac. Suivant les recettes du vieux, il venait tous les jours soigner les plantes-mères semées sur le versant le mieux protégé du vent, au grand dam de Reine, qui en revendiquait déjà la responsabilité pour son Jantou. Et malgré les murmures de Seconde, qui craignait toujours, comme feu sa maîtresse, que Tarnhac ne fît allégeance à Coulerouze.

— Il faudra bien pourtant que tout le monde s'arrange ensemble, murmura en elle-même la dame de Tarnhac.

Chaparotte aussi pourrait demander son dû, lui qui s'était si souvent rendu indispensable pendant les années noires, et qui, bien que chef de famille, n'était toujours pas maître chez lui, ni métayer en titre. Vignal, son beau-père, ne renonçait pas à tout diriger, de sa chaise à roulettes.

Au sortir de ces deuils, à cause peut-être aussi tout simplement de la renaissance du printemps, Mondane se sentait une énergie insoupçonnée du temps des années oisives. Pour se mettre au diapason du chardonneret qui pépiait à sa fenêtre, elle ajouta un col de piqué blanc au corsage noir qu'elle n'avait pas quitté depuis l'accident de Gaston. Presque une année déjà : le temps était venu du demi-deuil. A chaque fois qu'elle prenait ainsi une décision à Tarnhac, minuscule ou engageant l'avenir, la petite baronne rendait grâce à Dieu de sa liberté nouvelle. Elle descendit, légère, l'escalier de pierre qui résonnait sous ses bottines. Ce sentiment printanier l'accompagna jusqu'à Saint-Donat, au trot enlevé de Milord ravigoté par l'air tiède.

— Allons, mon vieux cheval, vous savez encore prendre le vent !

La cavalière roucoulait doucement à l'oreille de sa monture, en se penchant en avant pour lui flatter l'encolure. Depuis quelques mois, n'ayant plus à craindre les remontrances de quiconque, elle avait abandonné la selle d'amazone. Et pris l'habitude, par commodité, de monter à califourchon comme un homme, et comme depuis toujours aussi les femmes de la campagne, en utilisant la selle de Gaston. Mais jamais elle n'aurait imaginé pour autant abandonner la jupe et porter un de ces pantalons de dessus, comme sur les photos des élégantes Parisiennes au bois de Boulogne !

Mondane retint les rênes à la sortie de Saint-Donat, avant d'aborder les berges de la Dordogne, car elle devait s'arrêter à la Chartreuse pour saluer monsieur du Mayne, et lui apporter les premières salades du potager de Tarnhac. Le temps pesait sur ses épaules. Une sévère crise de goutte l'affectait beaucoup. Il affirmait haut et fort qu'il ne se présenterait pas aux prochaines élections municipales, et que son fils Jean reprendrait le flambeau, en même temps que l'exploitation agricole. Le vieux monsieur portait désormais à la jeune veuve une affection à la hauteur de la responsabilité qu'il s'était sentie envers le petit baron. En entendant les sabots du cheval remonter l'allée aux buis, il sortit sur le perron, lourdement appuyé sur sa canne. Sa mine était soucieuse.

— Ma chère enfant, la nouvelle est-elle montée jusqu'à Tarnhac ?

— Non ! qu'y a-t-il ?

— Chassaigne est revenu ! Il est arrivé hier à Coulerouze, par ambulance militaire. Personne n'était averti. On me dit qu'il a passé trois années dans un camp de prisonniers, après avoir été blessé et fait prisonnier en Orient. Lesboïto, vous le voyez, a déjà dévalé votre pech pour répandre la nouvelle dans tout le pays.

— Il est gravement blessé ?

Une seule question anxieuse échappa d'abord à Mondane, sans même qu'elle eût mis pied à terre.

Le visage étonné du vieil homme était levé vers elle, avec ses plis douloureux.

— Je ne sais pas exactement. Sans doute pas tant que cela, puisqu'il s'est déjà rendu à Saint-Cyprien pour la foire. J'ai vu passer son vieux phaéton ce matin, mené par Lesboïto.

Puis, reprenant son ton ancien de commandement :

— Il va falloir jouer serré, ma chère Mondane. Vous devriez essayer de le voir très vite, avant que ces foutus rouges ne le montent contre vous. S'il se mettait dans la tête de vous chercher noise, à propos de ses terres...

— Il est à la foire, aujourd'hui ?

Mondane cherchait son souffle tandis que le visage levé vers elle, avec son col cassé, les murs de pierres dorées, les buissons taillés faisaient la danse autour d'elle. Une sorte de maelström d'émotions dont elle ne se savait plus capable s'emparait d'elle, à la seule évocation de ce nom. Elle qui s'était crue affranchie par la guerre de ses rêveries de jeunesse se découvrait en un instant brûlante et désemparée.

Incapable de soutenir une conversation, elle resta à cheval, avec les flancs chauds de Milord pour protection, acquiesça à tous les conseils, balbutia quelques mots de remerciements, et donna des jambes. La rue du village, heureusement, était déserte en ce jour de marché à Saint-Cyprien. Elle prit par le couvert des arbres, sur le chemin de halage le long de la Dordogne, pour éviter la route. Cet endroit, en toute saison, lui avait toujours été un refuge de sérénité, qu'elle parcourut au pas. Des bateliers descendant la rivière sur leurs gabarrots* lui firent des saluts joyeux, qu'elle ne vit pas.

13

Hippolyte, Hippolyte… Mon Dieu ! Avant-guerre, durant toutes ces années de réclusion conjugale, elle avait tellement pensé à lui, revu tant et tant de fois chacun de ses gestes, de ses mots, imaginé tant de rencontres qui n'avaient jamais eu lieu, tant d'avenirs qui n'appartenaient qu'à elle, que la réalité crue de ce retour la heurtait. Elle n'y était pas préparée. Le capitaine Chassaigne avait été rangé dans ses souvenirs comme une sorte de statue immobile, qui ne pouvait plus être dérangée. Comment l'aborder au marché, comme le suggérait le maire, dans le bruit et la foule, pour de sordides affaires de rangs de tabac, de permis de culture ? Les deux réalités étaient inconciliables. Et pourtant il le fallait : sa conscience était pour elle, mais que savait le maître de Coulerouze de ses arrangements avec Lesboïto ? Sa propre histoire intime et les intérêts du domaine s'entrechoquaient douloureusement. Les frissons de Milord, le long de son échine, se communiquaient à son ventre. Elle luttait contre l'étrange faiblesse qui l'envahissait. Lui revenaient à l'esprit, tour à tour, ces moments de grâce où tout s'était suspendu, autour de leurs deux mains rapprochées, mais aussi le ton sec et coupant qu'il avait pris pour parler de la source déviée, en mai 1914. Elle ne s'appartenait plus, elle qui était devenue la maîtresse incontestée du domaine de Tarnhac.

Voilà que déjà Milord sortait du couvert des peupliers, que se profilait le bourg étagé contre le coteau, dominé par l'ancienne abbaye des Augustins. Déjà les charretous des forains garés dans le fossé, déjà la petite place aux oies, la fontaine et l'anneau pour son cheval, déjà les saluts, les sourires à rendre. La jeune baronne redressa les épaules, lissa son col de piqué blanc, tenta de retrouver quelque chose de l'énergie heureuse du matin. Allons ! Elle n'avait rien à se reprocher, et voulait sourire. Sur le marché aux oies, les femmes s'interpellaient au milieu des volatiles caquetants. Reine, reconnaissable à son mouchoir de tête jaune d'or parmi les trop nombreuses coiffures de deuil, hélait ses voisines et faisait admirer sa marchandise, pour bien montrer à sa maîtresse qu'elle était là à son affaire, et faisait au mieux de leurs intérêts. Des groupes d'hommes, large blouse bleue et chapeau noir, se dirigeaient en groupe vers le foirail, où les bœufs étaient parqués. Bêtes et gens semblaient ressentir en commun la douceur du temps et de la paix revenue.

Chaparotte devait être là-bas, puisqu'il avait pour mission de tâter les affaires, en prévision des jours meilleurs ; si d'aventure une possibilité se présentait, un couple de bœufs à vendre à tempérament, comme on faisait maintenant... Pour la surface cultivable de Tarnhac, il aurait fallu pouvoir disposer, comme avant-guerre, d'un bon cheval de trait pour les sarclages, et de deux paires de bœufs : un couple de jeunes à dresser, et un autre qu'on engraisserait pour la boucherie, une fois devenus trop vieux pour travailler. Plus quelques animaux d'attelage et de monte. Mais même ces soucis d'argent, devenus son lot quotidien depuis des mois, ne pouvaient la distraire du nœud qui lui tordait maintenant les entrailles. Il lui fallait pourtant d'abord aller s'intéresser aux gains de Seconde, qui mettait tant d'ardeur à arracher chaque sou pour sauver Tarnhac, à coups de cochonnailles et de légumes joufflus.

Mondane ne mit pas longtemps à se voir confirmer la nouvelle annoncée par monsieur du Mayne : c'était l'événement du jour. Une femme de Saint-Donat, apparentée à Isidore et qui avait servi autrefois au château, esquissa une révérence. Pleine de son importance, elle l'accompagna en bavardant jusqu'à l'étal de Seconde, un peu au-delà de la traverse, dans ce qu'on appelait le petit marché.

— Monsieur Chassaigne est démobilisé comme capitaine, avec la croix de guerre et trois citations ! Té ! C'est qu'il n'est pas en bon état, le pauvre ! La moitié du corps abîmée par un obus, une jambe raide et un bras qui répond plus. Ce sont les Prussiens qui l'ont arrangé comme ça. Finies les courses automobiles : Lesboïto fait le cocher pour lui. Il est là pour rester, maintenant, à ce qu'on dit. Il a dû souffrir, c't homme-là !

La bonne femme parlait à la cantonade, sûre de son effet et fière des informations de première main qu'elle tenait de Lesboïto lui-même, en tant que voisine. Mondane écouta, de nouveau flageolante. Tout le monde alentour attendait ses commentaires. Qui savait quoi à propos des terres et des permis de culture ? Impossible à deviner. Un frisson la parcourut, qu'elle ne put réprimer. Mais elle énonça presque clairement :

— On m'a dit cela, en effet. Et où peut-on le voir, Lesboïto ? Je voudrais rencontrer son maître.

— Tenez, ils sont là, juste devant le café de l'Empire.

La vieille voiture attelée de Coulerouze, en effet, qu'elle reconnaissait pour y avoir souvent installé des convalescents pendant la guerre, s'avançait vers eux, frayant son chemin dans la traverse. Qu'était devenue la fringante Panhard-Levassor qu'Hippolyte conduisait seul autrefois, effrayant bêtes et gens sur son passage ?

— Oh ! Oh !

Lesboïto, instinctivement, retint les rênes quand il aperçut Mondane, en touchant poliment son chapeau à son adresse.

L'homme, à l'arrière, marqua son mécontentement d'un geste, fit signe de continuer. Mais en quelques secondes à peine, les badauds s'étaient groupés autour de la voiture découverte, se poussant du coude, attendant des paroles. Personne n'ignorait rien évidemment des différends d'avant-guerre entre les deux puissances du coteau de Saint-Donat. Mais le temps avait passé, avec l'entracte terrible de la guerre les protagonistes avaient changé. Chacun voulait donc, comme au spectacle, être aux premières loges pour en connaître la suite. Mondane ne put que faire face, là, tout de suite, et lever les yeux vers l'homme assis dans la voiture, très haut au-dessus d'elle. Son regard la foudroya sur place. En moins d'une seconde, elle sut qu'elle était toujours sous son empire. Courageusement, elle redressa sa petite taille.

— Bonjour, je suis madame de Tarnhac...

Le reconnaîtrait-elle, même ? Avait-il tant changé qu'on le disait ? C'est à dessein qu'elle ne fit pas usage de son titre, pour évoquer une forme de familiarité ancienne.

N'obtenant pas de réponse, elle reprit :

— Tarnhac, sur le pech, en lisière de Coulerouze. Nous sommes voisins.

Les mots s'enfilaient, dans un silence ponctué du bruit des roues de charrette et des cacardements des oies.

— Je viens d'apprendre votre retour. J'en suis bien heureuse !

Elle tourna les yeux vers le cocher, comme pour lui demander de l'aide. Mais celui-ci resta coi, les yeux fixés sur son cheval qui piaffait. Il lui fallait se résoudre à aller de l'avant.

— Lesboïto a dû vous dire qu'il est devenu mon colon, pour le tabac.

Les villageois sabotaient autour de son monologue ; un doux soleil éclairait la scène et les incitait à rester là, pour l'acte suivant.

— Pendant la guerre, vos terres ont été plantées avec mon permis de culture. Je suis prête à vous en rendre compte quand vous le voudrez.

Cette dernière phrase prêtait à confusion, et fleurait trop l'obséquiosité, se dit-elle au moment même où elle la prononça.

La réponse, prononcée avec force, revint comme un soufflet.

— J'ai déjà été averti, en effet, de votre installation chez moi.

La voix n'avait pas changé, avec cette pointe d'ironie et d'agressivité qu'Hippolyte réservait avant-guerre à la baronne. Lesboïto ne pipait toujours mot. Aux yeux de ceux qui les observaient, Chassaigne avait marqué un point.

Du coup, piquée, Mondane reprit d'aplomb :

— Vous êtes le bienvenu à Tarnhac pour en parler !

— Pour quoi faire ?

Elle l'invitait pour lui signifier que les choses avaient changé. C'était dans sa naïveté une manière de lui faire honneur, à lui qui jamais n'avait été reçu au château. Mais il ignorait cet honneur-là.

Chassaigne fit signe d'un geste à Lesboïto de faire avancer le cheval, et coupa net, avec autorité :

— Vidons notre litige le plus vite possible, chez moi !

Sous la rebuffade, Mondane avait rougi ; cette voix sourde, elle ne la reconnaissait pas, et litige il y avait donc bien. Mais elle prit le parti d'accepter la convocation et répondit en souriant :

— Ce sera comme vous le voudrez.

Cette fois-ci, la sympathie alla de son côté, elle en ressentit les ondes en mouvement dans la petite foule. On l'aimait bien, la petite baronne, tout de même, et elle avait aussi à sa manière du panache ! La sympathie que les spectateurs réservent au plus faible des deux protagonistes lui revenait.

A peine eut-elle le temps de remarquer, quand la voiture s'ébranla un peu brusquement, le geste raide, incongru, que fit l'homme, déséquilibré, pour se retenir à la ridelle de sa voiture.

Elle s'en fut rejoindre Seconde, alignant ses pas du plus naturellement qu'elle le put, faisant mine d'ignorer les commentaires qui bruissaient encore derrière elle. Chaparotte l'attendait, suivi de Jantou et Cyprien tout fiérots d'être vus parmi les hommes sur le foirail. En effet, un homme de La Fage, qui n'avait plus de fils pour cultiver après lui, était prêt à louer sa paire de bœufs, pour le temps des labours, contre des sacs de grain. Madame la baronne voulait-elle qu'il fasse l'affaire ? Avec ces belles bêtes-là, le métayer se faisait fort de labourer à lui seul tout le domaine et même tout le coteau ! La cicatrice de sa bouche tremblait d'excitation. Elle le suivit jusqu'à la place réservée au marché des bestiaux, dans un brouillard.

Mondane laissa l'homme mener au bout la transaction, mais fit mine de prendre la décision elle-même.

— *Bourra a qui*[1] *!*

Les deux compères se touchèrent la main, et pendant que la dame s'enfuyait presque, ils s'en furent boire une chopine à l'auberge pour sceller leur accord. Elle ne vit même pas le regard des garçons qui la suivaient des yeux, tous deux étonnés de son trouble. Ils ne s'en parlèrent pas, et s'en revinrent vers les deux bêtes. Il était convenu qu'ils prendraient ensemble le chemin du coteau, avec *lo* Rusto et *lo* Blanco, en les piquant pour les faire monter jusqu'à la métairie de la Boissière, tandis que les femmes rentreraient avec le *charretou.*

1. « Tope là ! »

14

Le surlendemain, Lesboïto fit dire à Mondane, par Cyprien, qu'elle était attendue à Coulerouze par le capitaine Chassaigne à la fin de l'après-midi. Une convocation qui ressemblait fort à celles qu'il recevait avant-guerre de feu la baronne ! Durant les heures qui suivirent, comme dédoublée, la jeune femme vaqua, répondit aux questions, donna des ordres et s'agita. Mais elle restait tout entière sous l'empire des yeux gris-vert qui s'étaient posés sur elle à la foire de Saint-Cyprien. En elle se faisaient et refaisaient les dialogues qui devraient s'échanger.

Commencer par s'excuser auprès de Chassaigne ? Certainement pas, puisque ses terres étaient à sa disposition, labourées et plantées, à la place des friches que la guerre aurait pu laisser. Mondane connaissait assez le prix de ce travail. Mais il n'y avait pas de contrat écrit, pas de preuves de sa bonne foi pour dénier l'accusation proférée contre elle : « Vous vous êtes installée chez moi », avait-il dit…

Mais certainement Lesboïto aurait-il entre-temps expliqué les choses à son maître. La nécessité de participer à l'effort de guerre, l'intérêt des deux domaines, les contraintes administratives de la Régie des tabacs, comment tout s'était conjugué pour lui faire apposer sa signature sur les contrats de Coulerouze. Mondane en arrivait à se persuader elle-même : après cet exposé, dont elle choisissait avec soin les mots, il serait facile de dissiper le malentendu. Et alors...

Peut-être valait-il mieux aborder plutôt en premier lieu le sujet de ses blessures, et s'enquérir de sa santé ? Son cœur se soulevait à cette idée d'entrer ainsi dans l'intimité de Chassaigne, et c'était reculer la résolution de la question. En elle s'affolaient tout à tour la maîtresse d'exploitation d'aujourd'hui et l'amoureuse transie d'avant-guerre.

Et comment s'habillerait-elle ? Mondane, qui usait ses robes jusqu'à la trame sans vraiment s'en désoler, se découvrait ce jour-là des préoccupations dignes du *Journal des dames*. Si elle faisait des efforts de toilette, supporterait-il son allure de châtelaine pimpante, lui qui venait de la misère des camps de prisonniers ? Elle changea d'avis plusieurs fois dans la journée, puis s'offrit à la dérobée le plaisir de se faire belle, avec un corsage de linon gris perle réservé aux dimanches. Elle prit la décision d'atteler Milord plutôt que de le monter pour se rendre à Coulerouze. Autant pour ne pas arriver échevelée que pour éviter d'humilier son hôte, si, comme le disait la rumeur, Chassaigne était devenu réellement invalide. A force de ne pas vouloir paraître trop pressée, elle finit par se mettre en retard, et se mit en route sous l'œil perspicace de Seconde, alors que le soleil baissait, inondant d'or et de douceur le coteau. Une si belle journée ne pouvait qu'être bénie.

Jamais Mondane n'était venue jusqu'à la maison de maître de Coulerouze, fermée depuis le début de la guerre. Pour traiter avec Lesboïto, elle rejoignait par les champs l'arrière de la propriété, où il logeait dans une petite métairie. On distinguait juste derrière les arbres la maison forte, comme les anciens l'appelaient dans le pays. Une bâtisse ancienne de bonnes proportions construite autour d'une cour, flanquée d'un pigeonnier aux allures de tourelle noble, d'un perron circulaire et d'un toit roux, massif. Mondane marqua un arrêt à l'entrée d'une belle allée de chênes, et franchit les derniers mètres à petite allure. Passé le porche, elle se trouva face au corps de bâtiment, et à Chassaigne qui l'attendait, debout sur le seuil. Dans ces lieux isolés, les sabots d'un cheval devaient s'entendre de loin.

Une envie terrible de fuir l'envahit, en même temps que la chaleur lui montait au visage, et c'est le plus lentement possible qu'elle descendit de voiture, donna les rênes à un Lesboïto toujours impassible, sans regard, et s'avança vers le perron.

Dès qu'elle vit ses yeux, la toisant d'un gris d'acier, elle n'eut plus de doute. Il l'accueillait en ennemie. Son grand corps raide était appuyé sur une canne, son attitude, dénuée d'expression. Elle n'avait pas remarqué à la foire le visage marqué, les tempes blanchies : il lui était difficile de faire coïncider cet homme sévère avec l'heureux cavalier d'avant-guerre, et ses grands éclats de rire. Pourtant le charme opérait toujours. Son cœur battait à tout rompre, maintenant, tandis qu'elle avançait sous ce regard de verre froid. Se cherchant une contenance, elle manqua trébucher en gravissant les larges marches du perron. Il ne fit même pas mine de s'en émouvoir, et la considéra avec une indifférence distante.

— Bonjour, madame. Allons au bureau, si vous voulez bien entrer.

Une voix neutre, comme pour un marchand de bois mauvais payeur à qui il fallait faire régler ses dettes, pensa-t-elle, blessée. Une voix qui décidément avait une nouvelle assonance voilée.

Mondane se retrouva à le suivre vers une petite pièce donnant directement sur l'entrée dépouillée et sombre. Les pas résonnaient sur la pierre, une odeur d'humidité tenace semblait avoir envahi la demeure durant ces années vides. Elle l'épiait, malgré elle curieuse de voir se mouvoir ce grand corps déséquilibré. Il la précéda dans la pièce, jetant en avant à chaque pas la moitié raide de son corps. Un instant, la traversa cette image, déjà comme un regret poignant : lui et elle, seuls, dans une soirée printanière qui s'avançait. Elle avait si souvent espéré cette scène, sous un tout autre jour !

La pièce était tapissée de livres, plus qu'elle n'en avait jamais vu. Un feu brûlait dans la cheminée, derrière un grand bureau encombré. Malgré la douceur, la fenêtre fermée ne laissait rien entrer des parfums du printemps. Il se laissa lourdement tomber dans un fauteuil, et lui donna ordre, du menton, de fermer la porte, avant de désigner de la même façon sèche un siège en face de lui, de l'autre côté du bureau. Puis il laissa le silence s'installer.

— Monsieur, si vous me permettez…

Aucun signe qui permît quoi que ce soit.

— Il y a des choses que vous devez savoir.

L'homme restait fermé, lointain.

— Je sais. Vos amis, vous-même peut-être, pensez que je vous ai volé, croyant à votre disparition. Que j'en ai profité pour reprendre le combat de ma belle-mère contre vous. Mais ce n'est pas cela, croyez-moi bien. Demandez à Lesboïto, c'est que, la guerre…

Mondane se tut, découragée. Le silence devenait trop opaque pour y avancer de confiance. Ainsi carré dans son fauteuil, Chassaigne n'avait rien perdu de sa forte présence, malgré ces rides nouvelles qui sculptaient profondément son visage, à moins de quarante ans. Devant le trouble de la jeune femme, il eut un fin sourire ironique, qu'elle reconnut fugitivement. Ses yeux cherchaient quelque chose au-delà d'elle.

— Madame, auriez-vous l'amabilité de prendre le paquet de cigarettes sur la bibliothèque, à votre gauche, avec le briquet ? Du bon tabac de chez moi, sans doute ! J'ai peine à travailler sans fumer.

Interloquée par cette allusion à peine voilée, Mondane s'empressa pourtant, maladroite.

— Bien sûr.

Elle se leva de son fauteuil dur, les joues en feu, pour saisir les objets. Il attendit sans esquisser le moindre mouvement. Alors, elle contourna l'immense table qui les séparait, s'approcha de lui, le regard fixé sur sa bouche pour éviter ses yeux. Il était manifeste qu'il se jouait d'elle, tout en refusant toute familiarité. L'étui bleu de gitanes s'ouvrit, et les cigarettes roulèrent par terre.

— Laissez, dit-il, avec un ton dans lequel Mondane crut percevoir du mépris.

— Mais non.

Elle était à genoux devant lui, le frôlait.

— Non, laissez !

La voix était presque amusée. Par sa maladresse et sa gêne ? De l'avoir ainsi, elle, baronne de Tarnhac, mise en flagrant délit de servilité ?

Elle posa les cigarettes ramassées sur la table, avec le briquet. Adroitement, d'une seule main, il en glissa une entre ses lèvres et fit jouer la pierre à briquet. C'est alors que Mondane remarqua l'autre bras, pendant et inutile.

— Merci bien ! Parlons chiffres, donc, si vous voulez bien. Quand et comment comptez-vous me rembourser les sommes versées par le bureau des contributions indirectes du Buisson, pour livraison des quarante balles de tabac récoltées chez moi ces deux dernières années, et dont Lesboïto m'a donné le décompte ?

Mondane retourna s'asseoir ; après cet instant d'humanité, le changement d'humeur de l'homme la déconcertait plus encore. Elle ne pouvait plus détacher ses yeux de lui, ne comprenait rien à ce qu'il demandait, ne répondait rien. Ce n'était pas ainsi que les choses devaient se passer.

Et puis, il faisait preuve d'une mauvaise foi évidente : jamais les recettes ne se calculaient de la sorte, brutes, il ne pouvait l'ignorer.

— Il y a des choses qu'il faut que vous sachiez. Pour la campagne de tabac de 1917, alors que l'on allait commencer à repiquer...

Mondane cherchait un terrain familier, comme pour s'y appuyer, et parlait nombre de plants, pièces de terre, rendements, rapports avec la Régie des tabacs.

— Et puis il y a eu l'ouragan de 1917, vous avez dû en entendre parler, le pech a été relativement épargné, mais...

Une bûche roula de la cheminée exempte de pare-feu, emmenant son tourbillon d'étincelles vers le tapis. Mondane se précipita, contournant de nouveau la table, comme si elle avait apprivoisé déjà cet infime espace.

— Laissez-moi faire, je pourrai mieux...

Elle s'interrompit, gênée, et de la pince ramena la bûche rougeoyante au fond du foyer. Hippolyte la regarda faire, sans un geste. Pour regagner son fauteuil, Mondane dut passer de nouveau devant lui. Sous ce regard, son corps était devenu soudain de la même braise que le feu. Aussi ralentit-elle instinctivement, lui faisant face. Alors, violemment, de son bras valide, il la toucha. Le contour du visage, d'abord, puis la poitrine, sans douceur. Assis, il était presque aussi grand qu'elle. Mondane, qui dans un premier mouvement instinctif de frayeur avait reculé, revint, fermant les yeux, dans un mouvement d'offrande. C'est sa bouche qu'il prit, appuyant sa grande main sur l'épaule pour l'attirer à sa hauteur. Elle frémissait, s'abandonnant totalement. De ce moment qu'elle n'aurait jamais osé rêvé, elle ne ressentit que ces bras qui ne l'enserraient pas, un baiser orphelin, goulu, sans le contour rassurant d'un corps vibrant autour. Mondane, paupières closes, n'osait bouger ni ouvrir les yeux. Son inexpérience autant que les émotions contraires qui l'envahissaient la paralysaient.

La bouche se détacha, la main libéra sa nuque, et la voix ironique reprit, en mineur :

— Je vous remercie, madame !

Mondane jeta alors, dans un cri atone, ce qu'elle avait retenu en elle depuis tant d'années :

— Je vous aime ! Ne le savez-vous donc pas ? Depuis si longtemps, autrefois, vous... Avant la guerre !

— Avant la guerre, répéta Hippolyte d'une voix lointaine, peut-être lourde de regrets inexprimés.

Alors, elle s'enhardit, se jeta à genoux devant le fauteuil de l'homme, tout contre lui. Elle le caressa à son tour de ses mains offertes, du visage aux épaules, du bras valide à l'autre roide et froid, jusqu'à la vaste poitrine, où elle s'attarda. En frôlant la peau, à l'entrebâillement de la chemise et du gilet, elle frissonna, les yeux toujours clos. Pendant un temps infini, elle le parcourut ainsi de toute cette tendresse retenue, cette sensualité inassouvie. Elle découvrit du bout des doigts la géographie de son vaste corps d'homme, par touches successives, passant et repassant à chaque fois un peu moins timidement. Et de fait, Hippolyte se fit plus souple, plus réceptif. Sans répondre toutefois. Elle aurait continué ainsi encore, n'espérant rien d'autre que cette douceur des peaux frémissantes.

Mais il chuchota, d'une voix d'où avait disparu l'ironie :

— Déshabillez-vous pour moi.

Sans hésiter une seconde, comme hypnotisée, elle se releva, et se mit à s'exécuter, avec les gestes timides et cérémonieux d'une jeune fille. Et la même douceur qu'elle avait trouvée pour lui tout à l'heure. Elle se décoiffa de sa capeline de paille, enleva son paletot, déboutonna la dizaine de petits boutons de son corsage, les yeux baissés. Elle laissa tomber sa longue jupe, tira sur les cordons de son jupon, apparut en chemise et pantalon blanc de lingerie. Dans le soir tombant, la lumière était si basse, au-delà des reflets du feu, qu'elle ne vit rien de son visage plongé dans l'ombre, hormis ses yeux rétrécis, quand elle osa relever la tête.

Il lui était impossible d'aller au-delà ; Mondane se rapprocha de nouveau du fauteuil et s'entendit demander :

— Me donnez-vous la permission d'en faire autant pour vous ?

— Non.

La réponse claqua sèchement, malgré l'ardeur des yeux clairs maintenant fixés sur elle. D'un bras, il l'attira de nouveau vers lui, la dominant de sa carrure, la renversa et la plaqua sur lui. Fouaillant d'une main bretelles et pantalon, pétrissant le corps posé sur son torse, respirant si vite et si bruyamment que dans sa naïveté Mondane s'en inquiéta, il pénétra en elle de plusieurs saccades furieuses. Ce ne fut pas un cri de jouissance, mais un gémissement interminable qu'il laissa échapper, en même tant qu'un long tremblement le parcourut. Puis il s'effondra dans son fauteuil, la laissant se détacher de lui. L'union avait été brève, étrange, inconfortable.

— Je vous remercie, madame, répéta-t-il, au bout d'un moment, sur un ton qui se voulait badin.

Mais ressemblait à un congé.

Les yeux de Mondane étaient pleins de larmes. Elle avait peur, elle avait mal, elle souffrait surtout de la brutalité de la conclusion, au sortir de l'enchantement des caresses. L'air qui les séparait était de plomb. Déjà il se réajustait, de cette manière habile et maladroite tout à la fois héritée de ses blessures, calait son grand corps dans le fauteuil, reprenait contenance.

La jeune femme, subjuguée, submergée, se rhabilla aussi rapidement, étanchant avec inquiétude un mince filet de sang qui roulait sur sa cuisse. Puis elle regagna son fauteuil, de l'autre côté du bureau. Pour échapper au silence, contenir son émotion, ou reprendre son honneur, elle énonça :

— Après la récolte, pour la prochaine campagne, vous prendrez les dispositions que vous souhaitez pour déposer de nouveau votre propre permis de culture, et je romprai le contrat de Lesboïto. Je lui ai payé ce que je lui devais chaque année, pour le travail accompli. Et ferai de même pour votre part de bénéfice. Mais nous avons dû utiliser toutes les liquidités disponibles, ces dernières années. Donnez-moi seulement jusqu'à la Saint-Michel pour vous rembourser. Je vendrai des terres, une fois les comptes des métairies clôturés.

— C'est bien ainsi, répondit-il doucement.

Sans doute avait-il perçu, dans le tremblement de la voix de Mondane, quelque chose de sa détresse intérieure.

— Je vous aime, répéta Mondane sur un ton accablé.

Et continuant à toute allure, les mots se chevauchant les uns les autres, en se levant comme pour fuir :

— C'est avec Lesboïto qu'il faut voir le détail des comptes, il sait tout. Il vous dira aussi pour les tabacs de l'ancien chemin, du côté de Malemort, ajouta-t-elle avec une pointe d'ironie.

Ainsi, après tout, elle ne serait plus seule à couvrir les agissements de son métayer.

Puis, se ravisant :

— Lesboïto s'occupe chez moi des semis, depuis la mort de mon vieil Isidore, car je suis porte-graines pour la commune. Mais si vous ne le désirez plus, le fils de mon ancien régisseur pourrait sans doute...

— C'est très bien ainsi.

Hippolyte Chassaigne l'interrompit et s'arracha à son tour de son siège, avec un effort manifeste. Il eut un sourire, un geste vers elle. Mais déjà elle était à la porte, s'efforçant à la dignité. Il la raccompagna jusqu'au perron, de sa démarche chahutée, et la regarda se diriger vers l'écurie, où Lesboïto attendait en fumant sa pipe en silence. Sans oser se retourner, elle monta en voiture, prit les rênes que celui-ci lui tendait, et engagea la voiture sur le chemin. L'homme avait déjà disparu à l'intérieur de la maison, et refermé la porte sur la douceur du soir.

15

Mondane referma la lourde porte du vestibule derrière elle. Trompette s'aplatit de l'autre côté et se mit à gémir, contrairement à sa patiente habitude. Lentement, agrippée à la rampe de fer forgé, elle hissa son corps si lourd vers sa chambre, accrochant du regard machinalement chacun des ancêtres sévères disposés en rang le long de la muraille. Si Seconde avait eu le temps de l'entretenir, un feu devait l'attendre dans sa cheminée, et elle ne désirait rien d'autre que de s'allonger et se réchauffer, pour tenter de calmer ces douleurs qui lui tenaillaient les reins, l'inquiétaient de plus en plus. Depuis la pique du jour, elle sillonnait les champs avec Lesboïto. C'était avec lui qu'elle avait décidé des assolements à l'automne précédent, en déposant son permis de culture. On remplaçait ainsi le fourrage par le tabac à la Cornédie, il fallait semer de blé la terre de Jeandemai, mettre en maïs les parcelles épuisées, et prévoir déjà les labours du printemps.

Plusieurs fois, Mondane avait tenté : « Ici, ce sont les terres de monsieur Chassaigne, vois avec lui. »

Et Lesboïto de répondre, mécaniquement, comme une leçon bien apprise :

« Monsieur Chassaigne a dit que c'était madame qui déciderait pour le mieux.

— Et pour les comptes ?

— Il a dit que madame la baronne pouvait disposer de toutes les liquidités dont elle avait besoin. »

Au mois de mars précédent, en effet, une fois la livraison de la dernière récolte commune de tabac accomplie, Chassaigne avait renoncé à recouvrer ses gains. Sans daigner pour autant le signifier de vive voix à Mondane. Lesboïto avait servi d'intermédiaire. Ce petit tas d'arrangements secrets partagés avec le métayer lui pesait, ainsi que la situation fausse dans laquelle la mettait le maître de Coulerouze. Mais alors qu'elle était acculée à trouver la deuxième tranche des droits de succession, Mondane, guidée par son instinct pratique, se l'était tenu pour dit. Elle avait payé la somme rubis sur l'ongle au percepteur. Au grand étonnement de Renaudie, qui dut renfoncer dans sa gorge les offres d'achat qu'il voulait transmettre.

« Qu'est-ce que Madame pense le mieux, pour la terre de la Cornédie ? »

Lesboïto était revenu à la charge. Il fallait décider, en effet. Tous deux longeaient alors le petit bois de chênes bordant la maison forte de Coulerouze, sans y déceler aucun signe de vie. Déjà à ce moment-là, son ventre pesait, durcissait d'une étrange manière, se rappelait-elle.

Durant l'été et l'automne, Mondane avait rencontré plusieurs fois la vieille voiture à cheval d'Hippolyte Chassaigne sur la route de Saint-Donat, menée toujours par Lesboïto. Elle-même montait Milord, allant d'un point à l'autre du domaine. Devant témoins, on se salua cérémonieusement, tandis que l'homme, manifestement gêné, faisait signe à son cocher de continuer. Les politesses s'arrêtèrent là, et l'hiver rencogna chacun chez soi.

C'est ainsi que ce jour de décembre, devant chaque parcelle, Lesboïto répétait : « Il faut prévoir de développer le tabac dans les années qui viendront. Monsieur Chassaigne fait confiance à madame la baronne pour cela, qu'il a dit, car les prix agricoles vont baisser, tandis que ceux du tabac sont garantis par la Régie. »

Depuis les dernières années de guerre, la culture du tabac était en effet florissante, et ses revenus augmentaient. Dans les tranchées, les hommes avaient pris l'habitude de fumer, et même les femmes commençaient à s'y mettre, du moins les « garçonnes » avec leurs longs porte-cigarettes. La Régie encourageait les principaux planteurs à demander des permis de plus en plus importants, pour regrouper ses producteurs. Tarnhac et son double domaine, dont le savoir-faire était reconnu, faisait partie des élus. Chaque récolte apportait de l'argent liquide et des améliorations bienvenues. Propriétaires, métayers et colons avaient un commun intérêt à développer la principale richesse du pays. Il fallait continuer.

Et cet enfant que je porte, fait-il aussi partie des comptes ? se demanda Mondane avec amertume. L'argent offert était-il en réalité un dédommagement ?

La honte lui montait aux joues à cette idée.

Mais même dans ce cas, pouvait-elle le refuser ? Alors que le domaine et ses habitants en avaient cruellement besoin pour survivre ?

La question, une fois de plus, retentissait en elle douloureusement. D'autant qu'elle peinait aujourd'hui à suivre la cadence de Lesboïto, claudiquant à son rythme le long des sillons. Mondane portait la main à ses reins douloureux.

Les gens du pays bien sûr avaient vu ses formes s'arrondir, plus d'un an après l'accident mortel de Gaston. Mais Seconde, une fois pour toutes, avait fait taire les mauvaises langues en établissant une version officielle des événements. Au beau milieu du marché de Saint-Cyprien, on l'avait entendue claironner : « Té, ce pauv' *moussur* Gaston, l'aurait été bien heureux de savoir qu'il allait êt' papa ! Qué malheur que ça ait explosé sur lui juste avant. Et Madame donc, qui espérait tant un héritier ! Elle a passé trop tôt, avec cette maudite grippe. »

Tout le monde se l'était tenu pour dit, au moins devant les gens du château. D'autant que la petite baronne de Tarnhac avait gagné l'affection de ses gens dans les champs, et l'indulgence générale pendant les dures nuits de la guerre, à l'hôpital. Même si on savait, on ne dirait rien ! Cet enfant ne serait pas le premier né de la main gauche, et monsieur Gaston avait donné l'exemple bien avant en parsemant le pays de petits bruns bouclés, heureusement plus réussis et plus futés que lui ! De toute façon, la maîtresse du domaine, qui était devenue, depuis la mort de sa belle-mère, un chef d'exploitation averti, avait mené la dernière récolte sans se plaindre, parcourant le pech en tout sens, souriant toujours et tendue comme les autres vers le développement de l'or brun, dont chacun avait sa part.

Mais aujourd'hui, Mondane n'en pouvait plus de solitude et de souffrance. Elle avait atteint la chambre au bord du vertige, et s'était laissée tomber en travers de son lit, incapable de bouger plus. Elle gémissait par moments, en tenant des deux mains son ventre si lourd, si dur, entravé dans les jupons, sans savoir bien quoi faire. Par moments, quand cette douleur fulgurante, inconnue, montait de ses reins et lui coupait la respiration, elle s'arcboutait contre les colonnes torses du lit, s'y accrochant comme une noyée. Le château était totalement silencieux, les femmes, aux champs, et Abel, tapi au fond de la cuisine. Cela devait durer ainsi depuis des heures, car déjà le soleil descendait à travers la croisée, caressant les tentures de sa lumière rose d'hiver. Quand, entre deux douleurs, Mondane tenta de se lever pour appeler à l'aide, un liquide tiède s'échappa d'elle, ajoutant à son angoisse. Elle renonça et pensa à la mort ; des images oubliées de son enfance à la Géraudie surgissaient, déchirées par les vagues de souffrance.

C'est Seconde, venue apporter de l'eau, qui comprit, en entrant dans la chambre, ce qui se préparait. Peut-être avait-elle aussi été alertée par le chien qui ne cessait de gémir devant la porte. Elle s'en fut appeler le Jantou, qui était à égrener du maïs dans la grange, et l'envoya à toutes jambes chercher le docteur. Puis, de nouveau silencieuse, sans avertir Reine ni appeler la matrone de Saint-Donat, Seconde poussa le foyer de son fourneau et remplit à ras bord la réserve, pour avoir de l'eau bouillante en quantité. Elle alla prendre dans la chambre fermée de la vieille baronne les derniers draps de fil armoriés. Ses gestes étaient sûrs, elle les avait déjà accomplis trente-sept ans auparavant, pour la dernière naissance survenue au château, celle de Gaston. Seconde elle-même avait accouché de son Abel pendant la moisson, accroupie derrière un bouquet d'arbres au bord du champ où l'on travaillait. Quand tout avait été fini, et qu'elle s'était relevée avec le poupon dans les bras, le beau-père lui avait seulement dit : « Té, tu as crié comme un cochon qu'on égorge, et ton petit aussi ! »

Pendant que Seconde agissait ainsi, Mondane, suffoquée de douleur, mordait la courtepointe pour ne pas hurler, se demandant comment une telle horreur pourrait se terminer. D'autorité, la vieille femme la débarrassa de ses vêtements poussiéreux pour lui passer une chemise, avec une douceur dans les gestes que perçut Mondane. Aucune des deux ne disait un mot, séparées par l'habitude et la pudeur de leurs conditions respectives. Puis Seconde s'assit près du lit, et se mit à réciter son chapelet en murmurant. Le jour s'était couché et la pièce n'était plus éclairée que par le globe de la lampe à pétrole, en plus de la lueur du feu. Les gémissements de la jeune femme étaient devenus un souffle continu.

Enfin, on entendit une voiture automobile gravir le coteau et s'arrêter devant la terrasse. Seconde descendit vivement ouvrir le portail, trouva dehors le Jantou rouge de fierté, car c'était la première fois qu'il roulait dans un tel engin. Le docteur Boissel, qui était déjà venu soigner la vieille baronne, connaissait les lieux. C'était un homme placide, qui demanda, tout en se lavant les mains avant d'approcher Mondane :

— Mais elle est donc seule, cette enfant ? Où est le mari ?

— Il est mort à la guerre, répondit sentencieusement Seconde.

— Ah ? Ah. Bon, pas d'autre famille ?

— Non, vous avez fermé les yeux de Madame pendant l'épidémie de grippe espagnole.

L'homme devina l'inexpérience de la parturiente et se fit rassurant, examinant et expliquant en même temps. Alors, les cris et les larmes de Mondane jaillirent, malgré sa faiblesse, et elle s'accrocha aux bras du médecin dans ses derniers efforts pour mettre au monde son enfant.

— Là, ma jolie, là. Nous allons le sortir, cet enfançon, je vois la tête, allons-y !

Le bébé naquit après plus de quinze heures de travail, alors que la nuit finissait. Seconde semblait transfigurée de joie en prenant le nouveau-né des mains du docteur, reprenant son service de nourrice après tant d'années, sûre de son rôle.

— Té ! elle est belle et grosse, cette petite, et elle crie bien. Au moins six livres ! Pas sûr qu'elle entre dans la robe de baptême de monsieur Gaston ! Comment on va l'appeler, madame ?

— Natalène, comme dans la légende, souffla Mondane, épuisée.

16

En cette soirée d'automne 1926, lumineuse et tiède, Natalène de Tarnhac descendait à la volée les marches de la terrasse. Tout résonnait sous l'effet de son passage, depuis le petit salon qu'elle fuyait : le parquet crissant, les gonds des lourdes portes, les dalles de pierre sonores... En soupirant, mademoiselle de Carbon rassembla plumes et encrier, cahier et modèles d'écriture. La petite avait bâclé ses lignes de ℒ, dont les jambages chevauchaient allègrement les deux lignes qui auraient dû les encadrer. Depuis une demi-heure déjà, ne tenant plus en place, Natalène répondait aux objurgations de sa patiente institutrice, sur un ton d'évidence :

« Ma tante, le Cyprien de la Boissière m'a promis une surprise tantôt...

— Eh bien, mon enfant, vous irez quand votre alphabet sera terminé ! Vous mériteriez bien un soufflet pour de tels pâtés. »

La petite réprima une moue, tout en triturant son décimètre de fer de ses doigts tachés d'encre.

« Comment ferez-vous donc pour tenir les livres de comptes de Tarnhac si vous ne savez pas calligraphier ? Vos métayers vous rouleront dans la farine, à coup sûr ! Il ferait beau voir que je vous y visse... »

Si elle vouvoyait ainsi la petite fille, et construisait ses phrases avec tant de soin, c'était qu'elle s'évertuait à lui inculquer un français correct. Son élève se serait volontiers contentée du patois qu'on parlait sur le pech, dans les cours de ferme...

Sitôt le dernier *Z* écrasé de son porte-plume, Natalène avait sauté de sa chaise, esquissé sa petite révérence avec un sourire enjôleur, et filé sans demander son reste.

Pour une enfant de six ans, elle était grande de taille, élancée, avec de longs cheveux ondulés dont la blondeur ensoleillée faisait l'étonnement de tous, comme ses yeux clairs. En Périgord, on était plus habitué à des petits galapiats ronds, noirauds et ramassés ! Natalène, à cette allure, serait bientôt plus grande que sa mère. Elle portait une robe courte agrémentée d'un grand col de dentelle, des bas que Seconde avait bien du mal à ravoir pour les garder blancs, et des bottines montantes éculées à force de courir les chemins pierreux. Tous les matins, sa mère défaisait ses longues tresses et nouait un ruban de velours dans ses cheveux, dont les coques retombaient mollement au milieu des boucles.

— Mon Dieu, quel caractère de vif-argent ! Si sa grand-mère voyait cela... Mais sans doute l'aurait-elle mieux disciplinée, aussi !

Depuis que Natalène approchait l'âge de raison, la vieille demoiselle, tous les jours, qu'il vente ou qu'il gèle, prenait son ombrelle et grimpait le pech de Tarnhac. En chemin, elle s'écartait même de la route pour entrer dans les garrits*, cueillir les mauves ou les pointes de ronces, selon les saisons, dont elle ferait des remèdes. Le branlement de sa tête et de ses mains s'accentuait avec l'âge, mais elle se faisait un devoir d'instruire cette petite sauvagearde. Qui était sa filleule, sur une injonction autoritaire de l'abbé Malaurie. Louise de Carbon s'était donc attelée à la lourde tâche de faire tenir en place la petite fille, pour lui enseigner tout ce qu'elle-même avait reçu en son jeune temps : les bonnes manières, les lettres et les chiffres, un peu de dessin et de musique... Plus tard, on songerait aussi à la couture, à lui choisir de bonnes lectures, et à la frotter de latin. Et puis ces séances permettaient d'empêcher l'héritière de Tarnhac d'aller traîner toute la sainte journée avec les *drolles* des métairies. Pour ce qui était du catéchisme, Mondane s'en chargeait, avec la ferveur que tous lui reconnaissaient.

Sous la conduite de madame de Tarnhac, la petite Natalène se joignait aux enfants du pech pour s'agenouiller dans la chapelle du château, déposer des bouquets de fleurs des champs sous la statue de la Vierge, réciter le chapelet et apprendre les actes de foi, de contrition, d'espérance ou de charité. La tante Louise ne trouvait rien à redire à ces pieuses oraisons. Même si elle savait fort bien calculer, et déplorait en elle-même l'offense grave faite à la morale par la naissance de cette « enfant du péché ». Pourtant, force était de constater que le bonheur était revenu à Tarnhac avec elle, et ce paradoxe agitait la conscience de la vieille demoiselle. Dans son esprit, le bien devait être bon, et le mal, engendrer mécaniquement le malheur, que diable !

Pour l'heure, l'enfant était déjà de l'autre côté de la tour, sifflant ses chiens avec des airs de vieux berger madré. Clairon et Trompette arrivèrent ventre à terre, jappant et se bousculant. C'étaient deux chiots de la même portée, qui avaient eu le bon goût de naître au printemps précédent, juste après la mort de la vieille Trompette, laquelle n'était déjà pas la première du nom. Sur les supplications de Natalène, sa mère avait accepté d'un coup les deux petits bâtards. Mais ils montraient déjà très peu de dispositions comme chiens de garde, toujours prêts à jouer avec qui le voulait bien !

Natalène contourna entièrement le château à la course et débarqua dans la cour de la métairie, où Seconde était occupée à arroser ses pétunias, maintenant que le soleil baissait.

— Prends-y garde, *lou pitiou*.

Mais déjà la vieille femme était emportée par l'ouragan ; un poutou sur les plis ridés de la joue, deux bras potelés qui manquèrent la renverser en se jetant à son cou. Elle fit mine de lever les yeux au ciel.

— Cette petite me fera passer...

— J'ai fini, j'ai fini ma leçon ! Où ils sont, tous ? Il est où, le Cyprien ?

— *Aoun al coumbo...*

Il ne lui en fallait pas plus. L'enfant ralentit à peine, huma l'air avec gourmandise, et d'un pas décidé, prit la direction de la Boissière.

— Il vous faut mettre votre sarrau, pour ne pas vous salir !

Depuis toujours, au château comme à la cuisine, on changeait de linge le dimanche, et de draps une fois le mois. Et voilà que la petite allait une fois de plus revenir si crottée que cette pauvre demoiselle de Carbon l'enverrait se changer, pour sûr, et que Reine chapaillerait de voir la lessiveuse toujours pleine.

Mais la coupable était déjà hors de portée de voix. Les chemins de poussière rouge du coteau, et blanche à l'approche de la vallée, n'avaient aucun secret pour elle. Depuis qu'elle savait marcher elle les parcourait en tout sens, d'abord dans les jupes de Seconde, puis montée sur Milord en croupe derrière sa mère, donnant vigoureusement des jambes avec ses mollets potelés pour encourager le cheval. Et de plus en plus souvent maintenant à la remorque des galapiats du pays. Les chiens toujours sur ses talons, elle disparut aussi vite qu'elle était arrivée.

La Seconde, tout en continuant ses arrosages, grommelait. Personne, pas même son petit-fils Jantou autrefois, n'aurait osé l'assaillir ainsi.

Et le *boun Diou* savait comme elle s'en était occupé, depuis que son pauvre père...

Elle soupira. Abel avait passé l'été précédent, dans un étouffement terrible, à la fin des moissons, et sans avoir jamais repris goût à la vie. Pourtant, sa présence silencieuse dans le *cantou* manquait encore à sa vieille mère.

Pour la petite, vraiment, ce n'étaient pas des manières. Où avait-elle pris cela ? Madame la baronne ne l'aurait jamais permis. Mais sa bru laissait tout faire.

Depuis tant d'années maintenant que sa maîtresse était morte, Seconde se considérait comme la gardienne des lieux et des usages. Elle ne pouvait se résoudre à reconnaître « la petite madame Gaston » comme la tenante du titre, et la propriétaire des lieux. Par bonheur, Mondane avait assez à faire afin d'assurer son autorité sur le domaine, et en tirer de quoi vivre, pour laisser volontiers à Seconde la haute main entre les murs du château, et pour les soins du ménage. Chacune des deux femmes se respectait donc, sans empiéter sur les prérogatives de l'autre. Avec une adoration commune pour l'enfant qu'elles avaient fait naître ensemble.

Natalène parvint à la combe en quelques minutes, guidée par les voix résonnant sur le coteau. L'air était encore merveilleusement doux, même si les arbres, passés au gril de l'été enfui, commençaient à prendre déjà des reflets d'automne. Un vol de pigeons ramiers traçant bas arrêta son regard : elle le savait d'expérience, ceux-ci allaient s'abattre d'un coup dans un taillis de châtaigniers pour passer la nuit. A quel instant ? Elle espérait capter ce moment magique, avec l'instinct de l'habitude. La petite fille, sans même le savoir, vibrait depuis toujours au rythme de cette nature familière. Elle atteignit la haie qui marquait le champ de tabac. Depuis la veille, le paysage avait changé : la houle veloutée des feuilles émeraude, épousant le paysage en rangs réguliers, avait disparu, remplacée par des moignons de pieds alignés sur la terre craquelée. Çà et là, une remorque pleine, dont les ridelles étaient peintes de bleu « charrette » pour éloigner les mouches, ponctuait les rangs et montrait le travail accompli déjà. Les pieds de tabac allongés là, déjà fripés et rabougris par le soleil de la journée, dégageaient une odeur puissante. L'œil désormais pouvait englober la combe de terre rouge à perte de vue, jusqu'aux confins de Coulerouze, où l'on terminait la récolte. Hommes et femmes, faucille en main, avançaient en ligne. Une ligne brisée, selon l'ardeur et la force de chacun. Derrière suivait lentement l'attelage des deux bœufs, placides, avec leur mouscal* devant les yeux pour les protéger des taons vibrionnants. Il y avait là depuis l'aurore Chaparotte, Lesboïto, Reine, Malvina, Léone, qui au fil des saisons avaient appris à diriger ensemble le travail de la terre. Mais aussi des brassiers venus d'ailleurs : après les prisonniers allemands peu à peu rentrés au pays, c'étaient des réfugiés d'Espagne et d'Italie qui, chassés par la misère, venaient s'employer pour la saison dans les grandes propriétés telles que Tarnhac. Du même geste précis, indéfiniment renouvelé, chacun tour à tour décrivait dans l'air un demi-cercle avec sa serpe, et se courbait pour entailler d'un seul coup sec la tige de tabac, à quelques centimètres du sol. Ce beau geste ample s'achevait au ralenti, pour coucher en terre, précautionneusement, la lourde plante poisseuse et fragile. A leur passage, le paysage se modifiait : la ligne d'horizon descendait de près de deux mètres de hauteur, le vert dominant laissait la place au brun. De temps en temps, l'un des travailleurs se redressait, pour masser des reins endoloris ou rajuster un mouchoir épongeant la sueur sous les chapeaux de paille.

Les jeunes venaient ensuite entre les rangs décimés, ils soulevaient les tiges avec des précautions d'enfants de chœur devant le saint sacrement, pour les passer au Jantou. Celui-ci, debout en équilibre sur le plancher instable de la charrette, les attrapait par le pied et les alignait derrière lui. Ce travail de confiance qui lui était dévolu, ajouté à sa position dominante, lui donnait un sentiment aigu de son importance. Comme il l'avait vu chez les hommes dans son enfance, il faisait donc pleuvoir les injures sur les bœufs, pour leur intimer d'avancer ou de s'arrêter.

— Oh, *lo* Blanco, oh, oh !

Sans oublier les enfants.

— *Qué* galapiats ! Té, une rouste si ça va pas plus vite !

Une semaine auparavant, le tabac était arrivé à maturité, alors qu'on préparait le pèlerinage à Notre-Dame de Capelou, le 8 septembre. Mondane était venue le constater dans un champ bien exposé, en froissant entre ses mains le velours des plantes : « C'est le moment, les feuilles basses commencent à jaunir. »

Devant Chaparotte, qui lui avait donné sa confiance en la matière, et attendait le verdict, elle avait pincé l'une d'entre elles d'un geste assuré, obtenant une cassure nette et un craquement sec.

C'était le signal attendu de la récolte, et celui du rassemblement. Depuis la guerre, l'habitude avait été prise à Tarnhac de réunir la main-d'œuvre du domaine pour récolter ensemble toutes les terres à tabac. Celles de Campredon avaient été réunies à la Boissière depuis longtemps déjà. A la Séguinie, il n'y avait plus de métayers : la mère Bouyssou, une fois ses garçons disparus officiellement, sans qu'elle ait jamais su où ni comment, une fois leurs noms couchés sur la pierre du monument aux morts de Saint-Donat, à côté de celui de Gaston de Tarnhac et de tant d'autres, avait décidé de s'en aller vivre chez sa fille

Eline. Elle ne pouvait tenir seule la métairie, n'avait plus la force de travailler aux champs, et on ne menait plus assez grand train à Tarnhac pour avoir recours à ses services de femme de chambre. Au contraire, là-bas, aux Valades, ils avaient besoin de la mémé pour garder les *pitious*. Le domaine, avec Coulerouze et la réserve, représentait près de seize hectares, que l'on plantait de tabac pour le quart, en prenant grand soin des assolements.

Organiser ainsi le travail selon l'intérêt commun, en relayant les attelages, le nouveau et l'ancien, en réunissant les expériences, en parant au plus pressé lorsque les orages menaçaient, donnait de bons résultats. Même si l'on s'en étonnait encore dans ce pays où chacun avait coutume de travailler seul son lopin de terre. Tarnhac, malgré la saignée de main-d'œuvre de la guerre, livrait les plus beaux tabacs de la contrée.

Sur le coup de onze heures, quand la chaleur montait, on s'arrêtait pour se réfugier à l'ombre des arbres. Seconde et Mélie apparaissaient, ployant sous de grands paniers recouverts de torchons de toile bise, avec des casse-croûte de *graoutous**, des oignons et de la piquette fraîche. La nourriture ne manquait plus à Tarnhac, et l'estomac des enfants gardait encore en mémoire les maigres chanteaux de pain sec de la guerre. On accueillait donc les mémés avec joie. Le travail reprenait après une petite sieste, et l'on allait ainsi jusqu'à la nuit, qui tombait vite en ce début d'automne. Et ainsi de suite dans chaque métairie, jusqu'à ce que les champs du domaine soient tous décapités. On ressentait alors les nuques cuites par le soleil, les dos cassés, les doigts gourds, gonflés.

Avant la rentrée des classes, les enfants prenaient leur part d'effort. Mais depuis la fin de la guerre, la dame de Tarnhac, malgré les ronchonnements des anciens, ne voulait plus les voir dans les champs, pour qu'ils ne manquent pas un jour d'école jusqu'au certificat d'études.

Il fallait ensuite mettre à la pente les remorques pleines ramenées une à une par les attelages dans les séchoirs des métairies. Une encoche sur chaque plante, un tour de ficelle brune, et hop, les hommes et les garçons les plus forts hissaient la guirlande vers les charpentes du hangar à tabac. Toujours, à ce moment de l'année, on craignait les orages et la pluie, qui viendraient gâter les feuilles. Alors, on travaillait vite, et nombreux.

Plus tard, on prendrait mieux son temps pour les vendanges. Depuis toujours, chaque ferme produisait son vin : les ceps de vigne avaient été introduits en Périgord par les Romains, prétendait le curé, qui disait beaucoup de choses de l'histoire. Mais après la grande crise du phylloxéra, à la fin du siècle précédent, on avait arraché presque toutes les vignes du coteau, pour les remplacer par du seigle ou du blé, puis du tabac. Restaient pour la consommation personnelle de chaque maison quelques *pailhades** bordant les champs, dont on faisait un vin médiocre, presque violet. Et des caves fraîches pour le fouler et l'entreposer.

Enfin, ce serait la mauvaise saison, et en octobre l'instituteur de Saint-Donat et sa femme rouvriraient leurs classes, une pour les garçons et une pour les filles. « Ceux du coteau » allaient en groupe par *lo costo dretzo*, vers le village. On remettrait les basanes* dans les sabots, les tricots de laine et les pèlerines. Chacun prendrait le matin dans sa musette une bûche pour le poêle de l'école, ainsi que des légumes à jeter dans la toupine posée dessus, pour la soupe. Même s'il était interdit de parler patois avec ses voisins, ce n'était pas pour déplaire à certains de passer ainsi la mauvaise saison au chaud. Le Cyprien, qui avait seize ans, réussissait bien, et Marinette Vamenc aussi – mieux que ses frères, dont l'accent du Nord avait complètement disparu, tandis que le patois périgourdin s'était considérablement enrichi ; ils étaient de toutes les combines du village. Le Jantou, lui, avait abandonné avant de passer le certificat d'études : comme son père avant lui, il aimait les chiffres, mais les lettres ne l'aimaient guère. Et puis on avait besoin de lui à Tarnhac, n'est-ce pas ?

Ce jour-là, quand Natalène déboucha du chemin, tache claire sautillant par-dessus les sillons, elle alla tout droit rejoindre Cyprien. Dès que la petite fille fut à sa hauteur, le garçon mit un doigt sur ses lèvres, et, abandonnant sa tâche sous l'œil noir de Jantou, il l'emmena en lisière de haie. Là, dans une cage de jonc tressé, était recroquevillé un petit geai noir. Une attelle de brindille immobilisait son aile déployée sur un côté.

— C'est un « parleur », pour vous, *démizeilo* ! Il s'est blessé en tombant du nid, sa mère n'en veut plus. Si vous lui donnez de la mie de pain tous les jours, il viendra sur votre épaule quand il sera guéri, et il dira votre prénom si vous lui apprenez bien !

— Oh, merci, merci, Cyprien !

L'enfant repoussa les truffes frémissantes de ses chiens devant la cage et glissa doucement son doigt sur les plumes de l'oiseau apeuré.

Depuis toujours, le fils aîné de la Malvina lui était tout dévoué. Cela semblait à Natalène aussi naturel que délicieux. Il l'avait traînée à toute allure dans les allées du parc, juchée sur la petite carriole d'osier à grandes roues qui avait été celle de Gaston enfant. Il avait imité pour elle le hululement de la dame blanche du grenier, la faisant frémir de terreur ravie. Il avait tourné des petites toupies dans du buis bien dur, dévoilé les meilleurs coins pour cueillir de grosses mûres noires, tellement juteuses et sucrées. Il l'avait soignée aussi quand elle se couronnait les genoux à suivre les grands sur le coteau, avec *lou graoutzol*, un peu de salive et des feuilles de menthe fraîche.

Depuis peu, Cyprien avait même été chargé par madame de Tarnhac, en grand secret, de mettre dans l'étable de la Boissière un petit poney venu d'un élevage du Coux, et qu'elle offrirait à sa fille pour son huitième anniversaire. En effet, Natalène rêvait d'apprendre à se tenir en selle, et sa mère avait su ses premiers essais clandestins sur la mule de la Boissière.

Les autres enfants, vaguement jaloux de cette complicité, ne pouvaient rien trouver à y redire, puisqu'il s'agissait de la *démizeilo*. Seul Jantou se contentait de murmurer entre ses dents, pour que personne ne puisse l'entendre, hors celui que l'injure voulait blesser :

— *Lou barounet, lou barounet...*

Cyprien lui décochait alors des coups de pied rageurs pour le faire taire. Madame de Tarnhac ne voyait rien de ces agaceries enfantines. Depuis des années, du printemps à l'automne, du matin au soir, elle parcourait la propriété, chevauchait jusqu'à Saint-Donat, le Buisson de Cabans ou Saint-Cyprien, négociait avec le charron ou le charpentier, consultait le père Vignal ou écoutait Seconde. Elle était heureuse de voir sa fille prendre sa place à Tarnhac, et aimait toujours autant rassembler les enfants autour d'elle. Cyprien était accueilli avec bienveillance au château : de nature serviable, il trouvait toujours quelque chose d'utile à y faire et savait se rendre indispensable. Le reste de son temps se passait sous la lampe de l'instituteur, qui le préparait spécialement au certificat d'études en lui donnant des cours supplémentaires. Du coup, il ne faisait plus que dormir dans la souillarde qui lui était dévolue à la Boissière. Mais Jantou semblait prendre ombrage de la présence de son compagnon d'enfance à Tarnhac. Depuis la disparition d'Abel, son fils s'affirmait volontiers comme l'homme du château. Reine et Seconde, en admiration, le laissaient volontiers prendre des airs de jeune coq, et madame de Tarnhac n'y voyait rien à redire.

En voyant tout à l'heure sa fille passer comme une trombe sous la fenêtre du bureau où elle travaillait, Mondane avait levé les yeux et souri. Comme elle grandissait, comme elle était gracieuse ! Comme les années filaient vite, aussi.

Mais elle s'était bien gardée de signaler sa présence. Il lui aurait alors fallu saluer la tante Louise, écouter ses récriminations sur le désordre de la tenue de sa filleule, la remercier une fois de plus pour toute sa bienveillance. Mieux valait laisser la préceptrice aller s'acoquiner avec Seconde, qui vaquait sans doute à proximité. Les deux vieilles femmes évoqueraient ensemble le bon vieux temps, celui de madame la baronne. Ce temps où il y avait une demi-douzaine de domestiques au château pour tellement moins de travail qu'aujourd'hui, où les choses et les gens étaient à leur place, où l'on cuisait de si délicieux massepains pour les lundis de la baronne, où les corbeilles de roses du parc, entretenues par ce pauvre Isidore, étaient plus belles et plus odorantes qu'aujourd'hui. Ce temps où l'on n'imaginait pas que de jeunes hommes puissent disparaître si nombreux.

« Ma pauvre, je vois encore ce pauvre Hubert dans le salon, nous annoncer la guerre ! Si on avait pu deviner...

— Et monsieur Gaston, le pauvret... »

Elles soupireraient de concert, d'un air entendu. Le rire venait aux lèvres de Mondane tandis qu'elle reprenait ses additions. Dans le regret du temps passé, elles montraient une sérénité bien assise. Cette sérénité nouvelle que l'on respirait à Tarnhac, depuis que le spectre de la vente s'était éloigné, une fois les droits de succession payés en entier.

17

— Non !

La voix était sourde et sèche. Mais son calme apparent fut démenti par le geste qui l'accompagna. Hippolyte Chassaigne, jusqu'alors immobile et raide dans son fauteuil, saisit un cendrier de porcelaine de sa main valide et le lança à toute force à travers le bureau. Celui-ci vint se ficher dans la boiserie, la marquant d'une entaille profonde. Puis éclata à travers la pièce. Les morceaux brillants et acérés brisèrent le silence.

— Fichtre !

L'homme assis en face de lui eut un mouvement de recul, effrayé par cette violence qui ne se disait pas. Il avait fait le déplacement depuis Sarlat, avec pour mission de convaincre le capitaine Chassaigne de se présenter aux élections municipales de Saint-Donat. Et voilà le résultat. Quinze ans auparavant, alors qu'il était tout jeune homme, les premières réunions du Parti radical-socialiste auxquelles il avait assisté se tenaient pourtant dans cette maison même. Là était née sa vocation pour la politique, son ardeur de militant. De brillants orateurs y plaidaient pour la paix entre les peuples. Il y avait là le vénérable de la loge de Périgueux, Dussolier, Sireyjol, Brugère, Escande, des avocats, des médecins, tous hommes qui avaient mis en œuvre dans le département les grandes lois de la République. Chassaigne était leur hôte, et faisait alors figure d'héritier, avec sa personnalité chaleureuse et son talent d'orateur. La plupart de cette génération flamboyante avait disparu dans les tourmentes de la Grande Guerre. Et même l'homme qui lui refusait aujourd'hui son concours était une sorte de fantôme : dans ce visage marqué, ce corps cassé, où brûlait la flamme d'antan ? Pourtant, pour espérer quadriller de nouveau les campagnes, il fallait rassembler toutes les forces, à commencer par les notables, et s'implanter dans les plus petites communes. Sa propre candidature à la députation, plus tard, serait jugée à l'aune de sa capacité à convaincre de s'engager derrière lui.

Il attaqua de nouveau :

— L'occasion est inespérée de faire avancer nos idées dans le canton ! Le vieux du Mayne ne se représente pas, et le fils qui lui reste ne semble pas s'intéresser à la chose publique. Tandis que vous-même, avec vos états de service, votre réputation, la mairie vous est acquise.

— Non ! vous dis-je. Trouvez quelqu'un d'autre pour vous servir la soupe, jeune blanc-bec.

Le silence s'installa, jusqu'à ce que le visiteur, humilié, renonce et prenne congé. Chassaigne ne le raccompagna pas. Il restait prostré dans son fauteuil. Ses bourdonnements d'oreille l'élançaient. Ils lui étaient revenus dès le début du discours pontifiant de ce freluquet, un embusqué qui avait sans doute passé les années de la guerre dans des arrière-salles de café. Que savait-il de ses « idées » ? Ou de ses « états de service » ? Lui qui, chargé avec sa compagnie de convoyer des munitions jusqu'au front russe, s'était laissé piéger comme un bleu, à peine passé le détroit des Dardanelles. Où il avait vu mourir tous ses hommes les uns après les autres. Et croupi dans un camp, oublié de tous, mal soigné de ses blessures. Des cauchemars de ces années-là le réveillaient encore presque chaque nuit. Non, il n'était certes pas un héros, et ceux qui tentaient de lui jouer cet air-là réveillaient sa honte.

Depuis son retour en Périgord, dans sa vieille maison forte, le seul endroit où il eût pu croire échapper aux autres, on le poursuivait encore avec ces oripeaux de gloire usurpée. Avant celui-ci, il avait ainsi éconduit toutes ses anciennes relations. Le président du Véloce-Club périgourdin était reparti de Coulerouze tout aussi dépité. En 1912, partenaires sur la course Périgueux-Bordeaux, ils avaient gagné ensemble avec une moyenne de plus de trente kilomètres de l'heure ! Celui-là était pourtant rempli de bonnes intentions, autant que d'une maladresse insigne : « Qu'importe votre infirmité, mon ami ! Vous resterez avec les dames dans la tribune, et vous étiez autrefois assez amateur de bon vin pour ne pas vouloir manquer nos banquets de fin de course ! »

Hippolyte n'avait pas fait d'éclat ni d'impolitesse mais décliné avec brusquerie.

Des Eyzies-de-Tayac était aussi venu lui rendre visite l'instituteur Peyrony, natif de Cussac près du Buisson, et devenu membre éminent de la Société préhistorique française. Avant-guerre, Chassaigne appartenait à ce groupe d'hommes érudits et passionnés qui avaient « inventé » les grottes de Combarelle et de Font-de-Gaume. Fouillant, cartographiant, nettoyant amoureusement les fossiles et les débris d'os, ensemble, ils avaient rassemblé une exceptionnelle collection d'art pariétal, rêvé d'un musée du Patrimoine périgourdin dans les murs du vieux château des Eyzies. En 1914, la mobilisation des ouvriers engagés pour la restauration avait arrêté net le projet. Mais les archéologues attirés par le Périgord venaient de plus en plus nombreux, il fallait maintenant reprendre l'ouvrage, et Hippolyte avait de l'entregent, des relations… Le refus que celui-ci avait opposé était parfaitement désabusé :

« Mon pauvre ami, je n'en ai plus, à quoi vous servirais-je ? »

Et maintenant, cet importun petit politicien. Après son départ, parvint bientôt dans le vestibule carré les bruits annonciateurs de l'arrivée de la Léone. Elle parut enfin sur le seuil du bureau, avec son sourire et ses formes généreuses.

— Les girolles se trouvent bien en ce moment, j'ai apporté aussi des œufs frais de mes poules, ça nous fera une bonne omelette pour ce midi ! Vous n'avez besoin de rien ? Je m'en vais faire un brin de ménage, alors...

— Si ! Montez une bouteille de monbazillac, Léone ! Il n'y en a plus.

— Tss, tss !

Malgré le ton rogue, la femme désapprouva d'un air indulgent, tout en s'emparant de la bouteille vide. Le petit escalier roide de la cave, cette belle cave constituée durant les années de joyeuses beuveries, doucement bonifiée durant les années de guerre, était devenu inaccessible à l'invalide.

Le retour d'Hippolyte avait été une aubaine pour Léone Vamenc. Par l'intermédiaire de Lesboïto, elle avait proposé ses services à Coulerouze, comme femme à tout faire. Et depuis, moyennant des gages confortables et une cuisine bien chaude, elle se chargeait des repas pour les deux hommes, et de l'entretien de la maison. Ce qui ne l'empêchait pas de rejoindre les gens de Tarnhac dans les champs quand les gros travaux l'exigeaient. Désormais assurée de pouvoir nourrir ses enfants, elle s'installa pour rester en Dordogne. Ses fils l'aidèrent à monter des murs de pierre à la vieille cabane du feuillardier, et la Marinette planta des bulbes de fleurs tout autour.

Devenue la bonne amie en titre de Lesboïto, elle épousa avec lui la cause du maître de Coulerouze, contre les rumeurs du village. Mais ce n'était pas une femme caquetante, et personne n'en sut plus pour autant sur la vie du capitaine.

Celui-ci en effet était devenu un mystère pour tout le village. Depuis son retour inattendu et une unique apparition spectaculaire au marché de Saint-Cyprien, Hippolyte Chassaigne ne sortait quasiment plus de chez lui, ne recevait guère, et ne se mêlait de rien au village. Les supputations allaient bon train, car le personnage ne laissait personne indifférent : son caractère avait changé, il ne supportait pas le retour à la vie civile, disaient les uns. Il souffrait beaucoup de ses blessures, le plaignaient les autres. On racontait aussi qu'il ruminait des idées noires, s'adonnait à l'alcool et aux femmes, isolé dans sa maison forte. Puis l'hiver avait enfermé les rumeurs dans les *cantous*, avant de retomber avec le temps.

« La guerre lui a porté au cerveau, comme à tant d'autres, hélas !

— Ces blessures-là, c'est pire que tout.

— Mais il est revenu, lui ; bancroche mais vivant. Et avec le *saccou*, grâce à la petite baronne.

— C'est peut-être bien elle qui a fait une bonne affaire ? Allez savoir. »

La métairie continuait d'être tenue par Lesboïto seul, qui servait aussi de valet de chambre et de cocher à son maître. Aucune voiture automobile n'était réapparue.

« Le boiteux et le manchot !

— Enfin, manchot mais pas impuissant, pour sûr ! »

Et les rires entendus de ponctuer la conversation.

Ses anciens amis, refroidis par son accueil malplaisant, se tenaient désormais à distance. Certains n'étaient pas loin de le considérer comme un déserteur, depuis qu'il avait refusé d'appuyer la cause du parti. Pourtant, Saint-Donat était bien passé aux radicaux, grâce au nouvel instituteur, qui était également un ancien combattant décoré. Mais le département de la Dordogne, au diapason du reste du pays, avait envoyé à Paris une chambre bleu horizon lors des élections législatives.

Quand la cuisinière revint avec bouteille et courrier, faisant mine de son chiffon de soulever la poussière accumulée partout, Chassaigne la renvoya d'un grognement, et s'installa à son aise dans le bureau qui était devenu son refuge. Il déchira les bandes des multiples journaux, jeta un œil vif aux gros titres, puis arracha d'une main papier et ficelle d'un colis. Chaque mois, un libraire de Périgueux lui envoyait un assortiment d'ouvrages pour meubler son temps. Dans le premier qu'il feuilleta, une phrase lui sauta au visage :

Les mois et les années peuvent venir. Ils ne me prendront plus rien. Ils ne peuvent plus rien me prendre. Je suis si seul et si dénué d'espérance que je peux les accueillir sans crainte.

On ne pouvait dire plus justement et plus cruellement ce qu'il ressentait. L'auteur, nommé Louis-Ferdinand Céline, venait du même enfer que lui, mais cela n'était pas une consolation. Il referma le livre avec fureur et regarda ses mains. Celle, roide et bleuie, qui se recroquevillait peu à peu au fil des années. Et ses jambes inégalement musclées devant lui.

L'image de cette jeune femme qui était venue ici, aux lendemains de son retour, dansa une fois de plus devant ses yeux, réveillant sa honte en même temps. Il lui était insupportable de la revoir. Le bel Hippolyte, le joyeux drille que les mignonnes petites de Sarlat se disputaient autrefois, n'avait pas su l'honorer. Il avait pris ce jour-là conscience de ce qui ne serait plus jamais. En même temps qu'un corps déjeté, souffrant, il avait ramené du camp cette infirmité. Certes, il n'était pas impuissant, la preuve en était faite, mais plus jamais il ne saurait satisfaire une femme de ses caresses, plus jamais il n'aurait l'assurance audacieuse de la conquête, plus jamais le bonheur ineffable de sentir son pouvoir sur elles, sur elles toutes. Il avait perdu le sens du plaisir, et plus largement celui du bonheur.

Et celle-là, de plus, était vierge. Ce n'était certes pas la première pucelle qu'il aurait déflorée, mais pas comme cela. Comment aurait-il pu deviner ? La baronne de Tarnhac, mariée depuis une décennie ! Avec un idiot, certes, mais réputé dans le pays fort pratiquant en la matière. Son orgueil de mâle souffrait : la jouissance brute ne lui avait jamais suffi, il lui fallait les raffinements expérimentés autrefois. Qui lui semblaient désormais interdits, ou frelatés.

Le moment était venu. Lourdement, il entreprit de se préparer pour sa promenade quotidienne. Au but toujours identique. A l'arrière de sa maison, par un chemin accessible, il rejoignait une sorte de cabane aménagée sur une butte, cachée dans un roncier, et qui ouvrait sur l'étendue de la combe, surplombant la calfourche de la croix. C'était une ancienne palombière, construite pour se perdre dans le paysage et dominer les routes de passage des oiseaux migrateurs. Un fauteuil dépenaillé d'osier y traînait encore, et l'effort qui était nécessaire à Hippolyte pour y parvenir valait sa récompense : muni de ses jumelles militaires, il pouvait, selon les saisons, voir l'avancement des travaux des champs, admirer les couchers de soleil, bien que la nature l'intéressât peu, surveiller les allées et venues des métayers, et même entendre les conversations qui se tenaient parfois à quelques mètres à peine de lui, à la calfourche de la Boissière et de la Feuillardière, comme on appelait désormais la maison de la famille Vamenc, sur le chemin menant à Tarnhac.

Tapi dans *lou rondal**, il avait ainsi, au fil du temps, vu se déployer le travail de la terre, compris mieux la solidarité de ceux qui en tiraient subsistance, les liens qui unissaient Lesboïto, son métayer, avec ces femmes et ces enfants courageux. Il avait surpris le nouveau gendre de la Boissière rosser son fils de belle manière en le traitant de bâtard. Ce jour-là, il retrouva quelque chose de ses anciens emportements et de son instinct de propriétaire, enrageant de ne pouvoir dire son fait à cet homme. Il avait vu aussi passer et repasser la petite baronne de Tarnhac, allant d'une grange à un champ, retournant d'une métairie au château. Quand elle allait ainsi à pied seule sur le chemin, sans se savoir observée, celle-ci donnait à voir plus qu'elle n'aurait sans doute voulu. Et Hippolyte retenait sa respiration. Il l'avait vue joyeuse, affairée au temps des récoltes, soucieuse et pressée quand l'orage grondait. Il avait entendu son rire dans les champs au milieu des jeux des enfants. Il avait perçu aussi parfois les épaules lasses, les larmes qu'elle essuyait. Il avait vu sa silhouette se transformer ; il l'avait même devinée sur le point d'accoucher ce jour d'hiver glacé où Lesboïto l'entraînait sans pitié à travers les sillons pour décider des assolements. Dans sa vieille pelisse en peau de bique, ses poings s'étaient serrés : « Il ne voit donc rien, cet abruti ! Trop pressé de rejoindre la Feuillardière, pour sûr. »

La violence retenue en lui, encore aiguisée par la jalousie, s'exerçait à contretemps. Il le savait, et cela s'ajoutait encore à sa colère impuissante.

Quelques jours plus tard, la Léone, donnant des nouvelles du voisinage en servant la soupe, avait annoncé une naissance à Tarnhac. Une petite *drollette*, bien née. Il feignit de ne pas écouter.

L'hiver avait passé, la palombière était déserte et froide. Puis au printemps, il avait revu de nouveau la jeune mère à cheval, amincie et affairée, galopant avec bonheur. Alors, il s'était pris à regretter le temps de la lenteur plus visible, et la haïssait de sa griserie évidente, de son corps alerte et de ses jambes légères. Par moments, il se laissait aller à remonter le temps, s'agaçant de ne pas avoir su la voir au temps « d'avant », alors qu'elle lui était offerte sans qu'il le sût. Il remuait fiévreusement ses souvenirs comme on s'en veut d'avoir perdu quelque chose. Seule lui revenait l'image d'une petite aux yeux baissés, mal à l'aise et mal attifée. Ils s'étaient à peine croisés alors. Quels événements l'avaient ainsi épanouie, assurée, puisque ce n'était certainement pas l'amour de son époux ? La disparition de celui-ci, dans cette affaire d'explosion qui avait ruiné les ateliers du Toulon pour longtemps ? L'épiait-elle autrefois comme il l'épiait aujourd'hui ? Cette vie par procuration, faite de tableaux incomplets où manquait l'essentiel, lui était devenue un besoin morbide.

Et parfois lui bouleversait l'âme. Des sentiments lui étaient venus alors dont il ne se croyait plus capable, depuis que le coup avait démembré la force de son corps, du côté du détroit des Dardanelles. La petite fille, qu'il avait aperçue quelquefois de loin, marchait maintenant. Déjà ? Enfin ? Presque deux années après qu'il eut donné la vie sans le vouloir, sans le savoir. Elle avançait sur le chemin, s'accrochant au devantal d'une vieille servante, toute blonde et ronde, à quelques mètres de lui ! Hippolyte s'était senti volé de cette grâce enfantine, parfaite. S'il s'était écouté, s'il avait eu des jambes, surtout, pour cela, il se serait jeté sur elles, aurait enlevé l'enfant qui lui appartenait.

Quelques saisons plus tard, elle babillait en suivant ce garçon de la métairie proche, aux boucles noires, qui posait sur elle un regard protecteur. Dieu ! Pourquoi lui ? La jalousie le vrillait. Et depuis quelques semaines, il entraînait par le licol un poney sur lequel l'ange blond se tenait bien droite, redressant les épaules avec une fierté conquérante. Cet équipage, suivi de deux chiens qui firent mine un instant de venir renifler du côté de sa cachette, se dirigea vers la terre de la Cornédie, qui était en jachère et formait comme un petit manège cerné de haies.

Cette petite lui ressemblait : les quelques daguerréotypes retrouvés dans un placard de sa mère à Coulerouze le lui confirmèrent. Même silhouette longiligne, presque fluette dans l'enfance, mêmes yeux gris-vert sous des cheveux dorés. L'enfant avait de l'assiette, incontestablement. Si un autre que ce petit paysan lui avait donné ses premières leçons d'équitation ! Hippolyte en avait le poignet tremblant, comme si du bout d'une cravache il dirigeait la jeune cavalière : trot enlevé ! des jambes, nom de Dieu ! Il faudrait lui montrer à se porter en avant sur l'obstacle !

Quand le froid et les douleurs rendaient impossible cette quête immobile et sans fin, Chassaigne se rencognait auprès de son feu, dans le bureau. Des passions qui avaient fait sa vie, la politique, les chevauchées et les courses automobiles, la compagnie des femmes, le plaisir de briller en compagnie et la bonne chère, il avait coupé volontairement les fils, un à un, par orgueil. Le bel homme qu'il avait été ne supportait pas sa déchéance physique, et ne voyait d'autre issue que de la cacher.

Son bonheur de vivre était massacré par les souvenirs, autant que par ces bourdonnements d'oreille incessants et par les douleurs qui allaient empirant dans sa carcasse abîmée. Seuls les livres, agrémentés de plusieurs verres de vin ou de liqueur, l'aidaient par moments à oublier tout cela. Souvent, il avait pensé mourir, hurlant sa désespérance dans de longs rugissements atones qui effrayaient Léone. D'autres bibelots, coupe-papier ou livres traversaient alors la pièce sous l'effet de sa rage impuissante. Seul Lesboïto, grâce sans doute à sa propre démarche claudiquante, pouvait alors l'approcher. A condition d'exécuter ses ordres en silence et de ne rien demander. S'il avait avant-guerre géré ses terres avec quelques idées nouvelles, s'il avait dénoncé l'archaïsme des méthodes de faire-valoir, l'individualisme des paysans périgourdins et l'incurie des grands propriétaires qui refusaient d'investir, désormais Coulerouze et l'agriculture ne l'intéressaient plus. A quoi bon ? Pour quel avenir ?

Lorsque son métayer tentait de lui arracher des avis, il répétait pour s'en débarrasser : « Fais pour le mieux, tu t'es bien débrouillé sans moi pendant la guerre ! » Ajoutant même avec une amertume à peine voilée : « Vois donc avec madame de Tarnhac, puisque vous vous entendez si bien. »

Sa solde de capitaine lui suffisait amplement pour vivre, et il ne tenait pas assez à l'existence pour l'améliorer. Sans y trouver de plaisir ni d'intérêt, il savait que le temps de l'agriculture vivrière était dépassé, approuvait le développement de l'exploitation insufflé par Mondane, en voyait les changements heureux sur les gens.

Quand Lesboïto présentait ses chiffres, il y jetait un regard distrait, et laissait tomber : « En dehors des femmes, la meilleure manière de se ruiner, c'est l'agriculture. Le Périgord ne s'en sortira que par le tabac. Développez, je paierai ce qu'il faut. »

Le métayer n'avait jamais rien su de ce qui s'était passé durant l'entrevue de 1920 entre ses deux propriétaires. A son habitude, ne disant rien et ne demandant rien, il faisait comme il l'entendait. Six années plus tard, le régime du colonat avec Tarnhac demeurait inchangé.

18

— Allons, l'année sera bonne !

La jeune femme murmura l'incantation coutumière avec un plaisir de tout son être. Sa petite écriture précise, depuis près de dix ans, avait pris la suite des hauts jambages de la baronne dans le livre d'heures. Elle continuait méticuleusement à classer factures, baux, plans cadastraux dans les grands cartons verts du bureau. Elle serait toujours infiniment reconnaissante à monsieur du Mayne de l'avoir guidée dans son apprentissage. C'était bien grâce à la fidélité du vieux monsieur, à sa connaissance madrée des règlements agricoles, à son autorité dans la commune que Mondane, malgré son inexpérience et en l'absence de régisseur, avait réussi à reprendre en main l'exploitation, à la mort de sa belle-mère.

Comme toujours lorsque chiffres et projets occupaient son esprit, la notion du temps échappait à Mondane, il filait en un mélange de fatigue physique et de repos mental. C'était sa manière à elle de ne laisser place à rien d'autre.

— Ce soir, c'est la gerbebaude*. Dès que j'en aurai terminé, il faudra y aller.

Se levant pour étirer son dos contracté par les écritures, la jeune femme vint à la croisée entrouverte : le soleil se retirait de la vallée en contrebas, couvrant d'ombres irisées le damier compliqué des cultures. Mondane avait maintenant quelques mèches blanches dans son chignon, et quitté depuis longtemps ses robes de deuil, pour les remplacer par d'autres à peine moins austères. Mais elle portait bien la toilette, et sa couturière, heureuse d'habiller une dame, agrémentait ses robes de larges ceintures en forme et de cols travaillés. A près de quarante ans, elle n'avait rien perdu de sa finesse, de sa petite taille redressée et de son énergie. Sans jamais élever la voix, elle usait envers tous d'une autorité souriante rarement prise en défaut. Sauf envers sa fille et Seconde. Mais elle ne prenait que rarement la liberté de s'interroger elle-même sur ce sentiment d'un bonheur qui la fuyait toujours.

L'horizon s'était pourtant peu à peu éclairci sur Tarnhac depuis que, toutes dettes payées, le domaine rendait à plein. Les chances s'étaient conjuguées pour cela : des cours du tabac garantis au plus haut, au moment où ceux des céréales s'effondraient, en même temps que les revenus des rentes. Désormais, et c'était pour la petite épousée sans dot qu'elle avait été une immense fierté, la propriété dégageait chaque année des bénéfices croissants. Non seulement elle avait pu rembourser largement Seconde, payer les gages des domestiques et des brassiers, mais depuis quelques années on réparait les toitures, on achetait de nouveaux outils agricoles, on construisait les séchoirs à tabac nécessaires pour l'augmentation de la production. Et le parc retrouvait peu à peu sa splendeur apprêtée.

Si l'équilibre de l'exploitation avait ainsi été atteint et dépassé en quelque dix années de travail acharné, c'était grâce à ses choix judicieux, au ciel qui avait épargné au domaine beaucoup de calamités, et à la fidélité de tous. Mais aussi, il fallait le reconnaître, à l'attitude du maître de Coulerouze.

L'arrangement avait retenu Tarnhac au bord du désastre pendant les années difficiles, songeait Mondane avec un serrement de cœur. Mais que valait cela, au prix d'une si grande indifférence ?

Non seulement le contrat d'après-guerre s'était tacitement renouvelé d'année en année, non seulement la métairie de Coulerouze, avec sa source, ses bâtiments et ses bonnes terres, restait rattachée au domaine, mais tous les bénéfices étaient réinvestis dans l'exploitation commune. Chassaigne, sans vouloir même apparaître dans les transactions, transmettait ses ordres par Lesboïto : il fallait abandonner les cultures vivrières au profit du développement du tabac.

Ce choix radical fait après-guerre portait maintenant ses fruits. Mondane avait longuement balancé avant de se décider : comment sauver le domaine, se sauver, les sauver, elle et l'enfant blonde ? La polyculture vivrière pratiquée depuis si longtemps sur les terres de Tarnhac permettait certes de survivre en autarcie. Mais si chichement qu'elle n'aurait jamais assez d'argent pour entretenir le château et payer les impôts ; inéluctablement il faudrait vendre, parcelle après parcelle, bois après bois. Devait-elle prendre le risque d'abandonner blé, vigne et maïs pour porter tous les efforts sur la culture du tabac, seule source d'argent liquide ? Oserait-elle changer les habitudes et braver la peur de manquer de pain, si profondément ancrée en chaque paysan depuis la nuit des temps ? Le défi était révolutionnaire, vertigineux.

En même temps, elle percevait clairement les atouts exceptionnels réunis par le domaine de Tarnhac. Dans un des départements privilégiés où la culture du tabac était autorisée, il y avait assez d'hectares et de savoir-faire pour la développer autant qu'il se pourrait. Et surtout l'alliance de deux terroirs propices à cette plante aux racines profondes : la pente douce du coteau, ensoleillée à souhait, avec une terre argileuse et lourde qui retenait bien l'eau, arrosée autant qu'il fallait grâce à la source de Coulerouze, à ses résurgences en multiples fontaines sur le coteau, et la large vallée limoneuse abritée du vent, bordée en contrebas par la rivière Dordogne.

On manquait d'hommes, après la grande saignée de la guerre. Or, sur les milliers d'heures de travail exigées par le tabac, seuls les jours de labours, de récolte et de pente demandaient de la force physique. Pour cela, on pouvait engager des brassiers venus d'ailleurs. Tout au long de l'année, il fallait surtout pouvoir compter sur une main-d'œuvre familiale qui ne ménageait pas sa peine pour semer, repiquer au printemps, épamprer, ébourgeonner et écimer l'été, manoquer enfin durant l'hiver, préparer la livraison, en échange de rentrées d'argent fixes et certaines, réparties entre tous.

Une fois la décision prise, il lui avait fallu encore inspirer la confiance, résister à l'individualisme traditionnel de chaque métairie. Instaurer l'habitude peu à peu d'acheter ou d'échanger la nourriture qu'on ne produisait plus. Sur le pech, le four à pain de Tarnhac n'était plus mis en feu chaque semaine, et au lieu de cela on se fournissait chez le boulanger de Saint-Donat. Le fourrage et les céréales à bétail étaient désormais limités au nécessaire pour remplir les granges et passer la mauvaise saison. Malgré les aléas, la grêle de l'année précédente, hachant menu les feuilles de tabac, la tempête de 1921, et l'été pourri qui avait suivi, les chiffres que la petite madame de Tarnhac additionnait pouvaient témoigner que le défi était gagné. La jeune femme laissa un instant son esprit quitter sa plume pour rejoindre les champs, du côté de la combe en particulier. Il vint comme à l'accoutumée se fixer sur le maître de Coulerouze. Qu'y avait-il de vrai dans les rumeurs répandues à son propos à Saint-Donat ? Pourquoi cet homme se retranchait-il ainsi de la vie ? Jamais il n'avait eu même l'élégance de prendre acte de ses remerciements répétés, de ses demandes polies d'instructions. Que savait-il de sa fille ? Que faudrait-il dire à celle-ci, quand en grandissant elle poserait des questions ? Autant de questions lancinantes qui amenaient immanquablement amertume et angoisse chez Mondane.

Sagement, courageusement, comme elle avait appris à le faire pour lutter contre la désespérance, la jeune femme retourna ses pensées vers l'avenir du domaine. Et l'avenir prenait le nom de Prinzi, avec qui elle venait de faire affaire. L'homme s'était présenté au château une semaine auparavant, accompagné de sa brunette de femme, sans recommandation aucune. Ils arrivaient tout droit du Piémont, en Italie, attirés comme beaucoup de leurs compatriotes par cette région fertile en mal de bras pour la travailler. Leur langue, curieusement, se rapprochait un peu du patois, et on arrivait ainsi à se comprendre. Tous deux avaient l'air jeunes, forts, et malins. L'homme avait signé d'une croix un bail pour la métairie de la Séguinie. Depuis la mort de Germain Bouyssou et de ses fils, les terres étaient entrées dans la réserve, et cultivées tant bien que mal, tandis que la maison abandonnée par Catissou après la guerre menaçait ruine. Un jeune ménage courageux redonnerait un nouvel élan à ce versant déshérité du pech, et viendrait en appoint à la force commune.

Prinzi entrait donc métayer d'une terre de sept hectares, ce qui permettait de faire vivre une famille largement. Il avait fallu pour constituer un aussi grand terroir ajouter au bail des parcelles de l'ancienne métairie de Campredon. Au grand dam du père Vignal, qui les faisait cultiver par Chaparotte depuis la guerre. Mais l'équilibre était ainsi rétabli entre les deux nouvelles fermes. Et tous utilisaient les bâtiments de Campredon pour remiser outils et remorques, ainsi que pour loger les brassiers saisonniers.

Tonio et Lina Prinzi auraient la jouissance de la maison, dont le toit serait réparé et les murs, chaulés de neuf, avec une étable attenante, une grange et un hangar à tabac. Ils y trouveraient un tombereau à bœufs, une charrette à cheval, une herse en bois traînante, deux charrues à timon et un brabant. Et encore un joug garni, deux baquets de bois, une grande échelle, une marmite pour la bacade des cochons, deux fourches et une sulfateuse. Mondane, en tant que propriétaire, s'engageait à fournir dès la prochaine foire de Saint-Cyprien une bonne paire de bœufs, et pour les semailles un sac de blé, un sac d'avoine, un sac de seigle, d'un hectolitre chacun. En échange, le métayer devrait apporter au château chaque année un tiers de son vin, une demi-récolte de noix, les oies engraissées pour moitié, quinze poulets, un cent d'œufs, et deux hectolitres de pommes de terre. Plus dix journées de travail pendant l'hiver. Pour le tabac, culture inconnue en Piémont, il était entendu que Prinzi prendrait part au travail commun, avec les plants qu'on lui fournirait. Comme le voulait la coutume, les comptes seraient arrêtés chaque année à la Saint-Michel. On topa là et on se fit des sourires, faute de paroles. Les nouveaux et les anciens du domaine, les Périgourdins et les Italiens, devraient désormais s'entendre.

« On s'avancera. » Reine avait lâché de mauvaise grâce un commentaire à l'annonce de l'arrivée des Prinzi sur le domaine. C'était le mieux qu'elle fût capable de faire. Décidément, tout le monde le reconnaissait, Reine, avec le temps, s'aigrissait comme une pomme blette !

C'était la première fois que Mondane traitait ainsi avec un nouveau métayer, et cela n'avait pas été sans émotion qu'elle avait énoncé le contrat, en détachant bien les mots, et en les écrivant en même temps sur un papier.

Avec les mêmes conditions que celles consenties au père Vignal, lorsqu'il était entré à la Boissière vingt-cinq années auparavant. Mais les temps s'étaient faits plus durs pour les propriétaires : l'on entendait dire que les rouges de Sarlat incitaient en réunion publique les métayers à dénoncer leurs contrats, pour obtenir le fameux deux tiers-un tiers. Monsieur du Mayne, qui avait de bonnes sources d'information, en avait prévenu Mondane, l'incitant à la fermeté. Ainsi le bail était-il signé. Désormais, les métairies de la Boissière et de la Séguinie, additionnées aux terres de la réserve et à celles de Coulerouze, formaient un ensemble puissant, qui permettait de traiter en bonne position face à l'administration des tabacs. C'était son œuvre.

— Mon Dieu, j'étais en train d'oublier la gerbebaude...

Chaque année, une fois les récoltes et les vendanges terminées, après que la dame de Tarnhac était passée par chaque hangar à tabac, chaque grange et chaque chai pour humer les remorques, soupeser le grain et goûter le vin nouveau, elle offrait à tous ses gens un repas pour fêter ensemble le travail accompli.

Déjà, la rumeur enflait au nord, dans la grange de la ferme de Tarnhac. Seconde et Reine avaient recouvert une longue table de torchons blancs soulignés de rouge, ceux-là mêmes que Mondane brodait au début de son mariage. Les piles d'assiettes de faïence attendaient les convives. Enfin la dernière remorque, tirée par les bœufs, s'annonçait cahotante sur le chemin. Les enfants, Natalène au milieu d'eux, s'étaient installés en grappes à l'arrière, jambes ballantes, avec les chiens aboyant derrière.

Tous se dirigèrent vers la pompe pour se débarrasser de la sueur du jour. Les enfants s'aspergeaient d'eau à la pompe. Pour les occuper, on leur confia la mission d'en rapporter les bouteilles de vin qui y avaient été mises à rafraîchir.

Seconde disparut dans sa cuisine, pour en ressortir bientôt en tenant à bout de bras une grande oule fumante. Tous ceux qui avaient prêté la main d'une façon ou d'une autre durant ces journées, soit presque vingt personnes, se mirent à table, attribuant avec de grandes plaisanteries la place d'honneur à Tonio et Lina. Au fur et à mesure que les bouteilles se vidaient, le ton montait. Après le civet de lapin, on acclama la Mélie, qui avait cuit de gros millas* roux, avec les premières citrouilles de son jardin. Ensuite vinrent les tartes, faites de la peau du lait tiré et bouilli la veille, mélangé à de la farine de froment.

Mondane n'était pas encore arrivée que déjà les brassiers commençaient à entonner des gauloiseries :

— *Lo Margoritou, camba finetto, keisso longuetto* [1]...

Natalène, assise en bout de table, n'était pas la dernière à chanter et lever son verre, car il y avait toujours un de ses voisins pour la resservir.

— Té ! la *démizeilo*, c'est une vraie *draoulette* de chez nous !

Pourtant, l'enfant, à six ans, savait déjà qu'elle devait refuser l'eau rougie qu'on lui proposait avec tant d'insistance pour la mettre à l'épreuve. Et aussi qu'elle devait garder propre sa guimpe, et tâcher de se tenir bien droite à table, comme dans la salle à manger du château.

Natalène, sans l'avoir jamais entendu dans les mots, sentait qu'on exigeait d'elle autre chose que des enfants des métairies, parce qu'elle était la future maîtresse. Elle savait aussi, Seconde le lui avait dit, que son papa était mort à la guerre, comme d'autres au village, pour sauver la France. Que c'était là un grand malheur, puisque cela

1. « Elle a la jambe fine, le genou rondelet, la cuisse longuette... »

faisait tant soupirer la tante Louise. Mais elle n'imaginait pas que sa vie puisse être autre, ni surtout comment elle aurait pu être plus heureuse, ou autrement. L'enfant se sentait reine à Tarnhac, et se méfiait instinctivement de tout ce qui pouvait se passer au-delà du coteau.

Au bout de deux heures d'agapes et de chansons, ainsi que plusieurs assiettes de merveilles* sucrées, elle s'était endormie sur le banc, les deux chiens montant la garde à ses pieds. Ce ne fut que bien après la tombée de la nuit que sa mère les rejoignit, serrée dans son châle à cause de l'humidité qui tombait vite en septembre. Son pas vif tentait de lutter contre la fatigue, contre la solitude, aussi, qui s'abattait souvent lourdement sur elle le soir.

Cette irruption de la dame de Tarnhac, qui était chez elle mais que l'on n'attendait plus, fit planer une gêne, et les chansons moururent sur les lèvres. Elle perçut cela, et en eut une fois de plus le cœur pincé. Décidément, elle aurait beau passer sa vie ici au château, se consacrer corps et biens au domaine, elle resterait toujours une étrangère. Lasse, Mondane peina à dire les mots qu'on attendait d'elle, et abrégea sa visite. Une houle de dégoût la souleva encore quand elle prit dans ses bras sa fille endormie, vit le col taché de violet et perçut son odeur avinée. Il était trop tard pour la réveiller, demander à Seconde de remplir un tub d'eau chaude pour laver la petite. Celle-ci, tout ensommeillée, marmonna quelque chose à propos des fagilières qu'il ne fallait surtout pas rencontrer en chemin. Les chiens leur firent une escorte silencieuse dans l'ombre du château déserté. A quoi bon tout cela ? Alors que l'homme de Coulerouze l'écrasait toujours de son silence, de son absence...

19

L'administration des tabacs avait, au mois de mai précédent, comme à l'accoutumée, dûment enregistré les permis de culture, avec la surface attribuée et le contingent de tabac à livrer. C'était un contrat passé chaque année entre le préfet, représentant de l'Etat, et le planteur, qui prendrait fin avec la livraison de la récolte. Une réglementation tatillonne y présidait. Pour que nul n'en ignore, en particulier dans les fermes où on ne savait guère lire, le calendrier de livraison des tabacs était dûment affiché à la mairie de chaque commune. Le temps n'était pas loin, avant la séparation de l'Eglise et de l'Etat, où le curé le lisait en chaire, devant l'assemblée des fidèles !

C'était donc le 16 février 1927 que la propriétaire exploitante de Tarnhac devait présenter à la livraison la production de ses métairies de la Boissière, Campredon, la Séguinie, et de son colonat de Coulerouze.

Depuis le 29 floréal de l'an X, l'Etat se réservait le monopole de la production des tabacs. Et les recettes en revenaient à la Caisse d'amortissement des bons de la défense nationale, créée en 1926. C'était donc devenu un acte patriotique que de fumer !

La Caisse venait de créer le Service d'exploitation industrielle des tabacs, le SEIT, qui deviendrait bientôt la SEITA quand y seraient adjointes les allumettes chimiques.

Elle s'engageait ferme à acheter toute la production des planteurs, et à la payer comptant. Une enveloppe globale attribuée chaque année par l'Etat était à répartir équitablement entre eux, selon la qualité et la quantité de tabac livré. Depuis 1913, des représentants des planteurs, aux côtés des fonctionnaires, se réunissaient en commission pour établir le classement des tabacs. C'était une grande avancée, car les gains étaient bien différents selon l'appréciation de la récolte et les primes attribuées. La tension était donc palpable au Buisson de Cabans, parmi les remorques pleines qui attendaient à l'entrée de l'entrepôt.

Comme à chaque livraison, on examinerait les balles de tabac, échantillon par échantillon. La couleur des feuilles était-elle chaude ou terne ? uniforme ou bigarrée ? La texture, fine ou épaisse, lisse ou granuleuse ? Les nervures, bien prononcées ? Et l'arôme, assez corsé ?

Tout le travail d'une famille pendant presque une année se jouait donc à ce moment-là, sous le regard des experts de la Régie et des deux représentants élus des planteurs du canton de Lalinde. Sous celui aussi des autres planteurs, qui, amenant leur récolte, ne se privaient pas d'admirer ou de dénigrer selon les cas les balles que l'on déchargeait devant l'entrepôt.

Plusieurs jours avant la livraison, on préparait les balles pour leur donner l'allure la plus séduisante possible et en tirer le meilleur prix. Sur tout le coteau, les rumeurs allaient bon train : l'un des experts de service ce jour-là était le beau-frère d'un ami de Chaparotte, et avait travaillé autrefois sur la propriété comme brassier, du temps du vieux baron. Il en avait gardé une dent contre les maîtres de Tarnhac et il faudrait s'en méfier. A l'inverse, on disait que quelqu'un lui avait entendu dire que les tabacs de Tarnhac étaient toujours d'une qualité exceptionnelle. Dans ce cas, s'il était bien honnête, il n'y aurait pas de souci à se faire.

Chaque métairie tentait de mettre sa marque, pour distinguer sa production : ainsi la Mélie avait-elle l'habitude de poser sur les premières balles de la Boissière un bouquet de fleurs séchées, supposées attirer l'attention de l'agent. On préparait aussi des étiquettes de carton avec le nom du planteur, que les femmes calligraphiaient du mieux possible, en indiquant l'étage des feuilles, basses, médianes ou de couronne.

Et puis enfin, on chargeait les remorques des balles odorantes, en y mettant tout le soin que l'on pouvait : le froid piquant de cet hiver-là rendait les feuilles cassantes.

Enfin, le jour dit, tout le monde démarra de bon matin, au château comme dans les métairies. Ce n'était pas Natalène la moins concernée, qui demandait à Seconde en traînant devant son bol de lait dans la cuisine chaude :

— Quand est-ce que maman m'emmènera à la livraison des tabacs ?

— Té, jamais, si vous mangez pas bien votre soupe pour grandir !

— Je suis grande déjà, tout le monde le dit.

— Est-ce que j'y vais, moi ? Les femmes, elles restent à la cuisine. C'est votre mari qui sera le maître, *démizeilo*.

— Mais non, puisque c'est maman la dame de Tarnhac...

— C'est la faute à la guerre, ma pauvrette ! Il n'y en aura pas deux comme cela dans le même siècle, heureusement.

— Moi aussi, je veux être une dame de Tarnhac !

Les chiens, alertés d'un événement inhabituel, gémissaient derrière la porte de la cuisine.

Désormais, on ménageait les bêtes et on ne les employait plus pour charroyer les quintaux de tabac jusqu'à la vallée. Un camion retenu par Mondane avec son chauffeur ferait des allées et venues entre Tarnhac et le Buisson pour convoyer les balles. La mule de la Boissière transporterait les hommes dans le *charretou*, et Mondane monterait Turque, la grande jument qui avait remplacé Milord, envoyé à l'abattoir quelques mois auparavant.

Les remorques prirent dès l'aube le chemin gelé du coteau pour rejoindre la route du Buisson. Mondane, chaudement enveloppée dans son col de renard, arriva au galop de Turque en même temps que le premier chargement sur la place de l'entrepôt. On s'y pressait déjà. L'habitude était désormais prise de la voir tenir sa place parmi ces messieurs les propriétaires chapeautés, et leurs régisseurs aux bérets larges comme des marmites. Elle échangea des saluts distants. Sa petite silhouette redressée forçait le respect, avec une nuance de méfiance cependant : bien qu'elle portât le vieux nom de Tarnhac, c'était une femme, et une étrangère au pays. Parmi certains envieux, il se chuchotait aussi depuis la naissance de Natalène qu'elle menait une vie cachée et scandaleuse. Il n'y a pas de fumée sans feu, n'est-ce pas ?

Dans l'air piquant du petit matin, les lourds vantaux de l'entrepôt s'ouvrirent enfin, poussés par les employés de la Régie. Le cérémonial pouvait commencer.

A l'entrée de la salle des achats, où pour éviter les éclats seuls étaient admis les propriétaires, on déversait les balles sur un immense comptoir, en annonçant le nom du planteur. Les experts venus de Bergerac en tiraient de temps à autre une manoque, pour l'examiner. Puis l'un d'eux enfin énonçait un jugement :

— Il est taché, c'est du B2.

Derrière lui se tenaient les contrôleurs qui avaient suivi chaque exploitation et fait les inventaires des plants. Depuis 1918, ces emplois étaient réservés à des militaires en retraite, à qui on ne reconnaissait guère de compétences, et qui étaient souvent bien mal reçus dans les fermes. Enfin, le comptable, muni d'une craie, inscrivait sur un tableau les chiffres énoncés.

De l'autre côté de la grande table, Delbos, élu du syndicat des planteurs, qui était natif d'Alles-sur-Dordogne, faisait face, usant de toute la faconde qu'on lui reconnaissait. Il était là pour défendre les intérêts des planteurs, et faisait vigoureusement l'article :

— Petit ! C'est pas de la qualité, ça ? Du B1, peut-être même du A2 ? Té, monsieur, regardez-moi ces feuilles, ces nervures ! Déjà, rien que de le sentir, je le mets dans ma blague à tabac, moi !

Les conversations de l'intérieur parvenaient assourdies aux propriétaires convoqués le même jour, ainsi qu'aux curieux venus aux nouvelles pour sentir les affaires.

— Té ! Mon pauvre, le René, il me vendrait du H pour du A1, tellement il cause !

Les rires cachaient l'inquiétude. On s'interpellait et on plaisantait, mais chacun jouait gros à ce jeu-là, et le savait.

Puis la balle examinée glissait sur l'énorme bascule, avec sa réglette de métal qui oscillait au-dessus, et les annonces se succédaient :

— Soixante kilos de A1.

— Cent quatre-vingts kilos de B2.

— Un total de sept cent vingt kilos.

Certains lots suscitaient des murmures admiratifs, la rétrogradation des manoques abîmées par la grêle, un silence peiné. Les yeux couraient de la bascule au tableau, pour vérifier qu'aucune addition n'était oubliée. A chaque nouvelle annonce, on pouvait lire dans les yeux et sur les lèvres des hommes, propriétaires et métayers intéressés à moitié, la multiplication mentale des quantités par les francs, au cours de l'année. On avait dépassé la moyenne des cinq cents francs au kilo l'année précédente, sans compter les primes ! De quoi s'étourdir, comparé aux prix restés stables depuis 1850 jusqu'à la veille de la guerre, autour de cent francs. Le prix à la vente du tabac augmentait deux à trois fois plus vite que celui du pain ou des autres denrées agricoles. C'était une aubaine dont chaque planteur se réjouissait, sans surtout le dire trop haut. Mieux valait souligner les soins attentifs dont il fallait entourer le tabac, et les trois mille six cents heures de travail nécessaires pour livrer la récolte d'un hectare de terre.

— Rien à voir avec le maïs ou le blé ! répétait Delbos aux fonctionnaires de Bergerac, en caressant les plus belles manoques devant lui.

Et puis le comptable tirait un trait sur le tableau, et on passait à la livraison suivante, en faisant résonner haut et fort dans l'entrepôt le nom du planteur. Les employés récupéraient les manoques dans de larges pièces de toile de lin bises, et les traînaient vers le fond d'un hangar.

Ensuite, la récolte partirait vers le centre de stockage et de fermentation. Les belles feuilles brunes y seraient mises à fermenter le temps d'une ou deux années, puis écotées, hachées, étuvées et torréfiées. On en ferait des brins de moins d'un millimètre pour le tabac à pipe, à peine plus longs pour les cigarettes. Et elles réapparaîtraient chez les débitants de tabac sous forme de scaferlati à bourrer la pipe, ou de cigarettes. Cette année 1927, on admirait beaucoup le nouveau dessin des paquets de gauloises, affichant fièrement le célèbre casque à ailettes de nos ancêtres guerriers !

Quand l'expert aboyait à la porte un nouveau nom, les hommes s'écartaient pour laisser place. Enfin, vint le nom de Tarnhac. Mondane s'avança droite, avec le Jantou à son côté, suivi des métayers en titre, le père Vignal poussé par son gendre dans sa chaise à roulettes et Tonio Prinzi.

Depuis des jours, Jantou hantait les abords de l'entrepôt, et saluait alentour de son grand chapeau noir, touchant la main à ceux qui avaient connu son père. Il avait glissé à Mondane, au début des livraisons : « Nous avons là une récolte superbe, il faut bien la montrer. Si Madame donnait une pièce à l'expert de l'Administration, ces balles-là pourraient monter plus facilement en A1. »

Madame de Tarnhac, heureuse d'être épaulée, s'était exécutée et lui avait confié de grosses pièces blanches portant l'effigie de la République, à glisser discrètement à qui de droit. Cela fut fait, et expliquait l'assurance nouvelle du garçon. Jantou, le petit *drolle* trottinant dans les jupes de sa mère quand elle était arrivée à Tarnhac, le galapiat courant dans les champs durant la guerre, était devenu un homme. Elle remarqua son allure parmi les planteurs, son œil affûté, sa voix qui portait haut et fort. Désormais, se dit-elle, le fils Delteil était capable de faire office de régisseur. On s'en était passé par force, depuis le départ et la maladie d'Abel. Et puis la dame de Tarnhac avait dû affirmer une autorité sans partage pour mener à bien la transformation du domaine. Mais maintenant, il lui faudrait bien un homme capable de défendre ses intérêts, de traiter d'autorité avec les métayers et avec l'administration des tabacs. Les bons comptes du domaine permettaient de le payer. Il faudrait lui parler un de ces jours prochains.

Après de longues heures de pesage et de marchandage, la récolte du pech de Tarnhac fut dûment enregistrée. Mondane terminait l'affaire la tête farcie mais les yeux agrandis de fierté. Jamais une campagne n'avait été aussi bonne, par la quantité comme par la qualité. Si ses calculs étaient bons, et elle avait tout lieu de le croire depuis le temps qu'elle s'y appliquait, on avait doublé les recettes depuis la fin de la guerre ! En cumulant les métairies et Coulerouze, avec cent quarante-quatre mille pieds plantés, un rendement qui atteignait pour la première fois mille sept cents kilos par hectare, cela faisait près de sept tonnes de tabac pour l'année 1926.

Sept tonnes de tabac issues du travail des hommes, mais aussi des femmes et des enfants de Tarnhac ! Le chiffre lui donnait le frisson. Et sans doute aussi aux autres planteurs autour d'elle, à observer la façon dont ils la regardaient. Les experts de la Régie la saluèrent chapeau bas quand elle prit congé : désormais le domaine comptait parmi les plus importants de la vallée.

On se retira pour laisser place au producteur suivant. Vignal, Chaparotte, Lesboïto, Prinzi rentraient leur fierté dans leurs moustaches, pour savourer leur joie sans trop l'exposer aux autres.

Selon la tradition, la maîtresse d'exploitation remit encore à Jantou quatre grosses pièces d'un franc, pour qu'il emmène tous les hommes boire un ballon de rouge à l'auberge de la gare.

— Merci, Jantou ! Tu m'as été bien utile ! Dis à tout le monde que je serai au bureau cet après-midi, pour faire les parts et payer les factures. Et j'aurai à te parler aussi.

Munie du bulletin remis par le comptable, madame de Tarnhac se rendit au bureau des contributions indirectes, où son dû lui fut compté cérémonieusement en larges billets craquants. Soixante-quinze billets de cinq cents francs, comme il en circulait rarement dans le pays, qu'elle rangea avec précaution dans le portefeuille de cuir de Russie apporté tout exprès, avant de le glisser dans les fontes de sa selle. Puis elle rejoignit Turque, qui s'impatientait devant son picotin, attachée à l'un des anneaux du mur. La jument n'aimait que l'espace et la vitesse, l'animation du bourg lui déplaisait. Elle convenait mal à Mondane : trop nerveuse, impatiente. Entre la cavalière et sa monture, jamais ne s'était nouée la connivence connue avec le bon vieux cheval de Gaston, qui obéissait même à la voix.

— Allez, on rentre au château, Natalène nous attend !

Les hommes en large blouse bleue encore présents dans la rue principale la saluèrent en enlevant leur chapeau, quand elle donna des jambes. Mondane engagea sa monture dans le passage à niveau du chemin de fer, pour rejoindre le pont sur la Dordogne et la route qui menait aux coteaux. A la calfourche de la Feuillardière, elle retint les rênes de sa jument et termina au pas. L'air était glacé et bleu.

Elle avait faim, de cette faim délicieuse qui vient quand le devoir est accompli et les réserves, pleines. Pas celle de la guerre et de l'anxiété permanente pour l'avenir. Au déjeuner, certainement sa fille l'assaillerait de questions. Natalène, décidément, portait la terre de Tarnhac dans son cœur, et posait d'instinct, dans sa sagesse enfantine, les vrais problèmes de l'exploitation. Il était arrivé déjà à la mère de déceler des solutions dans les remarques de sa fille.

Ensuite, l'après-midi verrait un vrai ballet de métayers et de fournisseurs dans le bureau. Celui-ci, logis primitif de la tour octogonale du XVIe siècle, était devenu au fil du temps le quartier général de Mondane. A cause de sa position centrale entre les deux ailes du château, parce qu'il était facile à chauffer l'hiver, et donnait directement vers l'extérieur. Surtout parce qu'il commandait une vue imprenable sur le domaine et la vallée, changeante selon les heures, qui la ravissait chaque jour. Les lointains ancêtres de Gaston avaient bien choisi la motte pour construire leur donjon !

La maîtresse des lieux avait pris l'habitude aussi d'y recevoir ses visiteurs, au grand dam de Seconde. Celle-ci, formée à l'école de la vieille baronne, considérait qu'on ne faisait pas ainsi entrer au château les petites gens en sabots crottés. Et aussi que les conversations devaient se tenir dans les communs, à portée de son oreille.

Turque accélérait de nouveau l'allure à l'approche de l'écurie. Il fallait sans cesse la retenir, et Mondane, crispée sur les rênes, ne pouvait se laisser aller à ses songes. Peut-être le moment était-il venu d'acquérir une automobile, comme le suggéraient sa fille et Jantou ? Une fois les comptes terminés, la chose serait à examiner.

La somme d'argent que la dame de Tarnhac transportait dans ses fontes, pour énorme qu'elle fût, ne représentait pas un bénéfice net. Une fois chaque métayer payé en argent de sa demi-récolte, il faudrait honorer toutes les factures accumulées depuis la campagne précédente. C'était ainsi, on se fournissait partout en promettant : « Paiement aux tabacs ! »

Les tourtes prises à la boulangerie de Saint-Donat étaient ainsi comptabilisées tout au long de l'année. Reine descendait au village muni d'une planchette, dont le boulanger possédait l'exacte jumelle, inscrite au nom de Tarnhac, et pendue au mur parmi les autres. On rapprochait les deux morceaux, et il y pratiquait une encoche pour chaque pain fourni. Ne restait plus, aux tabacs, qu'à compter les traits de couteau pour régler l'addition. Autrefois, Tarnhac échangeait des sacs de froment contre les tourtes brunes, mais en réduisant les terres à blé, on avait pris l'habitude de payer son dû en argent.

Et ainsi du superphosphate pour les engrais, des semences, les journées de labours ou de vendanges, des étoffes et de la façon chez la couturière, des clous et des outils chez le forgeron, du travail du sabotier pour toutes les métairies. Et encore des pierres charroyées depuis la carrière d'Audrix, ainsi que des charpentes des deux nouveaux séchoirs à tabac. On les avait achevés l'hiver précédent, pour remplacer ceux d'avant-guerre. Le tabac bien aéré pendant la phase critique de la dessiccation séchait mieux, et cela expliquait largement la qualité de ses récoltes.

Reine actionna la cloche du déjeuner quand elle vit madame de Tarnhac rentrer à l'écurie. Une bonne mique chaude, faite de pain, de lard et d'œufs, l'attendait à la salle à manger, devant une Natalène pépiante comme à l'accoutumée. Les nouvelles du jour étaient d'importance : tante Louise l'avait grondée fort et menacée une fois de plus de la fouetter comme la malheureuse Sophie de la comtesse de Ségur ; mais des petits chatons très mignons étaient nés ce matin dans la grange.

Madame de Tarnhac s'installa ensuite à sa table de travail. Il fallait consigner soigneusement les chiffres, avant d'accueillir tous ceux qui viendraient toucher leurs billets de banque et commenter les événements. Reine bourrait la cuisinière jusqu'à la gueule, et se tenait prête à la cuisine pour offrir un verre de ratafia, commencer et recommencer des conversations, détailler ses doléances...

Cette année, se réjouissait Mondane en s'asseyant à son fauteuil, les étrennes de tabac, ces *piècous* que l'on distribuait en prime à tous ceux qui avaient participé à l'effort, seraient conséquentes, et personne ne trouverait trop à redire. Elle devait s'inquiéter de l'esprit qui régnait sur le pech, car elle passait désormais moins de temps à parcourir les champs, écouter ses gens, et beaucoup plus à l'administration du domaine. Les portraits des ancêtres de Gaston, au mur, semblaient la considérer avec bienveillance, du moins se l'imaginait-elle, en leur soumettant mentalement son travail et ses idées. On lui avait parlé aussi de ce nouveau fil de fer qui permettait de clôturer les prés, de grillager les basses-cours. C'en serait fini ainsi des vaches à mener pâturer, des troupeaux de brebis s'égaillant dans les sillons cultivés, des courses après les troupeaux d'oies s'envolant derrière le jars ! Tout ce temps libéré pour les enfants et les femmes, et qui pourraient ainsi se mettre au service du tabac... Mais il fallait compter cent sous du mètre, tout de même. Elle en parlerait avec Jantou. Car s'il était d'avis d'en acheter, au moins pour la réserve, il faudrait prévoir de fabriquer des piquets avant les dernières gelées, pour sortir les bêtes au printemps. Quelle révolution à Tarnhac ! Il faudrait aussi l'emmener assister aux comices agricoles du département, à Nontron ou à Mussidan. C'est ainsi qu'il apprendrait avec elle à se tenir à l'affût des nouvelles habitudes pour soigner les bêtes, et des progrès des cultures, au-delà de la vallée.

20

— Jour ! Nuit ! Jour ! Nuit !

Natalène, pour montrer à ses spectateurs éblouis les miracles de la fée Electricité, actionnait le bouton de porcelaine posé par l'électricien venu de Périgueux. Au-delà de l'exploit technique, c'était la transformation des couleurs et des formes qui la fascinait. Là où le globe d'une lampe à pétrole éclairait seulement un coin du petit salon, avec des ombres mouvantes, cette ampoule suspendue au plafond par une torsade de tissu diffusait une lumière uniforme, jaune et grêle sur les tentures damassées, jusqu'aux recoins les plus sombres de la pièce. Des reflets nouveaux jouaient dans les tableaux accrochés aux murs, allumaient l'argenterie guillochée disposée sur la table bouillotte.

— Natalène, viens donc t'asseoir ! dit sa mère pour interrompre ce jeu dangereux. L'électricité coûte cher, et les ampoules sont fragiles, tu le sais, tout de même !

Le commandant du Mayne, les doigts passés dans l'entournure de son gilet, s'exclama :

— Vous êtes toujours la première dans la commune à vous lancer dans ces installations modernes ! Vraiment, que d'améliorations apportées à Tarnhac en l'espace de quelques années ! Votre pauvre belle-mère en serait bien étonnée.

En effet, déjà, Mondane avait fait installer un astucieux système, actionné par un bélier, qui permettait de remonter l'eau du puits jusqu'à un robinet fixé au-dessus de l'évier de pierre à la cuisine. Mieux encore, une salle de bains, avec une magnifique baignoire de fonte ornée de pieds en pattes de lion, avait été aménagée à l'étage, dans l'ancien cabinet de toilette du baron. Et une canalisation y amenait l'eau courante, remplaçant le tub installé sur le pisé de la cuisine. Ne restait plus, pour prendre un bain, qu'à monter un broc d'eau bouillante tirée de la cuisinière de fonte. Ainsi, la température était idéale, et la petite Natalène, priée de se décrasser régulièrement par Seconde.

— Décidément, l'élève a dépassé le maître, et je devrais vous confier mes affaires...

Il y avait un peu d'amertume dans la voix du vieil homme, mais son sourire revint en acceptant l'assiette à gâteau de porcelaine fine que lui tendait Mondane.

— Tenez, commandant, Reine a cuisiné ce biscuit de Savoie tout exprès pour vous !

— Eh bien, elle n'a rien perdu de son tour de main, j'irai la remercier tout à l'heure !

Depuis la mort de Gaston, celle de la baronne, conjuguée aux difficultés d'après-guerre, les lundis de Tarnhac n'avaient jamais retrouvé leur splendeur passée. Après le temps des deuils, où l'on ne recevait pas, hors la famille et les proches, seul le petit salon avait été rouvert. Mais madame Gaston n'aurait pu décider de front de rompre avec la tradition sans en référer à Seconde, et celle-ci tenait à sa réputation de gouvernante. La coutume demeurait donc de tenir table ouverte au château ce jour-là. Mais seuls y étaient désormais assidus mademoiselle de Carbon et monsieur du Mayne. Les hôtes d'autrefois avaient pris de l'âge, ou disparu dans la tourmente. Et s'ils avaient survécu, sans doute n'auraient-ils pas accepté d'être reçus par Mondane, sur laquelle couraient tant de rumeurs à travers les châteaux du Périgord. Le seul des habitués d'autrefois à n'avoir jamais pris part aux médisances avait disparu : depuis bien longtemps on n'avait vu monsieur de Saint-Ours apparaître au château, dans sa redingote râpée. Devenu un véritable vagabond, il couchait dans les granges et mendiait sa nourriture auprès des paysans, disait-on, ajoutant qu'un jour on le trouverait mort sur le bord d'un camin*.

Pourtant, de nouveau, la corbeille de roses anciennes, tant aimée de la vieille baronne, regorgeait d'admirables Queen Mary, les caisses d'orangers que l'on sortait sur la terrasse à la belle saison étaient repeintes de frais, et les pelouses, récemment fauchées par Jantou.

— On se croirait revenu à la belle époque, complimentait encore monsieur du Mayne.

Lui venait à Tarnhac aussi souvent que possible, et entretenait avec les habitants du château une affectueuse familiarité. Mais il n'était plus tout à fait libre. En effet, il y avait Simone. La veuve de son fils aîné Jacques, le héros de Douaumont, avait été contrainte par la gêne de quitter Bordeaux pour venir s'installer à la chartreuse de Saint-Donat, avec son petit Amaury. Celui-ci pourrait ainsi connaître mieux sa famille paternelle, et fréquenter comme son père et ses oncles avant lui le très réputé collège de Sarlat. Ce retour aurait dû être doux au vieillard.

Mais très vite, la tension était montée entre Simone et le reste de la maisonnée à Saint-Donat. Coïncidence ou conséquence, le commandant n'osait se le demander, l'installation de Simone avait été suivie de peu du départ de Jean. Le dernier et seul survivant de ses quatre garçons était assoiffé d'aventures : il ne souhaitait pas passer sa vie dans cette province reculée, ni même dans cette France saignée par la guerre. Après des adieux à sa famille, il avait pris le bateau à Bordeaux, avec l'intention de traverser l'Atlantique jusqu'à Buenos Aires, en Argentine. Un ami, ancien camarade de classe de Sarlat, l'encourageait à venir y tenter des affaires plus lucratives que l'agriculture périgourdine. Depuis, il ne donnait guère de nouvelles.

Simone Aubusson du Mayne, née Fallois, comme son oncle l'armateur, avait connu dans sa jeunesse une vie citadine et luxueuse. Elle s'était laissé aimer, à dix-huit ans, par Jacques, futur médecin venu faire ses études à Bordeaux, qui portait beau et lui offrait un joli nom. Le mariage et le voyage de noces en Italie avaient ressemblé à un joli conte. Puis Amaury était né, et la mobilisation générale avait suivi de près. L'histoire s'était alors transformée en cauchemar personnel : l'arrêt brutal du commerce dans le port de Bordeaux avait ruiné et dispersé sa famille, les deux permissions de Jacques, affecté à un hôpital du front, creusé l'incompréhension entre les jeunes époux. Enfin, la mort avait barré l'horizon de sa vie. Elle vivait cruellement cet exil en Périgord, où elle n'était jamais venue auparavant et qui ne lui rappelait rien de son époux. Amaury, qui entrait en sixième, découvrait au contraire une nouvelle liberté campagnarde : quand il n'était pas au collège, il courait les champs et ne se souciait guère de tenir compagnie à sa mère. La maison était chiche et mal tenue par un veuf âgé. Depuis son arrivée, Simone s'était mis les servantes à dos en faisant une chasse perpétuelle à la saleté, comme en déplorant haut et fort l'absence de calorifère ou de téléphone. Elle aurait voulu pour se distraire fréquenter la bonne société du pays, et se scandalisait des relations de son beau-père avec le château de Tarnhac, qu'elle jugeait contraires à la bienséance. Il n'y avait pas à la chartreuse de sous-entendus assez durs pour parler de la dame de Tarnhac. La prospérité nouvelle du domaine lui était une offense personnelle : « Enfin, père ! Comment pouvez-vous cautionner cela ? Cette femme, avec sa fille naturelle... Où trouve-t-elle donc tout cet argent ? Vous voyez bien qu'elle est entretenue, tout de même ? Et par un rouge, à ce que disent vos gens eux-mêmes. »

Elle montait parfois aux lundis de Tarnhac pour y exercer sa surveillance sur son fils, et mettait alors au petit salon une atmosphère détestable. Amaury, en effet, pendant les vacances scolaires, ne rêvait que d'accompagner son grand-père dans ce château aux mille merveilles. Le garçon découvrait dans ses recoins et son histoire un terrain de jeu d'une tout autre dimension que la chartreuse familiale. Et Natalène, du haut de ses huit ans, jouait avec aisance son rôle d'exploratrice en second. Les deux enfants disparaissaient ainsi des après-midi entiers, après avoir dérobé à une Seconde consentante le gros trousseau de clés. Ils partaient à l'assaut des greniers où nichait une dame blanche, à la découverte d'un hypothétique départ de souterrain dans le fond de la cave, ou encore ouvraient les malles d'osier de la lingerie, soulevant avec délice les uniformes militaires chamarrés de dorures témoins de l'Ancien Régime qui y étaient conservés dans le camphre. Même la minuscule crypte de la chapelle, accessible de l'extérieur par le chemin de l'ancienne courtine, n'avait plus de secret pour eux. Cette complicité affichée, entretenue par son beau-père, avec une enfant dont on ignorait les origines paternelles, avait le don d'ulcérer la jeune madame du Mayne. Voir son fils unique se commettre ainsi lui donnait des scrupules de conscience. Elle s'en était ouverte en confession à l'abbé Malaurie. Son ancien curé bordelais mettait si souvent en garde ses paroissiens contre ces désordres, et une coupable indulgence ! Mais Malaurie, avec ses airs de taureau furieux, avait soufflé qu'il y en avait bien d'autres dans le pays, chargés de péchés autrement graves, et que seule comptait la sainteté personnelle. Il était resté évasif sur ce cas particulier, ne condamnant ni les uns ni les autres, parlant des souffrances endurées et du temps qui passe sur toutes choses. Simone du Mayne s'en était tirée avec nombre de chapelets à réciter pour pénitence.

Ce jour-là, donc, les vacances scolaires étant terminées, Amaury avait repris le tacot qui parcourait la vallée jusqu'à Sarlat, et Natalène se consolait en jouant avec l'électricité. Elle n'osait s'échapper pour continuer seule l'exploration des grottes qu'ils avaient découvertes ensemble. Dans un interstice de la falaise calcaire qui commençait derrière la chapelle, à l'aplomb de la vallée, il y avait une sorte de tunnel où l'on avançait à quatre pattes, et qui ouvrait sur une excavation ronde, comme creusée à main d'homme dans le friable matériau. Mademoiselle de Carbon prétendait que des hommes vêtus de peaux de bêtes avaient vécu autrefois dans ces grottes, des millions d'années auparavant. Peut-être y trouverait-on des squelettes, ou encore des gravures sur les parois, comme aux Eyzies ? Les deux enfants s'étaient gardés de parler à quiconque de leur aventure, avaient frotté comme ils pouvaient leurs vêtements terreux, et s'en étaient revenus s'asseoir au salon pour boire leur orangeade sous l'œil attendri des adultes. Mais ils s'étaient bien promis, les lundis des prochaines vacances, de repartir en expédition. Avec le projet d'emporter chandelle et charbon de bois, pour dessiner eux-mêmes des fresques semblables à celles que le grand-père d'Amaury possédait en reproductions dans son bureau.

La petite fille, s'ennuyant ferme, s'était donc résolue à venir s'asseoir quelques instants sur la petite chaise basse recouverte de tapisserie qui lui était réservée.

— Faites attention, mademoiselle, ne vous balancez pas ainsi ! C'était le siège de votre papa quand il était enfant !

Mademoiselle de Carbon tenait à ce que son élève lui fît honneur.

— De mon temps, les enfants ne se tenaient pas ainsi, je vous le garantis ! Comment ferez-vous, si vous êtes invitée chez la reine d'Angleterre ?

Mondane se gardait d'intervenir, et Natalène n'aurait pas eu l'idée de se rebeller. Il y avait une tante Louise à Tarnhac dont il fallait subir les humeurs, comme il y avait la lune et le soleil. Celle-ci, pour le moment, rechignait à l'admiration de monsieur du Mayne devant le progrès, et reprit sa diatribe :

— Mais est-on plus heureux avec toutes ces inventions modernes, je vous le demande ? Chaque jour, en montant, je vois ces hideux poteaux de bois qui défigurent le chemin depuis Saint-Donat...

— Ma tante, demandez donc à Reine ce qu'elle en pense, maintenant qu'elle n'est plus obligée de remonter du lavoir des brouettées de linge mouillé !

— Et vous verrez bientôt, ma tante, l'automobile commandée par maman !

— Vous vous êtes donc décidée, ma chère ? intervint le commandant, qui avait abandonné la conversation devenue par trop ménagère.

— Jantou a décidé pour moi, figurez-vous, avec l'appui de ma fille.

Le nouveau docteur de Domme, qui avait remplacé celui de Saint-Cyprien, l'avait encouragée, un jour que les cataplasmes à la moutarde de mademoiselle de Carbon n'arrivaient pas à bout d'un refroidissement de sa filleule :

« Par ce temps épouvantable, c'est bien aimable à vous d'être venu si vite jusqu'à Tarnhac !

— De rien, de rien. Avec mon engin, dans moins d'une heure je serai rendu chez moi, avec une autre visite au passage !

— Je vois que vous vous servez à vous-même de chauffeur ! Vous n'avez pas peur de tomber en panne ?

— Mais non, mais non ! Vous verrez, dans quelque temps, tout le monde se mettra à la conduite automobile ! Il y a déjà plus de quatre cents voitures immatriculées dans notre département, figurez-vous.

Du fond de son lit, Natalène, malgré la fièvre, avait surenchéri :

« Une automobile, maman, ce serait merveilleux ! Jantou m'a raconté avoir conduit celle du marchand de cycles de Belvès. Il apprend à devenir un excellent chauffeur pour me conduire partout, m'a-t-il promis !

— Comment fait-on pour se procurer une de ces machines ?

A la question de Mondane, le médecin répondit avec la précision de l'expert :

« Eh bien, il existe plusieurs constructeurs dans notre région : vous leur rendez visite, vous choisissez le modèle qui convient – pour une dame, je conseillerai fortement une conduite intérieure –, vous passez commande, et au bout de quelques mois vous en prenez livraison. Il ne reste plus à votre chauffeur qu'à se présenter au service des Mines, à Périgueux, avec le véhicule. On s'assurera qu'il sait le manœuvrer en lui demandant d'accomplir quelques tours d'essai, et on lui délivrera une immatriculation. Une fois revenu à Tarnhac, il recevra par le facteur un permis de conduire.

— Quand je serai grande, de toute façon, c'est moi qui conduirai ! assura Natalène très excitée.

— Enfin, ma chérie, les femmes ne peuvent pas conduire des automobiles ! Il faut énormément de force pour actionner la manivelle, tourner le volant ou changer les pneus. »

Ainsi fut fait. Mondane s'était adressée à monsieur de Cézac, qui avait installé dans sa propriété d'Ajat, au nord du département, un atelier de construction automobile. Il s'agissait d'un lointain cousin de la famille, dont les parents avaient assisté à son mariage. Un gage de confiance et de sérieux pour elle dans une affaire aussi risquée.

Elle avait choisi une conduite intérieure HP 10 monocylindre, avec une capote de cuir, un intérieur capitonné de luxe, des roues à bandages de caoutchouc naturel, garnies de garde-boue. La carrosserie supportait les bidons d'essence de réserve, ainsi qu'une roue de secours protégée du soleil par un emballage de papier huilé. On pouvait même envisager de rouler de nuit, en commandant des lanternes d'éclairage reliées à leur générateur d'acétylène, à ficher sur des pignons avant de partir.

Jantou, empressé, avait déjà fait de la place, entre le bûcher et l'écurie, pour garer cette nouvelle automobile, et avait pompeusement baptisé l'endroit « le garage ». Il attendait avec impatience de partir en train pour Périgueux afin de prendre livraison de l'engin et le ramener à Tarnhac. Mondane lui avait promis une casquette de chauffeur et des lunettes pour tenir son rang.

— On demande Madame au bureau.

Reine était apparue au seuil de la pièce.

Mondane se leva vivement, en secouant les miettes de sa longue jupe moirée.

— Ma tante, commandant, vous voudrez bien m'excuser ? Reprenez donc de ce délicieux pain d'amandes avant que Natalène se charge d'en venir à bout !

Malgré le temps qui passait, elle continuait à se sentir en prison dans ce salon qui avait été l'antre de sa belle-mère, et accueillait chaque appel de ses gens comme une invitation à la liberté et à l'action.

— Ma pauvre petite, vous n'arrêtez donc jamais ! Je croyais que Jantou vous déchargeait de tout cela, maintenant que vous l'avez fait régisseur, et qu'il se pavane dans le bourg avec un chapeau de monsieur ? demanda l'ancien maire, compatissant, en se resservant.

21

Cela s'était passé un peu avant la Saint-Michel, l'année suivant la grande crise en Amérique et ce fameux « jeudi noir » d'octobre 1929 dont les effets se répercutaient jusqu'au fond du Périgord. Hippolyte se faisait un noir plaisir d'observer comment l'économie de la vieille Europe s'effondrait sous les coups de la dévaluation. Tandis que Lesboïto faisait mousser le savon à barbe, il lisait *L'Avenir de la Dordogne*, que le facteur venait d'apporter : les cours des matières premières comme le froment, le vin, le maïs baissaient toujours, tandis qu'augmentaient ceux du sucre et du café importés.

— Ça ne s'arrange pas pour l'agriculture, dis-moi.

Mais Lesboïto ne faisait même pas l'effort de s'intéresser le moins du monde à ces nouvelles inquiétantes. Il grattait sa houppe de cheveux gris sous le béret crasseux. Ce matin plus encore qu'à l'accoutumée, les mots avaient du mal à sortir.

— C'est que je me fais vieux, té !

Chaque matin, le métayer venait faire office de valet de chambre, aider à la toilette et procéder au rasage de son maître. Ses mots démentaient le geste sec et madré avec lequel il passait et repassait le coupe-chou sur une lanière de cuir, bien coincée contre son estomac.

— Eh oui ! on en est là ! Deux vieux brinquebalants.

Chassaigne jeta un œil dans la glace, sur son grand visage fort et carré recouvert jusque sous la moustache de savon à barbe. L'œil était vif et la carrure, élégante, mais il grinçait volontiers sur ses infirmités, et jouissait de mettre mal à l'aise ses interlocuteurs avec ce cynisme délibéré appliqué à lui-même.

La conversation n'allait pas dans le sens souhaité par le bonhomme. Il répéta donc, faute de mieux :

— Té, je me fais vieux ! Même la Léone le dit.

Le maître leva un sourcil au-dessus de la mousse blanche. Il y avait bien longtemps que Lesboïto n'avait aligné ainsi autant de mots d'affilée, l'affaire devait être d'importance.

— Ça ne va pas ?

— C'est que j'aurais besoin d'aide, à la ferme.

— Ah ?

— Tout seul, à tout faire, depuis le temps... Et puis qui prendra la suite, pour le tabac, si je ne donne pas ma main à quelqu'un ?

Lesboïto venait de recevoir des mains du maire-instituteur de Saint-Donat la médaille d'honneur agricole, pour ses vingt-cinq années de travail en tant que métayer de Coulerouze. Cela lui montait sans doute à la tête, se dit Chassaigne.

— Tu as une idée, peut-être ?

— Le *drolle* de la Boissière, le Cyprien. Il a l'âge pour entrer garçon de ferme quelque part.

— Tu lui en as déjà parlé ?

— Té, c'est lui qui m'a demandé. Il y a beaucoup de bouches à nourrir à la maison, le pépé fait toujours sa loi, ça ne va pas trop avec Chaparotte... C'est même pas bien sûr qu'y soye son fils.

— Tiens, tiens ! Et de qui donc alors serait-il ? de toi ?

— Oh ! monsieur, non ! Allez pas croire ! Même dans ma jeunesse j'ai jamais forcé les gamines, moi ! Elle avait même pas fait sa grande communion quand elle a été engrossée, la Malvina.

— Alors, qui ?

— Monsieur, ça se dit pas !

Un instant intéressé, Hippolyte n'insista pas. Il n'en saurait pas plus, à moins de faire perdre la face à son valet. On pouvait se permettre de parler de ces choses-là seulement par allusions, en invoquant des ressemblances étonnantes, par exemple. En Périgord, de toute façon, seule comptait vraiment la filiation maternelle, et la maison qui vous avait vu naître. Pour le reste, personne ne s'offusquait trop, sans pour autant rien ignorer. Hippolyte aurait été bien mal placé d'ailleurs pour faire la morale, et n'en avait nulle envie. Il se tut et gonfla obligeamment la joue, afin de mieux laisser glisser le rasoir. Il attendrait la suite. Sans doute tout était-il déjà arrangé, et au fond peu lui importait. Ce ne fut pas long.

— Le petit à la Malvina, y pourrait venir vous parler, monsieur ?

— Bon ! C'est lui que tu veux ? Alors, je le verrai ce soir, après ma promenade.

Lesboïto prit un air averti et tendit la serviette de toilette. Il n'en demandait pas plus.

La promenade ne fut pas longue ce jour-là. Chassaigne se fit surprendre sur le chemin de la palombière par une pluie torrentielle. Un brouillard d'eau noyait le paysage, et personne ne mettrait un pied dehors par un temps pareil sans obligation : il ne s'y passerait donc rien. Le sol se détrempait de minute en minute, il peina plus encore que de coutume à tirer sa jambe dans la boue, fit demi-tour et était de fort méchante humeur au moment d'aborder l'arrière de Coulerouze. Un jour viendrait, il le savait, où cette ultime liberté d'aller et venir seul lui serait impossible.

Occupé à ces pensées sinistres, mouillé et crotté, le capitaine Chassaigne avait chassé de son esprit toute préoccupation domestique, quand il aperçut Cyprien abrité sous l'auvent de la cuisine, en grande conversation avec Léone. Le garçon semblait en pays de connaissance, décidément ! Et s'il était déjà là, malgré ce détestable temps de Toussaint, c'est qu'il devait tenir à la place.

Allons bon ! Tous deux sentant également le chien mouillé, on réglerait cela promptement. D'un geste, il lui fit signe de le rejoindre dans la maison. Debout en haut des marches du perron, sa haute taille appuyée sur sa canne, Hippolyte regarda son futur garçon de ferme traverser la cour. Il se savait intimidant et en jouait volontiers.

Le petit *drolle* qu'il avait tant jalousé quelques années auparavant, simplement à cause de sa familiarité avec l'ange blond, était devenu un jeune homme. Il avait pris des épaules, une taille plus haute que la moyenne, un nez busqué sous des boucles noires encore enfantines, un menton volontaire.

Hippolyte se rappelait les paroles sibyllines de Lesboïto, et n'eut pas longtemps à se demander qui le garçon évoquait irrésistiblement, maintenant que ses traits étaient dégagés de l'enfance : sa vieille ennemie, la baronne de Tarnhac, qui l'exaspérait tant avant-guerre par ses mauvaises manières. Il en avait le nez et les yeux, avec un je-ne-sais-quoi dans l'attitude. C'était donc là sans doute un des rejetons semés par l'idiot dans ses métairies ? Cette réincarnation inattendue dans un fort et beau garçon l'amusait, *millodiu* !

Il le fit entrer, et décida sur-le-champ de l'inviter dans son bureau. Tant pis pour Léone, qui maugréerait contre les traces de boue sur le parquet.

— Alors, comme ça, tu voudrais entrer chez moi ? Que sais-tu faire ?

Cyprien s'assit avec naturel dans le fauteuil face au maître, pas intimidé pour deux sous. Il leva ses yeux noirs.

— Comme tout le monde ici, mener paître les moutons, enjuguer les bœufs, repiquer le tabac, battre le blé, soigner le potager... Je sais bien lire et calculer, aussi. J'aurais pu continuer au-delà du certificat, c'est l'instituteur qui l'a dit, si mon grand-père avait accepté. Je peux tenir vos comptes, si vous le souhaitez.

Il ajouta, à peine plus hésitant :

— Je pourrais aussi vous conduire en automobile, si vous en rachetez une.

— Fichtre ! Que voilà un homme complet ! Et qui plus est, il sait bien se faire valoir ! Amène donc tes affaires chez Lesboïto. D'autres questions ?

Cyprien, confortablement installé, parcourut posément des yeux le bureau, avec ses livres et ses revues entassés, et demanda :

— Vous recevez le journal tous les jours ?

Ce garçon le confondait par son naturel. Il parlait le français comme un fils de bourgeois, par-dessus le marché.

— Oui, plusieurs, même. Si tu veux, tu demanderas à Lesboïto de te le porter à la cuisine quand je l'aurai lu. Mais ce ne sont pas vraiment les mêmes lectures qu'à Tarnhac.

— Il faut tout lire pour avoir son idée sur les choses !

Ce jeune Cyprien lui plaisait, par cette absence de gêne comme d'obséquiosité. Mais il ne s'agissait pas pour autant de le laisser prendre ses aises et de s'en retrouver encombré. Hippolyte tenait plus que tout à sa solitude et à sa désespérance, il ne souhaitait personne pour le regarder souffrir ou enrager.

Ces résolutions ne durèrent pas. Durant l'hiver qui suivit son arrivée à Coulerouze, une fois ses journées de travail terminées, Cyprien passa la plupart des veillées dans la bibliothèque de la maison forte. Les bourdonnements d'oreilles qui faisaient tant souffrir le capitaine s'atténuèrent un peu, et il lui était moins pénible de soutenir une conversation. En revanche, ce qui lui restait de mobilité dans son côté blessé l'abandonnait. L'hiver les rhumatismes s'en mêlaient dans cette maison humide saisie par le froid, et chaque mouvement devenait douloureux. Il était désormais presque impossible à Chassaigne de se déplacer sans aide, même s'il refusait avec aigreur de l'admettre. Ce grand garçon solide tombait à point, avec sa façon de provoquer la discussion sur tous les sujets, de pousser les raisonnements au bout, tout en lui prêtant sans y prendre garde la force de ses jeunes muscles.

— Oh, garçon ! Viens donc par là.

Hippolyte s'était mis en mauvaise posture, pour atteindre une bouteille ou sa blague à tabac.

— Vous dites que notre région est habitée par des hommes depuis plus de vingt mille années ?

— Par intervalles, oui. Il y eut aussi une époque glaciaire où toute la vallée était envahie par les eaux.

— Comment peut-on en être certain ?

— Tu en as les preuves dans ma bibliothèque

L'homme s'appuyait lourdement sur le garçon, jusqu'à se laisser tomber dans son fauteuil pour le reste de la journée.

Chassaigne le laissait caresser les bifaces de silex taillés, les dents de mammouth, et de magnifiques pierres fossiles, souvenirs de ses fouilles d'autrefois, qu'il conservait dans une vitrine.

— On en trouve plein les champs, des pierres comme ça, quand on laboure !

— Justement ! observe et apprends à les reconnaître : un jour elles auront beaucoup de valeur et seront conservées dans des musées.

— Capitaine, la Société des Nations peut-elle garantir la paix ? Connaissez-vous monsieur Einstein, et sa théorie de la relativité ? Monsieur, croyez-vous vraiment que le fascisme va triompher en Italie ? Pourquoi parle-t-on de la marche des chômeurs à Paris, alors que le travail ne manque jamais ?

Hippolyte, quand ses bourdonnements le laissaient en paix, se plaisait à faire l'éducation de cet esprit toujours en éveil.

— Lis donc aussi *Le Diable au corps*, de Raymond Radiguet. Et si tu me remets trois bûches au feu pour réchauffer cette satanée prison, je te ferai écouter du jazz sur mon phonographe !

Peu à peu, Cyprien avait remplacé Lesboïto au service du capitaine. Et pour plus de commodité, celui-ci l'avait installé à demeure dans la maison forte de Coulerouze, lui donnant la petite chambre en vigie sur le porche d'entrée, qui avait été la sienne jusque-là. Lui-même avait désormais renoncé à gravir l'escalier, et couchait sur un divan dans son bureau.

L'affaire arrangeait tout le monde. Le métayer était content d'échapper à la tyrannie de l'infirme, autant qu'à l'enfermement dans cette maison bourgeoise, lui qui ne se sentait à l'aise que dans le silence et le travail des champs. Avec ceux de Tarnhac et sous les ordres de la dame. Et le garçon trouvait plus que son compte dans sa nouvelle vie, échappant en même temps à la confrontation avec le Jantou. Cela ne l'empêchait pas de faire son travail à la ferme avec bonne humeur. Hippolyte, s'il rudoyait son jeune aide, ne se montrait jamais méchant avec lui, alors que d'autres fuyaient sa violence gratuite.

Il témoignait même une forme de respect pour cette intelligence en éveil, ce jugement bien ajusté.

Cyprien semblait ne jamais se formaliser de ses accès de mauvaise humeur, lui qui avait connu tellement pire à la Boissière. Il accomplissait adroitement les tâches qui lui étaient attribuées, dévorait livres et journaux sous la conduite de son mentor.

Chassaigne aussi se laissa aller à poser des questions, au fur et à mesure que grandissait leur intimité. Pendant la toilette, l'habillage et les repas, qui demandaient de plus en plus d'efforts et de temps à l'invalide, les conversations avaient pris un tour permanent. Au milieu des considérations sur la politique du Cartel des gauches, la construction de la ligne Maginot, ou le suicide de l'escroc Stavisky, il en sut bientôt davantage sur la vie au château, la dame de Tarnhac et sa fille, les domestiques et les métayers, que le guet dans la palombière, en son temps, n'avait pu lui apprendre.

Pour Cyprien, cette liberté de parole sur tous les sujets, cette impertinence envers les puissances établies, cette manière de parler de tout sans les précautions oratoires habituelles aux paysans, cet art de manier l'ironie, l'abstraction, sans craindre de perdre son temps à détailler les situations et les événements, étaient un éblouissement. Un monde s'ouvrait à lui, bien au-delà du pech de son enfance. Lui qui autrefois se faisait rabattre le caquet par la mémé Mélie : « Tu peux pas t'empêcher de couper les cheveux en quatre, mon pauv' garçon, au lieu de travailler ! »

Depuis qu'il avait quitté la Boissière avec son baluchon, jamais il n'était retourné sur le domaine de Tarnhac, pourtant distant de moins d'une demi-lieue. Une blessure ouverte l'en séparait. Dès le début, il avait joué franc jeu face à ce maître qui le fascinait, en exposant ce qu'il savait de sa propre naissance comme des secrets de Tarnhac, avec cette simplicité assurée qui le caractérisait.

— Ma mère a été abusée par monsieur Gaston, alors qu'elle était toute jeune. La faute est retombée sur elle, la mémé ne le lui a jamais pardonné, et je suis né. On l'a obligée alors à se marier avec le Chaparotte, qui l'a toujours dégoûtée. Un peu plus à chaque naissance. Elle avait si peur quand elle était prise une fois de plus, et qu'il fallait appeler une femme de Domme pour le faire passer...

— Tu as connu ton véritable père ?

— Comme tous les *drolles* du pech, je le voyais parfois de loin, monté sur son cheval. On en avait un peu peur, à cause de son air bizarre. Et puis la guerre est venue. C'est seulement après sa mort que j'ai compris. Depuis toujours, on m'appelait le *bastardou*, ou le *barounet*. Vous savez, quand jamais on ne leur dit rien, les enfants doivent remuer longtemps dans leur tête ce qu'ils ont entendu par hasard, pour reconstituer la vérité. Le Jantou, celui qui est devenu régisseur, me traitait aussi de *beurdin*.

— Il pensait que tu étais demeuré ?

— Il aurait bien voulu, à cause de mon père ! Mais à l'école, j'étais bien meilleur que lui, et l'instituteur m'avait pris en amitié. Il me faisait travailler en plus le soir, répondait à mes questions. Pourtant, il n'avait guère le temps, avec la mairie en plus. Alors Jantou est devenu jaloux, et il n'a plus arrêté de me faire des misères. Il répétait : « Tous des bâtards dans cette famille ! » Sans doute comme sa mère, la Reine, qui ne m'aimait pas beaucoup non plus.

— Pourquoi ?

— Pendant la guerre, quand j'étais *drolle*, et encore après, j'allais souvent au château. La dame était gentille avec moi, elle nous faisait le catéchisme. Et je m'entendais bien avec la petite *démizeilo*. On parlait, je lui apprenais des choses, elle ressentait souvent les choses comme moi. La Reine avait tellement peur que je prenne la place du Jantou qu'elle m'aurait bien chassé si elle avait pu. Et le Chaparotte trouvais que je me donnais des airs, parce que je parlais le français avec elle.

— C'est pour cela que tu as voulu entrer ici ?

— Oui, quand Jantou a repris la place de son père comme régisseur du domaine, ce n'était plus possible. Il me cherchait noise à propos de tout à la métairie, et je n'aimais pas trop ça.

— Je t'imagine mal en effet baisser le nez devant quelqu'un, fier comme tu es !

Il y avait de l'ironie, mais aussi quelque chose comme de la tendresse dans la voix du capitaine. Que la sensibilité du garçon ressentit imperceptiblement, sans doute pour la première fois de sa vie.

— On aurait fini par se battre, si j'approchais trop la dame ou la *démizeilo*. Et puis là-dessus, j'ai commencé à apprendre à conduire une automobile, chez un cousin de ma mère à Belvès, de l'autre côté de la vallée. J'y allais le dimanche, après les vêpres. Comme il se disait dans le pays que madame la baronne allait acheter une automobile, j'espérais un peu devenir un jour son chauffeur. Le Jantou l'a su, et il a raconté à la *démizeilo* que c'était lui qui s'entraînait, pour prendre la place avant moi. C'est alors que je suis parti.

— Eh bien, ce n'est pas compliqué : nous allons racheter une automobile, nous aussi, et tu la conduiras, pour damer le pion à ce petit niais ! J'ai bien envie d'essayer une de ces Hispano-Suiza fabriquées à Colombes, dont on vante les merveilles. Et madame de Tarnhac savait tout cela ?

Les yeux de Cyprien brillaient ; mais il se garda de dévier la conversation.

— Je me suis souvent demandé ce qu'elle savait ou devinait de la vie du pech. Elle ne montre jamais rien, en tout cas, il y a des mystères dans sa vie.

— Et sa fille ?

— Elle a grandi, elle est partie en pension à Périgueux. Avec le temps, on s'est éloignés...

— Pourquoi ?

Cyprien laissa la question en suspens entre eux. Il n'avait pas les mots pour exprimer cela. Et Hippolyte n'était pas prêt à se dévoiler plus.

— Tiens, toi qui t'intéresses tant à la politique, regarde donc le journal. Ce bonhomme Hitler qui vient de prendre le pouvoir en Allemagne me semble terriblement dangereux. De là à ce qu'il nous prépare une nouvelle guerre… Avant, tu fermeras les volets et tu iras chercher une bouteille de monbazillac à la cave. Allez, plus vite que ça !

— La guerre, de nouveau ? Oh !

22

Le bruit s'amplifiait venant du chemin de Saint-Donat. Un crapotement parfaitement reconnaissable : la voiture de Tarnhac ramenait Natalène pour les vacances d'été. Depuis un moment déjà Clairon et Trompette avaient donné l'alarme, en jappant et tournant furieusement autour de la corbeille de roses.

En voyant apparaître les toits massifs de Tarnhac, tout là-haut sur le coteau, coiffés de leurs arbres majestueux, en reconnaissant chaque détour du chemin, chaque visage dans la traversée du village, en humant les javelles de blé coupées alentour, la jeune fille sentait son cœur se dilater, avec un sentiment délicieux de sécurité retrouvée. Là était décidément son univers, et nulle part ailleurs. Elle revenait y prendre sa place pour toujours.

Quatre années auparavant, la tante Louise avait déclaré forfait pour son éducation, en branlant plus encore d'émotion.

« A treize ans, il faut envoyer cette petite en pension ! On la dressera mieux que je ne peux le faire, et elle y aura la compagnie de jeunes filles de sa condition, plutôt que de perdre son temps avec les enfants des métayers ! »

L'abbé Malaurie s'était dit prêt à user de sa recommandation auprès des visitandines de Périgueux. Madame

Gaston savait qu'ils avaient raison, et qu'elle devait se séparer de sa fille. Déjà, elle l'avait gardée trop longtemps auprès d'elle, pour la protéger des ragots et des vexations, pour se réchauffer aussi sans doute dans la compagnie de cette enfant éclatante du bonheur de vivre.

Natalène avait résisté d'abord à ce départ, comme si elle pressentait là la fin de son enfance. La jeune fille ne souhaitait rien d'autre que de rester à Tarnhac. Elle en connaissait tout, des odeurs de la cave voûtée à celles des séchoirs à tabac, des pierres sacrées évoquées par Seconde aux épopées médiévales que la tante Louise situait entre les murs épais de la vieille tour, au temps où le roi Richard Cœur de Lion chevauchait à travers la vallée de la Dordogne, de Limeuil jusqu'à la forteresse de Beynac. Elle était capable de déceler avant tout le monde la rouille d'un pied de tabac, comme de repérer les bornages enterrés d'un pré. A quoi lui servirait d'apprendre à broder un trousseau, à versifier en latin ou à danser au bal ?

Sans doute aussi savait-elle confusément depuis sa petite enfance qu'elle aurait à souffrir du monde extérieur. Sans avoir les mots pour le dire, elle avait toujours ressenti un mystère autour d'elle, l'existence d'un secret qui la dépassait. Déjà, elle avait appris à affronter, sans baisser les yeux, le regard froid de la mère d'Amaury, lorsque les dames se saluaient à la sortie de la grand-messe de Saint-Donat, le dimanche. Surtout, plus profondément, elle répugnait à quitter sa mère, qu'elle sentait si triste et fatiguée derrière son front courageux.

Mais l'enfant était partie, et avait découvert avec sa curiosité native la vie conventuelle, cet univers citadin et étriqué, si loin du petit monde de Pech Tarnhac, qui n'était pas rythmé par les saisons et ne tournait pas exclusivement autour du travail de la terre. Comme elle était naturellement sociable, Natalène ne s'y était pas déplu, acceptant leçons et récréations comme un mal nécessaire, chuchotant et pouffant dans les rangs, et attendant les vacances pour revenir enfin à Tarnhac. Soigneusement, elle se tenait à l'écart de la vie mondaine de la préfecture, dont ses nouvelles amies faisaient grand cas, pressentant qu'elle n'y serait pas la bienvenue, ou trop pressée de retrouver son pech.

C'était au château que l'on se languissait le plus depuis son départ : les chiens, le poney, les domestiques et madame de Tarnhac ressentaient le silence qui s'était abattu sur le pech. Contre toute attente, la tante Louise s'était étiolée la première. Soudain inutile, privée de sa marche quotidienne jusqu'au château, ayant perdu ses raisons de vitupérer et de gémir, sans plus de bataille à mener contre sa filleule, elle s'était repliée sur ses herbes et ses prières. Un matin d'automne, les sœurs de Sainte-Marthe, chez qui elle était installée à Saint-Donat, l'avaient trouvée sans vie dans son lit bateau, entourée de sachets de simples. En larmes, la jeune fille avait obtenu la permission de revenir pour l'enterrement, par un sombre après-midi d'hiver. Cela l'avait confortée dans l'idée qu'elle ne pouvait abandonner son domaine enchanté sans risquer de le voir se défaire, comme un rêve dans les brumes de la Dordogne.

La voiture atteignait en broutant les derniers lacets du chemin. Maintenant une vie nouvelle allait commencer. La baronne s'était facilement laissé convaincre : après quatre hivers passés au couvent, sa fille estimait avoir reçu assez d'instruction pour mener une exploitation agricole ; la vie ne lui demanderait rien d'autre. C'était donc pour la dernière fois que le Jantou était venu à Périgueux la chercher, faisant vrombir la voiture pour effrayer les vieilles femmes et les chèvres sur les bords des routes. Pour la dernière fois il avait arrimé sa vaste malle de pensionnaire à l'arrière de la nouvelle C4 noire.

Selon un rituel désormais établi, toute la maisonnée était sur la terrasse pour accueillir la revenante, la *démizeilo* de Tarnhac. L'automobile fit une volte parfaite autour de la corbeille de roses. Jantou actionna la grosse poire qui déclenchait la trompe d'avertisseur, puis, avec maestria, releva le frein à main pour ralentir la course des roues, et enfin le véhicule s'arrêta très exactement au bas du perron de la terrasse.

Natalène se laissa embrasser tendrement par sa mère, lécher par les chiens, admirer par Reine et gronder par Seconde. Désormais, la vieille femme arrivait à peine au coude de la jeune fille de dix-sept ans, qui avait grandi tout en longueur.

— Té, mais vous ressemblez aux hérons de la Dordogne ! Elles vous ont donné quoi à manger, les sœurs, pauvrette ?

Puis Natalène s'en fut « faire son tour », comme elle disait. Elle reprenait possession de son royaume, humant les odeurs du vestibule, où celles de l'été se conjuguaient au parfum de la cire, traquant les changements.

— Le cartel du salon ne sonne plus ? Le hêtre du parc a gelé ? Pourquoi ne me l'avez-vous pas écrit, maman ?

— Ma chérie !

Mondane répliqua en riant, tout en s'efforçant de suivre sa fille à travers sa course folle ; elle s'appliquait pourtant chaque semaine à tenir pour l'exilée un journal de la vie sur le pech, de sa petite écriture précise.

Natalène descendit encore jusqu'à la cave mettre un doigt dans le lait caillé préparé par Reine en l'honneur de son retour, puis monta dans sa chambre en courant. C'était celle de sa grand-mère, restée inchangée avec ses tapisseries et ses lourds meubles noirs, qu'elle avait revendiquée et obtenue l'année de ses dix ans. Une chambre commandant la galerie, et contiguë à celle que Seconde appelait toujours avec nostalgie « la chambre de monsieur Gaston ».

Enfin, puisqu'il restait du temps avant le dîner, et que les lumières de ce soir de juillet étaient tout simplement magnifiques, elle poussa jusqu'aux métairies, pendant que sa mère retournait travailler dans son bureau. Une manière de dire bonjour à chacun, de se réapproprier les chemins. Et surtout parce qu'elle voulait se rendre compte par elle-même de l'état de la Loge, à l'entrée du parc de Tarnhac. En effet, Jantou avait profité du long voyage en automobile pour lui parler.

— *Démizeilo*, je vais me marier.

— Félicitations ! J'ignorais que tu fréquentais ! C'est Reine qui doit être contente, depuis le temps qu'elle voudrait quelqu'un pour l'aider au château, pour le service.

— Vous êtes la première à le savoir. Si je tarde à l'annoncer, à elle et à la mémé, c'est qu'elles vont être déçues.

— Pourquoi donc ?

Jantou tirait sur sa gauloise, et des nuages de fumée bleue envahissaient l'habitacle. Il expliqua le projet qui lui occupait l'esprit : il voulait demander à Madame la permission de s'installer avec sa promise, une jeune fille du Bugue habituée à la vie du bourg, dans la petite maison de la Loge.

— Ce n'est plus comme dans l'ancien temps, vous comprenez, on voudrait se mettre chez nous. Yvonne, elle est pas paysante, elle veut pas vivre tous serrés à la cuisine, se tenir debout derrière la table à servir la soupe aux hommes, et obéir aux vieux, comme ça se faisait jadis. Vous pourriez en parler pour nous à Madame ?

— Si tu veux. Elle veut pas non plus travailler au château, j'imagine, ton Yvonne ?

— Pour sûr que si, si la mémé voulait bien lâcher les clés !

La maisonnette plantée à l'entrée du parc et noyée sous sa treille, qu'on appelait la Loge, était vide depuis la mort d'Isidore, le vieux jardinier. Natalène ne l'avait pas connu, mais il faisait partie des légendes de son enfance, et le passage de la Berezina par la Grande Armée, des classiques racontés par Cyprien au cercle des enfants, durant les siestes dans les champs. Les lieux avaient été un moment transformés en séchoir à tabac de fortune. La jeune fille poussa la porte déjetée et soupesa d'un œil averti les poutres garnies de ficelles et de toiles d'araignées entremêlées. Il y aurait des travaux à prévoir pour la rendre de nouveau habitable ! Surtout si la promise était un peu exigeante, comme semblait le suggérer son amoureux.

Elle continua ensuite jusqu'à la Boissière, autant pour le plaisir de traverser la combe que pour saluer les métayers.

La Mélie, qui revenait courbée sous une charge de luzerne pour ses lapins, l'accueillit de toute sa bouche édentée.

— Té, *moun démizeilo* ! De retour au pays ? Comme la Marinette ! Vous êtes des oiseaux migrateurs, vous, maintenant. Ça vient se poser et, pfut, ça disparaît à l'automne !

— Marinette est là ? Je vais aller faire un tour à la Feuillardière, alors ! Mais maintenant, je ne repars plus, tu sais, Mélie, plus jamais !

— Vous allez devenir la dame de Tarnhac, alors ?

La jeune fille rit, reprit le chemin, tournant les yeux sans le vouloir vraiment dans la direction de la maison forte de Coulerouze, impossible pourtant à distinguer à travers les feuillages de l'été. Pendant qu'elle était enfermée dans son couvent, Cyprien y avait disparu, sans qu'elle eût jamais compris pourquoi. Certes, en grandissant, il avait pris ses distances, tandis qu'elle-même prenait conscience peu à peu de son rôle de future maîtresse du domaine. Dans les derniers temps, Cyprien ne se moquait plus quand elle tressaillait devant un orvet, ne partageait plus avec elle ses bons coins à morilles, ne lui racontait plus des histoires de loup aperçu à l'orée du parc. Un jour qu'elle ramassait des noix à Montpeyran, avec la Malvina et ses filles, elle avait demandé de ses nouvelles.

« Le cherchez pas, *démizeilo*, il s'en est allé garçon à Coulerouze. »

Le ton funèbre de Malvina était de ceux qui enjoignaient de ne pas pousser plus les questions. Natalène savait alors depuis longtemps déjà reconnaître cette façon des grandes personnes de décourager la curiosité, tout en sous-entendant de terribles mystères. Elle n'avait plus jamais revu ni même aperçu Cyprien depuis toutes ces années. Demeurait pourtant l'empreinte de sa présence.

Un jour, à la sortie de la messe de Saint-Donat, la mère Fournier racontait que le propriétaire de Coulerouze, cet homme qu'on ne voyait jamais, avait adopté le jeune homme comme son fils. Selon Lesboïto, qui le servait, Chassaigne était un héros de la guerre, un grand blessé. Le sujet suscitait pourtant une gêne bien perceptible à Tarnhac ; « ce rouge », disait autrefois la tante Louise, tandis que Seconde ajoutait avec une lippe dégoûtée : « Un frambageon, que personne l'a jamais vu faire ses Pâques ! »

Le nom de l'homme faisait venir le rouge aux joues de sa mère, lui semblait-il. Plusieurs fois encore, elle avait surpris dans les champs des conversations le concernant, qui s'étaient tues à l'approche de la jeune fille. Et celle-ci avait appris à renoncer aux questions frontales, tout en aiguisant ses oreilles et son sens de l'observation.

Natalène passa la calfourche et arriva ainsi avec ses pensées à la Feuillardière. Sans conteste la maison la plus soignée du pays, aux volets toujours repeints de frais et garnis de géraniums vermillon, pour éloigner les moustiques. La Léone était là à ramasser des tomates au potager, et l'accueillit en la serrant contre sa vaste poitrine.

— Té, la *démizeilo* ! Finissez d'entrer ! C'est Marinette qui va être heureuse de vous voir, elle est en congé de moisson !

Marinette était déjà sur le pas de la porte, avec le même visage large et ouvert que sa mère, aux pommettes un peu couperosées. Il y a bien longtemps, du haut de ses douze ans, elle avait appris à la petite *démizeilo* comment bien écimer les pieds de tabac : « D'un coup sec, comme ça, vous voyez, vous tranchez la tête, pour éviter que la plante monte en graine ! »

Et elles riaient toutes deux. L'écimage n'avait jamais été aussi gai qu'en ce temps-là, semblait-il à Natalène.

Depuis deux ans déjà, Marinette avait quitté le pays, pour s'en aller faire la cigaretière à Tonneins, dans le département du Lot-et-Garonne, cent kilomètres plus au sud. La manufacture recrutait loin à la ronde les filles désirant quitter la ferme familiale. La future maîtresse de Tarnhac la salua avec chaleur :

— Que tu es belle, toi, habillée comme une dame de la ville ! Avec une mine de papier mâché, quand même !

La jeune femme en effet ne portait plus de mouchoir de tête, elle était en cheveux, coupés court et ondulés, vêtue d'une robe fleurie. Des souliers de cuir à petit talon bottier avaient remplacé les sabots de son enfance.

Son départ, à l'époque, avait surpris, alors que le travail ne manquait pas à Tarnhac. Madame de Tarnhac, qui aimait bien cette petite Marinette qu'elle avait vue grandir, avait tenté de la retenir, lui proposant même une place au château pour aider Reine. En vain.

Natalène reprit :

— Alors, raconte ce que tu en fais, de notre beau tabac, à la manufacture ?

— Eh bien, toutes les cigarettes que vous trouvez au débit de tabac de Saint-Donat ! Du caporal de troupe, des gauloises, des gitanes, mais aussi des Sultane, des Balto, des Naja, des Week-end au goût anglais... Et puis des nouvelles qu'on connaît pas encore par ici, les Celtique, avec un embout filtrant la nicotine. Des Disque bleu...

— On fait guère plus de tabac à priser, comme en usait madame la baronne autrefois, à ce qu'il paraît ? intervint Léone.

— Eh non, et plus de carottes non plus ! De toute façon, c'était une spécialité du Nord, mon pays natal. A Tonneins, on fabrique plutôt du scaferlati pour la pipe ; et surtout, de plus en plus de cigarettes déjà roulées. Avec du tabac brun de par ici, car la dessiccation se fait à l'air... le séchage, quoi !

— Il y a machines pour tout ça...

— Oh, c'est pas pour autant que le travail manque ! Une machine produit cent mille cigarettes à la journée, et avant d'enfourner tant de tabac dans les machines, il faut écabocher les feuilles, écoter pour enlever les nervures, époularder entre elles les feuilles manoquées, pour les débarrasser du sable et de la poussière.

— Eh bé...

— Ça m'a bien pris trois mois d'apprentissage ! Après, il faut encore passer dans l'atelier de mouillade : on humidifie les feuilles avant de les hacher et de les torréfier. En bout de chaîne, la vérifieuse rejette les cigarettes mal faites. Et puis viennent encore les peseuses, les paquetteuses devant leurs machines, et les vignetteuses pour coller les timbres fiscaux.

— C'est moins dur que le travail de la terre, quand même ?

— Oui, mais en salle de hachage, on respire pas, à force de travailler dans un brouillard de nicotine, neuf heures par jour. Vous voyez bien, j'ai toujours le teint jaune, et les doigts aussi ! Tout finit par avoir le goût de tabac, même le pain qu'on mange !

— Et tu vas continuer longtemps comme ça, à te crever la santé ? Tu reviens pas si souvent, intervint Léone d'un ton mi-tendre, mi-rogue.

— Le syndicat dit que bientôt on obtiendra des congés payés.

— On te donnera pas une paie pour rien faire, tout de même ?

— Si ! Pas comme à la terre, donc ça vaut la peine de rester. Surtout que j'aimerais bien devenir cigarière. Les bondons ronds, avec douze cigarettes dedans, c'est fini. Maintenant on fait des paquets souples, en papier kraft, et même des étuis rigides à tiroir en coulisse pour les gitanes, avec de très beaux dessins dessus, des oranges, des éventails. Vous en avez vu, à Périgueux, *démizeilo* ?

— Ça me fera pas venir des petits-enfants, ça, cigaaaa-rièèrre !

L'émotion donnait à la Léone des relents d'accent du Nord. Natalène vint à son secours :

— Tu ne te trouves pas bien ici ?

— Eh *bé*, non, faut croire.

La jeune fille était si fortement enracinée dans sa terre que le désir de vivre ailleurs exprimé par Marinette lui était difficile à concevoir. Mais elle comprenait pourtant, et compatissait. Un jour, Reine, sous le sceau du secret, lui avait raconté que la fille de Léone, consumée d'amour pour le Cyprien, serait bien entrée métayère à

Coulerouze. Celui-ci ne partageant pas ses sentiments, elle avait préféré partir.

La cloche annonçant le dîner au château retentit au loin, de ses six coups réguliers.

— Oh, mon Dieu, Seconde va me gronder !

Natalène se leva d'un bond, embrassa les deux femmes en promettant de revenir bientôt, et enfila le chemin vers la calfourche. Les chiens avaient déjà repris leurs habitudes et trottaient sur ses talons. La lumière du soir sur les tuiles, l'odeur du sous-bois desséché l'enivraient toujours autant. Mais décidément, ce retour ne ressemblait pas tout à fait aux autres. La vie avait continué ici sans elle, chacun avait tracé son chemin, tissé des liens nouveaux. Surtout, Natalène avait perçu dès les premiers baisers de retrouvailles avec sa mère que la dame de Tarnhac s'était encore imperceptiblement amenuisée. Alors que tout semblait aller enfin pour le mieux : après l'effort gigantesque accompli, durant toutes ces années, pour faire du pech le plus grand domaine tabacole de Lalinde à Saint-Cyprien, elle semblait lâcher les rênes. Et son régisseur, chacun le savait ici, n'en faisait parfois qu'à sa tête.

Depuis longtemps déjà, la jeune fille portait avec sa mère le souci des gens, des bêtes et des plantes. Ceux-ci constituaient même l'essentiel des conversations à la table de la grande salle à manger sonore. Car il y avait tant de sujets que l'on n'abordait pas au château ! La douce Mondane, cette mère qu'elle adorait, attentive à tous et à chacun alentour, restait une énigme pour sa fille. La dame de Tarnhac gardait en elle les secrets de sa vie, et en défendait farouchement l'approche. Entre elles, il y avait un mystère que Natalène désespérait de pouvoir aborder.

Et depuis Périgueux, un malaise la poursuivait : ni le Jantou en trempant la soupe le soir à la cuisine, ni Natalène dans la grande salle à manger ne raconteraient comment, dans les faubourgs, l'automobile avait été prise à partie par les ouvriers des ateliers des chemins de fer en grève. Dans la ville surexcitée, le passage de la puissante limousine noire avait déclenché une pluie d'injures. Cela s'ajoutait à toutes ces rumeurs de révolution, dont les congés payés vantés par Marinette faisaient partie. On avait chanté *L'Internationale* dans les rues de Sarlat ! Le département avait envoyé deux députés communistes à l'Assemblée nationale à Paris, lors des élections de 1936, et un gouvernement de Front populaire s'était constitué, avec deux ministres périgourdins. Tout cela parvenait en échos assourdis et menaçants jusqu'aux douves de Tarnhac.

23

Le tableau était charmant : les deux femmes, la mère et la fille, la brune menue tout en retenue et la joyeuse grande blonde, en robes printanières de plumetis blanc, attendaient, au pied du calvaire, le passage de la procession.

Tous ceux qui arrivaient, à la suite du curé, chantant les litanies des saints, s'en firent à part eux la réflexion. En particulier Amaury du Mayne.

— *Pater de Cœlis Deus, miserere nobis. Sancta Dei génitrix, ora pro nobis. Omnes sancti Patriarchae et prophetas, ora* [1]...

Les voix résonnaient au-dessus des champs, faisant écho de combe en combe, avertissant de l'approche de la procession. A la calfourche, la croix de pierre blonde indiquant l'entrée des terres de Tarnhac avait été décorée, comme chaque année, par Mondane et Natalène. Sur le socle, une cascade de bouquets de roses représentait toutes les nuances de la majestueuse corbeille de Tarnhac. La croix elle-même disparaissait sous les verdures enchevêtrées, branches d'aubépine, fleurs de narcisses et

1. « Dieu le Père, du haut des cieux, ayez pitié de nous. Sainte Mère de Dieu, priez pour nous. Tous les saints patriarches et prophètes, priez... »

primevères. Enfin, des pétales de roses et de pivoines, semés par paniers entiers, jonchaient le chemin et embaumaient alentour.

Comme à l'accoutumée, les dames de Tarnhac avaient apporté des cruches d'eau rafraîchie. Chacun se désaltéra, à commencer par l'abbé, maugréant contre l'ardeur de ses enfants de chœur à courir et se bousculer. Puis la procession repartit, les deux femmes s'y adjoignirent, et l'on continua vers le village de Saint-Donat. Rituellement, la célébration se terminerait au pied de la statue de la Vierge, dans l'église.

C'était la fête des rogations, pendant le mois de Marie. Depuis la nuit des temps l'on implorait ainsi le Seigneur, puisque selon les recherches faites par monsieur du Mayne il existait dans les archives de la paroisse des traces de cette dévotion datant du VIIIe siècle. On implorait Dieu de bénir les fruits de la terre et ceux qui la travaillaient, d'envoyer la pluie et le soleil, d'écarter la grêle et les insectes, les maladies et la disette.

L'abbé Malaurie, précédé par Piquette le sacristain portant haut la croix, allait ainsi par tous les chemins et hameaux de la paroisse, de la plaine jusqu'au sommet des pechs. Le suivaient un cortège d'enfants de chœur et tous ceux qui en trouvaient le temps, *pitious*, jeunes filles vêtues de blanc, avec un brin de basilic glissé dans leur corsage, et vieilles femmes noires.

Par toute la paroisse, à chaque croix décorée par les voisins, qui se tenaient tout droits devant en attendant la bénédiction, l'on s'arrêtait. Le curé aspergeait d'eau bénite les quatre points cardinaux, et l'on reprenait l'antienne venue du fond du Moyen Age :

— *A peste, fame et bello, libera nos, Domine* [1] *!*

1. « De la famine, de la peste et de la guerre, délivre-nous, Seigneur ! »

— *Libera nos, Domine !* répondaient les vieilles femmes en marmonnant un latin patoisant.

On repartait avec un nouveau petit paquet de fidèles, en accélérant un peu le mouvement au fil de la matinée, à cause du soleil de printemps.

Simone du Mayne avait vivement incité son fils à prendre part à la cérémonie : « C'est une bonne occasion de te faire connaître ! Tu pourras saluer la moitié de tes futurs électeurs d'un seul coup, et montrer ainsi tes convictions religieuses. »

Amaury en effet, ses deux bachots obtenus au collège de Sarlat, avait été envoyé faire son droit à Bordeaux, sous la houlette de sa famille maternelle. Mais comme on ne lui avait pas découvert de vocation de juriste, il était revenu depuis peu à la chartreuse de Saint-Donat, comme le souhaitait si ardemment son grand-père. Jean du Mayne ne donnait plus qu'épisodiquement de ses nouvelles, se passionnait trop pour la chasse au gros et le commerce des bœufs pour que le commandant puisse espérer son retour. Qui donc, si ce n'est Amaury, son unique petit-fils, pourrait reprendrait la propriété après lui ? Le jeune homme suivrait bien sûr la tradition familiale, et se présenterait aux élections municipales de 1938. Il était temps de bouter hors de la mairie l'instituteur anticlérical qui détenait le mandat depuis tant d'années !

Pour une fois, Simone et son beau-père étaient du même avis.

Aussi, ce matin-là, le jeune homme avait-il pris place juste derrière l'abbé Malaurie, cheminant, saluant, entonnant les chants avec le chœur des femmes. Même si celles-ci ne votaient pas, nombreuses étaient sans doute les épouses à donner leur avis au moment de déposer le bulletin dans l'urne ! Amaury se sentait heureux et fier de mettre ainsi ses pas dans ceux de ses grands-parents. Au début du siècle à Saint-Donat, lui avait-on raconté, au temps de la guerre religieuse et de « l'affaire des listes », le couple allait ainsi en tête des cérémonies pour affirmer sa foi religieuse.

Amaury avait apprécié en connaisseur le spectacle champêtre offert par Natalène et sa mère accueillant la procession avec le sourire. La petite fille avait bien changé depuis le temps de leurs escapades communes dans les greniers de Tarnhac ! Ses cheveux et ses yeux étaient toujours aussi étonnamment clairs, un naturel souverain se dégageait de ce jeune corps souple qui avait pris des grâces plus féminines. Le garçon, troublé, tenta de retrouver le registre de camaraderie qui avait été celui de leur enfance. Il posa une main sur son épaule, elle se retourna et lui rendit un sourire lumineux. Tous deux, silencieux dans la procession, s'appliquèrent ensuite à montrer le recueillement qui convenait.

Entrant dans l'église, le jeune homme vint délibérément se placer à côté de Natalène. Il fit mine d'ignorer l'œil courroucé de madame du Mayne qui s'agenouillait au banc de la famille, auprès de son beau-père, étalant autour d'elle le voile de deuil qu'elle portait depuis la guerre. La famille du Mayne avait sa place dans la chapelle latérale, au premier rang, avec vue sur la nef. La jeune fille intercepta aussi ce regard, comprit que la hache de guerre n'était pas enterrée, et apprécia d'autant la liberté du jeune homme. Sans doute, comme autrefois, n'échapperait-il pas à une réflexion publique et cinglante de la part de sa mère à la sortie. Elle le remercia d'un sourire, et joignit les mains. Madame de Tarnhac, à côté, semblait perdue dans ses prières. Alors la fille s'appliqua à rejoindre les pensées supposées de la mère.

— Mon Dieu, faites que le tabac soit beau cette année, que le père Vignal, qui est si mal, guérisse. Faites que maman n'ait pas de trop soucis, que Marinette soit heureuse et que le nouveau-né de Lina grossisse comme il faut.

On se tourna vers la statue de la Vierge, un plâtre vivement colorié de la fin du dernier siècle, avec des étoiles dorées brillant sur le bleu de la robe, pour un dernier Ave Maria. Après un signe de croix vite esquissé, chacun s'en alla vaquer à ses occupations. Sur un signe du curé, Natalène se dirigea vers la sacristie. En tant que fille d'un de ces héros morts pour la France, elle était chargée de rassembler les fleurs apportées à profusion dans l'église pour les répartir sur les tombes abandonnées du cimetière. Si celle de son père ne s'y trouvait pas, car pour une raison inconnue d'elle son corps n'avait jamais été rendu à sa famille, nombreuses lui étaient familières, comme autant de légendes du pech : celles d'Abel, d'Isidore, des petits enfants Vignal emportés par le croup, du peillarot, de la grand-mère d'Amaury dont Mondane parlait encore avec tendresse, et de tant d'autres.

Dans la petite pièce nichée sur un bas-côté de l'église, la jeune fille ouvrit les hauts meubles de noyer où Angéline serrait les ornements sacerdotaux, à la recherche de vases. Elle sursauta : sur la largeur d'une étagère, de fins ossements desséchés étaient disposés en alignement, formant des signes cabalistiques.

— Monsieur le curé, regardez !

L'officiant disparaissait sous le surplis qu'il était en train d'enlever. Il mit un moment à en émerger et s'approcha, puis gronda :

— Ceci, ma chère petite, est la preuve que notre vieux Périgord a encore bien besoin d'être évangélisé ! Ce sont des superstitions venues de la nuit des temps : sans doute une sorcière a-t-elle cru voir dans l'eau d'une fontaine l'approche du malheur ?

— Pourquoi ces ossements ?

— L'église est le lieu du sacrifice. La fagilière a dû

conseiller à une bonne femme du village de venir accomplir ici des rites de magie pour conjurer le sort, en tuant un chat noir, une chouette ou que sais-je encore. C'est bien malheureux qu'en 1938 nos pauvres paysans, au lieu de prier Notre-Dame, croient encore à ces sortes d'exorcisme. Ma vieille Angéline ne sait plus compter le nombre d'œufs qu'elle a trouvés ainsi déposés sous l'autel, pour améliorer la fécondité de mes paroissiennes, ou de plumes de corbeaux aimablement pendues à la porte du presbytère !

— L'approche du malheur ?

Natalène tressaillit. Soudain silencieuse et inquiète, elle referma promptement l'armoire, et rassembla ses fleurs en brassées.

Au sortir de l'église, Amaury, en parfait homme du monde, avait baisé la main de la dame de Tarnhac, en lui faisant longuement compliment sur sa fille. Monsieur du Mayne, heureux de voir se renouer des liens anciens, arrivait au pas tremblé de sa canne. Tandis que le jeune homme et sa mère se répandaient encore en salutations sous le porche, Mondane et le commandant se détachèrent du groupe pour se diriger lentement vers le cimetière. Depuis longtemps, ils avaient accoutumé de terminer les offices à Saint-Donat par une petite prière sur la tombe de Madeleine du Mayne, en commentant les nouvelles et les saisons, comme pour faire participer celle qui y attachait tant d'attention. Le jour était au soulagement : ce printemps s'annonçait beau, le soleil avait accompagné la procession des rogations, et l'on avait évité la guerre.

— Cet accord signé à Munich est une victoire personnelle de Georges Bonnet, le député de Périgueux devenu ministre des Affaires étrangères. Du reste, Périgueux pavoise déjà pour son retour !

— Nous n'avons certes pas besoin d'une nouvelle guerre, alors que l'agriculture se porte si mal.

— On dirait que nous ne sortirons jamais de la Grande Dépression. Mais vous-même vendez fort bien votre tabac, au contraire de nos pauvres exploitations...

La Régie, en effet, au fil du temps, avait réduit le nombre de ses planteurs sous contrat, ne gardant que ceux qui pouvaient fournir en quantité. Le domaine de Tarnhac en profitait, au point de faire désormais figure de privilégié dans une agriculture en crise.

Amaury, une fois ses devoirs accomplis et sa campagne électorale menée, alla se poster devant la ravissante porte basse en ogive, vestige de l'ancienne abbaye, qui ouvrait sur la sacristie. Natalène en sortit bientôt, se déchargeant d'une partie de son fardeau fleuri dans ses bras. Galamment, il l'accompagna jusqu'au cimetière, dans son périple à travers stèles de pierre et simples croix de bois. Puis les deux jeunes gens rejoignirent Mondane et le commandant devant le monument funéraire de la famille du Mayne. En souriant, Natalène déposa une rose de Tarnhac devant chacun des blasons gravés rappelant les trois hommes disparus. Puis on se salua, car derrière le mur, Jantou faisait ronfler la voiture qu'il avançait pour ces dames. Le jeune homme ajouta :

— A bientôt ! Si vous le permettez, madame, j'accompagnerai grand-père à Tarnhac lundi prochain. Natalène et moi avons encore des explorations à mener ensemble !

La peur éprouvée dans la sacristie était chassée. Elle éclata de rire, avec cette grâce qui le ravissait.

— En effet, il manque encore quelques bisons sur les parois de notre grotte ! Et depuis mon enfance j'ai une revanche à prendre au billard, maintenant que les cannes de jeu sont à ma taille !

Amaury, en la quittant, déposa un baiser à peine perceptible sur sa main. Ce retour à Saint-Donat apparaissait décidément à Natalène sous les meilleurs auspices.

24

Dans le bureau de la tour, les trois hommes étaient assis devant la grande table de travail où s'entassaient des plans cadastraux, l'encrier de porcelaine peinte, des pierres fossiles ramassées dans les champs, et des livres remplis de colonnes de chiffres calligraphiés. Face à eux, accroché au mur, le nouveau téléphone de Bakélite noire à sonnette de laiton, que les Tarnhac avaient enfin obtenu après une année entière d'attente. Il répondait au numéro deux à Saint-Donat, le numéro un étant attribué à la cabine publique accotée à la mairie. Il y avait Jantou, en tant que régisseur, Chaparotte, devenu enfin métayer en titre de la Boissière depuis que l'on avait enterré le père Vignal, au lendemain de l'Ascension. Et Prinzi, représentant sa métairie de la Séguinie. Entre ceux de la Boissière et Prinzi, il y avait eu longtemps la question des terres de Campredon, que chacun revendiquait. La Mélie en voulait encore pour cela à son gendre, qui en avait laissé filer une partie par paresse, pensait-elle. Mais aujourd'hui, les deux hommes semblaient faire front commun, assis sur le bord de leur chaise, le béret sur les genoux, déterminés.

En face, la baronne de Tarnhac s'était carrée dans son fauteuil. Elle était vêtue d'une stricte et élégante robe de basin grise, qui soulignait sa taille toujours si fine mais aussi sa mine fatiguée. Et Natalène se dressait debout à ses côtés, comme pour protéger sa mère.

La fête de la Saint-Michel approchait. Avec elle ce moment solennel où, chaque année, les souliers*, granges et chais remplis pour l'hiver, on soldait les comptes, avant de renouveler les baux entre propriétaires et métayers. Le temps n'était pas si lointain en Périgord où des familles se retrouvaient ainsi congédiées ce jour-là, entassant tous leurs biens sur un *charretou* tiré par le père, à la recherche d'un nouveau toit pour l'hiver. Beaucoup en avaient encore souvenance. Et pourtant, les deux hommes dans la force de l'âge étaient venus en réclamer plus encore.

Depuis longtemps, l'échéance de la livraison des tabacs, en hiver, avait supplanté en importance le rendez-vous de novembre. Et pourtant, l'atmosphère dans la tour ronde pesait ce jour-là son poids de silence contraint.

Tout était venu de Prinzi. Monsieur du Mayne l'en avait bien prévenue autrefois, lors de la signature de son bail, se rappelait Mondane : « Il faut se méfier des étrangers, car ils ne connaissent pas nos traditions et ne savent pas s'adapter. »

Prinzi, donc, qui venait de loin et avait roulé sa bosse avant de faire souche à la Séguinie, disposait pour cela d'un certain prestige auprès des autres. Mondane le connaissait moins bien, car il était arrivé bien après-guerre, et ils n'avaient pas œuvré ensemble dans les champs comme au temps de ses débuts. Le vieux Vignal disparu, Prinzi avait entraîné le pauvre Chaparotte dans ses revendications, sans faire de sentiment envers madame la baronne. Tous deux s'en étaient venus demander à Jantou de revoir les baux de métayage. Au motif, prétendaient-ils, que partout au-delà du canton les métayers avaient obtenu le régime du « un tiers-deux tiers ». Pour un contrat minimal de neuf années renouvelables, au lieu de la signature annuelle.

Le Jantou, en tant que régisseur, poussa les hauts cris devant les deux hommes qui lui tenaient tête. Son honneur était en jeu : « Un tiers pour le propriétaire ! Alors que Madame supporte tous les frais, les journaliers, la bouillie bordelaise, l'entretien des séchoirs ! *Milladiu !* C'est pas possible ! »

Les discussions n'aboutissant pas, on avait décidé de poursuivre l'affaire dans le bureau de la tour, en présence des dames de Tarnhac. Mondane, fidèle à sa réputation apaisante, tentait de calmer les vociférations de Jantou, très remonté contre Prinzi, tout en maintenant sa position de principe. Depuis près de vingt ans, elle gouvernait ainsi ses gens par la persuasion et l'appel au sens du devoir, à la solidarité devant l'adversité.

Mais les temps avaient changé, l'esprit de ces hommes aussi, sans qu'elle s'en aperçût ; une distance s'était instaurée, et son discours était vain, semblait même faire monter encore l'animosité des métayers.

— L'argent rentre, madame la baronne, on le voit bien, arguait Prinzi en fixant l'appareil téléphonique de ses yeux noirs, il faut le partager un peu.

Le ton était sourd, avec une pointe de colère.

Mondane, retenant un soupir d'agacement, répartit :

— Maintenant que les paiements du tabac se font en deux fois, et pas avant avril, il faut attendre la nouvelle saison pour rentrer dans ses frais. Si je vous donne les deux tiers des bénéfices, il ne me sera plus possible d'entretenir le domaine. Ce n'est pas ma ruine que vous désirez, tout de même ! Tout le monde y perdrait.

La sécheresse de la réponse avertit tout le monde qu'il n'était pas question de négociation.

— Il faut que tout le monde y gagne.

Natalène intervenait, sa haute taille dominant le groupe assis. Depuis qu'elle était revenue du couvent pour s'installer à Tarnhac, elle parcourait le domaine en tout sens comme elle l'avait vu faire à sa mère autrefois, s'arrêtant pour parler au bord des champs, usant du patois de son enfance, acceptant les invitations à boire un verre de piquette le temps de laisser passer une averse, écoutant aussi légendes et ragots, posant des questions détournées. A travers les mots de politesse ou les silences, elle savait discerner la trame des habitudes ou des discordes entre les gens du pech. Toujours aux aguets, à la recherche de cette vérité qui lui échappait, et qui, elle le sentait confusément, lui était indispensable pour vivre heureuse à Tarnhac.

Sa quête n'avait guère avancé, car les femmes de la campagne savaient décidément tenir bouche close devant la *démizeilo*. Mais bien des choses de la vie du pech lui étaient désormais plus familières qu'à sa mère.

Debout, s'imposant avec une autorité nouvelle, les mains ponctuant la parole, regardant tour à tour sa mère et Jantou dans les yeux, elle exposa chiffres et hectares. Le compromis qu'elle proposa, avec la chaleur qui lui était propre, bien pesé et à juste distance des intérêts de chacun, fut écouté. Avec un tact inné, elle se tut ensuite, attendant que Mondane se range à son avis et l'impose à Jantou.

On ne toucherait pas au tabac, qui représentait l'essentiel de la production du domaine, demandait des moyens importants et un travail collectif. Tarnhac avait tout intérêt à apparaître fort et uni face à l'administration des tabacs. Mais les métairies ne seraient plus désormais tenues d'apporter au château la moitié de leur production de blé, de fourrage, de maïs, de noix, de volailles et de cochon.

Tout le monde trouverait son compte dans cet arrangement : chaque famille était ainsi assurée de gérer pour elle-même ses réserves de vivres, et de ne jamais manquer de l'essentiel nourricier. Libre à celui qui le désirait d'aller vendre ses foies gras ou ses cerneaux de noix au marché, pour en retirer l'argent nécessaire à l'achat d'étoffes ou de galoches. Jusque-là, la baronne se chargeait d'acheter à chacun ce qui semblait lui manquer, à l'occasion des étrennes de Noël ou du tabac. Désormais, les gens du pech recevraient tout leur dû plutôt que d'être remerciés par des cadeaux. Natalène avait bien compris, à de multiples signes, qu'une certaine organisation séculaire était révolue.

Quant à Jantou, plutôt que de passer le plus clair de son temps à surveiller les travaux des métairies, et à compter les sacs pour prélever sa part, en sus souvent de celle du château, il recevrait désormais pour son travail une somme d'argent fixe chaque mois. Bien évidemment, la maison de la Loge, avec le potager et les terres de la réserve, resterait à sa disposition, en plus. Tout cela simplifierait grandement les comptes de la Toussaint et des tabacs. Chaque maison aurait son porte-monnaie rempli, à dépenser à sa guise.

Désormais, les dames de Tarnhac renonçaient à faire entretenir le château en produits vivriers et par des journées de travail. Pour la première fois dans l'histoire, elles paieraient ce qui leur était nécessaire avec de l'argent. Dans l'esprit de Natalène, cela n'était pas une grande perte : il n'y avait plus comme au temps jadis de grosse maisonnée à entretenir, on ne recevait guère, les besoins avaient diminué avec le nombre de domestiques. Depuis la mort d'Abel et le mariage de Jantou, ne restait plus à la cuisine que Reine, avec Seconde qui vieillissait, perdait la tête et les jambes. Les quatre femmes réunies, avec Mondane et sa fille, n'avaient guère de besoins.

Par sagesse, la baronne de Tarnhac acquiesça aux paroles de conciliation de Natalène. Pourtant, il lui répugnait de changer ainsi les traditions, et elle sentait là vaciller son autorité.

Afin de se mettre d'accord, on écrivit tout cela sur du papier, pour prendre effet à partir de la campagne 1939 : les métayers devenaient des fermiers, comme il en existait ailleurs en France. Ils payeraient en argent, une fois l'an, l'équivalent du tiers de leurs récoltes, le prix variant en fonction des cours des denrées. Mais aussi une part des impôts de leurs terres. Le tabac restait sous la responsabilité entière de la propriétaire. Chaparotte et Prinzi signèrent d'une croix, tandis que Jantou calligraphiait son nom à côté de celui de Mondane de Valloux, baronne de Tarnhac.

La nouvelle de ces arrangements, tous le savaient bien, aurait vite fait le tour du pays, de la mairie à la chartreuse de Saint-Donat, jusque bien au-delà du coteau, et susciterait des commentaires victorieux ou acerbes. Les métayers du canton se sentiraient autorisés à exiger la même chose. Les propriétaires inquiets y verraient encore de ces désordres menaçant la France, alors que grandissaient les risques de guerre.

Tous les jours, les deux femmes se penchaient vers la grande boîte de bois verni, recouvert d'un soyeux tissu grège, qui avait été installée au petit salon depuis plusieurs années déjà. En actionnant les leviers, elles captaient des voix, parfois claires parfois brouillées, émettant à partir des villes inscrites en lignes serrées sur la fenêtre de verre : Paris, Milan, Prague, Londres, Düsseldorf, Strasbourg...

La décision était donc d'importance. Mais Mondane voulait faire confiance à sa fille. Et cette immense fatigue qui la terrassait parfois l'y incitait plus encore. De plus en plus souvent, elle disait à Reine, au Jantou, à Lesboïto ou à Chaparotte : « Vois donc avec Natalène, elle saura. »

La baronne pressentait aussi cette connaissance intime qui unissait la jeune fille aux habitants du pech, si différente des liens qu'elle-même avait tissés jour après jour dans les épreuves, en prenant soin de garder toujours la distance entre maîtresse et métayers, pour préserver son autorité de femme fragile. Après la signature des contrats, Natalène serra longuement la main de sa mère pour la remercier de son appui.

Tout cela avait duré bien longtemps, et la tension nerveuse était palpable. La dame de Tarnhac rassembla son courage et proposa avec bonne humeur de boire un verre en l'honneur de leurs accords, et de l'ère nouvelle de prospérité qu'ils inauguraient certainement pour le domaine. Elle actionna le cordon pour sonner Reine à la cuisine. C'est alors que le bruit d'un moteur de voiture se fit entendre, venant du chemin en contrebas. On n'attendait personne, mais désormais les voitures automobiles étaient assez nombreuses dans le voisinage pour qu'un fournisseur monte ainsi à cette heure.

Natalène se leva, pour éviter à sa mère de le faire.

— Ne bougez pas et surtout buvez aussi à ma santé, je vais voir ce dont il s'agit et je reviens !

Une longue Hispano-Suiza se rangeait à l'arrière du château, du côté des communs, comme si son conducteur était un habitué des lieux. La silhouette juvénile et solide d'un homme, vêtu d'un pantalon et d'une chemise clairs, en sortit, claquant la portière d'un geste brusque. La jeune fille, s'avançant vers lui pour l'accueillir, reconnut Cyprien. Un Cyprien qui lui en imposait terriblement. Il était devenu un homme depuis toutes ces années, tout en gardant ses cheveux et ses yeux de jais, avec cette expression de tranquille assurance qu'il posait sur toutes choses, et qui l'impressionnait déjà quand elle était enfant. Allant à sa rencontre, elle ressentit l'intensité de ce regard posé sur elle, et dans la joie spontanée de le reconnaître, elle ouvrit les bras. Il se figea un instant en croisant son regard. S'illumina d'un sourire qui disparut aussitôt. Cyprien, avec son visage d'homme, semblait pourtant avoir pleuré.

— Quelle bonne surprise, après tout ce temps !

— Bonjour, *démizeilo*.

Son air contraint la fit taire, et reprendre ses distances. Lui continua sans perdre de temps, avec autorité :

— J'aurais besoin de voir madame la baronne, seule. Une lettre importante à lui remettre. Pourriez-vous le lui faire savoir ?

— Maman est au bureau avec ton père et les autres. Veux-tu que je lui demande de te rejoindre... au petit salon ?

La jeune fille avait eu une seconde d'hésitation. Il n'était pas dans les coutumes de faire entrer au salon le fils d'un métayer. Mais ce jeune homme élégant, apparaissant après tant d'années au volant d'une limousine de luxe, appartenait-il encore au monde de Tarnhac ?

La proposition en tout cas ne surprit pas ce nouveau Cyprien viril.

— Très bien !

— Je te fais entrer alors, et je la préviens.

Elle ne pouvait renoncer ainsi au tutoiement de son enfance, bien qu'elle trouvât depuis toujours son vouvoiement à lui tout naturel. Il pénétra dans la pièce d'un air pressé, tandis que Natalène rejoignait le bureau, où déjà les verres circulaient. Elle chuchota quelques mots à sa mère, qui s'excusa et obéit aussitôt. Tous trinquaient et l'atmosphère se réchauffa par la seule présence souriante de la jeune fille. Même Prinzi se détendait assez pour raconter les prouesses de son petit *catzo niau*, qu'il avait appelé Michel. Jantou renchérit sur sa propre progéniture et l'on sortit sur le perron d'assez bonne humeur. Natalène avait ce don rare de mettre à l'aise tout le monde.

Les hommes se figèrent cependant de nouveau en voyant la baronne prendre congé de Cyprien, devant l'Hispano-Suiza. Tous l'avaient reconnu, mais aucun ne semblait avoir gardé de familiarité avec lui. Ils le saluèrent de loin, la nuque raide. Puis Mondane revint vers eux, et articula d'une voix neutre :

— Le capitaine Chassaigne, de Coulerouze, est décédé.

— Ce ne sera pas une grande perte pour le pays ! Avec l'agitation que créent ses amis, ces grèves et ces manifestations... commenta Jantou aigrement.

Les autres lui jetèrent un regard noir pour cette impudeur envers les défunts. La mort appelait le respect, au-delà des opinions politiques.

Seule Natalène remarqua le visage devenu livide de Mondane. Ayant pris congé, les deux femmes rentrèrent lentement dans le bureau pour rassembler les papiers. Un lourd silence tomba entre elles. Etait-ce la signature des fermages, ou bien autre chose encore qui troublait ainsi Mondane ? Natalène le soupçonnait. Sa mère semblait murée en elle-même, insensible et même rebelle à la présence de sa fille. Elle annonça qu'elle monterait se coucher sans dîner, à cause de sa migraine. Ajoutant avec un pauvre sourire :

— Excuse-moi, ma chérie, cette séance a été éprouvante. Cela ira mieux demain, certainement.

La nouvelle du décès était déjà parvenue à la cuisine, où Reine et Léone se tenaient en conciliabule, pour une fois complices. Mais comme de bien entendu, elles se turent quand la *démizeilo* apparut. Celle-ci ne s'en étonna pas, tant elle sentait l'heure chargée d'émotion. Elle prévint simplement de la part de la baronne que les domestiques pouvaient disposer de leur soirée, prit un bol de soupe sur la cuisinière et s'en fut « faire son tour » pour réfléchir tranquillement.

Une cavalerie de gros nuages noirs barrait l'horizon. Tout naturellement, ses pas la menèrent vers la combe et Coulerouze. En ce mois de décembre, les journées avaient raccourci, et les arbres s'étaient dépouillés. On apercevait des allées et venues dans la grande allée de chênes. Il n'était pas difficile à la jeune fille, qui l'avait bien souvent vécu dans les fermes alentour, d'imaginer le cérémonial funéraire qui se déroulait là. L'arrivée des sœurs de Sainte-Marthe pour préparer le corps, avec leur fiole d'eau rapportée de la grotte de Lourdes, les visites du voisinage, la veillée funèbre, où les qualités du défunt seraient énumérées à mi-voix, tandis que des hochements de tête s'apitoieraient sur ses défauts passés, la bénédiction avec le rameau de buis trempé dans l'eau bénite... Natalène s'arrêta là : si cet homme était un franc-maçon, comme on le disait parfois, il n'avait pas eu droit à l'extrême-onction, et ne serait pas inhumé dans le cimetière chrétien de Saint-Donat, mais plutôt quelque part sur ses terres où l'on planterait un if. Elle se prit à prier pour cette âme perdue, à regretter ce qui n'avait pas été. Depuis toujours, cette nostalgie du temps qui filait, laissant irrémédiablement échapper entre ses mailles des instants précieux, lui était familière. Elle avait toujours eu besoin de profiter à toute force de chaque seconde, comme si le temps lui était compté, ou comme si les deuils accumulés autour d'elle lui rendaient la vie plus précieuse.

Par-dessus tout, sans se l'avouer, elle était infiniment troublée par la rencontre avec Cyprien. A la fois par ce monsieur si imposant qu'il était devenu et par ce sentiment d'intimité immédiate ressenti face à lui. Mais pourquoi sa mère semblait-elle ainsi bouleversée par l'annonce de ce décès ? Pourquoi ne partageait-elle pas avec sa fille ce chagrin-là, alors même qu'elle venait de lui prouver sa confiance ? Natalène connaissait depuis longtemps les termes de l'accord avec Coulerouze, ses ambiguïtés et sa fragilité. Seconde lui avait assez raconté autrefois, en donnant évidemment le beau rôle à Tarnhac, les combats à fleurets mouchetés menés par sa grand-mère avant-guerre. Enfin, que pouvait donc contenir la lettre reçue par Mondane ?

Le soir était maintenant tout à fait tombé. Natalène n'avait jamais eu peur de parcourir les chemins de Tarnhac, même la nuit. Mais elle frissonna : l'humidité la prenait aux épaules, et la maison forte semblait s'être recueillie dans un carré de lumière luisant au rez-de-chaussée. Il était temps de rentrer, elle reprit le chemin de la calfourche.

Le château entier dormait, replié sur son ombre. A la cuisine, on se couchait toujours avec les poules, et la chambre de Mondane était noire aussi. Seule en contrebas la Loge restait éclairée, où Yvonne devait nourrir son nouveau-né, une petite fille prénommée Odette. Doucement, Natalène passa le portail, tourna la lourde clé dans son pêne, et se dirigea silencieusement vers le bureau. Si cette lettre avait une véritable importance, sa mère la rangerait dans le secret du secrétaire, ce tiroir qui basculait dans l'épaisseur du meuble. Lors de l'anniversaire de ses dix-huit ans, Mondane lui avait montré l'héritage de sa grand-mère : un joli diamant taillé en poire, ainsi que des rouleaux d'obligations libellés en écriture cyrillique : « Maintenant que tu es grande, mieux vaut que tu connaisses cette cachette, au cas où il m'arriverait quelque chose ! »

Natalène fit jouer le mécanisme sans difficulté. Elle avait vu juste. La longue enveloppe blanche aperçue dans les mains de Cyprien s'y trouvait bien, libellée au nom de la baronne de Tarnhac. Elle l'ouvrit, déplia et parcourut une unique feuille à en-tête, dûment tamponnée et timbrée :

Par-devant maître Barrière, licencié en droit, notaire à Bergerac, département de la Dordogne, a comparu monsieur Hippolyte Chassaigne, né le 17 décembre 1886, capitaine de réserve, demeurant au manoir de Coulerouze, commune de Saint-Donat. Lequel a dicté son testament ainsi qu'il suit au notaire soussigné.

J'institue pour légataire de mes biens le sieur Cyprien Vignal, né à la Boissière le 19 mai 1910, fils de demoiselle Malvina Vignal, et devenu le mien selon l'acte d'adoption simple établi dans la même étude le 9 novembre 1933. A savoir la propriété de Coulerouze : la maison, ses meubles, livres et curiosités, ainsi que les terres et dépendances actuellement affermées à Salanié Clovis, dit Lesboïto. Ceci en compensation des biens qui auraient dû lui revenir de droit de son père naturel, Gaston, baron de Tarnhac, mort à Périgueux le 12 juin 1918.

Je lègue également à ma fille non reconnue, demoiselle Natalène de Tarnhac, née le 17 décembre 1920 de Mondane de Valloux, épouse de Tarnhac, demeurant au château de Tarnhac, par Saint-Donat (Dordogne), la somme de mille cinq cents francs or déposée ce jour chez ledit notaire, pour être placée et ainsi augmentée jusqu'au jour de mon décès. L'enfant devra entrer en possession de ce testament et de ses biens à sa majorité. Ceux-ci seront jusque-là administrés par sa mère, si elle veut bien l'accepter, ou par mon notaire. Je souhaite également qu'elle prenne alors connaissance de mes archives, de façon à être instruite sur ses origines. Le sieur Cyprien Vignal les tiendra à sa disposition.

Telles sont mes dernières volontés.

Fait à Coulerouze par-devant notaire, pour valoir ce que de droit, le lundi 21 décembre 1936.

Un paraphe s'étalait en dessous, tout en pleins et en déliés.

Natalène s'imprégna des mots et des tournures de phrase jusqu'à les connaître par cœur. Elle remit soigneusement en place la lettre comme elle l'avait trouvée et monta se coucher sur la pointe des pieds. Dans la galerie éclairée par la pleine lune, la lumière filtrait de nouveau sous la porte un peu disjointe de sa mère. La jeune fille ne s'arrêta pas. Les jambes cotonneuses, elle s'efforçait de donner du sens à ce qu'elle venait de comprendre : son véritable père avait vécu près de vingt années à quelques centaines de mètres de Tarnhac ; elle l'apprenait le jour de sa mort, sans l'avoir jamais aperçu.

25

Mondane de Tarnhac souffrait, dans son cœur comme dans son corps. Le 1er septembre 1939, on avait appris l'invasion de la Pologne, bientôt suivie par la déclaration de guerre de la France à l'Allemagne. Ce jour-là, une magnifique journée d'été, légère, avec un ciel bleu infini et une lumière dorée parvenant jusqu'au fond du petit salon, sa fille avait ouvert en grand les croisées du petit salon et actionné jusqu'en haut le levier commandant le son du poste de TSF. Faudrait-il vivre de nouveau ce cauchemar, avec son poids prévisible de travaux et de chagrins ? Reine, invitée à rester un moment pour écouter les informations, avait laissé échapper une plainte, et le regard des deux femmes s'était croisé et compris, au souvenir des malheurs anciens. La mobilisation, les larmes des femmes, le départ des hommes, les réquisitions... De nouveau se profilaient des difficultés de main-d'œuvre pour le tabac, de nouveau les pressions de la Régie pour produire plus avec moins.

A peine la nouvelle connue, les premiers évacués d'Alsace arrivaient en Dordogne. Femmes et enfants blonds épuisés par des dizaines d'heures de voyage en train, les hommes étant mobilisés sur place pour garder la frontière. On les plaignait d'avoir dû abandonner en quelques heures les récoltes à peine engrangées, les cochons gras, les vaches beuglant parce que personne ne venait plus les traire. Selon un plan d'évacuation prévu de longue date, les habitants du village de Schoenau, situé juste sur la ligne Maginot, avaient été débarqués par le train en gare de Siorac, et les habitants de Saint-Donat, invités à leur fournir la soupe et des cantonnements. De nouveau, Mondane avait ouvert le pigeonnier de Tarnhac et une grange. A Belvès, c'était tout un quartier de Strasbourg qui s'était déversé dans le bourg !

Heureusement, cette fois-ci, la mobilisation avait épargné Tarnhac. Au nom de l'effort de guerre. Sur les emballages même des paquets de tabac, une mention nouvelle indiquait : « Les produits de la terre sont aussi indispensables au soldat que les armes et les munitions. Soignons la terre. » Cela ne pouvait que rassurer la dame de Tarnhac.

Jantou avait été exempté, autant à cause de ses charges de famille que de son rôle irremplaçable au domaine. Lesboïto n'avait plus l'âge d'être mobilisé, ni Chaparotte. Et Prinzi, qui attendait toujours sa naturalisation française, risquait plutôt l'emprisonnement en tant que citoyen d'un pays ennemi. Pour y échapper, il allait protestant autant qu'il pouvait de son patriotisme gaulois.

Mais on avait appris le départ de Cyprien, à Coulerouze. Jamais la baronne n'avait revu le jeune homme, depuis ce jour d'hiver de 1938, presque un an auparavant, où il était venu au château en messager du malheur. Jamais elle n'avait pu s'expliquer avec lui, peut-être parce que sa dignité lui interdisait de le convoquer de nouveau. Et puis les événements, en quelques mois, s'étaient bousculés : il avait disparu au lendemain de la déclaration de guerre, laissant leur dialogue inachevé.

Dans ce même petit salon, celui en qui elle voyait encore le petit garçon vif d'autrefois avait simplement dit :

« Le capitaine Chassaigne est mort cette nuit. Je l'ai trouvé éteint dans son lit, apparemment sans souffrances. Dans ses derniers temps, il m'avait dévoilé son histoire, et indiqué où trouver une lettre à vous remettre, que voici.

— Mon Dieu ! »

Mondane avait alors porté ses mains à son visage, pour dissimuler la douleur qui montait en elle, la vrillait de l'intérieur. Comme frappée d'un coup, elle s'était laissée tomber dans un fauteuil, remerciant d'une voix blanche pour la longue enveloppe tendue vers elle. L'écriture même lui en était inconnue. Il lui semblait que jamais elle ne pourrait se relever, reprendre contenance.

Cette émotion si visible avait libéré à leur tour les larmes de l'homme ; Cyprien ajouta doucement, en essuyant celles-ci d'un revers de manche, comme si le chagrin partagé faisait d'eux à cet instant des intimes : « Sachez que j'ai reçu de sa part le même document. Il a été comme un père pour moi. Je lui dois infiniment. C'est une immense perte. »

Plus aucun mot n'avait été échangé ; Mondane, faisant effort sur elle-même comme à l'accoutumée, s'était interdit d'ouvrir la missive devant le garçon, l'avait raccompagné à sa voiture, en lui serrant fort les mains. Au-delà de sa propre douleur qui lui nouait la gorge, elle se sentait encore responsable du chagrin de cet enfant qu'elle avait vu grandir, comme de tous les autres sur le pech, et aurait voulu faire passer dans ce geste toutes les condoléances qu'elle ne pouvait exprimer.

Après quelques secondes occupées à se recomposer un visage, elle rejoignit les hommes sur le perron du petit bureau. Ils étaient sur le départ, et attendaient de pouvoir la saluer. L'accord qui venait d'être signé, et qui engageait si lourdement l'avenir de Tarnhac, lui apparaissait désormais étrangement insignifiant.

Très vite après la disparition d'Hippolyte Chassaigne, cela avait été l'instauration de l'Etat français, et le repliement à Vichy : « Je fais don de ma personne à la France... » La voix du maréchal Pétain avait retenti sur les ondes.

Le commandant du Mayne, qui vouait toute son admiration au vainqueur de Verdun, s'en était réjoui devant Mondane. Bientôt, l'instituteur, maire de Saint-Donat, fut révoqué sur instruction du préfet, à cause de son appartenance franc-maçonne, dont il ne faisait pas mystère. C'est Amaury du Mayne, sur la proposition de son grand-père, qui fut désigné par la préfecture pour le remplacer. Le jeune homme échappait du même coup à la mobilisation. De nouveau, un mai, haute hampe de peuplier fleurie, flottait sur la chartreuse : une immense joie pour le vieillard, qui ne sortait plus guère de chez lui.

C'était désormais souvent Mondane qui lui rendait visite dans son salon poussiéreux, malgré sa propre fatigue. Elle ne le faisait que par fidélité et reconnaissance, tant il lui était difficile de franchir le seuil de cette demeure où elle était reçue de si mauvaise grâce. Simone du Mayne, désormais maîtresse de maison à part entière dans la vieille demeure de Saint-Donat, tentait d'y apporter du confort et de l'ordre, en plus de la respectabilité à laquelle elle aspirait. Cette intrusion régulière de la baronne de Tarnhac l'indisposait. Mais braver une notabilité de la commune aurait pu nuire aux intérêts et à la nouvelle position de son fils. Les deux femmes, qui jamais en vingt années ne s'étaient affrontées, sans rien ignorer pour autant de leurs antagonismes réciproques, entretenaient ainsi une politesse glacée qui leur coûtait à toutes deux.

Le commandant ne voyait rien et se montrait infiniment heureux de ces visites : « Ma chère enfant, que c'est gentil à vous de venir ainsi tenir compagnie à un pauvre malade. Merci bien, Simone, vous pouvez nous laisser maintenant, je n'ai besoin de rien. »

Ajoutant encore devant sa belle-fille, qui se sentait congédiée comme une domestique :

« Et comment va notre petite Natalène ? Toujours par monts et par vaux sur le pech ?

— Toujours ! Un vrai futur chef d'exploitation. Elle m'est d'une aide précieuse. »

En privé, il avait chuchoté :

« Il faut nous l'amener. Savez-vous à quel point Amaury est sous le charme de votre fille ? Je serais si heureux, avant de mourir, de voir nos deux familles alliées ! Du haut du ciel, ma chère épouse y travaille certainement.

— Commandant ! Comme vous y allez ! De nos jours, les jeunes gens ne se laissent pas marier ainsi par leurs parents, et c'est heureux. »

L'ombre du pauvre Gaston flotta un instant entre eux. Mais c'était celle d'Hippolyte qui poignait Mondane jour et nuit depuis tant de mois. Elle vivait ainsi avec les mots de son testament fichés au cœur. Ce qu'il montrait de la personnalité de l'homme, de sa vie, ce qu'il suggérait de ce qui aurait pu être et n'avait pas été. Ce qu'il portait de regrets et d'incompréhensions. Il lui semblait que ces vingt dernières années lui avaient été volées, amputées d'une dimension essentielle. C'était sa vie de femme qui était désormais enfuie, l'embusquant dans une impasse désormais fermée par la mort. Elle se sentait aussi morte en elle-même que le vieillard desséché dont elle accompagnait les derniers moments.

Une autre question encore la taraudait : quelles paroles dire à sa fille ? Le père intimait la vérité. Mais les silences et demi-mensonges accumulés depuis la naissance de Natalène avaient construit comme un mur entre elles, s'élevant et s'épaississant avec le temps. Infranchissable. Malgré la tendresse qui les unissait, ce face-à-face sourd et aveugle, fait de questions muettes et de réponses impossibles, devenait difficile à supporter. A tel point que Mondane se réfugiait de plus en plus dans la solitude pour y échapper. Que dire et que taire ? Que devait savoir la jeune fille de la vie intime de sa mère ? De ses propres origines ? Peut-être déjà avait-elle deviné des parcelles de vérité, comme parfois Mondane en avait l'impression ? Que pouvait-elle comprendre ou juger ? Que pourrait-elle pardonner, enfin ?

Il semblait d'autant plus impossible, en ces temps de Révolution nationale, de révéler officiellement qui était le père de Natalène. Amaury du Mayne, nouveau maire vichyste de Saint-Donat, s'il était amoureux de la jolie et aristocratique demoiselle de Tarnhac, pourrait-il accepter comme épouse devant Dieu la fille naturelle d'un radical-socialiste et franc-maçon notoire ? N'était-ce pas risquer de briser la vie de celle-ci, comme l'avait été celle de sa mère auparavant ? Natalène atteindrait l'âge de vingt et un ans en décembre 1941. Elle deviendrait majeure, et entrerait alors irrémédiablement en possession du testament d'Hippolyte. Les dernières volontés de celui-ci seraient respectées. Le notaire de Bergerac y veillerait, si nécessaire.

La dame de Tarnhac arrivait donc peu à peu à l'idée que mieux vaudrait attendre ce moment pour parler. Il restait d'ici là plus d'un an, une éternité. Une éternité qui pourtant lui pesait. La baronne soupira en prenant congé du vieil homme :

— Voici le moment de remonter à Tarnhac, Jantou arrive avec la voiture. Soignez-vous bien et à bientôt, commandant !

Quand l'automobile franchit les derniers lacets et dépassa la Loge, ils croisèrent Natalène qui y descendait, à bicyclette.

Mon Dieu qu'elle est jolie ! se dit en elle-même sa mère attendrie. Il n'est pas étonnant qu'Amaury en soit amoureux. Mais quels étaient les sentiments de la jeune fille envers lui ?

Il était encore trop tôt pour le lui demander. Quand le jeune du Mayne venait au château, fréquemment et sous les prétextes les plus divers, Natalène l'accueillait avec simplicité et gentillesse, sur le ton de camaraderie hérité de l'enfance. Mais elle semblait vouloir préserver sa liberté, ne pas comprendre les avances du garçon, ou bien peut-être n'en éprouver aucun émoi.

La jeune fille, vêtue d'un chemisier blanc sans manches sur une courte jupe de cotonnade rayée, avançait maintenant vers eux, du pas élastique de ses espadrilles basques.

— Vous voilà ! J'attendais Jantou pour faire un tour de pech, voir les arrosages. Et puis c'était l'occasion de venir dire bonjour à Yvonne et aux filles !

Les deux petites en effet, Odette et sa cadette Albertine, qui marchait à peine, avaient déjà échappé à leur mère pour venir se disputer les faveurs de la *démizeilo*, et des chiens qui venaient sur ses talons.

Jantou obtempéra.

— Je raccompagne Madame au château, je range la voiture au garage et je suis à votre disposition.

Bientôt, tous deux s'en allaient à pied par le chemin de la combe. Le régisseur avait sous son autorité toutes les terres du domaine, et leurs fermiers. Mais pour Coulerouze, c'était toujours directement à la baronne que Lesboïto rendait compte. Celle-ci en avait décidé ainsi bien longtemps auparavant, et avait toujours refusé de remettre en question cet arrangement, malgré les demandes réitérées de son homme de confiance. Elle s'en était expliquée ainsi à sa fille, avec cette manière qu'elle avait de transmettre au fil des jours sa précieuse expérience de maîtresse d'exploitation :

« Ce vieux filou de Lesboïto ne peut pas accepter les ordres d'un *pitiou* qu'il a vu naître. C'est pour cela, vois-tu, que j'ai pris la décision de cesser le travail commun du tabac, tout en gardant le permis de culture à mon nom. La mort de monsieur Chassaigne n'y change rien.

— A qui ira donc Coulerouze maintenant ? Et quand Cyprien deviendra-t-il métayer en titre ? C'est ce qui est décidé, il me semble, puisqu'il a été embauché à Coulerouze comme garçon de ferme ? »

Puisqu'elle était censée ne rien savoir du testament de Chassaigne, ni de l'héritage de Cyprien, Natalène avait plaidé prudemment le faux pour savoir le vrai.

Au lendemain de son incursion nocturne dans le bureau, elle avait pris le parti de ne rien révéler de ce qu'elle y avait découvert. A elle aussi le mur du silence paraissait infranchissable, autant que douloureux. Un dialogue fait de faux-fuyants se poursuivait ainsi entre mère et fille depuis des mois.

Mais sa mère, habituée depuis si longtemps à se contenir, était restée impassible pour éluder la question : « Pour l'instant, Cyprien est mobilisé, et Lesboïto travaille seul. Mais tu sais comme moi que ça ne va pas fort non plus entre Jantou et Cyprien, comme entre Reine et la Malvina. Vois-tu, il faut veiller à maintenir la balance égale entre elles, pour que tout le monde travaille en bonne intelligence, et que le domaine ne se ressente pas de ces disputailleries de servantes. Elles ont toujours été un peu jalouses l'une de l'autre. Le père Vignal et Abel n'avaient pas les mêmes idées, non plus. »

C'était ainsi de toute éternité. Jantou, comme son père avant lui, restait fidèle au château et aux traditions. Tout naturellement, aujourd'hui, il était devenu un fervent maréchaliste. Tandis qu'à la Boissière les Vignal cultivaient des idées plus avancées. Et Lesboïto avait épousé une fois pour toutes le socialisme de son ancien maître.

Natalène écoutait attentivement les leçons de sa mère. Chez la baronne, toujours le devoir et l'intérêt du domaine primaient sur les sentiments personnels. C'était ainsi qu'elle avait réussi à se faire respecter à Tarnhac, tandis que la jeunesse et la spontanéité de la jeune fille l'entraînaient plutôt à prendre parti, à défendre toujours le plus faible du moment.

Le régisseur précédait maintenant la jeune fille le long d'une haie de mûriers qu'elle avait bien souvent, enfant, délestée de ses fruits jusqu'à s'en rendre malade.

— Si on a un été aussi sec que celui de 1939, le tabac va souffrir.

— Ta pompe à eau nous sera bien utile alors.

Jantou, malgré tous ses défauts, était un bon chef d'exploitation, qu'il fallait encourager, rappelait aussi sa mère. Ce printemps-là, il avait encore fait la preuve de son ingéniosité.

L'Administration, depuis toujours, interdisait d'arroser les tabacs au-delà du mois de juillet. En effet, un ingénieur étranger au pays, dans les débuts du siècle, avait décrété que cela enlevait du goût au tabac. Et pourtant... Les expériences menées par Jantou, comme par beaucoup d'autres planteurs sur les terres jouxtant la Dordogne, montraient bien que l'eau apportée dans les dernières semaines avant la récolte permettait d'obtenir des feuilles plus lourdes. Et donc payées plus cher à la livraison, même si la qualité s'en ressentait un peu. Depuis quelques années déjà, tôt le matin pour ne pas être surpris, on détournait l'eau de la rivière, dans le sens du courant, pour irriguer les champs les plus proches. Avec des résultats évidents, bien que clandestins.

Mais comment faire au-delà des berges immédiates ? Jantou avait imaginé l'hiver précédent un astucieux système, celui-là même que Natalène venait admirer. En creusant des petits puits de quelques mètres de profondeur, à intervalles réguliers, dans les champs, on atteignait l'eau qui affleurait partout sur le coteau, venue de la source de Coulerouze. L'emplacement de ces affleurements était connu depuis toujours des habitants du pech : sans doute leurs ancêtres avaient-ils ainsi avant eux détourné l'eau du propriétaire de la maison forte. Les craintes de sécheresse et les animosités de voisinage étaient sans doute largement alimentées depuis des siècles par cette guerre de l'eau, jusqu'à ce que l'accord d'Hippolyte et d'Angéline vienne l'étancher. Avec une pompe sommaire autant qu'ingénieuse, actionnée à la main, il était possible de faire remonter cette eau au niveau des sillons. Et d'arroser ainsi un bon millier de pieds. Ni vu ni connu ! A la condition qu'aucun étranger mal intentionné ne vienne rôder par là au mauvais moment, et dénoncer le fraudeur. Les contrôleurs des tabacs apparaissaient moins dangereux. En effet, la situation de Tarnhac, planté sur son pech, était favorable au guet : du temps de la guerre de Cent Ans, déjà, les défenseurs du château devaient pouvoir surveiller d'éventuels assaillants venus de la rivière. Et aujourd'hui encore, de la terrasse, on apercevait les visiteurs dès le moment où ils s'engageaient dans les lacets du chemin. Ce qui donnait tout le temps de cacher la pompe, tandis que les deux fonctionnaires mettaient pied à terre et poussaient leur bicyclette. Sauf en cas de dénonciation.

Et Jantou n'était manifestement pas tranquille.

— Faut tout le temps surveiller, avec tous ces brigands dans les bois qu'ont rien à y faire. Pas foutus de travailler, vivent de rapines… Le premier que je prends dans la paille d'une grange, je le fais courser par les gendarmes ! Et avec les encouragements de monsieur le maire, en plus, il me l'a bien dit !

Depuis la déclaration de guerre, les bois alentour étaient en effet truffés de clandestins, républicains espagnols en fuite et réfugiés venus du nord de l'Europe, cherchant un passage vers les Pyrénées. Depuis peu, ils étaient encore rejoints par des jeunes du pays, qui refusaient de partir pour les chantiers de jeunesse institués par le régime de Vichy. Mais ces présences demeuraient invisibles, se révélant parfois seulement par une fumée au-dessus des arbres, ou des poules mystérieusement disparues d'une basse-cour.

Le régisseur maugréait toujours, tout en montrant les emplacements choisis pour son pompage artisanal :

— Et comment c'est qu'il fait, Lesboïto ?

De fait, l'écimage du tabac de Coulerouze était déjà terminé : on pouvait apercevoir les rangs de tabac bien taillés, de l'autre côté de la combe. Il était évident que le vieil homme infirme n'avait pu mener seul la tâche, alors qu'à Tarnhac tous peinaient encore. De là à le soupçonner de louer les bras de ces étrangers des bois, qui travaillaient à la nuit tombée, contre quelques pâtés de cochon ou sacs de patates…

— Jamais il n'aura du si beau tabac que toi, en tout cas, avec cette pompe !

Natalène jouait effrontément de son charme et de la flatterie, pour détourner les préoccupations de Jantou des clandestins de Coulerouze. Elle n'aimait pas l'idée que des hommes soient pourchassés sur le pech, et peut-être encore moins sur les terres de cet homme disparu dont elle commençait à discerner la personnalité.

Pourtant, il était bien vrai que de nouveau la main-d'œuvre manquait sur le domaine de Tarnhac. A la Boissière, la Mélie était morte peu de temps après le père

Vignal. Malvina et Chaparotte, ce ménage si mal assorti, menaient la vie si dure à leurs enfants que ceux-ci, peu à peu, quittaient la ferme : après le départ de Cyprien, à vingt ans, c'était Marcelle qui toute jeunette s'était mariée à un homme de Bigaroque, et revenait rarement. La pauvre Rose avait disparu alors que, jambes nues et jupes retroussées, elle s'avançait dans la Dordogne grosse des eaux du printemps, pour ramasser ses paniers à anguilles, elle avait été emportée par un tourbillon d'eau, et les gendarmes l'avaient retrouvée noyée sous le pont de Vicq. Les deux petites, Renée et Lucienne, ne pensaient depuis longtemps qu'à s'en aller travailler à l'usine de Tonneins comme la Marinette ; l'occasion leur avait été offerte par la mobilisation des ouvriers, libérant des places dans les ateliers. Chez les Vamenc, Emile et Alfred s'étaient tous deux placés commis épiciers à Sarlat. Et les petits Prinzi n'étaient pas encore en âge de travailler aux champs.

Jantou se rasséréna un peu sous le compliment de Natalène.

— Rentrez sans moi, *démizeilo*, faut que je termine l'installation. Et quand la terre aura besoin d'eau, té, on sera prêt !

— Comme tu veux. Embrasse Yvonne et les filles pour moi.

La jeune fille salua le régisseur et s'éloigna, légère dans ses espadrilles. Parvenue à la calfourche, au lieu de rentrer à Tarnhac, elle obliqua vers la maison forte. Depuis longtemps déjà, elle avait repéré à cet endroit une ancienne palombière ruinée, où on avait récemment aménagé une sépulture. C'était celle d'Hippolyte Chassaigne, comme l'indiquait une croix tronquée, symbole de la franc-maçonnerie, avec une plaque ovale d'émail vissée dessus :

Capitaine H. Chassaigne
Croix de guerre avec deux citations
1886-1938

Debout devant la tombe, la jeune fille ne venait pas seulement pour prier mais pour tenter de retisser les fils de sa vie. Cet homme était donc son père, comme l'expliquait son testament ? La question ouvrait pour la jeune fille un gouffre angoissant de questions. Tout d'abord, si Gaston de Tarnhac, qui avait été l'époux légitime de Mondane, ne lui avait pas donné la vie, de quelle histoire inconnue était-elle donc née ? Jamais en effet, dans les souvenirs d'enfance qu'elle revisitait longuement depuis cette nuit de 1938, jamais sa mère n'avait prononcé les mots de la filiation, « ton père », ou « ta grand-mère ». C'était toujours Seconde qui l'emmenait se signer devant le monument aux morts de Saint-Donat. Toujours Seconde qui tissait les liens entre les générations des Tarnhac, et faisait admirer à la petite fille la photo du mariage de ses « parents », trônant dans le grand salon, sous un cadre enrubanné de plâtre doré. Il lui avait fallu vingt ans, beaucoup de questions, et puis plus tard la découverte de la lettre, pour réaliser le silence maternel. Mais Seconde maintenant perdait la tête, et alignait des phrases incohérentes en réponse à ses interrogations, ponctuées de « pauvre *moussur* Gaston » dont elle ne savait que faire. Mondane, elle, évoquait seulement – mais bien souvent – pour sa fille le paradis perdu de la Géraudie. Elle racontait le causse, la tribu des Valloux, la maison remplie d'enfants. Elle récitait la légende de leurs deux saintes patronnes, Mondane et Natalène, promettant toujours qu'un jour on ferait le pèlerinage jusqu'aux villages qui portaient leur nom, au-delà de Sarlat. Quand la récolte serait terminée, quand le temps se remettrait au beau, quand les redevances de métayage seraient rentrées... Elle détaillait les traits de caractère de ces cousins inconnus, et en particulier de la tante Toinon, sa sœur la plus proche. Celle-ci, chaque année en janvier, envoyait ses meilleurs vœux sur de jolies cartes postales illustrées des monuments de Paris, où elle vivait, tout en promettant de venir bientôt leur rendre visite. Ces souvenirs heureux s'arrêtaient net à la date du mariage, et jamais sa fille n'avait pu l'entraîner au-delà dans les confidences.

La sépulture d'Hippolyte était visitée régulièrement : en témoignaient des petits bouquets de fleurs des champs qui avaient juste le temps de se faner entre deux passages. Natalène soupçonnait sa mère de les déposer, pour l'avoir vue se promener dans les environs, elle qui ne sortait plus guère. Si le capitaine Chassaigne était vraiment son père, un sentiment immense de vide affolait alors Natalène, au bord de cette tombe. Qui était-il, à quoi ressemblait-il, au-delà de la silhouette longiligne aperçue autrefois, et qu'elle s'évertuait en vain à préciser dans ses souvenirs ? Personne n'avait jamais parlé de lui devant elle, évoqué ces petits riens insignifiants qui dessinent un caractère, et auraient pu alimenter sa recherche. Pourquoi ne l'avait-il pas reconnue, connue ? Que s'était-il passé entre sa mère et lui, pour expliquer cette rupture dans l'histoire ? Tout cela la ramenait de nouveau à Cyprien, à cette large stature d'homme claquant la portière de l'Hispano-Suiza, dans la cour de Tarnhac, le jour où tout avait basculé. Lui qui avait été admis dans l'intimité du capitaine détenait peut-être la réponse à ses questions. Au-delà encore, la jeune fille qui avait grandi sans père, dans le monde presque exclusivement féminin de Pech Tarnhac, cherchait à comprendre ce qui lui manquait si mystérieusement pour être heureuse. Et comment, dans son enfance sereine, une faille s'était ouverte peu à peu dans son bonheur d'exister. Cyprien, le véritable fils de Gaston, représentait alors confusément une pierre d'angle dans le paysage détruit de ses repères familiaux. En arrêt quelques mètres en arrière, Clairon respectait le silence de sa maîtresse.

L'angélus du soir retentit au clocher de Saint-Donat. C'était bientôt l'heure du bulletin d'informations de la radio, que depuis la déclaration de guerre les deux femmes écoutaient assidûment. La jeune fille se hâta sur le chemin, d'autant que la bicyclette d'Amaury était accotée à la terrasse. Le jeune monsieur du Mayne avait pris l'habitude de s'inviter souvent ainsi, sous divers prétextes d'administration municipale, ou encore pour transmettre des nouvelles de son grand-père, qui déclinait jour après jour. Il sollicitait aussi les conseils de la baronne en matière d'agriculture. Celle-ci les lui prodiguait volontiers : « Ce n'est qu'un juste retour des choses ! Beaucoup de ce que je sais, je le tiens de votre grand-père. »

De plus, Mondane ne perdait jamais de vue ses intérêts, et retrouvait avec soulagement cette façon du temps ancien de faire avancer ses affaires en mairie, sans descendre jusqu'au village. Elle accueillait donc toujours avec plaisir ce garçon qui faisait rire sa fille, et égayait le vieux château : « Amaury, quand vous parlez, il me semble entendre le commandant, avant la Grande Guerre, s'inquiéter des moissons ou expliquer les problèmes de cadastre de la commune ! »

Ce jour-là, de retour de Périgueux, Amaury était plein d'une affaire d'importance, qu'il tenait des employés de la préfecture.

— Natalène, ma chère, figure-toi que nous nous sommes fait chiper l'exclusivité de notre « grotte aux bisons » : on a découvert mieux encore du côté du manoir de Lascaux !

La jeune fille fit un effort pour sortir de ses songeries, et répliqua :

— Qu'à cela ne tienne ! Nous ajouterons quelques gravures dans notre grotte personnelle. Mais raconte-moi d'abord ce dont il s'agit.

— La découverte remonte au début de la guerre, en 1940. Un galapiat de Montignac nommé Marcel Ravidat, Ravidat comme l'épicier du Coux, qui est son cousin, cherchait son chien. Avec trois autres garçons, ils l'avaient vu disparaître dans les bois du manoir de Lascaux. Trouvant un trou sous un arbre déraciné, ils ont pensé que le corniaud aurait pu s'engouffrer là-dedans. Alors, avec un briquet comme falot, ils y sont allés. Et voilà comment ils ont découvert une galerie naturelle, puis une grotte décorée de dessins charbonneux. Leur instituteur, alerté, est venu voir cela le lendemain, et a prévenu l'abbé Breuil, un passionné d'archéologie bien connu. Des savants préhistoriens viennent d'authentifier cette découverte, en la comparant à d'autres peintures rupestres de la région. A Périgueux, on prétend que la découverte est extraordinaire, et que l'on viendra bientôt du monde entier pour l'admirer.

— Amaury, il faudra aussi leur faire visiter la grotte de Tarnhac !

— Eh bien voilà, nous avons ensemble un avenir tout tracé de guides d'excursion.

Ils riaient tous deux comme des enfants, enchantés de leur plaisanterie.

— Que me chantez-vous là ? Où est donc cette fameuse grotte de Tarnhac ?

Madame de Tarnhac posait la question en se désintéressant déjà de la réponse.

26

Le 22 juin 1940, la radio de Tarnhac avait annoncé la signature d'un armistice entre la France et l'Allemagne, avec la création d'une ligne de démarcation divisant le département de la Dordogne entre une bande de zone occupée, au nord-est, du côté de Ribérac et Montpon, et une zone libre où se situait Tarnhac.

On apprenait en même temps qu'Yvon Delbos, député de la Dordogne et hostile à l'armistice, s'était embarqué avec d'autres élus sur le *Massalia* pour poursuivre le combat en Afrique du Nord. Les esprits s'échauffaient au café de Saint-Donat entre ceux qui, prenant fait et cause pour la Révolution nationale, approuvaient la création toute récente de la Légion française des combattants, et les autres.

Puis les hommes mobilisés étaient revenus. Pas tous : Emile Vamenc était retenu prisonnier en Allemagne, l'instituteur aussi, le débitant de tabac de Saint-Donat avait disparu, ainsi que le Cyprien de Coulerouze.

Sous le sceau du secret, Amaury du Mayne avait confié à Natalène ce qu'il avait appris à son propos, par des rumeurs arrivées jusqu'à la mairie : Cyprien Vignal, une fois démobilisé, serait parti dès l'armistice pour la Grande-Bretagne rejoindre ce fameux général de

Gaulle, qui refusait la défaite et appelait à la résistance contre les Allemands.

« Il y a eu du côté de Belvès, il y a quelques jours, un parachutage, d'un avion venu de nuit d'Angleterre. On dit que Vignal est revenu ainsi dans le pays. Il se cacherait au château des Milandes, chez cette chanteuse nègre qui enflammait les nuits parisiennes, savez-vous, Joséphine Baker ? »

En réponse, la jeune fille s'était empourprée, sans qu'Amaury eût conscience de l'effet de ses paroles. Outre que le romantisme de ce retour de son ancien camarade de jeux la remuait, elle avait été blessée par le ton suffisant du jeune maire pour parler de l'aventure de Cyprien : « Ce fils de métayer qui ne possède pas un arpent de terre et se mêle de politique. » Le temps n'était pas loin où seuls votaient les propriétaires !

Manifestement, l'héritier d'Hippolyte Chassaigne, pris de court par la guerre, le changement de régime et la mobilisation, était parti sans faire valoir ses nouveaux droits en mairie. Pourtant, il était devenu propriétaire d'un domaine qui représentait bien le double de la chartreuse, et Natalène dut se mordre les lèvres pour ne pas le révéler.

De nouveau, par une étrange répétition de l'histoire, la maison forte semblait s'endormir. On disait qu'à Siorac, au Coux, à Meyrals et au Bugue des garçons étaient aussi restés prisonniers en Allemagne. Soit plus de dix mille Périgourdins en tout, annonçaient *Le Glaneur sarladais* et *Le Courrier de la Dordogne*, que la censure laissait imprimer. Il était demandé aux populations de se montrer conciliantes : « Nous devons supporter les vainqueurs, qui ne font que leur travail et sont plus corrects que certains veulent bien le dire. »

Un article apporté un jour à Tarnhac par Amaury ajoutait même que les familles des prisonniers qui dénonceraient les mauvais Français verraient les leurs libérés plus vite. Cette incitation à la délation scandalisait Natalène, tandis que le jeune homme, au contraire, penchait pour une collaboration avec les vainqueurs.

« La France a perdu la guerre parce qu'elle a été minée par une classe politique veule et corrompue. Pour nous relever, il nous faut nous appuyer sur la puissance et la discipline de l'Allemagne.

— Radio-Paris-ment, Radio-Paris-est-allemand », chantonnait nerveusement Natalène pour s'insurger à sa manière contre toutes ces mauvaises nouvelles.

Amaury haussa les épaules. La discussion s'était arrêtée là, car les questions les plus pressantes, en ce début d'été, étaient ailleurs. Il fallait moissonner, arroser, sauver ce qui pouvait l'être des réquisitions, et le jeune homme découvrait toutes les contraintes de l'agriculture ajoutées aux difficultés de la guerre. Pour dissiper le malaise de cette conversation, et le souci qu'elle voyait dans les yeux du garçon, Mondane proposa gentiment :

— Amaury, restez déjeuner ! Reine nous a préparé un farci dont vous me direz des nouvelles, et du pain perdu comme vous aimez.

— Bien volontiers, si je ne vous dérange pas, et si vous me permettez d'utiliser votre téléphone. Maintenant que nous avons nous aussi un poste, je peux sans difficulté prévenir ma mère de mes absences.

Le jeune homme esquissa un demi-sourire gêné, pour laisser entendre combien l'atmosphère était devenue difficilement respirable à la chartreuse, depuis la mort de son grand-père. Peu à peu, il s'installait ainsi dans l'intimité des deux femmes. La table de Tarnhac était accueillante, moins chiche qu'ailleurs, et désormais son rond de serviette l'attendait dans la grande salle à manger du château. Reine lui avait attribué d'autorité celui de Gaston, en métal argenté gravé d'un G et d'un T entrelacés. Quand la cloche retentit, tous trois passèrent à table.

— Comment allons-nous faire, pour aller à Montpon ? se demandait Mondane.

Au-delà du drame de la France, elle revenait tout naturellement à ses préoccupations quotidiennes, et tirait les conséquences immédiates de l'instauration d'une ligne de démarcation. D'autant que le jeune maire pourrait sans doute l'aider dans ces nouvelles difficultés.

En effet, un certain Leymarie était établi au hameau de Ménestérol, près de Montpon. Il fournissait les fermes de Tarnhac en poudre d'os, soufre, lait de chaux, sels de potasse et d'arsenic, tout ce qui permettait de préparer les fongicides nécessaires à la lutte contre les pucerons et les punaises. De ces ingrédients, Jantou faisait des mélanges connus de lui seul, avec les mêmes mines mystérieuses que le vieil Isidore autrefois. Puis il en remplissait les sulfateuses à bretelles amenées par les fermiers. Personne ne doutait que la qualité du tabac dépendait de ces produits et de ce savoir-faire.

Jusqu'à la fin des années trente, Leymarie passait encore de ferme en ferme pour vendre sa marchandise, comme le bouilleur de cru, le peillarot et tant d'autres. Puis il s'était installé à demeure chez lui, au motif que désormais les automobiles étaient assez nombreuses pour amener ses clients jusqu'à lui. Et Jantou, souvent accompagné de Natalène, avait l'habitude d'aller à Ménestérol prendre livraison des sacs dans les premiers jours de juillet. L'année précédente, la jeune fille avait obtenu son permis de conduire, comme elle l'avait décrété dans son enfance, et se chargeait désormais de ces courses.

Comme par un fait exprès, la bourgade se situait juste de l'autre côté de cette nouvelle ligne de démarcation, que l'on ne pouvait franchir qu'avec un laissez-passer.

La jeune fille s'insurgea, ses yeux clairs brillants de révolte :

— On a le droit de voyager et de travailler, quand même !

— A condition de trouver assez d'essence pour aller jusque-là...

En effet, le carburant se faisait rare et la C4 restait le plus souvent au garage. Turque, la vieille jument au mauvais caractère, était partie à l'abattoir et n'avait pas été remplacée. Restait la bicyclette.

Impatiente, tendue, Natalène regarda Amaury comme s'il était responsable de la pénurie. Puis jeta, avec un air de défi :

— J'irai à vélo, et je ramènerai au moins les sels arsenicaux dans mes sacoches, car on n'en trouvera pas ailleurs.

— Ma chérie, crois-tu vraiment que ce soit raisonnable ?

Mondane ne savait rien refuser à sa fille, malgré son inquiétude. Surtout à propos d'une expédition si nécessaire au domaine. Amaury tentait aussi de la dissuader :

— Pourquoi aller si loin ? Je prends bien mes engrais chez le marchand de Belvès, moi.

Un silence lui répondit. Le jeune homme savait qu'en matière d'agriculture il ne pouvait se mesurer aux deux femmes. Mais sa volonté de protéger la jeune fille, tout en lui imposant ses vues, était touchante. Toujours elle lui échappait.

Devant cette détermination, il avait rempli un de ces nouveaux formulaires envoyés par la préfecture, et apposé le sceau de la mairie. Même le curé, averti par ses soins, y était allé de ses conseils de prudence.

C'est ainsi qu'un matin Natalène, ayant entassé dans un sac à dos de toile brune ses papiers, des provisions de bouche et une chambre à air de rechange, embrassa sa mère. La pluie menaçait, l'air était jaune et liquide, mais infiniment doux.

Mondane, comme indifférente aux événements extérieurs, tricotait dans son fauteuil en regardant sa fille faire ses préparatifs.

La baronne se laissa embrasser, en levant un regard tendre et distrait par-dessus ses lunettes ; puis elle revint au bas qu'elle ravaudait et s'absorba dans son ouvrage. Une fois de plus Natalène se fit cette réflexion que l'univers de sa mère se rétrécissait peu à peu au bureau, où elle tenait toujours soigneusement les comptes, et au coin de la cheminée du petit salon, près de la radio. Ces derniers mois, elle s'était encore amaigrie, semblait encore plus inatteignable, perdue dans ses songeries. Mais jamais pour autant ses mains ne s'arrêtaient, entre crayon, ourlets et tapisserie.

L'héritière de Tarnhac sortit d'un pas vif du vestibule. Sa veste ajustée de tricot jacquard, du même vert d'eau que ses yeux, tricotée par sa mère, lui tiendrait bientôt trop chaud. Elle enroula sa jupe cloche autour d'elle, pour ne pas risquer de l'accrocher aux rayons de ses roues, et se mit en selle. Jusqu'à Saint-Donat, il y avait dix minutes à peine de descente en roue libre, par le chemin empierré. Juste le temps de s'emplir de la tiédeur émolliente du paysage : comment ces lieux intemporels, ces toits moussus, ces champs odorants, ces *rondal* touffus, auxquels elle se sentait intimement liée, pouvaient-ils s'accommoder avec la réalité de la guerre ? Jusqu'à présent, l'exploitation était certes touchée, à travers mille et une difficultés quotidiennes, mais il s'agissait seulement pour Natalène de les résoudre ou de les tenir à distance. Cette fois-ci, la guerre, il fallait aller à sa rencontre.

Au passage à Saint-Donat, la jeune fille leva un bras et actionna sa sonnette pour saluer les vieillards assis devant leur porte. Puis elle aborda la route de la vallée, en accélérant encore devant la chartreuse. Elle ne tenait pas à faire la conversation avec madame du Mayne ! L'air qui lui caressait le visage, les roues bien huilées répondant à ses coups de pédale vigoureux, l'inconnu devant elle, tout cela l'emplissait d'une sorte d'exaltation. Elle traversa le Buisson de Cabans, cahota sur le passage à niveau, grimpa sans trop d'effort les tournants de la route de Lalinde. Sur le pont qui enjambait la Dordogne, il lui sembla rejoindre un fleuve humain monté sur roues, emportant dans son mouvement quelques lourds chars à banc. C'était jour de marché. Ensuite, la route longeait le canal : il y avait si peu d'automobiles encore en état de marche dans la région que les cyclistes pouvaient rouler de front. De temps en temps, l'un d'eux crevait et rejoignait en jurant les piétons sur le bas-côté poussiéreux. En moins de quatre heures de temps, avec seulement quelques gouttes de pluie éparses, elle arriva à l'embranchement vers Gardonne et au-delà, Montpon. La facilité du voyage, la docilité de son corps à l'effort, la variété des paysages qui s'offraient à sa vue faisaient monter en elle un sentiment d'ivresse. Au fond, elle était contente d'échapper un peu à la douce mélancolie de Tarnhac, de voir en face l'ennemi qui tenait la zone occupée, avec l'intention de le défier. Les cyclistes chargés de paquets la regardaient en coin : que faisait cette jeune fille si élégante et si blonde seule sur les routes, par ces temps troublés ?

Le passage de la ligne, à Montpon, se fit sans difficultés et au fond, la déçut : deux gendarmes français assuraient rapidement le contrôle des papiers à l'entrée du pont sur l'Isle, ils furent presque obséquieux en lui rendant son laissez-passer, et ne posèrent aucune question sur sa destination. Les quelques paysans à pied qui arrivaient par cette petite route y semblaient déjà habitués, ou résignés. Elle les distança vite et prit la direction de Ménestérol, en longeant la rivière. Une petite route calme, dont le bas-côté se reflétait dans l'eau en miroitant. Autrefois, des fenêtres du couvent de Périgueux, elle regardait couler cette même rivière de l'Isle, et c'était comme une amie d'enfance retrouvée qu'elle reconnut avec plaisir.

C'est alors qu'un grondement enflant derrière elle la fit se retourner. Quelque cent mètres en arrière venait un convoi de camions militaires allemands. Cette irruption brutale dans son monde lui donna le coup de sang qu'elle attendait sans le savoir. Sans réfléchir, elle se mit très ostensiblement au milieu de la chaussée. Lorsque les engins se rapprochèrent, avertisseurs et appels de phares lui enjoignirent de céder le passage. Par une provocation folle, Natalène fit mine de les ignorer et continua ainsi, comme si de rien n'était. Dans le premier camion débâché, les visages des soldats étaient fixés sur elle, comme aimantés par sa longue silhouette claire, ses jambes découvertes et ses boucles prises au vent de la course. Les exclamations en allemand fusèrent.

— *Schön ! Fräulein ! Sehr schön !*

Toute droite sur sa bicyclette, Natalène maintint une indifférence hautaine, durant le long kilomètre qui les séparait encore de l'entrée du bourg. Ignorant que, sans doute, si elle n'avait pas été aussi jolie, le chauffeur de tête aurait pris avec moins de plaisir ce ralentissement, et que les choses auraient pu fort mal tourner. Le cœur battant, elle tint ainsi les lourds camions au pas derrière elle jusqu'à la maison du marchand d'engrais. Quand elle décrocha enfin du centre de la route, la colonne reprit de la vitesse en faisant furieusement ronfler les moteurs.

— Eh *bé, démizeilo*, faut pas faire des choses comme ça ! Les Chleuhs, ils vont vous envoyer direct au peloton.

Le vieux Leymarie, qui regardait passer le monde en prisant du mauvais tabac sur le pas de sa porte, l'avait reconnue. Il la grondait, mais le ton de sa voix applaudissait l'aplomb de Natalène, comme une petite revanche collective sur les humiliations quotidiennes. Ici, dans la vallée de l'Isle, les colonnes allemandes remontaient sans cesse de la forêt de la Double.

Le vieil homme héla son fils qui charriait des sacs à l'intérieur de la grange. Sa femme arriva, toute ridée sous son mouchoir de tête noir.

— Té ! la demoiselle de Tarnhac ! Mais vous êtes encore plus belle chaque année que Dieu fait ! Va falloir vous marier vite fait ! Et donnez-moi des nouvelles de madame Gaston, d'abord ?

Tout d'un coup, la jeune fille sentit ses jambes se dérober sous elle, et des nuages rouges éclater dans sa tête. Toute à l'attention de sa course, elle n'avait rien avalé depuis son départ. Et la peur, enfin, la submergeait, physiquement. Si loin de Tarnhac...

On s'empressa, l'emmena dans la cuisine, lui apporta de l'eau, une goutte d'eau-de-vie pour se remettre, et puis une tartine, et encore les premières prunes.

— C'est qu'elle est courageuse, cette petite, à pédaler depuis Tarnhac.

— Par les temps qui courent...

Le fils Leymarie, pendant ce temps-là, arrimait avec conviction les paquets dans les sacoches fixées sur le porte-bagages de la bicyclette de la jeune fille.

— C'est un peu lourd, té, mais ce sera ça en moins pour les Fritz.

La jeune fille était trop troublée pour ne pas se laisser faire. Elle empocha les additions qu'on lui présentait, et s'enfuit aussi vite que possible.

— Le temps d'arriver à Tarnhac avant la nuit, il faut que j'y aille !

— Le fils pourrait vous faire un petit bout de conduite ?

— Non, non, merci, ça ira très bien !

La petite route était maintenant déserte, incroyablement calme. Et même la menace de pluie s'était éloignée. Néanmoins, son assurance du matin s'était envolée, et elle ménageait ses forces en pédalant sur le vélo chargé. Trop anxieuse de retrouver son coteau pour prendre le moindre risque. C'est avant d'atteindre l'embranchement vers Montpon qu'elle le vit. Essoufflée, elle avait mis pied à terre pour aborder une côte. Le jeune homme, sous un couvert d'arbres, l'attendait, ostensiblement.

— Cyprien !

Natalène fut étonnée de le reconnaître aussi immédiatement, comme une évidence. Son image s'était fixée en elle, lors de son triste passage de l'hiver 1938, plus de deux ans auparavant, pour ne plus la quitter. Elle n'éprouva pas une seconde d'inquiétude de le voir ainsi surgir, mal rasé et de nouveau habillé comme un paysan, mais plus gai, avec dans l'œil la lueur noisette de son enfance. Avec lui, rien de mal ne pouvait arriver. Elle arrêta sa bicyclette.

— Je suis heureuse de te revoir !

Natalène retint le geste qui la portait vers lui. Il le devina et se pencha à son tour pour lui effleurer la joue. Jamais autrefois il n'aurait osé une telle familiarité.

— Eh bien, moi aussi !

Cyprien disait cela avec une ironie tranquille, pleine de sous-entendus ; à son ancienne habitude, il la tenait coite sous son regard tranquille.

— Je peux faire un bout de chemin avec vous ?

— Bien sûr ! Depuis tout ce temps, à Tarnhac, on se demandait où tu avais disparu.

Le jeune homme ne répondit pas directement à la question.

— Alors, comme ça, on nargue les Boches ?

— Les nouvelles vont vite !

— J'étais ici dans les hauteurs, tout à l'heure, et j'ai vu comment vous avez mis au pas la colonne allemande, sur la route de la vallée. Très étonné de vous reconnaître, je dois dire. Mais c'était aussi inutile que dangereux.

Cyprien avait repris son sérieux et continua, sans perdre de temps :

— Vous n'avez pas eu peur ?

— Si, terriblement.

Elle rit et il l'accompagna.

— Voilà qui me rassure !

Puis, plus sérieusement :

— Moi aussi, j'ai eu très peur pour vous.

Ils montaient du même pas, lentement, la petite côte, la lourde bicyclette entre eux.

— Qu'est-ce qui vous a poussée à faire ça ?

— Je ne sais pas, c'est insupportable de les voir se comporter ainsi comme chez eux. Je sais que certains veulent leur résister.

— La vraie Résistance travaille dans l'ombre, sans faire de provocation ni prendre de risques inutiles. Vous en connaissez, des résistants ?

— Il paraît que le curé aide certains réfugiés, cachés dans les bois de la Bessède. Mais notre maire prétend que ce sont tous des communistes, et qu'il ne faut surtout pas avoir de contact avec eux.

— Et puis surtout ils risquent d'attirer l'attention des gendarmes, suggéra Cyprien avec une moue.

— Exactement, oui. Ils viennent rançonner les fermes, aussi, à la nuit. Mieux vaut ne pas se promener seul dans les bois !

Ils prirent conscience ensemble que c'était exactement ce qu'elle était en train de faire.

— Peut-être que tout simplement, tout comme vous, *démizeilo*, ils ne supportent pas de voir leur pays sous la botte allemande ? Vous avez entendu parler des Français libres, et de l'appel à continuer un combat clandestin contre l'ennemi ? « Cette guerre n'est pas tranchée par la bataille de France », a dit le général de Gaulle sur Radio-Londres.

Le garçon parlait un français délié, au lieu du patois d'autrefois. Mais lui revenait instinctivement le « *démizeilo* » et le vouvoiement respectueux de son enfance. Natalène perçut ce que cela avait d'incongru, dans de telles circonstances, et tant d'années plus tard.

— Arrête de m'appeler ainsi, s'il te plaît ! Là-haut à Tarnhac, on est loin de la guerre.

— Non, détrompez-vous, vous êtes exactement sur le chemin des réfugiés qui passent la ligne et se dirigent vers les Pyrénées. Et, *démizeilo*, j'espère bien que, même quand vous serez devenue une respectable grand-mère, je vous appellerai toujours ainsi !

Elle secoua ses cheveux, et rit de bon cœur en les imaginant rassemblés en chignon neigeux, ce qui était à ses yeux une preuve indubitable de respectabilité. La sécurité et l'énergie que dégageait le garçon se communiquaient à elle, il lui semblait que la nature et le ciel même brillaient plus.

— Alors, je m'incline, et resterai « *démizeilo* » rien que pour toi.

La jeune fille accompagna ses mots d'une petite révérence, comme la tante Louise le lui avait appris autrefois. Qu'il était bon de retrouver Cyprien ! En sa présence, rien de mal ne pouvait survenir, et Natalène en avait même oublié toutes les questions qui taraudaient ses nuits à Tarnhac. Elle se laissait simplement aller à goûter ces instants partagés. L'air sentait bon la terre après la pluie, le soleil jouait sur les couleurs des feuilles. Mais le jeune homme s'arrêta avant de sortir du couvert des arbres. Manifestement, il n'irait pas plus loin. Alors, elle se lança :

— Tu en es, de la Résistance ? Il y a quelque chose que je pourrais faire pour vous ?

Il ne répondit pas, plantant son regard dans celui de Natalène. Les années qui les séparaient pesaient de tout leur poids dans cet échange. La maturité calme du garçon, ses expériences douloureuses intimaient silence et réflexion à son enthousiasme naïf, enfantin.

Reprenant naturellement son rôle d'aîné, toujours prêt à modérer les élans de la petite Natalène d'autrefois, il enchaîna, à la place des mots qui n'avaient pas été prononcés entre eux :

— Réfléchissez bien, *démizeilo*, les risques sont grands. Et vous ne pourrez les partager avec personne au château : Jantou n'est pas de notre bord, et il faut s'en méfier. Ainsi que de monsieur du Mayne.

— Il est mort !

— Pas le vieux, non ! Ce petit blanc-bec qui vous courtise à la sortie de l'église ! Promettez-moi d'abord de ne parler à personne de notre rencontre, absolument à personne.

— C'est promis. Comment sais-tu cela, d'ailleurs, toi qui ne mets jamais les pieds à la messe ?

Cyprien éluda en souriant. Mais continua :

— Si vous acceptez de nous aider, vous me le ferez dire par Lesboïto. Il vient souvent à Tarnhac pour les affaires du tabac. Ce sera votre contact.

— Où habites-tu ? Pas à Coulerouze : on dit que tu as disparu du pays, depuis la mort de monsieur Chassaigne et l'armistice.

Il fit un geste vague, et ajouta :

— Je vais m'en aller maintenant.

En prononçant cette phrase, il se rendit compte à quel point il avait peu envie de la quitter. L'impulsion qui l'avait poussé à se faire reconnaître sur la route, dans le seul but de la revoir et de lui parler, n'était déjà guère raisonnable. Sauf à se dire qu'elle pouvait représenter une base utile en zone libre.

Cette enfant devenue femme reprenait place dans son esprit comme si elle ne l'avait jamais quitté. D'autant qu'avec le temps et les événements une barrière jadis infranchissable lui semblait avoir disparu entre eux. Il se sentait maintenant le droit de la conquérir.

Néanmoins, il s'inclina légèrement devant elle en guise de salut, et tourna les talons. Quand il eut disparu sous les arbres, Natalène avait les joues en feu. Elle dut faire un effort pour remonter sur sa bicyclette, appuyer durement sur les pédales, reprendre la route de Montpon et faire la queue pour franchir la ligne. Plus nombreux étaient décidément ceux qui voulaient entrer en zone libre plutôt qu'en sortir ! Personne ne s'intéressa au contenu de ses sacoches. Pourtant, ces dangereux sels d'arsenic que l'on diluait dans la sulfateuse auraient dû attirer l'attention de ces grands garçons blonds qui lui souriaient en lui rendant le laissez-passer signé par Amaury.

27

— Si Pibette, le sorcier de Domme, vivait encore, il faudrait le faire voir à Madame, soupirait Reine en s'essuyant les yeux avec son devantal. Lui qui savait si bien tirer le feu et supprimer les mauvaises fièvres...

Le docteur en qui madame de Tarnhac avait toute confiance, depuis quinze ans qu'il soignait tout le monde sur le coteau, venait pourtant régulièrement.

Après l'une de ses visites, il avait demandé à Natalène de le raccompagner vers son auto.

« Il n'y a rien à faire. Le mal la ronge de l'intérieur.

— Vous voulez dire que ma mère va... ? »

Le mot n'avait pu franchir ses lèvres. Mais il était décidé à répondre : « Il y a longtemps déjà qu'elle est atteinte, et personne ne peut dire combien de temps encore elle vivra. Mais je ne crois pas qu'elle puisse guérir. Entourez-la du mieux que vous le pourrez. »

Plusieurs semaines après, ces mots résonnaient encore comme un coup de tonnerre dans la vie de la jeune fille. Sa mère allait mourir. A presque vingt et un ans, elle se sentait seule au monde. Seconde, le recours de son enfance, soliloquait maintenant dans son fauteuil de lames de châtaignier, en haussant les épaules à intervalles réguliers, toute la sainte journée. Que de morts autour d'elle, déjà. Une nostalgie poignante lui venait des lundis d'autrefois, quand la tante Louise et monsieur du Mayne, confortablement assis dans le salon, se donnaient la réplique pour moquer l'intarissable énergie de Mondane. La gentillesse d'Amaury l'aurait sans doute réconfortée, mais celui-ci se faisait rare à Tarnhac depuis quelque temps. Sans doute était-il découragé par la distance souriante que Natalène s'appliquait à conserver envers lui. Si elle appréciait toujours autant sa compagnie, désormais elle le craignait aussi, et préférait le tenir éloigné du château. En effet, le jeune maire faisait relayer avec vigueur, à son de caisse, les ordres de Vichy, et les appels de la préfecture à collaborer avec le vainqueur : « A-vis à la po-pu-la-tion ! Il est interdit à quiconque de loger les gens du maquis ou de les aider. Tout terroriste ou groupement de terroristes doit être immédiatement signalé à l'autorité française ou allemande. Il est du devoir impérieux de tout Français d'apporter son concours le plus actif à la recherche des coupables d'attentats. »

Amaury affirmait haut et fort qu'il n'hésiterait pas à dénoncer et faire fusiller les maquisards. En s'efforçant de ne pas montrer son trouble, elle en avait frissonné d'effroi à cause de Cyprien. En hommage à ses oncles disparus durant la Grande Guerre, le jeune homme mettait toute son énergie à organiser dans le canton une section de la Légion de volontaires français contre le bolchevisme : « On pourra ainsi débarrasser le pays des communistes qui courent nos bois. »

Après sa subite apparition derrière la ligne de démarcation, au mois de juillet, Cyprien n'avait plus donné signe de vie. Mais à peine quelques jours plus tard, Lesboïto se présentait à Tarnhac, sa faux sur l'épaule, claudiquant et grattant ce qui restait de cheveux sous son béret. La baronne était alitée, les femmes et le Jantou, à la foire à Saint-Cyprien. Quelques mots avaient été échangés avec Natalène accourue : « Alors, comme ça, va y avoir du mouvement, cette nuit. Des Juifs, à ce qu'il paraît. Une famille, avec trois enfants et une mémé, qui arrivent du Nord, et repartiront au petit matin vers la frontière d'Espagne. Des fois que ce serait possible de leur faire passer la nuit sous la chapelle, et d'y mettre de quoi manger et dormir ? Par *lo costo dretzo*, c'est facile d'y venir de la vallée. Mais faudrait pas que quelqu'un vienne à passer là le soir. »

Sa requête débitée d'une voix neutre, le vieil homme s'était tu pendant que Natalène répondait sur le même ton que la crypte serait prête, et les alentours, surveillés. En même temps, d'un large mouvement de bras, elle montrait les champs, dans la direction opposée. L'homme avait touché son béret avant de s'en aller.

Depuis, plusieurs fois au cours de l'été, puis de l'automne, la jeune fille avait transporté en secret dans la crypte de la chapelle bougies, couvertures et provisions. Cette pièce voûtée, accessible par un petit escalier extérieur et toujours ouverte, renfermait les tombes des ancêtres Tarnhac du XVIIIe siècle. Une dizaine de pierres tombales s'encastraient dans les murs, laissant libres au centre quelques mètres carrés. Pour qui connaissait bien les lieux, c'était en effet une cache pratique. Loin de toute habitation, toujours fraîche en été et tiède en hiver, elle ne possédait aucune fenêtre pouvant trahir par la lumière des occupants éventuels.

Lorsqu'un passage était annoncé, Lesboïto venait sous un prétexte quelconque à Tarnhac, et adressait un simple petit signe à la jeune fille, selon le mode de communication silencieux qui lui était tout naturel. Natalène savait alors qu'elle devait préparer la crypte, et faire le guet, jusqu'au moment où le hululement d'une dame blanche lui signalait que la mission était accomplie, et les voyageurs, arrivés. Sans jamais apercevoir personne, elle était certaine que Cyprien lui-même conduisait ces fugitifs :

seul un galapiat ayant traîné ses sabots sur le pech toute son enfance pouvait ainsi s'y faufiler sans bruit dans la nuit noire. Aussi Natalène aimait-elle beaucoup ces rondes nocturnes. Elle ne craignait ni les feux follets ni les rôdeurs, était heureuse de se tenir aux côtés de Cyprien dans son combat, et espérait violemment hâter ainsi la défaite tant attendue de l'occupant.

Car la vie quotidienne se durcissait, en même temps qu'elle s'attristait avec la mélancolie de Mondane, sa faiblesse de plus en plus évidente à mesure qu'avançait l'hiver. Réquisitions et rationnement s'accentuaient : on n'avait plus droit qu'à trois cents grammes de viande par personne et par semaine, et à une livre de sucre par mois ! A Tarnhac comme à la campagne en général, certes personne ne mourait de faim. Mais, sans les ressources des métairies, qui autrefois venaient alimenter directement les réserves du château, il fallait sans cesse chercher à se procurer des œufs, un poulet, un sac de pommes de terre, un pot de graisse d'oie. Tout devenait horriblement cher, à cause du marché noir.

Il y avait plus grave encore : à Tarnhac même, plusieurs balles entières de manoques de tabac, toutes prêtes à être livrées, avaient mystérieusement disparu de la grange. Jantou criait au vol et accusait les maquisards. Pour ne pas inquiéter plus encore sa mère, Natalène avait pris sur elle de ne pas l'en prévenir. Pour la première fois, elle se débattait seule avec les soucis du domaine. Lorsque viendrait la livraison, outre le manque à gagner prévisible, il faudrait en rendre compte à l'administration des tabacs. La Régie, ne pouvant plus importer de tabac en provenance du Portugal ou d'Amérique latine, se montrait encore plus tatillonne sur les réglementations. Certes, de tout temps, la fraude avait existé. A l'époque de Catherine de Médicis et de la première tour de Tarnhac, on parlait déjà de la contrebande d'« herbe à la reine » ! Certes, dans chaque ferme, quelques pieds non déclarés étaient mis à sécher dans un coin de grange discret. On savait bien comment les hacher menu dans la machine à préparer la pâtée d'engraissage des oies, pour obtenir du tabac de pipe un peu vert, râpeux et sans beaucoup de goût. La dame de Tarnhac le savait et fermait les yeux. Sa fille avait retenu la leçon et faisait de même.

Mais il ne s'agissait pas de cela. Natalène, au cours de ses rondes nocturnes, avait aperçu, la veille de la découverte du vol, la silhouette de Jantou, dans l'obscurité, transportant sur son épaule une lourde balle de trente kilos, entre la grange et la maison de la Loge, où il habitait. L'homme qui rugissait le jour contre les bandits des bois était donc lui-même l'auteur de ces détournements ? Comment en faire la preuve, sans se dévoiler ? Et surtout sans mettre en danger Cyprien et ses protégés ? Pour la première fois, la conscience du danger l'avait rattrapée alors qu'elle se glissait derrière son régisseur aux petites heures de la nuit, sans oser se montrer, pour le prendre en flagrant délit. Heureux encore que la Loge soit située dans la direction opposée de la chapelle !

Avec la guerre, le tabac était en effet devenu une monnaie d'échange commode : denrée non périssable, facile à transporter, il prenait peu de place et valait très cher. Depuis l'instauration du rationnement et des cartes de tabac, les débitants ne délivraient plus que deux paquets de cigarettes, ou bien un paquet de gris, par décade, et uniquement aux hommes de plus de dix-huit ans régulièrement inscrits. Les femmes, les étrangers ou clandestins et les gros fumeurs battaient donc le pays à la recherche de revendeurs.

Le paquet de gauloises, qui valait trois francs cinquante avant-guerre, en coûtait maintenant neuf ! Et le scaferlati ordinaire, dix francs au lieu de six. Seul le tabac à priser restait en vente libre, mais de qualité douteuse et bien difficile à trouver. La Marinette, à son dernier congé, avait raconté qu'à l'usine on réduisait la longueur des cigarettes pour économiser encore un peu de tabac : elles mesuraient désormais soixante-dix millimètres au lieu de soixante-quinze. Pour ôter l'envie aux ouvriers de dérober de la marchandise à revendre, ils étaient régulièrement fouillés à la sortie de la manufacture.

Tout cela rendait bien grande la tentation, il fallait l'avouer. Comment Jantou pourrait-il résister à tous ces trafics qui se nouaient dans la vallée, et à l'appât du gain ? L'autorité de la dame de Tarnhac, à qui il vouait tout son respect, faiblissait. Et celle de sa fille, qu'il avait connue au berceau, devait lui sembler bien facile à contourner. De plus, depuis son mariage, chacun le savait, Yvonne tarabustait son homme : elle en voulait toujours plus pour elle et ses enfants, la prospérité de Tarnhac devait devenir la sienne. Fallait-il donc confondre Jantou ? Et comment ? Natalène reculait : il était le fils de Reine et le petit-fils de Seconde, le seul homme qui restait au château ; il avait toujours vécu là, et se montrait si attentionné pour la baronne, si précieux pour les cultures !

Mondane ne voyait plus rien de tout cela, vouait une confiance entière à son régisseur et laissait faire sa fille. Au cours de ce triste début d'hiver qui les emmenait vers l'année 1942, alors que les brumes glacées montant de la Dordogne isolaient plus encore le pech de Tarnhac, elle voyait approcher avec angoisse le mois de Noël, qui était aussi celui de la majorité de Natalène. Elle sentait ses forces l'abandonner et son courage faiblir. Chaque semaine, le vieil abbé Malaurie montait la visiter et l'entendre en confession.

— Mais, monsieur le curé, madame de Tarnhac a-t-elle donc tant de péchés à se faire pardonner ? Je ne peux y croire, plaisantait Amaury en le croisant dans le vestibule.

Malaurie ronchonnait sans répondre, et lui ordonnait de prier pour le salut de toutes les âmes en souffrance. Son accent rocailleux appuyait longuement sur le « toutes ».

Dans les premiers jours de décembre, alors que la gelée blanche raidissait les pelouses mal entretenues du château, et que Mondane ne quittait plus le coin de son feu, il suggéra à Natalène d'emmener sa mère voir le curé de Sagelat.

— Il guérit les corps et les âmes.

L'homme était réputé jusqu'au-delà du canton, car il avait le « don ». Dans son presbytère, il recevait longuement, écoutait, bénissait, apposait les mains. Ceux qui se sentaient possédés du diable venaient se libérer là, avec des flots de paroles enfouies, et leurs souffrances physiques en étaient soulagées. Sur ses instructions, le pharmacien de Siorac préparait aussi une potion qui rendait le sommeil et endormait les maux.

L'abbé Malaurie voulait-il signifier ainsi que l'heure était grave, ou permettre à la mère et à la fille de se retrouver grâce à cet homme réputé faire des miracles ?

La jeune fille désemparée était prête à tout pour tenter de sauver sa mère, autant que pour sortir de ce face-à-face sans issue avec elle. Elle se procura à prix d'or de l'essence au marché noir, sans faire appel ni aux bons d'essence que lui aurait sans doute fournis la mairie, ni à Jantou par qui passait toute l'intendance du château. Madame de Tarnhac se laissa faire, même si la course lui semblait d'avance épuisante. Natalène débâcha donc la C4, immobilisée depuis des mois au garage, sous l'œil noir du régisseur. En conduisant elle-même l'automobile, elle savait priver l'homme d'une de ses fonctions les plus importantes au château. Outre le plaisir devenu rare de faire ronfler la mécanique et de jouer de la trompe d'avertisseur sur les routes de la campagne, il avait été immensément fier avant-guerre d'être l'un des premiers hommes du village à détenir un permis de conduire.

Les deux femmes devaient quitter la vallée par la rampe de Belvès, et redescendre ensuite vers les collines grises et pelées du causse, aux confins les plus désertiques du département. Attendant et redoutant à la fois ce rendez-vous avec elles-mêmes, Natalène était cramponnée à son volant et aux indications routières, tandis que Mondane tentait de prendre des forces en somnolant. Engoncées dans leurs pelisses, elles avaient les pieds et les mains glacés. Après une heure de route tendue et silencieuse, dans un paysage d'hiver uniformément désolé, elles abordèrent la petite route de crête tortueuse qui menait à Sagelat. Quand soudain surgit un groupe d'hommes dépenaillés, stoppant la voiture au revers d'un tournant. Sous la menace d'une mitraillette Sten pointée sur elles, les dames de Tarnhac reçurent l'ordre de descendre.

— Ordre du maquis : réquisition du véhicule ! annonça avec une conviction braillarde celui qui semblait être le chef, un jeune homme à l'allure enfantine, encombré d'une veste militaire trop large.

C'était comme un cauchemar, dont l'enchaînement les faisait dériver tout d'un coup hors de l'imaginable. Natalène était avant tout choquée par cette irruption violente d'une autre volonté que la sienne, alors même qu'elle mettait tant d'espoir dans sa démarche.

— Mais vous voyez bien que ma mère est souffrante ! Elle ne peut pas marcher.

— Ordre du maquis, répétait-il comme une leçon trop bien apprise, devant ses camarades cois.

— Nous habitons à plus de dix kilomètres d'ici, et nous allons voir le curé de Sagelat.

Le garçon semblait hésiter ; le froid mordait sur la petite route ventée. L'horizon se bouchait de nuages de pluie.

— Réinstallez-vous à l'intérieur. Donnez-moi vos papiers d'identité et ceux de l'auto, on va consulter nos supérieurs.

Un des garçons détala vers les bois, tandis que les autres, munis de l'unique arme, entouraient l'automobile. Mondane eut un pauvre sourire épuisé à l'adresse de sa fille en s'enfonçant de nouveau dans la banquette de cuir.

— Et dire que c'était une chance de...

Elle ne termina pas sa phrase. Natalène fulminait. Depuis qu'elle avait tenu les soldats allemands au bout de sa volonté, depuis qu'elle les avait bravés durant les nuits du pech, à travers les gendarmes français et même à travers Amaury, quelque chose s'était forgé en elle. Une sorte de solidarité silencieuse avec les combattants de l'ombre, brutalement niée dans cet incident. Elle était humiliée aussi de découvrir le véritable visage de cette armée secrète de résistance : de pauvres hères, mal armés, mal formés, indécis sur la conduite à tenir.

Cela dura ainsi une longue heure, alors que déjà la nuit tombait, faisant baisser encore la température, et diminuer les chances de secours. Des nuées et des nuées de palombes, que plus personne ne tirait, faute de cartouches, passaient à tire-d'aile sur la crête. Le semblant de chef réapparut et revint vers elles, portant cérémonieusement les papiers ; son attitude avait changé du tout au tout quand il s'adressa à la conductrice :

— Il est impossible d'aller à Sagelat. Mais vous pouvez repartir chez vous, avec toutes nos excuses. Pourquoi ne pas m'avoir dit tout de suite que vous étiez un dormant ?

La jeune fille ne répondit pas, et lui enjoignit avec autorité d'actionner la manivelle pour démarrer.

Pendant ce temps, deux des garçons se précipitaient sur le coffre et en tiraient les volailles plumées ainsi que le sac de pommes de terre destinés à remercier le curé. Tout disparut dans le bas-côté de la route.

Mondane ouvrait grands les yeux, cherchant à réaliser la raison de ce retournement de situation. Elle regarda longuement sa fille, sans poser de questions. Dans la consonance de ce « dormant », elle voyait poindre ces réseaux clandestins dont tout le pays résonnait. Cette enfant qu'elle avait portée, élevée, dont elle croyait tout savoir, avait donc envers elle des secrets d'importance, peut-être autant qu'elle-même pour sa fille ?

Cette découverte, ainsi que le courage montré par celle-ci, ouvrait un gouffre nouveau entre elles. Découragée, elle referma les yeux.

La nuit était tombée, et la route devenait glissante, embrumée, quand elles atteignirent de nouveau la vallée. Enfin, à petite vitesse, la voiture gravit le chemin de Tarnhac. Une lumière brillait : Jantou les guettait de la fenêtre de la Loge, et sortit avec son fusil quand les phares s'annoncèrent sur le chemin.

— J'étais très inquiet de ne pas vous voir revenir. On m'a prévenu que des bandits traînaient par là-bas, vers Belvès, il y a eu des accrochages entre eux, les gaullistes, les antifranquistes, les FTP, tout ça... Ce n'était pas prudent de partir ainsi toute seule, avec Madame qui est si bas.

Ses deux petites, sourire enjôleur au-dessus de leur sarrau, se pressaient dans ses jambes pour saluer la dame de Tarnhac. Celle-ci gardait souvent dans ses poches des trésors pour les petits, guimauve ou sucre d'orge. Mais ce soir-là, elle adressa un sourire reconnaissant à Jantou, et se contenta de leur faire un pâle petit signe.

Natalène eut le sentiment d'un piège qui se refermait ; elle enchaîna :

— Tout s'est bien passé ; merci, Jantou ! C'est rassurant de te savoir là. Bonsoir, les filles !

28

Ouououuuh... Un hululement de dame blanche, parfaitement modulé, perçait le brouillard enveloppant Tarnhac. Deux cris brefs, puis un long qui s'éteignit dans la nuit. Après ce signal, Cyprien reprit son souffle et s'engagea dans le petit escalier de la crypte.

Depuis des mois que le froid avait pris la région, la petite salle voûtée lui tenait lieu de quartier général. En zone occupée, il était devenu trop dangereux d'opérer, dénonciations et arrestations se multipliaient. Même les bois dénudés de l'autre côté de la ligne, dans la forêt de Montclard, étaient des traquenards, où plusieurs groupes de maquisards étrangers s'étaient fait prendre au piège par les gendarmes français. Pour survivre, il valait désormais mieux être au plus près de ses bases. Comme Coulerouze était interdit à Cyprien, car il aurait tôt fait d'y être débusqué, le fidèle Lesboïto servait d'agent de liaison et le ravitaillait depuis son retour au pays. Alors que la compagnie à laquelle Cyprien appartenait avait été presque tout entière faite prisonnière dans un faubourg d'Orléans, durant la déroute du mois de juin 1940, Cyprien s'était échappé. Il aurait dû aller se présenter à la mairie de Saint-Donat directement, pour se faire enregistrer. Au lieu de quoi, prenant la décision de déserter cette armée sans chef, il avait rejoint Bordeaux à travers bois et champs. Mieux qu'un autre sans doute, il savait s'orienter avec le soleil, marcher sans user ses forces, se nourrir de ce que la nature d'été offrait en abondance. Ainsi, il avait réussi à prendre un passage vers l'Angleterre, pour se mettre à la disposition du général de Gaulle à Londres parmi les premiers. Ensuite, pendant plusieurs mois, dans une base militaire du Kent, il avait reçu une formation d'opérateur radio, bouillant de revenir sur le terrain, alors qu'il apprenait par les militaires anglais la création du réseau Notre-Dame-Castille, juste après l'appel du 18 juin, à proximité de la ligne de démarcation traversant le département de la Dordogne. Enfin, il avait été parachuté non loin du château des Milandes, en même temps que du matériel radiophonique, avec une mission claire. Chaque groupe rattaché à l'Armée secrète, à laquelle lui-même appartenait désormais, devait être équipé d'une radio en état de marche. Les informations, comme la propagande, faisaient partie des armes de la guerre. Cyprien avait commencé par passer plusieurs jours à installer un puissant récepteur radio en haut d'une des tours des Milandes. Sa propriétaire, la meneuse de la Revue nègre dans le Paris d'avant-guerre, en avait fait un maillon important de la Résistance en Périgord. Joséphine Baker l'avait subjugué en lui racontant comment, lors de ses tournées de chant à travers le monde, elle transportait des liasses de documents confidentiels, écrits à l'encre sympathique, dans ses partitions musicales ou glissés dans ses soutiens-gorge de dentelle ! Les soldats allemands n'osaient fouiller la vedette et sa suite, qui avec son inimitable accent américain les faisait rire tout en les couvrant de baisers et de rouge à lèvres. Londres apprenait ainsi les mouvements de troupes allemandes, recevait les plans des installations de défense élevées le long de l'Atlantique. Le jeune homme n'en savait guère plus : on mettait à profit sa connaissance de la région pour le laisser agir seul, et rejoindre les groupes de maquisards là où ils se terraient.

Jour après jour, depuis l'automne, il courait donc les bories des bergers, les grottes enfoncées dans les falaises de la Vézère, les maisons forestières où l'armée des ombres peu à peu s'organisait, pour mettre en marche les premières radios de campagne. Quant à ses nuits, lorsqu'il pouvait rejoindre son pech, il les passait dans la crypte. Avec l'hiver, les familles juives qui demandaient l'assistance de la Résistance pour un passage clandestin vers l'Espagne se raréfiaient. Mais Cyprien n'y était pas seul pour autant.

Quand le hululement retentit dans la nuit sans lune, Natalène, déjà chaudement habillée, ramassa sous son lit un sac rebondi et se glissa dans la galerie sombre. Rien ne filtrait à travers la porte de sa mère quand elle la dépassa sans faire aucun bruit. Mondane devait dormir déjà. Reine avait réchauffé le lit à colonnes en y glissant le moine* rempli de braises. Depuis plusieurs heures, on lui avait monté le bouillon au tapioca qui lui suffisait pour souper, avec sa potion calmante.

Mère et fille, sous le haut plafond à caissons, auprès du poêle à bois ronflant, avaient passé comme à l'ordinaire la soirée à parler du domaine et décider des prochaines coupes de bois. Natalène protégeait sa mère de la guerre autant qu'elle le pouvait : oui, les bocaux de champignons étaient alignés, les oies, gavées, les roues à réparer, déposées chez le charron. Oui, Reine traitait sa belle-mère avec brusquerie, mais elle en prenait soin, et la pauvre vieille Seconde ne semblait plus s'en rendre compte. Non, aucune facture ne restait en souffrance dans le bureau. Les livraisons de tabac se préparaient, tout était en ordre, pas une balle de manoques ne manquait. Très vite, la conversation s'éteignait, tant ses contours en étaient réduits. Toutes deux, depuis l'expédition ratée de Sagelat, se savaient étrangères l'une à l'autre pour une large part. Et ces secrets donnaient un goût amer à leur tendresse pourtant intacte.

Sans même s'en rendre compte, la jeune fille dévalait maintenant l'escalier : il avait lancé son hululement modulé, il était arrivé, il l'attendait ! Par la petite porte de la tour, dont les gonds étaient inondés d'huile par ses soins, elle se glissa à l'extérieur. Le froid la saisit, et elle eut une dernière pensée pour sa mère solitaire dans le grand château. Clairon et Trompette jaillirent du chenil, avec des velléités de lui faire fête. Mais en vain.

— Couchés ! A la niche !

Les chiens se le tinrent pour dit, et rentrèrent la queue entre les jambes sans aboyer. Décidément, leur maîtresse les délaissait.

Par l'allée des marronniers, elle se dirigea vers la chapelle, et aborda les marches de la crypte dans une nuit totale : son pas était sûr, sa mémoire avait enregistré chaque pouce de terrain. La porte poussée, un grand candélabre d'argent à plusieurs branches l'éclaira. Il était là, comme l'avait annoncé le signal, emplissant tout l'espace. Il pencha son grand corps vers elle, l'enlaça. Leurs yeux, leurs mains, leurs bouches se cherchaient.

— Oh, mon amour, je t'ai tellement attendu…

— … aussi vite que possible…

La réponse se perdit dans un baiser. Natalène frémissait, se cambrait, s'enroulait autour de Cyprien. Il la porta doucement vers le matelas occupant un coin de la petite salle basse, contre une pierre gravée.

A la lueur douce des bougies, dans la chaleur des corps, ils se dévêtirent, et longuement, fougueusement, ils s'aimèrent.

Puis, cette faim-là apaisée, les deux jeunes gens, sans se quitter des yeux et du corps, se mirent à table.

Comme à chacune de leurs retrouvailles ils firent la dînette avec les provisions apportées par Natalène dans son sac. Un réchaud à Méta servait de brasero et permettait même d'obtenir à volonté une soupe chaude, ou un bol de chicorée. La température montait vite dans cet espace confiné, même quand il gelait à pierre fendre à l'extérieur. Seuls au monde, ils goûtaient chacun de ces instants rares.

C'était au matin du 2 décembre 1941 qu'ils s'étaient tous deux pour la première fois retrouvés là, face à face. Cyprien ramassait ses affaires après avoir convoyé des voyageurs de la nuit, tandis que Natalène venait y remettre de l'ordre.

La rencontre avait été immédiate. Ils étaient d'un coup intimement conscients l'un et l'autre de s'être cherchés trop longtemps. Les sentiments, les rêves accumulés tout au long des années, les regards et les émotions, comme aiguisés par l'attente, les avaient jetés dans les bras l'un de l'autre. Sans mots, sans questions, comme une évidence lentement mûrie. Un feu les embrasait, ils s'y laissaient brûler ensemble. L'urgence du bonheur aussi sans doute les avait saisis, faisant fi de toutes précautions. Cyprien à cause des dangers de la clandestinité, Natalène parce que sa mère allait mourir. Le garçon sombre et solide, la fille longue et blonde s'unissaient, y trouvaient une force et une joie qu'ils n'auraient osé soupçonner. Ils s'étaient donnés l'un à l'autre, sans retenue aucune, avec la certitude d'être ainsi à leur exacte place au monde.

De hululement en hululement, de nuit en nuit, l'évidence de leur rencontre se forgeait. Le dîner terminé, les deux amants se blottissaient de nouveau sous le gros édredon rouge dérobé dans la lingerie de Tarnhac, et indéfiniment se racontaient, renouant les fils d'une histoire entrecroisée.

Après des journées de course et d'inquiétude, Cyprien, allongé, se détendait enfin. Une main soutenant sa tête et l'autre jouant avec les boucles blondes de Natalène, il ne se lassait pas de la regarder, de la respirer.

— Mon trésor, mon cœur, mon parfum de sauvagine...

Des mots lui venaient qu'il n'avait jamais prononcés, jamais appris, jamais osé imaginer pour elle.

Elle apprenait dans ses bras la sécurité, la sérénité ; trouvait dans la force et la maturité de son amant l'apaisement qu'elle recherchait confusément depuis si longtemps. Car, patiemment, il partageait avec elle le pouvoir des mots, expliquait, répondait à ses interrogations. Sachant bien qu'il apportait ainsi, pièce à pièce, nuit après nuit, les morceaux du puzzle qui manquaient à la jeune fille pour construire sa vie. Il utilisait les mots précis que lui avait autrefois offerts Hippolyte Chassaigne pour raconter les destinées de chacun des habitants du pech, durant le demi-siècle écoulé. Au fil de ces confidences, à la lueur des chandelles coulantes, le monde s'éclairait, se simplifiait et se complexifiait en même temps pour la jeune fille. Enveloppé d'amour.

— Gaston était donc ton père... Alors qu'on m'avait toujours dit que c'était le mien.

— Je ne suis pas certain d'en être fier.

Natalène éclata de rire, en enfouissant son visage dans le chandail de grosse laine de Cyprien, pour le plaisir de sentir vibrer ses muscles sous la caresse.

— Il était un peu demeuré, c'est cela ? J'ai mis du temps à le comprendre, à travers les allusions des domestiques.

— Nous avons partagé cela au moins, sans le savoir ! Mais devant moi, ils ne se privaient pas de le dire : « Le *pitiou* du *beurdin*, l'est plus malin que son père ! »

— Tu as toujours su, toi, Cyprien, que tu étais son fils ?

— Le *bastardou*, le *barounet*... Tu n'imagines pas comme on me traitait, à la Boissière. Et à cause de toi, aussi ! Cela devait se voir que j'étais amoureux fou de toi, déjà à quinze ans, alors que tu en avais sept à peine ! Et pourtant je savais bien que pour moi, le petit métayer bâtard, rien ne serait jamais possible. Pour la double raison que tu étais censée être ma demi-sœur, et la *démizeilo* de Tarnhac. Il fallait que je m'en aille. Tu n'as pas connu la baronne, ta grand-mère, ou plutôt la mienne. Elle se croyait au-dessus du restant du monde, et ne le faisait jamais oublier à ma mère. Quand j'étais tout petit, la Malvina m'amenait au château, pour me montrer, et recevoir une pièce en échange, qu'elle cachait à Chaparotte. Ce sont des choses qui m'ont marqué.

— Nous devrions échanger nos noms. Tu es baron de Tarnhac par la main gauche, tandis que je devrais m'appeler Chassaigne. Natalène Chassaigne, cela sonne vrai ! Parle-moi du capitaine Chassaigne, de ton père, enfin, du mien...

Sur ce sujet, Cyprien était intarissable.

— Oui, il a vraiment été un père pour moi, celui que je n'ai pas eu. Ma vie a changé à partir du moment où je suis arrivé à Coulerouze, et je ne serais pas ce que je suis aujourd'hui sans lui. Il m'a tout appris : à réfléchir, à comprendre le monde, à lire de la poésie, à me libérer de mes origines et à ne me laisser humilier par personne, à conduire une automobile... Surtout, c'est lui qui m'a permis de regarder ce qui se passait au-delà de Pech Tarnhac. Dès 1938, au moment des accords de Munich, il avait vu venir la guerre. Quelques jours avant sa mort, il m'avait dit : « Cyprien, ne te mets jamais sous la botte des Allemands. C'est un peuple qui aime le pouvoir. Ne crois pas non plus, comme moi dans ma jeunesse, qu'on pourra éviter le conflit par de bons sentiments. Reste libre, défends ton pays et ce que tu crois... » C'est à cause de ces paroles que j'ai gardé l'idée fixe d'échapper aux Allemands, à Orléans. Ils étaient partout, personne ne savait que faire. Moi si, j'ai filé, vers la mer ! Et c'est en souvenir de lui que j'ai décidé de me mettre au service de la France libre, à Londres. Tu sais, quelquefois, ma *démizeilo*, il me semble le retrouver dans ton regard, tes attitudes, tes emportements aussi !

— Mais il ne s'est jamais manifesté, pendant dix-huit ans ! Il ne s'est jamais intéressé à moi. Il ne m'a pas reconnue, je ne porte pas son nom. Et c'est de toi qu'il a fait son fils adoptif et son héritier.

La jeune fille se raidissait sous les caresses, sa voix se cassait.

— Comment sais-tu cela ?

Elle avait alors raconté l'effraction du secret dans le bureau, le testament lu dans la nuit, le lourd silence de Mondane sur le sujet.

— C'est seulement tout à la fin de sa vie que le capitaine m'a parlé de toi, et révélé sa paternité : pendant toutes ces années, il t'a regardée grandir de loin. Je crois qu'il était torturé de ne pas t'avoir élevée, sans jamais le reconnaître. Sans doute est-ce pour cela qu'il m'a tant donné, en compensation. Durant cette même soirée, alors qu'il ne se levait déjà plus de son lit, il m'a raconté ses heures de guet dans l'ancienne palombière. Je suis certain qu'il souffrait terriblement de ne plus pouvoir vous apercevoir, ta mère et toi. C'était comme une séparation, pour lui. Et il m'a demandé alors de l'y faire enterrer.

— Je connais sa tombe, il m'est arrivé d'y aller.

— En effet, je t'ai vu, et la dame de Tarnhac aussi. Je crois que nous nous y succédions tous, avec Lesboïto et Léone. Tous ceux qui l'ont croisé gardent son souvenir. C'est aussi ce soir-là qu'il m'a montré, rangé dans un tiroir de son bureau, un portrait de sa propre mère à vingt ans, lors de son mariage à Coulerouze. Tu lui ressembles beaucoup. Cela te reviendra à ta majorité, comme tu l'as lu dans son testament. Sans savoir que je ne pensais qu'à toi, moi aussi, depuis si longtemps, il me parlait de tes cheveux, de ton rire, de tes exploits sur le poney, tu te rappelles ? J'approuvais !

— Mais alors pourquoi ? Pourquoi ce silence indifférent ? Il a gâché la vie de ma mère : je suis sûre qu'elle l'aimait, pour garder toute sa vie un pareil secret, sans un signe de lui.

Natalène tempêtait, avec cette expression de colère que Cyprien reconnaissait avec émotion. Lui-même avait si souvent buté sur cette question qu'il répondit avec prudence, en usant avec la fille de la même douceur qui amadouait autrefois les éclats du père.

— C'est leur histoire, que nous ne saurons sans doute jamais. Il y a des souffrances enfouies qu'on ne peut comprendre sans les avoir vécues. La guerre lui avait laissé des blessures au corps, mais tout autant à l'âme. Tu aimes lire ? Ton père m'a fait découvrir des livres qui disent mieux que lui ce qu'il ressentait, cette désespérance du monde. Il aimait relire *Voyage au bout de la nuit*, de Céline.

Natalène fermait les yeux dans le velours de ses mots, corps contre corps. Elle qui savait trouver une source au bout de sa baguette de coudrier, prédire l'orage et goûter la lumière de l'aube, ne connaissait rien de ces émotions détaillées dans les livres.

— Je n'ai jamais possédé d'autre livre que *L'Imitation de Jésus-Christ*, un exemplaire relié que ma tante Louise m'a offert pour ma communion privée !

Le jeune homme sourit, de ce demi-sourire qui pouvait s'élargir en mille nuances, de l'ironie mordante à la tendresse la plus douce, et le rendait si séduisant. Elle continua :

— Des souffrances enfouies... J'ai l'impression que maman s'épuise à porter seule ces souffrances enfouies, justement. Depuis la visite à Sagelat, nous avons renoncé à l'espoir de la vérité : elle à me dire enfin ce que je sais déjà, et moi à comprendre.

Le garçon se fit grondeur. Cet après-midi-là, en opération non loin de Sagelat, il avait dû user de toute son autorité sur le chef de la bande pour faire relâcher les deux femmes et l'automobile, tout en leur intimant l'ordre de rebrousser chemin. Il voulait les mettre à l'abri des embuscades de groupes de maquisards rivaux entre eux.

— Quelle imprudence, aussi, de partir ainsi seules sur les routes ! Malaurie aurait dû te renseigner, au moins. Il y a des manières de se faire reconnaître, entre résistants « actifs » et « dormants », qu'il connaît bien. Vous vous seriez évité cette grande peur. Mais, explique-moi pourquoi tu n'as jamais tout simplement posé tes questions à ta mère ? Quand j'étais enfant, elle répondait toujours aux miennes avec beaucoup de gentillesse.

— Je ne sais pas. C'est ainsi, depuis toujours, comme si c'était interdit. Jamais on ne parle de ces choses-là à Tarnhac.

Cyprien se releva sur un coude, prit sa main, et, la regardant dans les yeux :

— Veux-tu que nous allions ensemble la voir, avant qu'il ne soit trop tard ? Crois-tu qu'elle m'accepterait ?

La question demeura en suspens pendant qu'ils s'enlaçaient, s'aimaient de nouveau, pour conjurer au moins pendant ces instants-là les ombres de leur vie. Avant l'aube, Natalène devrait s'arracher à ce lieu lumineux où Cyprien, en lui offrant son amour, lui rendait la vérité des mots, et ses racines. Il lui fallait rejoindre à travers le brouillard les draps glacés de sa chambre au château. Après une dernière étreinte, elle s'y dirigeait en courant, flattant les chiens au passage. Désormais, le sol sous ses pieds lui paraissait plus assuré.

29

En ce 23 décembre 1941, près de trente-deux ans après le somptueux jour d'été où, à cet endroit même, elle avait murmuré son consentement à Gaston, attachant son destin à Tarnhac pour sa vie entière, Mondane s'assit au premier rang de la petite chapelle, dans le fauteuil de tapisserie qui avait été celui de sa belle-mère avant elle, en lovant ses pieds gelés sur la chaufferette remplie de braises préparée pour elle. Malgré la fatigue, dans chaque fibre de son corps enveloppé de châles, une infinie sérénité la soutenait. Une vie avait passé. En avait-elle récité des prières, à genoux sur ce prie-Dieu familier ! En avait-elle formulé des vœux, au fil des années ! D'abord, jeune épousée, suppliant le Seigneur que Gaston la laisse en paix ; plus tard pendant la guerre, ces chapelets égrenés pour que cessent les souffrances, les combats. Ensuite pour sauver Tarnhac, puis pour remercier de ces récoltes somptueuses qui s'étaient succédé durant toutes ses années de maturité presque heureuse. Elle s'était agenouillée encore et encore pour implorer un signe du capitaine Chassaigne, pleurer sa mort avant de demander simplement la force de tenir dignement son rôle jour après jour. Enfin, pour obtenir le bonheur de sa fille, à défaut du sien. En cela elle avait été exaucée, au-delà de toutes ces suppliques désormais dérisoires. Mondane ne demandait plus rien, même pas la guérison. Son cœur se répandait en action de grâce silencieuse.

Pour l'événement, elle avait elle-même allumé sur l'autel les deux lourds chandeliers d'argent à quatre branches, avec des bougies chuintantes faites de succédané de cire. Leurs lueurs ajoutaient à l'étrangeté de cette cérémonie furtive, où les rares fidèles se glissaient silencieusement à leur place, encapuchonnés dans des vêtements chauds et sombres. L'abbé Malaurie, tout chenu sous la chasuble blanche de fête, s'avança dans la petite nef pour accueillir les deux enfants du pech, qu'il était heureux de marier. Natalène et Cyprien, étroitement serrés l'un contre l'autre, venaient à l'instant de se retrouver. Ils allaient s'unir dans la clandestinité, avec une assemblée réduite autour de Mondane. Celle-ci, sans faiblir, acceptait ces étranges noces, et avait même souhaité qu'elles aient lieu sans tarder, afin d'avoir la force d'y assister.

Pour la première fois de sa vie peut-être, et la dernière sans doute, la dame de Tarnhac se donnait enfin le droit de suivre son cœur, sans entraves, usant de toute son autorité naturelle pour imposer aux forces contraires le choix de la vie, du bonheur, et de l'avenir. Malgré le danger, malgré les traditions et le qu'en-dira-t-on, malgré son rêve enfui d'une alliance assez honorable pour effacer aux yeux du monde les circonstances de la naissance de Natalène. Et cela la rendait profondément heureuse.

De surcroît, les liens de confiance entre Mondane et Natalène s'étaient retissés en l'espace de quelques jours, comme des retrouvailles après une longue absence et beaucoup d'événements. Au-delà encore, c'était aussi, pour elle seule, une manière de manifester sa fidélité à Hippolyte Chassaigne. En hommage à ce qu'elle avait appris de lui ces temps derniers, elle confiait sa fille à celui qu'Hippolyte avait choisi pour fils adoptif.

Tout cela la rendait profondément heureuse.

Angéline, Lesboïto, Léone avaient été convoqués dès potron-minet pour faire office de témoins, avec ordre de rester muets et aveugles quant à la présence du marié en ces lieux. Le chœur de la petite chapelle froide suffisait à les contenir.

Les mariés s'avancèrent ensemble vers l'autel. Le noiraud aux épaules solides, au visage marqué déjà par une vie de travail et des choix douloureux, enlaçant une liane blonde aussi grande que lui, de dix ans sa cadette et à peine sortie de l'enfance. Point de cérémonial : en cet hiver de guerre, une simple couronne de fleurs en papier, fabriquée en cachette par Angéline, donnait une touche symbolique de fête. Et dans les mains de Natalène un gracieux bouquet, fait par Mondane des dernières roses de Noël cueillies dans la corbeille de Tarnhac, encore vernies de rosée. Là-dessus, un air étonnant de jeunesse, d'espoir, de joie et de légèreté, emplissant la chapelle.

— Consentez-vous à prendre pour époux, pour épouse…

A son habitude, l'abbé Malaurie bougonnait les formules rituelles.

— Oui !

— Oui, *démizeilo*.

La réponse des époux résonna haut sous la voûte, après toutes ces précautions feutrées de silence. Mondane s'en réjouit en elle-même comme d'une victoire sur l'adversité. Qui gardait encore le souvenir de la cérémonie de 1910, et pouvait mieux qu'elle en ressentir tous les contrastes ? Sans doute l'abbé Malaurie. Il en avait été l'officiant, et, en se retournant pour bénir les mariés, il levait vers elle ses yeux de chien furieux, pourtant remplis d'émotion.

Décidément, la vie emmenait toujours en avant. Mondane goûtait chaque instant de ce jour à travers un voile de fatigue, comme à distance. Bientôt elle retrouverait sa chambre, le lit aux hautes colonnes torsadées, sous le plafond dont elle connaissait intimement chaque volute. Il lui resterait à méditer encore le sens des événements survenus en moins d'une semaine.

Au matin du 17 décembre 1941, jour du vingt et unième anniversaire de sa fille, la baronne de Tarnhac avait attendu longtemps dans le petit salon. Un froid clair et lumineux montait de la vallée familière, à travers le brouillard déchiré. Depuis la veille, elle remuait avec difficulté, comme s'ils étaient trop lourds, ces mots qu'il lui faudrait bientôt prononcer, pour être fidèle au testament d'Hippolyte. En les mêlant à ses tâches domestiques rassurantes, comme pour les alléger : bourrer le poêle à bois, répondre aux bons vœux de Toinon, imaginer un moyen de lui faire parvenir des conserves. Celle-ci avouait manquer de tout dans la capitale, d'autant qu'Hector était prisonnier dans un stalag depuis 1940. Pauvre Toinon, qu'elle ne reverrait sans doute jamais...

Même en ce jour très particulier, Natalène devait être bien occupée au-dehors, avec Jantou sans doute, à parcourir les séchoirs odorants, puisqu'elle n'apparaissait toujours pas. Depuis longtemps, le cérémonial des petits déjeuners dans la salle à manger avait disparu. Mère et fille ne se voyaient plus le matin : Reine montait un plateau à la malade, qui descendait plus tard travailler au bureau, tandis que la jeune fille demeurait invisible, se signalant seulement à l'oreille de sa mère par des allées et venues dans la galerie, à toute heure du jour et de la nuit. De cette préoccupation, comme du reste, Mondane s'était détachée. Elle ne pouvait plus que s'inquiéter de l'échéance fixée, concentrant toutes les forces qui lui restaient sur l'horizon du devoir à accomplir, au jour de la majorité de Natalène. Il lui était impossible de voir au-delà et autour. Comme un bourdonnement extérieur à elle, les phrases la harcelaient, entamant à chaque fois un peu plus son énergie : « La vérité... ton père naturel, un testament, ce garçon né de Gaston... »

La jeune fille était enfin entrée dans le bureau, précautionneuse. L'émotion des deux femmes se rencontrait déjà, avant les mots.

« Bon anniversaire, ma chérie !

— Merci, maman ! »

Elles s'étaient embrassées longuement, comme pour faire durer cet instant irréversible.

Natalène avait pris l'initiative, alors même que Mondane cherchait encore au fond d'elle-même le courage de parler.

« Si vous le voulez bien, maman, nous avons une visite pour fêter mon anniversaire. Puis-je faire entrer ? »

La volonté de Mondane était déjà battue en brèche. Elle ne trouva pas la formule pour refuser, expliquer l'urgence des mots. Et Cyprien les avait rejointes. Devant elle se superposaient l'image de ce jeune homme puissant, rassurant, tranquillement sûr de lui, et celle de l'enfant du pech à qui autrefois elle avait fait le catéchisme, et appris à compter les rangs de tabac. Depuis qu'ils s'étaient revus, le jour de la mort d'Hippolyte, la baronne ne pouvait oublier l'apparition bouleversante de ce jeune monsieur. Mais la guerre était venue, puis l'armistice ; Lesboïto avait annoncé la disparition de Cyprien, comme en passant, à propos des affaires de tabac. Sans que Mondane manifestât rien, comme à l'accoutumée. Ce garçon emportait pourtant avec lui le secret d'Hippolyte, et peut-être en même temps celui de la jeune amoureuse d'autrefois. Dans son bureau, lisant et relisant le testament du capitaine Chassaigne, tant de questions l'assaillaient qu'elle aurait voulu lui poser. En revanche, ce qu'elle apprenait dans ce document des coucheries et tromperies de Gaston, avec la pauvre Malvina ou avec d'autres, ne pouvait plus la toucher. Tout cela était su, comme oublié, depuis longtemps. Depuis longtemps, elle avait renoncé à savoir qui, parmi les enfants du pech, devait sa naissance illégitime au pauvre baron. Et qui pourrait un jour revendiquer l'héritage de Tarnhac. Mais, une fois les choses écrites devant elle, l'évidence ne pouvait plus lui échapper : ce garçon tenait de sa belle-mère un nez busqué bien reconnaissable, et quelque chose de cet air de supériorité qui lui donnait tant d'assurance.

Après l'apparition du jeune couple dans le bureau, malgré son trouble, quelques secondes à peine lui avaient été nécessaires pour voir face à elle deux amoureux. Ces choses-là se ressentent avant que de se dire.

Alors, avec un calme souriant, Cyprien avait prononcé lui-même très exactement les mots qu'elle portait dans sa tête : « Mon père adoptif... Le père de Natalène... La vérité à sa majorité... »

Ce naturel avait comme débridé une plaie, réconcilié la mère et la fille avec ce secret brûlant entre elles. Les aveux et les explications avaient duré la matinée entière. Puis on avait débouché une bouteille de monbazillac d'avant-guerre, avec un gâteau d'ersatz de chocolat, préparé par Reine en l'honneur de l'anniversaire de Natalène.

Tous trois, ivres de mots plus que de vin doux, se turent ensuite, contemplant longuement, avec un ravissement partagé, la vallée s'étageant à travers la croisée. Il régnait dans la pièce une atmosphère étrangement sereine, comme peut-être jamais Mondane n'en avait connu là. L'essentiel avait été dit entre eux, même si madame de Tarnhac n'était pas sortie de sa réserve sur sa propre histoire, ni n'avait posé de questions sur la rencontre des deux jeunes gens. Leur mariage avait été évoqué comme une évidence : « Maintenant que tu es majeure, tu n'as plus besoin de mon consentement ! »

La baronne de Tarnhac s'était levée alors avec lenteur de son petit fauteuil crapaud, et dirigée vers le secrétaire. Sans un mot, elle avait fait jouer le secret, et sorti la bourse de velours cramoisi qui s'y trouvait. La posant dans le creux de sa main, elle s'était simplement tournée vers Cyprien : « Ta grand-mère souhaitait que cette bague revienne à ses descendants. Elle est donc à toi. »

L'homme s'était incliné avec émotion en l'acceptant. Tous avaient conscience de l'importance de ce geste. C'était, au-delà de leurs histoires personnelles, de la part de la dame de Tarnhac, une reconnaissance officielle de sa filiation, trente et une années plus tard. Cyprien recevait d'elle, d'une certaine manière, le droit d'exister enfin pour ce qu'il était. Elle effaçait les humiliations de l'enfance, elle accomplissait la réhabilitation voulue par le capitaine Chassaigne dans son testament. En redonnant avec générosité sa juste place à chacun, elle permettait aussi au jeune homme de faire sa demande en mariage dans les règles.

« Merci, du fond du cœur. »

Puis se tournant vers sa fiancée, et lui prenant la main, il avait passé le diamant à son doigt.

Personne en dehors de l'abbé Malaurie, en qui Cyprien avait toute confiance, n'avait été mis au courant de l'événement. A Seconde, Natalène avait murmuré à l'oreille, bien certaine que celle-ci ne comprenait plus que l'essentiel, le bonheur qui irradiait d'elle. Mais il avait fallu expliquer ses soupçons envers Jantou, et donc tenir à l'écart Reine. Avec une épaule solide sur laquelle s'appuyer, la jeune fille se sentait maintenant capable d'affronter les soucis du domaine, et comprenait mieux les enjeux en présence, dans ce deuxième hiver de guerre traversé de rumeurs et d'inquiétudes.

Portée par son histoire d'amour, Natalène voulait croire à l'avenir, et ne voyait pas sa mère s'en aller. Alors que depuis des semaines, à chaque visite, le docteur répétait en lui tapotant la main, en signe de compassion :

« Cela ne servirait à rien de l'emmener à l'hôpital, où l'on manque de tout. Faites confiance aux potions du pharmacien et, surtout, entourez-la bien. »

Et Natalène refoulait ses larmes. Reine les laissait couler tant et plus, dans sa cuisine, devant Seconde et Léone. Celle-ci venait souvent à Tarnhac donner le coup de main qu'Yvonne refusait avec hauteur. La mère Vamenc aussi avait bien besoin de s'épancher. Depuis que ses enfants étaient partis, depuis que le maître de Coulerouze avait disparu et que la guerre était revenue, Lesboïto lui faisait mener une vie silencieuse, alourdie de secrets.

« Ça me fait bien du chagrin, répétait Reine. Madame Gaston a toujours été si bonne...

— Eh ! C'est comme ce pauvre monsieur Hippolyte pour moi.

— Madame Gaston et monsieur Hippolyte... »

Entre les deux femmes, l'alliance de ces deux noms faisait planer des pensées jamais exprimées.

Au soir du jour mémorable de l'anniversaire de Natalène, Cyprien l'avait emmenée à la maison forte de Coulerouze, pour la première fois. A la nuit, main dans la main, avec un luxe de précautions infinies, sous la protection du fidèle Lesboïto qui faisait le guet, ils avaient fait ensemble une longue incursion dans la bibliothèque. Le jeune homme voulait respecter à la lettre le testament du capitaine Chassaigne. Il avait hâte de présenter le père disparu à sa fille, à travers les lieux où il avait vécu, hâte à son tour de lui remettre les livres et les photographies lui revenant par héritage. La présence d'Hippolyte flottait encore dans les parfums de tabac et de feu de bois de la maison abandonnée, sur le bureau encombré de pierres fossiles, et dans le creux des coussins déformés des fauteuils. Tout autant, Cyprien avait besoin de voir sa fiancée chez lui, sur les lieux de sa deuxième naissance, pour dire mieux qu'avec des mots ce qu'il était devenu depuis leur enfance commune.

Assis ensemble dans le grand fauteuil Voltaire d'Hippolyte, dans la bibliothèque froide et noire, enfouis sous des plaids, tous deux n'en finissaient pas d'admirer le miracle de leurs mains réunies. Un sentiment d'urgence les poussait l'un vers l'autre. Et si Natalène ne voyait pas sa mère s'affaiblir, lui-même avait été frappé en la retrouvant par la transformation de la dame de Tarnhac. Il avait la douloureuse expérience de la disparition. Après la rencontre impossible entre Hippolyte et Mondane, après le rendez-vous manqué entre le père et sa fille, il voulait que Mondane soit témoin de leur mariage, puisqu'elle l'avait béni à sa manière.

C'était Natalène qui avait dit la première : « Marions-nous tout de suite, seuls, dans la chapelle de Tarnhac, juste au-dessus de la crypte. L'abbé Malaurie acceptera certainement de célébrer... »

Tout en faisant couler dans ses fortes mains les longs cheveux de sa belle, il rit sourdement : « Figurez-vous, *démizeilo*, que nous sommes en république. Votre père, s'il était encore parmi nous, se chargerait de vous le rappeler avec vigueur ! Malaurie n'a pas le droit de nous marier avant que nous soyons unis au regard de la loi, devant le maire, en présence de deux témoins. »

Il se penchait sur sa nuque, respirait son parfum si léger.

« Mon Dieu ! Impossible de demander à Amaury de nous marier. Il te fera coffrer immédiatement par les gendarmes.

— Exactement. Ton chevalier servant n'hésiterait pas un instant ! »

Décidément, les deux garçons étaient irréconciliables, et Natalène n'avait pas la coquetterie de penser y être pour quelque chose. Ils représentaient deux visions du monde, deux choix différents dans la bataille qui enflammait la France, deux parcours et deux destins. Natalène devait se ranger d'un côté ou de l'autre, choisir entre le monde dangereux de la clandestinité et celui de l'ordre et de la respectabilité.

Amaury du Mayne n'avait pas totalement renoncé à la séduire, il montait toujours avec prévenance prendre des nouvelles de madame de Tarnhac. Celle-ci voyait en lui le petit-fils de ses vieux amis, le maire qui assurerait la protection de son cher domaine, et lui savait gré aussi de braver l'opposition de la redoutable Simone du Mayne. Mais ce jeune homme rieur, aussi enfantin qu'elle, semblait désormais à Natalène bien léger en comparaison de Cyprien. Elle était amoureuse de celui-ci, de tout son corps, dans un élan irraisonnable. Mais elle lui portait aussi toute l'admiration que jamais elle n'avait pu donner à un homme, et recevait de son intelligence une nouvelle compréhension de la vie.

Natalène, depuis sa première rencontre avec Cyprien dans la crypte, tremblait d'entendre Amaury raconter ses difficultés quotidiennes dans la chasse aux « terroristes » résistants, détailler les instructions de la préfecture et les représailles allemandes. Il semblait en soupçonner plus qu'il ne voulait bien le dire devant Mondane sur les fréquentations de la jeune fille, et essayer de la mettre en garde.

Cette nuit-là à Coulerouze, dans le fauteuil Voltaire, Natalène et Cyprien avaient donc pris la décision de se marier sans attendre. Ils rejoignaient le vœu de Mondane, pressée d'accomplir son choix jusqu'au bout, et qui en même temps espérait pour sa fille le protecteur qu'elle n'avait jamais eu.

A la veille de la célébration religieuse, Natalène, sur les indications de Cyprien, s'était rendue seule à bicyclette dans les coteaux de Meyrals, jusqu'à un village reculé. Le maire y était acquis à la cause de son fiancé, ainsi que les deux témoins. Toujours elle s'étonnait de découvrir, à quelques pechs à peine de Tarnhac, tant de mondes différents et inconnus d'elle. En moins de dix minutes, l'affaire était faite et les registres, signés. Les vœux de bonheur se réduisirent à une grosse poignée de main du vieux paysan, et à des bourrades furtives des garçons. Après un long baiser à son époux selon la loi, madame Cyprien Chassaigne remonta sur son vélo en toute hâte pour rejoindre Tarnhac avant le couvre-feu. Ils se retrouveraient seulement le lendemain, dans la chapelle de Tarnhac. Auparavant, le jeune homme devait passer la nuit dans un relais de chasse perdu, pour mettre en fonctionnement un poste de radio. Après plusieurs heures de manipulations, les ondes de Londres grésillèrent, avec les notes de musique annonçant les messages personnels : « Félicitations aux deux tourtereaux pour leur mariage. »

Pour une fois, il n'y avait aucun code à comprendre, seulement des vœux fraternels de bonheur, que Cyprien était seul à recevoir. Il releva la tête en souriant. Mais Natalène, penchée sur la TSF dans le grand château endormi, les avait entendus aussi.

Epilogue

C'est par un de ces soirs bénis si particuliers à Tarnhac, où le soleil venait caresser le château d'une lumière dorée inégalable, allumant des scintillements jusque sur les bibelots des cheminées, que Mondane s'éteignit dans son sommeil. Une fois encore, elle avait goûté le réveil du printemps sur le pech, une fois encore elle avait vu s'épanouir à perte de vue l'émeraude des champs de tabac. Le solstice d'été approchait, l'on s'apprêtait à fêter la Saint-Jean. La coutume voulait que chaque porte, du plus grossier vantail de grange au portail clouté du château, soit ornée ce jour-là d'une croix faite d'herbes de millepertuis. Celles de l'année précédente, décolorées et poussiéreuses, étaient alors décrochées pour alimenter le feu de joie, au soir du plus long jour de l'année.

Natalène avait parcouru tous les champs, depuis la combe de Coulerouze jusqu'à Campredon et la Séguinie, avec un sentiment de plénitude, dont elle ne pouvait dire s'il était dû à la magnifique récolte qui s'annonçait, à la vie qui remuait en elle ou à la visite impromptue de Cyprien, entre deux missions. Il lui avait fait la surprise d'une nuit d'amour, entre lune montante et aube. De sa main, reprenant malgré elle les gestes exacts de Mondane, elle lissait les feuilles déjà épanouies, vérifiait qu'aucun puceron ne les colonisait, qu'aucune tache suspecte ne révélait de maladie, se réjouissait en secret des effets manifestes de l'arrosage clandestin, puis continuait son chemin pour s'arrêter de nouveau un peu plus loin. Les feuilles basses devenaient cassantes. Viendraient bientôt les récoltes, il faudrait reprendre avec Jantou l'éternelle complainte de la main-d'œuvre à trouver.

Quand les hommes reviendraient-ils au grand jour, quand ce débarquement dont on parlait tant aurait-il lieu, qui les débarrasserait des Allemands ?

Au bord des sillons, dans la sauvagine, elle avait cueilli en même temps assez de millepertuis pour offrir une croix respectable au portail de Tarnhac. Tout en marchant, elle commença à la tresser, comme Seconde le lui avait appris autrefois. Ce parfum d'été qui s'en dégageait, chaud et presque sucré, ravivait ce plaisir d'enfance, quand, petite fille, elle s'essayait à nouer bien serré les liens autour de la croix odorante. Ce tour de main-là, quel bonheur elle aurait à le transmettre à son tour !

Arrivée par l'arrière du château, la jeune femme prit le temps d'aller se rafraîchir à la pompe, dans la cour de la cuisine. L'eau était délicieusement tiède sur son visage, sa nuque, ses bras nus. Elle en fit même glisser entre ses seins gonflés, jusqu'à son ventre frémissant sous la jolie robe lâche de cotonnade. Ce ventre arrondi provenant des nuits d'hiver dans la crypte, qui faisait la fierté et l'admiration de Cyprien. Si seulement elle pouvait enfin afficher au grand jour son amour, son époux, son diamant et la promesse de l'enfant ; si seulement le danger et les Allemands disparaissaient devant les Alliés ! Coulerouze et Tarnhac seraient alors de nouveau réunis en une seule propriété, après plus d'un siècle de séparation. Pour Natalène, l'espoir de la délivrance de la France et la constitution du grand domaine ne faisaient qu'un.

Son mari assurait, à chacun de ses passages : « Ce n'est qu'une question de temps, les Anglais ont repris Tobrouk et l'Erythrée. Ils viennent d'entrer à Addis-Abeba, Leclerc est en Libye, les Italiens ont capitulé. »

Elle écoutait chanter ces noms étranges que lui offrait Cyprien, endossait ses espoirs.

Saisissant à bout de bras la croix achevée, blonde et charnue, la jeune femme décida de monter la faire admirer à sa mère dans la chambre. Comme un hommage et une promesse de pérennité : Mondane avait si souvent accompli ce rite avant elles, et d'autres encore, avant, depuis la nuit des temps ! Le vieux commandant lui expliquait tout cela autrefois, tandis qu'elle s'ennuyait poliment sur la chaise basse de Gaston.

Un instinct l'avertit dès le seuil. Pas pour lui souffler que la mort était passée, non. Elle la refusait trop pour entendre cela. Seulement l'impression que ces instants de plénitude sereine étaient déjà enfuis, que la souffrance la rattrapait, l'empoignait d'un coup sec. Le visage de Mondane, parcheminé et amaigri, semblait rajeuni, comme habité en dedans par la jeune fille qu'elle avait dû être. Une ombre de sourire flottait sur ses lèvres, sa présence de morte emplissait toute la pièce. Natalène se figea.

Combien de temps resta-t-elle ainsi ? Elle n'aurait su le dire. Puis elle essaya de prier pour lutter contre la douleur sauvage qui l'envahissait. D'aller chercher en elle la confiance insufflée autrefois par sa mère. Tout doucement, la jeune femme croisa les doigts de Mondane autour d'un chapelet. Cet alignement de grains d'argent, elle le savait, avait été apporté dans les bagages venus de Catus tant d'années auparavant. Offert par cette grand-mère Valloux inconnue, il était toujours posé à demeure sur la table de nuit. Dans les bons comme dans les mauvais jours, il avait été fidèlement égrené. Natalène arrangea la chemise de batiste blanche qui sans doute aussi faisait partie de son trousseau, car

Mondane usait si peu ; elle lissa les draps à peine froissés, et posa au pied du lit la grande croix tressée.

Cette croix champêtre lui semblait provenir d'une époque révolue, celle du temps de Mondane, d'« avant ». Il y aurait désormais un avant et un après. Elle n'éprouvait aucune peur devant le corps inerte, aucun recul. Et s'assit comme à l'accoutumée le soir, dans le fauteuil poussé près du lit, pour une conversation. C'est Reine qui, apportant un plateau, trouva là la fille et la mère, l'une tenant la main froide de l'autre, et lui posant des questions, des questions... dans le silence de la chambre.

Aussitôt la servante, qui connaissait les usages mortuaires, se répandit en pleurs, alerta Léone Vamenc qui en fit autant partout alentour. Les deux femmes prirent les choses en main pour organiser la veillée. L'abbé Malaurie arriva à pied de Saint-Donat, bientôt suivi des deux sœurs de Sainte-Marthe. Celles-ci avaient assisté la baronne et la tante Louise autrefois, et se chargeraient de la toilette du corps. Un cérémonial intangible se mettait en place, sans questions, où chacun avait son rôle.

On transporta Mondane, qui pesait à peine, sur un petit divan dans le bureau, en attendant le cercueil commandé au charpentier, pour que l'on puisse rendre un dernier hommage à la dame de Tarnhac dans le cadre qui lui avait été familier, comme sous la garde du paysage de la vallée. La grande croix de la Saint-Jean fut posée au pied du lit, avec une jatte d'eau bénite et un rameau de buis. Reine ajouta de part et d'autre les chandeliers du petit salon. Yvonne, Mélie, Malvina, sa fille Marcelle, Léone, et même Lina Prinzi arrivèrent en silence, averties par les voix du pech, pour veiller la nuit.

L'abbé Malaurie tardait à rentrer au presbytère. Il sermonna la jeune femme :

— Nous, les vieux, n'avons pas besoin de tant de sommeil. Toi, ma petite, tu devrais aller te coucher. Il te faut prendre des forces, et pour deux.

Natalène était en effet épuisée. L'épaule de Cyprien lui manquait cruellement, charnellement. Mais il était impossible de le faire prévenir sans attirer l'attention, alors que tous les regards étaient braqués sur elle.

Dès l'aube du lendemain matin, le défilé commença. D'abord les hommes du domaine, de la Boissière, de Campredon, de la Séguinie et de Coulerouze, le béret à la main. Et puis des hommes et des femmes venus de plus loin, de Jeandemai, de Montpeyran, des Valades, du Coux, de Siorac, qui avaient travaillé sur le domaine ou eu affaire jadis à « la dame », comme ils disaient avec respect. D'autres encore, que personne ne connaissait, et qui venaient s'incliner en silence puis disparaissaient. La mort apportait une trêve dans les divisions et les peurs du pays.

Jantou, très ému, conduisait les visiteurs au bureau, où les accueillait Natalène. Celle-ci ne cachait plus ni sa silhouette, ni son chagrin, ni son diamant au doigt. Elle semblait si seule alors aux visiteurs, la *démizeilo*... Dans la chambre ardente, remplie des fleurs des champs et des roses de la corbeille, on cherchait une dernière image, on marmonnait une prière, on faisait un signe de croix avec le buis trempé d'eau, et on s'abîmait dans le silence, avant de laisser la place au suivant. Reine alla d'autorité chercher ses deux petites-filles, Odette et Albertine, les débarbouilla et les mena dans le bureau faire un signe de croix.

— Pour qu'elles aient souvenance de notre dame, dit-elle en reniflant.

De la chicorée, à défaut du café, devenu introuvable, attendait ensuite les visiteurs au coin du fourneau de la cuisine. Et aussi tout ce qui restait du ratafia de prune d'avant-guerre. Autour de Seconde amorphe, on continuait à évoquer l'ancien temps, comme il sied aux enterrements.

— Vous pensez, je me rappelle bien, elle est arrivée ici en 1910, toute jeunette.

— Elle a eu la vie dure, avec ce pauvre *moussur* Gaston.

— Et vous vous souvenez, pendant la Grande Guerre, elle a vidé les armoires de Tarnhac pour l'hôpital, elle était généreuse, cette femme-là !

— Il m'en souvient, quand elle a décidé de tout planter en tabac, en 1920.

— On peut dire que c'est elle qui a développé le coteau.

— Cette pauvre petite *démizeilo*, maintenant...

Une entrée en matière était trouvée pour parler du *pitiou* à naître. Alors Reine annonçait tout de go, au milieu de ses larmes :

— Madame Gaston, qui aimait tant les enfants, quelle peine de pas avoir attendu la naissance... Té, elle n'aura pas eu tant de bonheur que ça.

On acquiesçait poliment, en posant la question :

— Et il est pour les vendanges ? Ça fera un bel enfant, qui profitera avant l'hiver.

Reine reniflait. Et chacun à part soi de s'abîmer en réflexions sur les répétitions de l'histoire, sur ces dames de Tarnhac qui semblaient devoir toujours enfanter sans homme. Pour le grand-père de cet enfant, il était maintenant de notoriété publique, le temps avait passé ; mais pour le père, les conjectures iraient bon train, au retour, puisque la Reine ne semblait rien vouloir lâcher.

Jantou avait été chargé d'aller en mairie porter le certificat de décès établi par le docteur, et annoncer au village l'heure des funérailles, qui auraient lieu dans la chapelle même de Tarnhac, dès le lendemain. Il ne fallait pas traîner, avec les récoltes qui s'annonçaient.

Le régisseur revint, porteur d'un pli de la part d'Amaury du Mayne. La jeune femme le reçut des mains de Jantou et l'ouvrit de suite. C'était un petit mot de condoléances sec et cérémonieux. Sans plus rien de la complicité affectueuse qui les unissait peu de temps encore auparavant. Il priait Natalène de l'excuser, ainsi que sa mère : retenus par leurs nombreuses obligations, ils ne pourraient se déplacer jusqu'à Tarnhac pour les obsèques.

Après l'avoir rapidement parcouru, Natalène déchira soigneusement le bristol barré de tricolore en petits morceaux, qu'elle éparpilla dans une corbeille à papier.

De part et d'autre, les choix étaient faits. Une vie au grand jour pourrait donc commencer. La jeune femme redressa ses épaules, et ses rondeurs en même temps. Sa propre mère avait payé assez chèrement sa naissance dans l'illégitimité, et accepté de baisser les yeux sous la réprobation générale, par amour pour elle, pour lui offrir une enfance choyée et un avenir. Natalène, mue par cet amour reçu à profusion, choisirait le grand jour et la révolte.

Glossaire

bacade : nourriture des cochons
basane : chausson de laine à glisser dans les sabots
borie : lieu d'habitation, en langue d'oc
bouïricou, bouïrique : panier fait avec des lames de châtaignier
bugade : lessive
briou de parladis : brin de causette
caleil : lampe à huile
calfourche : carrefour de plusieurs chemins
cambalou : sorte d'échelle où l'on accrochait la carcasse du cochon
cambo d'ouilhos : merveilles, beignets sucrés et parfumés
camin : chemin
cantou : coin du feu
carciner : ennuyer
carreyrou : chemin, ruelle dans un village
catzo niou : nouveau-né
chabretaire : musicien ambulant
chanteau : tranche de pain épaisse
charretou : petite carriole
combe : vallée sèche souvent fertile très cultivée
couarde : louche de bois à long manche, pour puiser l'eau
coulaïrou : tabouret

crostet : croûton
devantal : tablier de devant
fagilière : sorcière
fenno : femme, épouse
fricasséou : fricassée de cochon gras
gabarrot : petite gabarre, bateau à fond plat descendant la Dordogne
garrit ou garrissade : lande sans culture
gerbebaude : fête des moissons
graoutou : gratton
lauze : pierre plate calcaire formant la couverture du toit des maisons
léberou : loup-garou
merveille : *voir* cambo
milla : gâteau fait de farine de maïs et de chair de citrouille
moine : sorte de cage où l'on glissait de la braise pour réchauffer les lits l'hiver
mouscal : chasse-mouches pour protéger les yeux des bœufs
oule : marmite, poêle de fonte noire
pailhade : rang de vigne
parladis : *voir* briou de parladis
pech : sommet de la colline en Périgord noir
peillarot : marchand de paille ou chiffonnier
péteyrolle : vessie de cochon utilisée pour conserver la graisse
peyrol : chaudron sur trois pieds pour la cuisson des cochonnailles
réserve : terroir du château
rondal : roncier
rondiner : grogner, gronder
saccou : sac d'or, trésor
soulier : grenier de ferme
toupine : pot en terre
vergne : nom ancien du bois d'aulne

Mes remerciements vont

A ma grand-mère périgourdine, née sur un pech au début du XXe siècle, dont les récits transformaient la vie en romans… Cependant, toute ressemblance avec des personnes ayant existé ne serait que fortuite, les personnages de roman se faisant un bonheur de mêler, brouiller, transformer la réalité.

A mon mari, pour sa patience et ses encouragements.

A Marcel Delbos, dont la thèse « La civilisation du tabac » m'a été précieuse, ainsi que sa relecture technique. Au père Michel Graziani, curé de Belvès, pour ses récits des traditions périgourdines.

A Mijo Beccaria, pour sa mémoire périgourdine, et la transmission des « souvenirs » rédigés par ses ancêtres ; à Michel Lacroix, pour la finesse de sa relecture littéraire.

Et par-dessus tout aux anciens planteurs de tabac, qui ont bien voulu m'aider, par leurs témoignages, leurs gestes, leurs outils et explications, à reconstituer la vie et le travail en Périgord noir au début du XXe siècle.

Bibliographie

Histoire du Périgord, sous la direction de Bernard Lachaise, éd. Fanlac, 2000

Mémoires d'une centenaire en Périgord sarladais, Alberte Sadouillet-Perrin, éd. du Roc dc Bourzac, 1998

La Folle Avoine, Guy Georgy, éd. Flammarion, 1991

Au pays des mille châteaux : la noblesse du Périgord, Joelle Chevé, éd. Perrin, 1998

Gens et Métiers du Périgord, Bernard Stéphan, éd. Royer, Mémoire du terroir, 2001

La Vie d'autrefois en Périgord, Jean-François Ratonnat, éd. Sud-Ouest, 1995

Fontaines sacrées en Périgord, Bernadette Darchen, P.L.B éditeur, 2001

PRODUCTION JEANNINE BALLAND

Romans « Terres de France »

Jean Anglade
Un parrain de cendre
Le Jardin de Mercure
Y a pas d'bon Dieu
La Soupe à la fourchette
Un lit d'aubépine
La Maîtresse au piquet
Le Saintier
Le Grillon vert
La Fille aux orages
Un souper de neige
Les Puysatiers
Dans le secret des roseaux
La Rose et le Lilas
Avec le temps...
L'Ecureuil des vignes
Une étrange entreprise
Sylvie Anne
Mélie de Sept-Vents
Le Secret des chênes
La Couze
Ciel d'orage sur Donzenac
La Maîtresse du corroyeur
Un horloger bien tranquille
Jean-Jacques Antier
Autant en apporte la mer
Marie-Paul Armand
La Poussière des corons
Le Vent de la haine
Le Pain rouge
La Courée
tome I *La Courée*
tome II *Louise*
tome III *Benoît*
La Maîtresse d'école
La Cense aux alouettes
Nouvelles du Nord
L'Enfance perdue
Un bouquet de dentelle
Au bonheur du matin
Le Cri du héron
Victor Bastien
Retour au Letsing
Henriette Bernier
L'Enfant de l'autre
L'Or blanc des pâturages
Françoise Bourdon
La Forge au Loup
La Cour aux paons
Le Bois de lune
Le Maître ardoisier
Les Tisserands de la Licorne
Patrick Breuzé
Le Silence des glaces
Nathalie de Broc
Le Patriarche du Bélon
Annie Bruel
La Colline des contrebandiers
Le Mas des oliviers
Les Géants de pierre
Marie-Marseille
Jean du Casteloun
Les Amants de Malpasset
Michel Caffier
Le Hameau des mirabelliers
La Péniche Saint-Nicolas
Les Enfants du Flot
La Berline du roi Stanislas
La Plume d'or du drapier
Jean-Pierre Chabrol
La Banquise
Alice Collignon
Un parfum de cuir
Didier Cornaille
Les Labours d'hiver
Les Terres abandonnées
La Croix de Fourche
Etrangers à la terre
L'Héritage de Ludovic Grollier
L'Alambic
Georges Coulonges
Les Terres gelées

La Fête des écoles
La Madelon de l'an 40
L'Enfant sous les étoiles
Les Flammes de la Liberté
Ma communale avait raison
Les blés deviennent paille
L'Eté du grand bonheur
Des amants de porcelaine
Le Pays des tomates plates
La Terre et le Moulin
Les Sabots de Paris
Les Sabots d'Angèle
La Liberté sur la montagne
Yves Courrière
Les Aubarède
Anne Courtillé
Les Dames de Clermont
Florine
Dieu le veult
Les Messieurs de Clermont
L'Arbre des dames
Le Secret du chat-huant
Paul Couturiau
En passant par la Lorraine
Annie Degroote
La Kermesse du diable
Le Cœur en Flandre
L'Oubliée de Salperwick
Les Filles du Houtland
Le Moulin de la Dérobade
Les Silences du maître drapier
Le Colporteur d'étoiles
La Splendeur des Vaneyck
Alain Dubos
Les Seigneurs de la haute lande
La Palombe noire
La Sève et la Cendre
Le Secret du docteur Lescat
Marie-Bernadette Dupuy
L'Orpheline du bois des Loups
Les Enfants du Pas du Loup
Elise Fischer
Trois Reines pour une couronne
Les Alliances de cristal
Mystérieuse Manon
Le Soleil des mineurs
Laurence Fritsch
La Faïencière de Saint-Jean
Alain Gandy
Adieu capitaine
Un sombre été à Chaluzac
L'Enigme de Ravejouls
Les Frères Delgayroux
Les Corneilles de Toulonjac
L'Affaire Combes
Les Polonaises de Cransac
Le Nœud d'anguilles
L'Agence Combes et Cie
Suicide sans préméditation
Gérard Georges
La Promesse d'un jour d'été
Les Bœufs de la Saint-Jean
Michel Hérubel
La Maison Gelder
La Falaise bleue
Tempête sur Ouessant
Le Démon des brumes
Denis Humbert
La Malvialle
Un si joli village
La Rouvraie
La Dent du loup
L'Arbre à poules
Les Demi-Frères
La Dernière Vague
Yves Jacob
Marie sans terre
Les Anges maudits de Tourlaville
Les blés seront coupés
Hervé Jaouen
Que ma terre demeure
Au-dessous du calvaire
Jean-Pierre Leclerc
Les Années de pierre
La Rouge Batelière
L'Eau et les jours
Les Sentinelles du printemps
Hélène Legrais
Le Destin des jumeaux Fabrègues
La Transbordeuse d'oranges
Louis-Jacques Liandier
Les Gens de Bois-sur-Lyre
Les Racines de l'espérance